AF545924

ro
ro
ro

ro
ro
ro

Leena Lehtolainen, 1964 geboren, lebt und arbeitet als Kritikerin und Autorin in Degerby, westlich von Helsinki. Sie ist eine der auch international erfolgreichsten finnischen Schriftstellerinnen. 1994 erschien in Deutschland der erste Roman mit der Anwältin und Kommissarin Maria Kallio.

«Niemand erzählt so spannend von finnischen Eigenheiten und kleinen Morden unter Freunden.» (Stern)

«Lehtolainen zeichnet auf spannende Weise das Bild der finnischen Frau, die zwischen Beruf und Familie gefordert wird. Mit der Kommissarin Maria Kallio ist ihr ein großer Wurf gelungen.» (Eschborner Zeitung)

Leena Lehtolainen

DAS ECHO DEINER TATEN

MARIA KALLIO ERMITTELT

Aus dem Finnischen
von Gabriele Schrey-Vasara

Rowohlt Taschenbuch Verlag

Die Originalausgabe erschien 2015 unter dem Titel
«Surunpotku» bei Kustannusosakeyhtiö Tammi, Helsinki.

2. Auflage Januar 2018

Veröffentlicht im Rowohlt Taschenbuch Verlag,
Reinbek bei Hamburg, April 2017

Redaktion Tanja Küddelsmann
Umschlaggestaltung any.way, Barbara Hanke/Cordula Schmidt
Umschlagabbildungen Olli Kekäläinen, Arthit Somsakul/Getty Images
Satz aus aus der Arno Pro, OTF, InDesign,
bei Pinkuin Satz und Datentechnik, Berlin
Druck und Bindung CPI books GmbH, Leck, Germany
ISBN 978 3 499 27222 6

Zum Andenken an Elsa

JUVA, FRÜHJAHR 1985

Die Welt war Zinn und Glas. Nachdem es zwei Tage lang stark geregnet hatte, war die Temperatur auf zehn Grad unter null gesunken. Die Loipe war vereist, die Skier fanden keinen Halt. Die Äste der Bäume neigten sich unter dem Gewicht des gefrorenen Schnees, trockene Nadeln sprenkelten die Schneedecke.

Minna hatte über eine Woche mit einer schweren Grippe im Bett gelegen und kaum noch Kraft in den Beinen. Die Provinzstaffel fand schon übermorgen statt, sie durfte sich nicht verausgaben. Da Henna noch krank war, würde Minna bestimmt einen Platz in der Mannschaft bekommen.

Der Hügel von Nulppola fiel steil ab, Minna ging in die Hocke. Sie kannte die sechs Kilometer lange Trainingsstrecke, wusste, an welcher Stelle des Abhangs die Sprungschwelle kam. Ihr Vater hatte sie aus Steinen gebaut und mit einer Torfschicht bedeckt. Nach der Schwelle machte die Loipe eine scharfe Biegung nach links. Einen so schwierigen Abschnitt gab es selbst auf Wettkampfloipen kaum.

Minna bemerkte die über die Loipe gespannte, durchsichtige Schnur nicht, sondern prallte in voller Fahrt dagegen. Sie rollte über das Hindernis, die Skier glitten aus der Spur, die fuchtelnden Arme bemühten sich vergeblich, das Gleichgewicht zu halten. Die rot gestreifte Mütze, die ihre Mutter gestrickt hatte, bot keinen Schutz, als ihr Kopf mit dreißig Stundenkilometern gegen einen Fels schlug. Ihr blieb keine Zeit mehr, den Schmerz zu spüren oder zu begreifen, dass die glasklare Helligkeit in ewige Dunkelheit überging.

1

Die Birkenzweige hingen schlaff in der silbernen Vase. Die ersten Blätter waren bereits abgefallen: Im April gab es nur tiefgekühlte Birkenquaste vom vorigen Sommer zu kaufen. Irgendwer hatte ein Stück Fleischwurst auf den Tourenschlittschuh gespießt. Vielleicht gab es ja im Norden noch Eis, auf dem Oberkommissar Jyrki Taskinen das Geschenk zu seiner Pensionierung testen konnte. Koivu, Puupponen und ich hatten unserem ehemaligen Chef zum Abschied Schlittschuhe geschenkt. Er hätte von nun an Zeit genug, nicht nur an Marathonläufen, sondern auch an Eismarathons teilzunehmen.

Im Kabinett des Hotels Scandic in Espoo war den ganzen Abend lang keine ausgelassene Stimmung aufgekommen, obwohl der Polizeichef und die Vertreter des Personals Taskinen über den grünen Klee gelobt hatten. Ich hatte mich geweigert, eine Rede zu halten. Mit Taskinens Eintritt in den Ruhestand endete gewissermaßen eine ganze Epoche. Er hatte bereits in den 1990er Jahren, als die Espooer Polizei das neue Polizeigebäude in Kilo bezog, eine Führungsposition gehabt, er hatte die Strukturreformen, Zusammenlegungen und Kürzungen miterlebt und in all dem Trubel seine Untergebenen verteidigt wie ein Löwe. Wie oft hatte er vermittelt, wenn ich mit den höchsten Chefs aneinandergeraten war? Natürlich konnte ich selbst für mich eintreten, aber Taskinens Unterstützung war unersetzlich gewesen. Unsere Freundschaft würde nicht mit seiner Pensionierung enden, doch sie würde eine andere Färbung annehmen.

Die Hauptperson des Abends war dabei, sich zu verabschieden, der Polizeichef bestellte ein Taxi. Zwar hatte Taskinen erst das Mindestrentenalter für leitende Polizeibeamte erreicht, doch sein Weggang war für manche eine Erleichterung. Jeder natürliche Abgang schuf die Möglichkeit, die frei gewordene Stelle zu streichen oder mit einer anderen zusammenzulegen. Die Bezahlung im Staatsdienst war immer noch mager, aber nicht mehr langfristig gesichert, das Staatsbrot war in Häppchen zerschnitten worden, die man den Hungrigen jederzeit entziehen konnte.

Nach Taskinens Abschied sollte auch meine Abteilung, die dreiköpfige Einheit für Untypische Gewaltdelikte, aufgelöst werden. Ende Juni würde sie der Einheit für Gewaltverbrechen der Polizei von West-Uusimaa angegliedert werden. Welche Aufgaben auf Puupponen, Koivu und mich warteten, wusste noch niemand. Es war nicht einmal sicher, ob meine Kollegen im Polizeidienst bleiben würden. Puupponen sprach schon seit Jahren von einem Berufswechsel, und Koivu würde möglicherweise ein Sabbatjahr beantragen. Dafür hatte er gewichtige familiäre Gründe.

Koivu hatte sich seit der Geburt seiner Kinder nicht mehr an den Sauftouren der Kollegen beteiligt. An diesem Abend machte er eine Ausnahme. Puupponen zufolge hatte er in der Sauna mindestens drei Bier gezischt, und beim Abendessen hatte er bereitwillig angeboten, neben seinen eigenen Schnäpsen auch die der zwei Autofahrer am Tisch auszutrinken. Beim Hauptgang hatte er fast eine ganze Flasche Wein geleert. Als er aufstand, um sich von Taskinen zu verabschieden, wollten ihm die Beine nicht gehorchen. Zum Glück war Taskinen Herr der Lage und packte den zwanzig Kilo schwereren Koivu an den Schultern, sodass die beiden sich halb umarmten.

«Pekka, richte Anu meine herzlichsten Grüße aus. Ich wünsche euch beiden Kraft. Halte mich auf dem Laufenden», sagte Taskinen. Koivu traten Tränen in die Augen. Er gab keine Antwort, sackte auf seinen Stuhl und stierte die leeren Kognakgläser an, die vor ihm standen.

Ich ging zu Jyrki und umarmte ihn fest. Weitere Zeremonien waren überflüssig, ich hatte mich schon vor einigen Tagen unter vier Augen bei ihm bedankt. Nach kurzem Nachdenken trat ich an Koivus Tisch und beugte mich vor, sodass unsere Gesichter auf gleicher Höhe waren.

«Komm, Pekka, wir gehen. Am besten bleibst du über Nacht bei uns. Iidas Zimmer ist frei, da kannst du deinen Rausch ausschlafen.» Ich fasste Koivu an der Schulter, als wollte ich jemanden gegen seinen Willen in die Ausnüchterungszelle bringen.

«Aber was wird Anu ...» Koivu brachte den Satz nicht zu Ende.

«Ich schicke ihr eine SMS, damit sie sich keine Sorgen macht. Komm jetzt. Wir haben Mineralwasser und sauren Hering im Kühlschrank, für morgen früh. Wo ist deine Garderobenmarke?»

Obwohl der Heimweg nur gut einen Kilometer lang war, mussten wir ein Taxi nehmen. Vom Nachtfrost waren die Straßen vereist, und meine Schuhe hatten acht Zentimeter hohe Pfennigabsätze. Zum Glück setzte gerade ein Taxi ein italienisches Paar vor dem Hotel ab, sodass wir sofort einen Wagen bekamen. Der Fahrer warf einen misstrauischen Blick auf Koivu, erhob aber keinen Protest. Ich bugsierte meinen Kollegen auf die Rückbank und kletterte hinterher. Als ich dem Fahrer die Adresse nannte, hellte sich sein Gesicht auf und er drehte das Radio lauter.

Doch das Leid hat mich getroffen
so kann ich jetzt nur noch hoffen

und mich mit letzter Kraft
an das Leben klammern

Erst nachdem der Refrain zum ersten Mal ertönt war, kam mir in den Sinn, dem Fahrer zu sagen, er solle den Sender wechseln oder das Radio ausmachen. Das Humppa-Lied *Vom Pech verfolgt* der Tanzcombo *Metsätähti* war überraschend zum Superhit geworden, dem man nicht entgehen konnte, denn er wurde von allen Sendern immer wieder aufgelegt. Aber Koivu musste die Worte, die allzu gut auf sein Leben passten, nicht ausgerechnet jetzt hören, im sentimentalsten Stadium der Trunkenheit.

Unser Haus war dunkel, Antti und Taneli schliefen schon, Iida war mit ihrer Freundin im Sommerhaus in Särkisalo. Als ich die Tür öffnete, flitzte der Kater Jahnukainen heraus. Zehn Minuten später miaute er um Einlass. Er hatte sich nur vergewissert, dass die Gerüche der Außenwelt unverändert waren, und wollte nun neben unserer älteren Katze Venjamin am Fußende unseres Bettes weiterschlafen. Wir hatten jahrelang vergeblich versucht, den Katzen eigene Schlafplätze schmackhaft zu machen. Aber Menschen waren ihrer Meinung nach die besten Bettwärmer.

Koivu schaffte es kaum, sich die Schuhe auszuziehen, bevor er zur Wohnzimmercouch wankte. Hatten wir eine Reservezahnbürste, würde ihm einer von Anttis Pyjamas passen? Pekka war nur ungefähr fünf Zentimeter größer als Antti, aber viel kräftiger gebaut. Doch ein Schlafanzug war im Moment wohl seine kleinste Sorge.

«Pekka, gehen wir in Iidas Zimmer. Die Treppe hoch … So.» Koivu folgte mir willenlos, als sei er froh, keine Entscheidungen treffen zu müssen.

In Iidas Zimmer roch es nach Rosenwasser. Ich zog die

Tagesdecke vom Bett, und Koivu legte sich hin, sah mich mit leeren Augen an und war eingeschlafen, bevor ich das Wort Zahnbürste zu Ende gesprochen hatte. Vielleicht war es besser so. Seit der Diagnose war er kaum fähig gewesen, auch nur eine Viertelstunde lang zu vergessen, dass seine elfjährige Tochter Sennu todkrank war.

An sich bedeutete ein Neuroblastom nicht zwangsläufig ein Todesurteil. Krebs war keine annähernd so verhängnisvolle Krankheit mehr wie noch vor einigen Jahrzehnten. Wir hatten uns alle Mühe gegeben, Koivu davon zu überzeugen, doch er hatte beschlossen, mit dem Schlimmsten zu rechnen. Das lag wohl zum Teil an unserem Beruf. Die Polizisten des Gewaltdezernats wurden gerufen, wenn es nur noch wenig oder gar keine Hoffnung mehr gab. Wir sahen das Böse und die schlimmsten Seiten des menschlichen Lebens. Bisher war es Koivu gelungen, Sanftmut und Geduld zu bewahren, im Vernehmungsteam übernahm er meist die Rolle des netten Kerls. Dass er sich besoff, war nur eines der Symptome für seinen Zusammenbruch.

Ich wusch mir das Gesicht, putzte mir die Zähne und stellte ein großes Glas Wasser, Schmerzmittel und Tabletten gegen Reisekrankheit auf Iidas Nachttisch. Dann ließ ich Jahnukainen herein, folgte ihm ins Schlafzimmer und kroch zu Antti ins Bett. Venjamin machte mit beleidigter Miene Platz, Antti murmelte etwas und schlief weiter. Jahnukainen begann zu schnurren. Ich lauschte auf das gleichmäßige, beruhigende Geräusch und versuchte, im gleichen Rhythmus zu atmen. Es würde keinem helfen, wenn ich mich von Trauer und Verzweiflung überwältigen ließ. Doch als der verdammte Pech-Song in meinem Kopf zu spielen begann, wusste ich, dass es nicht leicht sein würde, einzuschlafen.

Koivu wirkte die ganze folgende Woche über mürrisch. Am Samstagmorgen hatte er früh um sieben in unserer Toilette im Erdgeschoss herumgepoltert, und als ich hinging und fragte, ob er etwas brauchte, hatte er mich barsch ins Bett zurückgeschickt.

«Ich mach mich auf den Heimweg. Es tut mir gut, zu Fuß zum Bahnhof zu gehen», hatte er gesagt. Seine Augen hinter der Brille hatten Kirschtomaten geglichen, und seine blonden Haare hätten einen Kamm gebrauchen können. Ich ließ ihn gehen und schaffte es, noch ein paar Stunden unruhig zu schlafen. Im Traum versuchte ich den Weg zur Klinik in Jorvi zu finden, verfuhr mich aber immer wieder.

Es war eine erfolgreiche Woche, wir konnten den Ermittlungsbericht über eine Messerstecherei am Bahnhof von Kauklahti an den Staatsanwalt weiterleiten und eine Frau, die ihre Kinder wiederholt misshandelt hatte, dazu bringen, sich in Behandlung zu begeben. Die Kinder waren in Obhut genommen worden, und die Frau klagte, sie vermisse sie. In der Besprechung am Freitag gingen wir die offenen Fälle durch, es waren nicht mehr viele. Wir alle hatten noch Urlaubsanspruch, und wenn nichts Unerwartetes geschah, würden Puupponen und Koivu ihren Urlaub in der Woche vor dem ersten Mai antreten können. Ich selbst würde spätestens Anfang Juni im Ermittlungszimmer unserer Abteilung, der Puupponen den Namen «Club der Seltsamen Wesen» verpasst hatte, die Lichter löschen. In den letzten zwei Wochen hatte es keinen Fall mehr gegeben, der dem diensthabenden Kommissar ungewöhnlich genug erschienen wäre, um ihn uns zuzuweisen. Es gab nur die üblichen Einsätze in Privathaushalten, Schlägereien am Taxistand, ein paar Auseinandersetzungen zwischen Jugendbanden in verschiedenen Teilen der Stadt, ein zweijähriges Kind mit Blutergüssen, das nur mit einer Windel bekleidet durch das Zentrum von Espoo geirrt war. Wir schlossen den Ermittlungsbericht über einen Totschlag unter Betrunkenen ab, der vor einem Monat in Matinkylä passiert war, und seufzten tief, denn nun wurde es Zeit, uns dem Case Kantokaski zu widmen, wie Puupponen den Fall getauft hatte. Der Sonderpädagoge Teemu Luotonen würde später zur zweiten Vernehmung kommen, jetzt stand uns ein Gespräch mit dem mutmaßlichen Opfer und seinem Vater bevor. Die Misshandlung eines Kindes in der Schule war nach Ansicht von Timo Ranto, dem derzeitigen Chef der Abteilung für Gewaltdelikte bei der Polizei von West-Uusimaa, eine Sache für die Seltsamen.

«Ein typischer Fall von Aussage gegen Aussage», meinte Puupponen.

«Allerdings gibt es ja zwei Augenzeugen, die Mitschülerinnen von Amanda Aalto», gab Koivu zu bedenken.

«Aber deren Aussage ist bei jeder Befragung anders ausgefallen. Du hast recht, Ville. Hier steht Aussage gegen Aussage. Das Wort von Teemu Luotonen gegen das von Amandas Vater. Ich würde zu gern einmal mit Amanda sprechen, ohne dass ihr Vater dabei ist. Die Mutter oder eine Sozialarbeiterin wäre mir lieber.»

«Die Mutter arbeitet doch bei dem Projekt einer internationalen Investmentbank in Singapur. Vater und Tochter sind allein in Finnland. Und der Vater will keine Sozialtanten, er kann selbst für sein Kind eintreten», sagte Puupponen, wurde aber unterbrochen, als wir die Nachricht erhielten, dass Henri und Amanda Aalto im Erdgeschoss warteten.

«Ich hole sie ab», bot Puupponen an. Auch Koivu stand auf und goss sich Kaffee nach. Hefeteilchen und Berliner hatte er in letzter Zeit nicht angerührt, und an vielen Tagen hatte ich ihn geradezu zum Mittagessen scheuchen müssen.

«Wie war das Wochenende?», fragte ich, als sich die Tür hinter Puupponen geschlossen hatte.

«Anu und ich waren abwechselnd in der Kinderklinik, am Sonntag sogar eine Stunde lang beide gleichzeitig, während meine Schwiegermutter sich um Jusu und Jaska gekümmert hat. Dann waren wir noch in der Sauna. Nichts weiter.» Koivu putzte wieder einmal seine Brille, mit denselben Bewegungen wie immer, bei denen ich an eine verwirrte Katze denken musste, die sich die Brust leckt.

«Anu lässt ausrichten, sie ist dir dankbar, dass du mich nicht betrunken nach Hause geschickt hast.»

«Sie hat mir schon am Samstag eine SMS geschickt. Wenn ich irgendwas ...»

Ich wurde unterbrochen, als Puupponen die Tür zu unserem Ermittlungszimmer öffnete. Da im Moment keine Aufnahmen von Leichen oder Tatorten an den Wänden hingen, konnten wir ihn für Befragungen nutzen. Henri Aalto betrat den Raum hinter Puupponen, als Letzte kam Amanda.

Obwohl ich ihr schon mehrmals begegnet war, erstaunte ihr Äußeres mich immer noch. Sie war erst elf, doch man konnte sie schon jetzt als Schönheit bezeichnen. Die dichten, schwarz glänzenden Haare reichten bis fast zur Taille, ihre Haut leuchtete honiggolden, ihre Lippen waren prall wie die einer Erwachsenen. Vermutlich beneideten viele Gleichaltrige Amanda darum, dass sie in ihrem Alter bereits die Maße einer erwachsenen Frau erreicht hatte: Ihre Beine waren fast einen Meter lang, und ihre Brüste brauchten bereits einen Büstenhalter. Aber sie war noch nicht einmal ein Teenager, und das mussten wir berücksichtigen, wenn wir mit ihr sprachen.

«Müssen wir uns schon wieder herbemühen, und obendrein mitten am Schul- und Arbeitstag?», beschwerte sich Henri Aalto, noch bevor er Platz genommen hatte.

«Sie haben am Telefon gesagt, der Termin passt Ihnen», versetzte Koivu. «Kaffee?»

«Nein, danke. Hätte ich vielleicht doch unseren Anwalt mitbringen sollen? Das hier ist doch völlig nutzlos. Amanda hat schon erzählt, wie der Lehrer Luotonen …»

«Teemu», unterbrach Amanda ihn, «wir nennen ihn Teemu.» Sie schlug die Beine so graziös übereinander, wie man es in der Supermodel-Sendung lernen konnte, und gab ihrem Vater mit einem Blick zu verstehen, er solle auch Platz nehmen.

«Schon gut, Schätzchen. Mit Polizisten muss man korrekt reden, und ich duze mich nicht mit Luotonen.» Aalto setzte sich neben seine Tochter und sah Koivu an. «Dieser Luotonen hat meine Tochter belästigt und muss angeklagt werden. Warum müssen wir das noch einmal durchkauen? Es ist äußerst belastend für meine Tochter, sich immer wieder an den Vorfall erinnern zu müssen.»

«Luotonen zieht in Erwägung, Sie seinerseits zu verklagen, wegen Diffamierung. Sie haben ihm in der Facebook-Gruppe der Schule und auf Ihrer eigenen Seite schon den Prozess gemacht, obwohl noch nicht geklärt ist, ob ausreichende Gründe für eine Anklage vorliegen.» Koivus Stimme war kalt, diesen Tonfall hatte ich bisher erst ein einziges Mal von ihm gehört. Damals hatte seine Wut mir gegolten.

«Ihr Polizisten bringt nichts zuwege. Ihr jammert über die knappen Ressourcen, aber allein in diesem Zimmer sitzen gleich drei von euch und untersuchen einen sonnenklaren Fall. Der eine kann lesen, der andere schreiben, und die dritte ist eine Frau wegen der Gleichberechtigung, wie?»

Ich holte tief Luft und setzte mich neben Amanda. Puupponen schaltete die Videokamera ein. Falls es tatsächlich zum Prozess kam, würde die Videoaufnahme vielleicht genügen, sodass Amanda die Aussage vor Gericht erspart blieb.

«Ein hübscher Schmuck», sagte ich im Plauderton zu dem Mädchen. An einer goldenen Halskette hing ein Herz, ebenfalls aus Gold, in das kleine rote Steine eingelassen waren. Sie bildeten ein zweites Herz.

«Den hat Papa mir zum Josefina-Tag geschenkt. Josefina ist mein zweiter Vorname. Der Anhänger hat irgendeiner Prinzessin gehört, ich glaube, sie hieß Margaret ...»

«Die verstorbene englische Prinzessin Margaret. Ihre Erben mussten einen Teil des Besitzes verkaufen, um die Erbschaftssteuer bezahlen zu können. Finnland ist nicht das einzige Land, in dem die Erben geschröpft werden.» Henri Aalto sprach wieder mit normaler Stimme, denn nun ging es ums Business. Er war von Beruf Juwelenhändler, und sein Geschäft war kein Billigladen neben irgendeinem Supermarkt, sondern nur nach Vereinbarung für ausgewählte Kunden geöffnet.

«Papa hat gesagt, das ist für seine Prinzessin.» Als Amanda lächelte, blinkte an ihrem linken Schneidezahn ein Schmuckstein auf.

«Prinzessin Margaret, wow! Meine Schwester Helena hat sie sehr bewundert. Ich glaube, sie hatte sogar eine Margaret-Papierpuppe.» Als Amanda die Augenbrauen hochzog, ging mir auf, dass sie womöglich gar nicht wusste, was eine Papierpuppe war. Ich sparte mir jedoch die Erklärung und bat sie stattdessen, noch einmal mit eigenen Worten zu berichten, was damals im März während der Pause in der Sonderschulklasse in Kantokaski geschehen war.

«Das habe ich doch schon erzählt. Wer weiß wie oft. Wird das auf Video aufgenommen? Warum?»

Ich erklärte ihr, weshalb. Henri Aalto rückte seinen Stuhl zur Seite, damit er auf dem Video nicht zu sehen war. Er war ein attraktiver Mann um die vierzig mit naturkrausen blonden Haaren. Der schwarze Anzug war vermutlich maßgeschneidert, denn er saß perfekt, und die Schuhe hatten auf dem schlammigen Hof vor dem Polizeigebäude keine Flecken abbekommen. Die Manschettenknöpfe an seinem rosa Hemd trugen das Monogramm H. A. und konnten nur aus Weißgold sein.

«Also, an dem Tag war dermaßen Schneeregen oder so was, total schlimm. Vanessa war gerade beim Friseur gewesen, und mir wäre das Make-up verlaufen, und ich hatte auch ein bisschen Husten, wer hat da schon Bock, nach draußen zu gehen. Alsu war auch dabei, die hängt immer mit uns rum. Wir sind dann in die Sonderschulklasse, weil da vorher noch keiner von uns war, nicht mal Alsu, obwohl die aus Russland kommt, aber sie kann ganz gut Finnisch und braucht keinen Sonderlehrer. Aber der Teemu ist angekommen und hat gefragt, warum wir nicht draußen sind, und da hat sich mein Fingernagel in Alsus Bluse verfangen und ist abgebrochen, gerade wo ich ihn so cool lackiert hatte, in Pink und Gold, und ich bin ausgeflippt und hab den Teemu angebrüllt, dass ich nicht nach draußen gehen kann, weil mir der Nagel wehtut.»

Amanda schlug die Augen nieder, sodass ihre langen Wimpern die Wangen berührten; die Geste wirkte einstudiert. Koivu schlürfte seinen Kaffee, was in der plötzlichen Stille überlaut zu hören war. Amanda sprach weiter.

«Na ja, Alsu hat mich ausgelacht, dabei tat mir der Nagel echt weh. Auf dem Schrank lag irgendein Buch, und das hab ich nach ihr geworfen. Der Teemu hat gesagt, jetzt beruhigen wir uns mal und gehen nach draußen. Vanessa ist gleich verschwunden, sie wird immer sofort total nervös, wenn ein Lehrer wütend ist, und Alsu ist dann auch gegangen, aber ich nicht. Er hat mich noch mal ermahnt, und als ich nicht gehorcht hab, da hat er mich angefasst.»

Da Amanda verstummte, fragte ich sie, wie der Lehrer sie angefasst hatte.

«Na, er hat … Er hat mich an der Schulter gepackt, und ich hab gesagt, Finger weg, du Schwuchtel, und da hat er mir an den Busen gefasst, und ich hab geschrien, und er hat losgelassen. Und dann hat's geklingelt, und die Pause war um.»

Der Sonderpädagoge Teemu Luotonen hatte ausgesagt, er habe Amanda Aalto eine Hand auf die Schulter gelegt, um sie zu beschwichtigen. Das Mädchen habe aggressiv gewirkt, und er habe bei seinen Sonderschülern die Erfahrung gemacht, dass die leichte Berührung beruhigend wirkte. Amanda habe sich jedoch losgerissen, und er könne nicht ausschließen, dass seine Hand dabei ihre Brust gestreift habe. Das sei aber keinesfalls seine Absicht gewesen. Als die Rektorin ihn am nächsten Tag zu sich zitiert hatte, weil er verdächtigt wurde, eine Schülerin sexuell belästigt zu haben, war Luotonen aus allen Wolken gefallen.

Alsu Denkova und Vanessa Huttunen hatten gesagt, der Lehrer müsse Amanda wohl berührt haben, sonst hätte sie es doch nicht behauptet. Beide hatten jedoch zugegeben, dass sie das Klassenzimmer bereits verlassen hatten, als die angebliche Tat geschah.

«Wie lange hat die Berührung gedauert?», fragte ich. Puupponen hatte seinen Blick auf das Stativ der Kamera geheftet, und auch Koivu sah Amanda nicht an.

«Lange genug, dass es eklig war.» Amanda wirkte verunsichert.

Der Sonderpädagoge hatte gleich nach der Szene mit der Klassenlehrerin der 5b gesprochen, die den Verstoß gegen die Pausenordnung im elektronischen Klassenbuch vermerkt hatte, über das auch die Eltern informiert wurden. Als Henri Aalto die Version seiner Tochter hörte, hatte er sofort die

Rektorin angerufen. Dann hatte er Anzeige wegen sexueller Belästigung einer Minderjährigen erstattet, und der Fall war bei uns gelandet.

«Hören Sie auf, meine Tochter zu quälen! Kann man diesen Lehrer nicht endlich vor Gericht bringen und für die Dauer des Verfahrens suspendieren?», dröhnte Henri Aalto. «Muss Amanda etwa die Schule wechseln, um diesem Kerl nicht jeden Tag über den Weg zu laufen? Finden Sie das fair?»

«Mir scheint, dass Sie gar nicht wissen, was Fairness ist», sagte Koivu und knallte seinen Kaffeebecher auf den Tisch. Auf dem Becher prangten das Bild eines uniformierten Polizisten und der Text «Für Papa». Er war ein Geschenk von Sennu.

Aalto brauchte einen Moment, um zu begreifen, was Koivu gesagt hatte. Sein Gesicht nahm die gleiche Röte an wie Koivus Augen am Samstagmorgen, sein Atem beschleunigte sich. Als wäre ich in einen Kampf zwischen zwei Straßenkötern geraten.

Henri Aalto stand auf und trat vor Koivu. Puupponens Körper spannte sich im selben Moment wie meiner. Er war näher bei Koivu und würde ihn übernehmen, wenn nötig, während ich mich um Aalto kümmern würde. Seinem Aussehen nach stemmte er regelmäßig Gewichte und trieb auch irgendeinen Ausdauersport, aber gegen den Polizeigriff half selbst eine gute Kondition nicht unbedingt.

«Hauptmeister Koivu hat gleich eine Besprechung in der Führungsetage», sagte ich, so ruhig ich konnte. «Geh schon rauf, Puupponen und ich machen hier weiter.»

Ich hörte förmlich, wie Koivus Gehirn ratterte. Schließlich stand er auf und nahm seinen Becher mit, als könnte er nicht ohne ihn sein. Er schlug die Tür hinter sich zu.

«Was war das denn?», fragte Henri Aalto. Amanda betrachtete konzentriert ihre Fingernägel.

«Es geht hier um Amandas Wohlergehen», begann ich, doch er fiel mir ins Wort.

«Allerdings, genau darum geht es. Sie verstehen doch wohl, dass ein Vater zu allem bereit ist, um seine Tochter zu beschützen?» Aalto setzte sich wieder und holte tief Luft. «Es ist für mich auch belastend, dass ich mich ganz allein um diese Geschichte kümmern muss. Amandas Mutter ist beruflich in Singapur.» Er legte seiner Tochter eine Hand auf die Schulter. «Wann geht es in dieser Sache endlich voran?»

«Wenn unser Vorermittlungsbericht fertig ist, schicken wir ihn an die Staatsanwaltschaft, die dann entscheidet, ob die Voraussetzungen für eine Anklage erfüllt sind.» Mit Leuten wie Aalto sprach man am besten offiziell und ohne sich von ihren boshaften Bemerkungen provozieren zu lassen.

«Es besteht doch kein Zweifel daran, dass die Voraussetzungen erfüllt sind. Meine elfjährige Tochter ist belästigt worden. Wissen Sie schon, welcher Staatsanwalt zuständig ist?»

Wahrscheinlich würde es meine alte Freundin Katri Reponen sein, der häufig Fälle von Gewalt gegen Frauen und Kinder zufielen. Doch das musste Aalto nicht wissen, denn es war ja keineswegs sicher.

«Papa, ich will die Schule nicht wechseln! Alle meine Freundinnen sind in Kantokaski», rief Amanda und klang endlich einmal so jung, wie sie wirklich war.

Natürlich hatten wir Teemu Luotonens Strafregister überprüft, oder wir hätten es getan, wenn er eins gehabt hätte, aber der Mann hatte sich nie etwas zuschulden kommen lassen, es fand sich nicht einmal eine banale Geldbuße wegen Verstoßes gegen das Tempolimit. Die Rektoren der jetzigen und auch der Schulen, an denen Luotonen vorher gearbeitet hatte, hatten versichert, er sei kompetent und unbescholten. Die Eltern der Sonderschüler hatten auf Aaltos Facebook-Kampagne reagiert, indem sie den Lehrer leidenschaftlich verteidigten. Jemand hatte angedeutet, Amanda habe ihn in eine Falle gelockt.

Ich kannte die Wahrheit natürlich nicht. Aufgrund meiner Erfahrung vermutete ich, dass es sich um ein pures Missverständnis handelte; allerdings hatte es lange gedauert, bis ich mir dieses Urteil eingestand. Sexuelle Belästigung durfte man nie unter den Teppich kehren, erst recht nicht, wenn sie sich gegen Kinder oder Jugendliche richtete. Henri Aalto hatte keineswegs absichtlich eine unbegründete Anzeige erstattet, ihm ging es wirklich darum, seine Tochter zu schützen. Die Verantwortung für die Entscheidung, ob es zum Prozess kam, würde bald in andere Hände übergehen, doch Aalto würde zweifellos weiterhin in den sozialen Medien die Polizei verunglimpfen und uns dabei alle beim Namen nennen. Von dieser Methode, die Polizeiarbeit zu erschweren, hatte niemand etwas geahnt, als ich meine Ausbildung machte. Andererseits hätten damals die meisten Polizisten Henri Aaltos Anzeige gar nicht ernst genommen.

Mein Diensttelefon klingelte. Das Display zeigte die Nummer des diensthabenden Kommissars, was in aller Regel bedeutete, dass ein Fall für die Seltsamen anlag.

«Kallio. Ich stecke mitten in einer Vernehmung.»

«Es geht sozusagen nicht um Leben und Tod, denn der Tote hat sein Leben längst ausgehaucht.» Diensthabender war heute Marjala von der Verkehrspolizei, der ebenso unbeirrt Witze riss wie Puupponen. Vielleicht entstand diese Angewohnheit zwangsläufig, wenn man oft genug erlebte, dass Betrunkene Kinder überfuhren. Marjala legte eine dramatische Pause ein, bevor er fortfuhr: «Ich hätte da eine Leiche in Tapiola. Genauer gesagt in der Kirche von Tapiola.»

«In der Kirche?»

«Exakt. Todesursache noch unbekannt. Die Streifen, die in der Nähe waren, haben die Umgebung schon abgesperrt, und Hakkarainen ist mit seinem Team unterwegs, aber du könntest mit deiner Abteilung mal hinfahren. Es soll so viel Blut geflossen sein, dass er bestimmt keines natürlichen Todes gestorben ist. Wenn du nicht gerade einen geständigen Mörder vor dir hast, setz das Blaulicht aufs Dach.»

«Verstanden. Ich nehme Koivu und Puupponen mit. Welche Streifen sind am Tatort?»

«WU Fünfzwofünf und die Teufel.»

Die Teufel, das war die Streife Sechshundertsechsundsechzig der Polizei von West-Uusimaa, den Spitznamen hatte natürlich Puupponen erfunden. Ich hatte ihn von Anfang an nicht witzig gefunden.

«Okay.» Ich legte auf. Puupponen hatte schon gemerkt, dass jetzt etwas noch Wichtigeres anlag als eine sexuelle Belästigung.

«Wir haben einen dringenden Einsatz», erklärte ich Henri und Amanda Aalto. Henri öffnete den Mund, als wollte er fragen, worum es sich handelte, erinnerte sich dann aber, dass seine Tochter daneben saß, und sagte nichts. Ich beendete die Vernehmung offiziell und fügte hinzu, dass demnächst wahrscheinlich die Staatsanwaltschaft Verbindung zu den Aaltos aufnehmen würde. Puupponen begleitete die beiden nach unten; anschließend wollte er einen Wagen für uns organisieren. Ich rief Koivu an und sagte, wir hätten einen Leicheneinsatz in Tapiola.

«Ich bin hier», antwortete er. Er stand schon vor der Tür. «Eine Leiche also. Das ist bei diesem Roulette ja eine gute Nachricht. Je mehr Menschen sterben, desto unwahrscheinlicher ist es, dass unsere Sennu bald an der Reihe ist.»

2

Puupponen fuhr, Koivu saß mit geschlossenen Augen auf dem Rücksitz. Ich hatte ihm immer wieder geraten, sich krankschreiben zu lassen, aber er behauptete, er würde verrückt, wenn er nur zwischen zu Hause und der Klinik pendelte. Seine Frau Anu Wang-Koivu hatte sich sofort beurlauben lassen, als Sennus Diagnose feststand.

Sennus Prognose war nicht hoffnungslos, obwohl die Krankheit bei ihr in der aggressivsten Form ausgebrochen war. Es war durchaus möglich, dass sie eines Tages völlig geheilt sein würde. Die Operation und die Chemotherapie hatten die Elfjährige so geschwächt, dass sie kaum fähig war, ohne Hilfe zu essen. Sennu war schon alt genug, um zu verstehen, was ihre Erkrankung bedeutete. Es war entsetzlich, die Todesangst eines Kindes mitzuerleben.

Ich bemühte mich, meine Gedanken auf die Leiche zu konzentrieren, die in der Kirche von Tapiola auf uns wartete. In dieser Kirche war ich zuletzt vor zwei Jahren gewesen, bei der Beerdigung von Anttis Tante. Sie war von Terhi Pihlaja ausgesegnet worden, einer der Gemeindepastorinnen, die in ihrem Diensturlaub für Studienzwecke an einer Dissertation über die Einstellung der Kirche zu sexuellen Minderheiten in verschiedenen Epochen arbeitete. Im Gegensatz zu den meisten finnischen Gotteshäusern war die Kirche in Tapiola täglich geöffnet, und man konnte sie jederzeit besuchen, um zur Ruhe zu kommen. Obwohl Antti eingefleischter Atheist war, saß er von Zeit zu Zeit dort und dachte an seinen Vater, dessen Trauergottesdienst ebenfalls hier stattgefunden hatte.

Bei der Leserumfrage einer Zeitung, in der «die hässlichste Kirche Finnlands» gesucht wurde, hatte die Kirche von Tapiola zu den meistgenannten gehört. Die Betonarchitektur von Aarno Ruusuvuori aus den 1960er Jahren war karg, daher lag es nahe, sie als Produkt ihrer Zeit abzutun, doch ich hatte mich in dem schlichten Gebäude immer wohlgefühlt.

«Vielleicht geht es ja bloß um einen Streit unter Säufern? Ich habe gehört, dass die sich oft in der Kirche aufwärmen und geduldet werden, solange sie sich ruhig verhalten», überlegte Puupponen.

«Menschen haben im Lauf der Geschichte ja oft in Kirchen Zuflucht gesucht. Das ist in den letzten Jahrzehnten ziemlich in Vergessenheit geraten. Ich kann mir allerdings nicht vorstellen, dass man uns losschickt, um die Folgen eines Schnapsstreits zu klären», antwortete ich. «Mal sehen, wie viele Zeugen da sind, dann können wir eine erste Bestandsaufnahme machen. Puupponen und ich können die Angehörigen benachrichtigen, falls es welche gibt.»

«Ich habe keine Angst vor der Trauer anderer Menschen», schnaubte Koivu. Seine Augen im Rückspiegel verrieten, dass er log.

Wir hatten nicht einmal das Blaulicht auf den Wagen gesetzt, denn es herrschte kaum Verkehr. Vor der Kirche standen der Kastenwagen der Teufel, der Sedan der Fünfzwofünf und der Lieferwagen der Kriminaltechnik. Und wo die Polizei war, gab es auch Gaffer. Himanen von der Fünfzwofünf hielt an der Tür vor dem Absperrband Wache und verscheuchte gerade ein paar halbwüchsige Jungen, die ihn mit ihren Handys fotografieren wollten. Er fand verbale Unterstützung bei einer älteren Frau mit Baskenmütze, die über die Manieren der heutigen Jugend schimpfte. Im Angesicht des Todes müsse man die Mütze abnehmen und schweigen.

Himanen ließ uns durch. Schon in der Eingangshalle glaubte ich, Blut zu riechen, und folgte meiner Nase. Vor dem Korridor, der zu den Büros führte, stießen wir auf Hakkarainen und seine Leute. Hakkarainen zählte zum Adel der Kriminaltechniker und forderte viel von seinem Team. An seinen technischen Ermittlungen fand im Allgemeinen selbst der penibelste Verteidigungsanwalt keine Mängel.

Hakkarainen winkte uns zu. «Ich dachte mir schon, dass wir hier einen Fall für die Seltsamen haben. Ein normaler Totschlag ist es jedenfalls nicht. Kommt und seht es euch an.»

Puupponen öffnete die Tasche mit der Schutzkleidung. Auch Koivu kam, um sich Overall, Schuhüberzieher, Handschuhe und Schutzhaube zu holen. Ich band mir die Haare hoch oben auf dem Kopf zusammen wie die kleine Mü aus den Muminbüchern, damit nur ja kein Haar am falschen Ort landete. Koivu glich in seinen Klamotten einem Schneemann.

«Make, bist du mit den Fotos fertig?», fragte Hakkarainen.

Make Hyvärinen, der Fotograf der Kriminaltechnik, kam rückwärts aus der rechten der beiden Kindertoiletten, dem Schild zufolge für Jungen. Nahe der Tür wurde der Blutgeruch stärker. Hyvärinen hatte Blut an den Schuhüberziehern. Ich atmete durch den Mund.

Der Tote lag rücklings auf dem Boden, seine Beine zeigten zu den Waschbecken, während sein Kopf das Klobecken berührte. Seine Augen blickten leer, als wäre ihr Ausdruck mit dem Blut davongeströmt. Sein Gesicht war von Blutstropfen gesprenkelt, sein Mund stand offen wie bei einem überraschten Ausruf. Die dunklen Haare waren zum Pagenkopf geschnitten und steif vor Blut. Sein Leib war ein einziger Brei, gerade so, als hätte jemand wieder und wieder zugestochen. An den Armen und auch auf der Brust fanden sich Schnittwunden, offenbar hatte der Mann versucht, sich vor den Stichen zu schützen. Er lag in einem schwarzroten Meer aus Blut. Blutstreifen führten zum Abfluss unter dem Waschbecken bei der Tür, der Fußboden schien leicht abschüssig zu sein.

Es war schwierig, das Alter des Mannes zu bestimmen. Wahrscheinlich zwischen fünfunddreißig und fünfundfünfzig. Er trug einen dunklen Anzug und ein Hemd, dessen Farbe bei all dem Blut unkenntlich war. Die Schuhe waren schwarz, hatten aber schwarz-grün gemusterte Schnürsenkel. In Kombination mit dem Pagenkopf deuteten sie darauf hin, dass der Mann keine Scheu gehabt hatte, aus der Masse hervorzustechen.

«Weiß man schon, wer der Tote ist?», fragte ich Montonen von der Teufelsstreife, der mit seinem Partner als Erster am Fundort eingetroffen war.

«Nein. Außer dem Finder hat niemand die Leiche gesehen. Wir wollten den anderen keine Albträume verschaffen, und du verstehst sicher, dass wir die Taschen nicht nach Ausweispapieren durchsuchen konnten.»

«Klar. Wer hat ihn gefunden?»

«Arvi Honka, ein pensionierter Kantor und Organist, der regelmäßig auf den Urnenfriedhof kommt, um die Gedenktafel seiner Frau zu besuchen. Er sitzt jetzt wohl drüben in der Kirche. Ein alter Herr mit Krücken.»

«Okay. Wer war bei eurer Ankunft sonst noch im Haus?»

«Die Hausmeisterin und eine Gemeindeschwester oder wie die heißen. Sie sind jetzt auch in der Kirche, nehme ich an.»

Nach dem, was Terhi Pihlaja mir erzählt hatte, gab es in der Kirche täglich Veranstaltungen, daher schien es mir seltsam, dass an diesem Abend im April unser unbekannter Toter und ein ehemaliger Kantor die einzigen Besucher gewesen sein sollten. Allerdings lag Ostern erst eine Woche zurück, vielleicht war es unmittelbar nach der Saison stiller.

«Habt ihr irgendeinen Aktenkoffer gesehen oder eine andere Tasche? Oder eine Jacke? Bei dem Wetter ist er sicher nicht ohne Jacke unterwegs gewesen.»

«Eine Tasche ist mir nicht aufgefallen, aber wegen seiner Haltung vermute ich, dass unter ihm etwas auf dem Boden liegt», mischte sich Hakkarainen ein. «Guck mal hin, ich glaube nicht, dass der Mann sonderlich dick ist. Sondern unter seinem Rücken liegt irgendwas, das die Körpermitte hochdrückt. Was es genau ist, werden wir gleich klären.»

«Koivu und Puupponen, ihr sucht nach der Jacke und führt ein erstes Gespräch mit den Leuten in der Kirche. Es gibt hier doch wohl Überwachungskameras, oder? Wenn niemand weiß, wer der Mann war, können wir an den Aufzeichnungen wenigstens sehen, wann er und die anderen Besucher gekommen sind.»

«Gott sieht doch alles, wozu braucht man da Kameras?», versuchte Puupponen zu witzeln, errötete aber selbst über das miserable Resultat.

«Von unserer Seite spricht nichts dagegen, den Toten in die Pathologie zu bringen», teilte ich Hakkarainen mit. Ich schälte mich aus der Schutzkleidung und ging in den Kirchenraum, um mit Arvi Honka zu sprechen, dem Mann, der die Leiche gefunden hatte.

Am Ende der vordersten Bank saß eine gebeugte Gestalt, daneben lehnten Krücken. Der Mann wirkte gebrechlich, die flauschigen weißen Haare standen ihm vom Kopf ab. Der dunkelblaue Wintermantel hätte auch einer Frau gehören können. Bei Babys war es oft schwierig, auf den ersten Blick festzustellen, ob es ein Mädchen oder ein Junge war, und dasselbe galt meiner Erfahrung nach auch für sehr alte Menschen. Arvi

Honka wandte den Kopf, als er meine Schritte hörte: Sein Gehör funktionierte einwandfrei. Das Netz der Falten auf seinem Gesicht war dicht, die hellblauen Augen hinter der Brille schienen zu einem viel jüngeren Menschen zu gehören als der Rest seines Körpers.

«Guten Tag. Ich bin Kommissarin Maria Kallio von der Espooer Polizei. Sie haben offenbar den Toten gefunden, hier auf dem ...» Es kam mir irgendwie respektlos vor, in diesem Zusammenhang von Klo oder WC zu sprechen, andererseits klangen Klosett oder Sanitäranlage wieder zu gekünstelt.

«Guten Tag. Ja, das stimmt. Mein Name ist Arvi Honka, und obwohl ich pensioniert bin, spiele ich ab und zu hier in der Kirche auf der Orgel. Die Asche meiner Frau ruht im Urnenhain. Ich komme hierher, um für sie zu musizieren, und natürlich für Gott. Die Oberpfarrerin hat dafür Verständnis und erlaubt es mir.»

Arvi Honka hatte immer noch einen weichen Bariton, vielleicht sang er auch regelmäßig. Ich setzte mich neben ihn und ließ mein Notizbuch stecken. Die offizielle Befragung konnte warten.

«Genau ... Ich habe den Toten gefunden. Ich bin auf die Kindertoilette gegangen, weil die freitagnachmittags kaum je benutzt wird, und bei mir dauert das Geschäft immer so lange. Mein linker Knöchel hält noch nicht wieder viel aus, seit ich bei der Glätte neulich ausgerutscht bin. Der Arzt hat mir verboten, mit dem schwachen Fuß die Pedale zu treten, aber ohne die kann man doch nicht spielen! Und wenn ich keine Musik mache, kann ich mich auch gleich zu Siiri legen.» Er zeigte zum Urnenfriedhof hinüber. «Aber um mich geht es ja nicht, sondern um den Toten. Weiß man schon, wer das ist?»

«Noch nicht. Sie haben ihn also nicht erkannt?»

«Irgendwo habe ich ihn schon mal gesehen, aber ich komme nicht auf den Namen. Es ist schon merkwürdig. Ich erinnere mich an jeden, mit dem ich im Juni vierundvierzig den Rückzug aus Petroskoi angetreten habe, aber die Heutigen bleiben mir einfach nicht im Gedächtnis. Gestern habe ich sicher zehn Minuten lang überlegt, wie die Kulturministerin heißt. Muss man als Polizistin nicht ein gutes Gedächtnis haben, damit man die Gauner von den anständigen Leuten unterscheidet?» Der alte Mann lächelte flüchtig und strich sich die Haare glatt. Zwischen uns auf der Bank lag ein dunkelblauer, breitkrempiger Hut mit einer schwarz-grau gemusterten Feder.

«Der arme Mann. Ich habe immer noch sein Blut am Schuh. Nach einem natürlichen Tod sah mir das nicht aus. Gut, dass ein Außenstehender wie ich ihn gefunden hat und kein Angehöriger.»

«Erzählen Sie mir, wie das alles abgelaufen ist. Um welche Zeit sind Sie zur Kirche gekommen?»

«Gegen Viertel nach zwei, denke ich … Ich bin kurz nach eins in Hakalehto aus dem Haus gegangen, und mit diesen Krücken tapse ich ja nur halb so schnell vor mich hin wie normal. Ein alter Mann wird nicht so schnell gesund wie ihr Jüngeren, aber es wird schon werden. Ich habe Siiri besucht und bin dann hereingekommen. Als ich die Tür zur Toilette aufmachte, lag da der Mann. Er sah genauso aus wie Unteroffizier Risula, nachdem ihn eine Granate in den Bauch getroffen hatte. Hoffentlich hat dieser Mann nicht so lange leiden müssen wie Risula. Ich habe die Tür wieder zugemacht und einen Stuhl davorgestellt, damit niemand reingeht, und dann habe ich den Notruf gewählt. Die Küsterin, oder die Hausmeisterin, so heißen die heute ja wohl, hat gerade im Gemeindesaal die Blumen gegossen. Ich habe ihr gesagt, was passiert ist und dass die Polizei gleich kommt. Dann bin ich hierhergekommen, in die Kirche, und habe die erste Strophe des Liedes sechshundertzwölf gesungen. Kennen Sie es?»

«Ich glaube nicht.»

Daraufhin begann der Mann leise zu singen: «Wie bang, du armes Menschenkind / ist dir ums Herz.» Seine Stimme glich seinen Augen: Sie war immer noch jung und kraftvoll, fast ohne Vibrato.

«Der Text ist von Juhana Cajanus, ein wunderschönes Gedicht. Helfen konnte ich dem Toten nicht mehr, aber immerhin konnte ich für ihn singen. Das ist eine alte Angewohnheit von mir. Im Krieg hat sich so mancher über den singenden Gefreiten gewundert, aber viele haben mit eingestimmt.»

«Sie haben den Toten also nicht berührt oder seine Stellung verändert?»

«Meine Krücke hat anscheinend sein linkes Bein gestreift. Da ist auch Blut dran, sehen Sie.» Honka hob seine Krücke an. «Ihr Polizisten wisst natürlich so gut wie wir Kriegsveteranen, wie viel Blut ein Mensch in sich drin hat. Ich habe so lange Blut gespendet, wie ich durfte. Aber diesen armen Mann hätte selbst eine Transfusion nicht mehr gerettet.»

Ich hörte Puupponens Schritte hinter mir, sie waren schneller und leichter als Koivus. Er trug immer noch seine Schutzkleidung. Bei seinem Anblick zuckte Honka zusammen.

«Im ersten Moment dachte ich, da kommt ein Soldat im Schneeanzug. Das liegt wohl daran, dass ich an Risulas Tod gedacht habe.»

«Guten Tag. Ich bin Hauptmeister Puupponen», stellte mein Kollege sich hastig vor und wollte gerade weiterreden, als Honka ihn unterbrach.

«Sind Sie mit dem Puupponen verwandt, bei dem in Syväri unter den Skiern eine Mine hochgegangen ist?»

Ein nachdenklicher Ausdruck trat auf Puupponens Gesicht. «Mein Großvater ist im Krieg gefallen, aber ich weiß nicht genau, wo. Oma sprach nicht gern darüber.»

Honka nickte. «Wie hieß er noch mit Vornamen ... Viljami, glaube ich. Wir waren bei derselben Einheit. Ich habe ihn damals aus dem Wald getragen, oder das, was von ihm übrig war. Sie sehen ihm sehr ähnlich. Die Haarfarbe und die Sommersprossen ...»

«Mein Großvater hieß tatsächlich Viljami. Vielleicht war er es wirklich.» Puupponen wirkte immer noch verwirrt, riss sich dann aber zusammen. «Maria, an der Garderobe beim Eingang wurde ein Männermantel gefunden, in der Tasche schwarze Handschuhe und in der Brusttasche ein Parkschein vom Tapiola Park. Demnach ist der Mann heute um zwölf Uhr siebenunddreißig ins Parkhaus gefahren.»

«Dort gibt es auf jeden Fall Überwachungskameras, vielleicht können wir ihn anhand des Kennzeichens identifizieren.» Ich wandte mich an Arvi Honka. «Wir werden Sie jetzt nicht länger aufhalten, einer von uns wird später Ihre offizielle Aussage zu Protokoll nehmen. Sagen Sie mir bitte, wo Sie zu erreichen sind?»

Honka suchte seine Taschen ab und fand ein silberfarbenes Etui, dem er eine Visitenkarte entnahm. Auf weißem Papier stand in Prägeschrift Arvi Honka, director cantus, eine Adresse an der Hakarinne und die Nummer eines Festnetzanschlusses.

Er schien alle seine Sinne beisammenzuhaben, doch wenn er am Krieg teilgenommen hatte, musste er über neunzig sein, und zudem war ein Leichenfund für jedermann ein erschütterndes Ereignis. Deshalb beschloss ich, ihn von einer der beiden Streifen nach Hause bringen zu lassen. Außerdem brauchten wir die Kleidung, die er trug, damit sie im kriminaltechnischen Labor untersucht werden konnte. Ich bot ihm zunächst einmal den Transport nach Hause an.

«Das wäre nicht schlecht, die Straßen sind in einem elenden Zustand, und mit den Krücken geht es sich mühsam. Da werden die Nachbarn staunen, wenn Kantor Honka im Polizeifahrzeug vorfährt.» Der Gedanke schien ihn zu amüsieren. «Darf ich später erfahren, wer der Tote war, damit ich weiß, für wen ich singe?»

«Darüber haben die Angehörigen zu entscheiden», antwortete ich. «Leider kann ich Ihnen keine Visitenkarte geben. Ich habe keine mehr.» Da unsere Einheit in zwei Monaten aufgelöst werden sollte, hatte man uns untersagt, neue zu bestellen. Ich hatte meine letzte Visitenkarte auf Zettel kopiert, die ich in der Brieftasche trug, doch die waren mir inzwischen auch ausgegangen. Also erklärte ich Honka, er könne mich über die Telefonzentrale der Polizei von West-Uusimaa erreichen. Dann sagte ich ihm, dass er den Polizisten seine Kleidung aushändigen müsse. Er sah mich erschrocken an.

«Alles? Auch den Mantel und die Schuhe? Aber ich habe sonst nichts, was ich im Winter anziehen kann. Dieser Ulster hat mir schon fünfzehn Jahre treu gedient, und an den Schuhen habe ich vor zwei Jahren Spikes anbringen lassen. Wenn das Wetter so bleibt, wie es ist, kann ich ohne sie nicht aus dem Haus.»

«Es ist leider unvermeidlich. Im Streifenwagen gibt es Gummistiefel, die Sie vorübergehend benutzen können, Ihre Schuhe müssen nämlich besonders dringend analysiert werden. Haben Sie Angehörige, die Ihnen Ersatz besorgen könnten?»

Honka schüttelte den Kopf. «Meine beiden Kinder verbringen den Winter immer im Ausland. Natürlich habe ich meine Nachbarn, Kaarina und Tapio … Aber bekomme ich meine Sachen zurück? Den Mantel hat Siiri ausgesucht, und sie hat eine gute Wahl getroffen. Sie hat mir beigebracht, ihn in

Schuss zu halten. Ich glaube nicht, dass ich imstande bin, ohne Siiri einen neuen Mantel zu kaufen. Muss ich mich gleich hier ausziehen?»

«Zuerst bringen meine Kollegen Sie nach Hause, und dann geben Sie Ihre Sachen ab. Sie erhalten eine Quittung, und nach der Analyse bekommen Sie alles zurück. Die technischen Ermittler müssen untersuchen, welche Spuren von Ihnen sind und welche vom Täter. Leider bringen Verbrechen oft auch das Leben unbeteiligter Menschen durcheinander.»

Ich winkte Wallenius von der Fünfzwofünf herbei und erklärte ihm die Situation. Er nickte verständnisvoll. Ich sagte ihm, die Streife brauche nicht mehr zur Kirche zurückzukommen, wir würden die restlichen Befragungen übernehmen. Als ich in den Eingangsbereich zurückkehrte, sah ich, dass der Leichenwagen eingetroffen war. Der Rechtsmediziner, der zufällig in der näheren Umgebung gewesen war, hatte den Tod schon vor unserer Ankunft offiziell festgestellt. Hakkarainen warnte die Leichenträger, der Tote sei blutüberströmt. Der Jüngere der beiden fühlte sich dadurch persönlich beleidigt.

«Wir machen so was nicht zum ersten Mal!», fauchte er. Als er die Tür zur Kindertoilette öffnete, hörte ich, wie er entsetzt nach Luft schnappte.

An der Garderobe hing der Mantel, der wahrscheinlich dem Toten gehörte. Er war aus hellgrauem Wollstoff und knapp knielang. Der Pelz am abknöpfbaren Kragen wirkte echt. Puupponen hatte die Taschen bereits durchsucht, nun mussten wir abwarten, was unter der Leiche zum Vorschein kam. Vielleicht eine Brieftasche, die trug in der Regel jeder bei sich. Oder war unser Toter von einem Taschendieb angegriffen worden?

Ich hörte Koivus Stimme aus dem Gemeindesaal, wo er mit der diensthabenden Hausmeisterin sprach. Wir mussten feststellen, ob sich zur Tatzeit noch weitere Personen in der Kirche aufgehalten hatten. Dabei konnten uns die Sechssechssechser helfen.

Die Leichenträger kamen aus der Toilette. Der Tote war sorgfältig zugedeckt worden, sodass die Neugierigen, die vor der Kirche warteten, nicht einmal eine Schuhspitze zu Gesicht bekommen würden. Himanen würde dafür sorgen, dass Außenstehende keine Fotos machten. Der Drang der Leute, alles mit ihren Handys zu verewigen, war für die Polizeiarbeit gelegentlich nützlich, aber manchen Leuten schien es sowohl an Verstand als auch an Respekt zu mangeln.

Ich senkte den Kopf, als der Tote an mir vorbeigetragen wurde. Meine Aufgabe war es, herauszufinden, was ihm zugestoßen war, und mein Bestes zu tun, um den Täter vor Gericht zu bringen. Das Urteil würden andere sprechen.

Die Leiche wurde in den Wagen geschoben, die Türen schlossen sich. Der Wagen fuhr langsam an, trotz Streusand war die Straße glatt, und die Frau, die mit langen Schritten auf die Kirche zustrebte, musste in den Schnee am Straßenrand ausweichen. Sie bemerkte zuerst den Leichenwagen, dann das polizeiliche Absperrband und sprach Himanen an, der den Leichenträgern die Tür aufgehalten hatte.

«Was ist passiert? Ist jemand gestorben?»

Die Frau war etwas über vierzig, mittelgroß und zierlich. Sie trug die Haare im Nacken zusammengebunden, ihr Schal hatte die gleiche leuchtend rote Farbe wie der knielange Steppmantel.

«Ich arbeite hier, ich bin die Gemeindesekretärin Kirsi Pulma-Haukinen. Ich darf doch wohl reingehen? Eigentlich wollte ich mich schon vor einer Stunde mit meinem Bruder treffen.»

Ich trat an die Tür und bat die Frau herein. Bildete ich mir die Ähnlichkeit mit dem Toten nur ein? Im Lauf der Jahre hatte ich gelernt, zu akzeptieren, dass Verbrechen manchmal weniger durch harte Arbeit als durch Zufall aufgeklärt wurden.

Ich stellte mich vor und fragte, ob der Bruder in ihrem Büro oder in der Kirche auf sie warten wollte.

«In der Kirche. Wir wollen darüber reden, wie wir die Wohnung unserer verstorbenen Mutter verkaufen, aber ich musste so lange zu Hause bleiben, bis der Handwerker wegen der Waschmaschine kam, weil ich ihm extra einschärfen wollte, dass Diana nicht nach draußen darf. Also unsere kleine Katze. Natürlich kam er fast eine Dreiviertelstunde zu spät. Ich habe Jaakko eine Nachricht auf den Anrufbeantworter gesprochen, aber er hat nicht zurückgerufen. Es ist ihm doch nichts passiert? Wer war das in dem Leichenwagen?»

«Wie alt ist Ihr Bruder?»

«Siebenundvierzig. Oh mein Gott, war das etwa Jaakko? Jaakko!», rief die Frau in den leeren Kirchenraum. Sie bekam keine Antwort.

Ich führte sie zu einer Bank im Vorraum der Kirche, bat sie Platz zu nehmen und fragte, ob sie vielleicht ein Foto von ihrem Bruder auf ihrem Handy habe. Ihre Hände zitterten, als sie ihre Handtasche öffnete und ein leuchtend rotes Smartphone herausholte.

«Es wurde im Februar bei der Beerdigung unserer Mutter gemacht. Hier können Sie zoomen. Das da ist Jaakko.»

Der Mann auf dem Foto blickte ernst drein, doch er war anwesend. Die Ausdruckslosigkeit auf dem blutleeren Gesicht des Toten war von anderer Art gewesen, aber es war dennoch leicht zu erkennen, dass es sich um denselben Mann handelte. Ich setzte mich neben Kirsi Pulma-Haukinen und erzählte ihr, was passiert war.

3

Kirsi Pulma-Haukinen weigerte sich anfangs, zu glauben, dass ihr Bruder tot war. Sie verlangte, die Leiche sehen zu dürfen, und rief trotz meiner Einwände bei ihrem Bruder an, doch an Jaakko Pulmas Handy meldete sich niemand. Natürlich war der Tote vorläufig nicht offiziell identifiziert, aber nachdem sie das Foto auf Kirsis Handy gesehen hatten, waren auch Hakkarainen und Hyvärinen der Meinung, dass es sich um Jaakko Pulma handelte.

«Gehen wir in mein Büro, da können wir ungestört reden», schlug Pulma-Haukinen vor. Das war mir recht, denn dort waren wir der Technik nicht im Weg.

«Wer ist der nächste Angehörige deines Bruders?», fragte ich, als Kirsi an ihrem Schreibtisch saß. Die vertraute Umgebung wirkte unverkennbar beruhigend auf sie. Ich war dazu übergegangen, sie zu duzen, denn Siezen erschien mir in dieser Situation zu unpersönlich.

«Henna, seine Frau. Henna Pasanen-Pulma. Sie ist Abgeordnete der Zentrumspartei und nach der nächsten Wahl bestimmt auch Ministerin. Jedenfalls ist es mit ihrer Karriere steil bergauf gegangen, seit sie den Wahlkreis gewechselt hat.»

Beinahe hätte ich laut aufgestöhnt. Der Fall hatte also alle Voraussetzungen für ein riesiges Öffentlichkeitsinteresse. Eine Leiche in der Kirche. Der Ehemann einer Abgeordneten. Da würde die Pressesprecherin der Polizei von West-Uusimaa vor Freude platzen. Der einzige positive Aspekt aus meiner Sicht war, dass Ranto unserer Einheit sicher Verstärkung bewilligen würde – falls wir die Ermittlungen weiterführen durften und der Fall nicht wegen der politischen Verbindungen der Ehefrau des Opfers an die Zentralkripo weitergeleitet wurde.

«Haben die beiden Kinder?»

«Nur einen Sohn, Joonas. Er leistet gerade seinen Wehrdienst in Vekaranjärvi.»

«Wo hat dein Bruder gearbeitet? Wo wohnt die Familie?»

«Sie sind vor zwei Jahren endgültig nach Espoo gezogen. Henna wurde ursprünglich im Wahlkreis West-Savo ins Parlament gewählt, aber seit der Wahlkreisreform gibt es den nicht mehr. Deshalb hat sie sich für Uusimaa entschieden. Früher haben sie in Mikkeli gewohnt. Jaakko wiederum hat die meisten Kunden hier in Südfinnland. Er ist in der Edelsteinbranche.»

«Hat er irgendwo ein eigenes Geschäft?»

«Er ist kein Einzelhändler, sondern ein Sachverständiger, der begutachtet und vermittelt.»

Kirsi bemühte sich die Fassung zu bewahren. Sie versuchte wohl, sich einzureden, dass es sich nicht um ihren Bruder handelte. «Es kann nicht Jaakko sein! Er hat nur sein Handy verlegt, oder er hat es bei irgendeiner Besprechung auf stumm geschaltet und dann vergessen.»

Ich suchte bereits auf der Website des Parlaments nach der Telefonnummer des Assistenten von Henna Pasanen-Pulma. Montags gab es keine Plenarsitzungen, aber die Abgeordneten hatten andere Konferenzen und Repräsentationspflichten, und ich wollte ihr die traurige Nachricht nicht per Telefon überbringen.

Hakkarainen klopfte an. Die Techniker hatten ihre Untersuchungen fortgesetzt, sie würden alle Spuren zusammentragen, die in der Toilette zu finden waren.

«Kallio, ich hätte etwas zu bereden. Kommst du mal kurz?»

Ich bat Puupponen, Kirsi Pulma-Haukinen Gesellschaft

zu leisten, und folgte Hakkarainen. Er zeigte mir eine blutgetränkte Brieftasche, die auf einem Stahlteller lag.

«Ich hatte recht: Unter der Leiche lag etwas, nämlich diese Brieftasche. Soll ich nachsehen, ob sie uns recht gibt, wer der Tote war?»

«Ich bin überzeugt, du schaffst das, ohne Spuren zu verwischen. Jetzt wissen wir immerhin, dass es kein Taschendiebstahl war, der aus dem Ruder gelaufen ist.»

Hakkarainen sah mich scharf an. «Kannst du dir da so sicher sein? Du ziehst ziemlich gewagte Schlüsse, nur weil die Brieftasche nicht verschwunden ist.» Er entnahm seinem Instrumentenkoffer eine Pinzette, mit der er die Brieftasche vorsichtig öffnete. Sie enthielt mindestens ein Dutzend Plastikkarten, eine zog Hakkarainen heraus, eine Visa-Gold-Kreditkarte. Darauf stand «Jaakko Pulma».

«Hier ist auch der Führerschein. Auf denselben Namen. Okay, Jaakko, wir versprechen dir, herauszufinden, wer dich auf dem Gewissen hat. Ich tue jedenfalls mein Bestes, damit dein Tod gesühnt wird.»

Ich hatte Hakkarainen noch nie so feierlich reden gehört, obwohl ich in zig Fällen mit ihm ermittelt hatte. Auch er hatte nicht mehr allzu viele Berufsjahre vor sich. Seine dunkelbraunen Haare waren an den Schläfen ergraut, die Augenbrauen waren fast weiß. Die ständige gebeugte Haltung bei der Untersuchung von Präparaten hatte ihm einen krummen Rücken verschafft, und seine Knie knackten beim Gehen. Er war mager und sehnig und Gerüchten zufolge Veganer.

«Eine schwierige Situation. Für die Ermittlungen wäre es unbedingt notwendig, die Kirche zu schließen, bis wir mit unserer Arbeit fertig sind. Sollen wir den Oberpfarrer anrufen, oder wer hat darüber zu entscheiden?», überlegte Hakkarainen. Ich bat Koivu, der gerade vorbeikam, die Sache abzuklären. In diesem Fall stand die weltliche Macht über der geistlichen, auch wenn es unangenehm wäre, unseretwegen Beerdigungen, Taufen und andere kirchliche Zeremonien verschieben zu müssen. Zum Glück fanden die meisten am Wochenende statt.

Ich kehrte in Kirsis Arbeitszimmer zurück. An den Wänden hingen Kinderzeichnungen und Fotos von Katzen. Ich erinnerte mich, dass sie ein Katzenjunges erwählt hatte, und fragte, ob es noch sehr klein war. Kirsi antwortete, es sei vier Monate alt. Ihre Familie wolle es zur Hauskatze erziehen, weil sie in einer Reihenhaussiedlung wohnte. Das Geplauder über die Katze hatte die erhoffte Wirkung: Kirsi entspannte sich allmählich.

«Du hast einen Lebenspartner, den du anrufen kannst, wenn du Unterstützung brauchst?» Als Kirsi etwas Bejahendes murmelte, fuhr ich fort: «Die Brieftasche, die wir unter dem Toten gefunden haben, enthält die Ausweispapiere von Jaakko Pulma und eine ganze Reihe seiner Karten. Mein Beileid.»

Einen Moment lang sagte Kirsi gar nichts. Dann schleuderte sie eine Aktenmappe vom Schreibtisch auf den Boden und schrie:

«Das stimmt nicht! Es kann nicht Jaakko sein! Im Januar Mutter, und jetzt Jaakko? Das ist doch völlig unmöglich!» Sie sprang auf, als wolle sie sich auf mich stürzen, starrte dann aber nur ratlos die Wand an.

Ich ließ sie ungern allein, doch wir mussten weiter. Immerhin waren die Hausmeisterin und die Frau, die Hakkarainen als Gemeindeschwester bezeichnet hatte, im Haus. Vielleicht konnten sie sich um Kirsi Pulma-Haukinen kümmern. Mitarbeiter der Kirche mussten schließlich Profis im Trösten sein, noch geübter als Polizisten. Ich spähte auf den Flur und sah eine Frau, die ein ganz normales dunkelgraues Kostüm, um den Hals aber ein Beffchen trug. Es stellte sich heraus, dass sie die Oberpfarrerin der Gemeinde Tapiola und auf Koivus Bitte herbeigeeilt war. Sie wurde blass, als ich ihr berichtete, was passiert war und dass der Verstorbene eine Verbindung zur Gemeinde hatte. Doch sie war eine tatkräftige Frau; sie versprach, sich um ihre Mitarbeiterin zu kümmern und dafür zu sorgen, dass die Kriminaltechniker ungestört arbeiten konnten.

«Zum Glück haben wir am Wochenende keine Kinderkreise, die Toilette wird also nicht gebraucht. Wir haben neben der Vollzeithausmeisterin, die jetzt im Dienst ist, noch zwei Halbtagskräfte, die können wir herbestellen, falls die Finanzdirektorin des Gemeindeverbandes die Überstunden genehmigt.»

«Wir stellen fürs Erste eine Polizeiwache auf. Den eigentlichen Kirchenraum können Sie öffnen wie gewohnt, aber der Fundort der Leiche muss vorläufig abgesperrt bleiben.»

Auch Hakkarainen kam hinzu, zog seine blutbefleckten Handschuhe aus und beteiligte sich an der Besprechung. Meine Mitarbeiter und ich wurden in der Kirche nicht mehr gebraucht, wir mussten uns auf den Weg machen, um die Trauerbotschaft zu überbringen. Jaakko Pulma und seine Frau waren Mitglieder der Gemeinde Tapiola, und die Oberpfarrerin berichtete, Henna Pasanen-Pulma sei vor einiger Zeit in den Kirchengemeinderat gewählt worden.

«Ich kann gern einen Pastor oder Diakoniemitarbeiter bitten, Sie zu begleiten», bot sie an. Natürlich hätten wir auch unsere eigene Polizeipfarrerin hinzubitten können. Ich bedankte mich für das Angebot, erklärte aber, Puupponen und ich würden die Aufgabe übernehmen. Koivu sollte ins Präsidium zurückkehren, Informationen über die involvierten Personen zusammenstellen und sich mit dem Rechtsmedizinischen Institut in Verbindung setzen. Ich gab ihm den Obduktionsbefehl mit auf den Weg.

Toni Rask, der Assistent von Henna Pasanen-Pulma, meldete sich schon beim zweiten Klingeln, vielleicht erkannte er an der Nummer, dass der Anruf von der Polizei kam. Als ich mich vorstellte, war er die Hilfsbereitschaft in Person.

«Die Abgeordnete Pasanen-Pulma ist ... Moment, ich muss im Terminplaner nachsehen ... Sie hatte um zwei Uhr einen Termin beim Friseur, anschließend wollte sie nach Hause gehen und dort arbeiten. Am Abend muss sie, soweit ich mich erinnere, noch eine Rede halten ... Ja, genau, um neunzehn Uhr im Frauenverein in Lapinjärvi. Aber im Moment müsste sie zu Hause sein. Worum geht es denn?»

«Um eine private Angelegenheit. Ich versuche mein Glück bei ihr zu Hause, wenn Sie mir die Adresse nennen.»

«Die kann ich Ihnen nicht am Telefon geben, sie ist geheim. Worum geht es überhaupt? Als Hennas engster Mitarbeiter sollte ich über alles informiert sein, was im Gange ist.»

«Wir sind von der Polizei, wir bringen die Adresse also auf jeden Fall in Erfahrung, aber Ihre Kooperation würde uns die Mühe ersparen.»

Rask seufzte. «Na gut. Ich schicke sie Ihnen per E-Mail. Ihre Mailadresse hat die übliche Form?»

«Maria Punkt Kallio at poliisi Punkt fi», erwiderte ich, und Rask versprach, mir die Adresse zu mailen. Sobald sie eintraf, machten wir uns auf den Weg. Während der Fahrt sammelte ich im Internet Informationen über Henna Pasanen-Pulma. Sie war fünfundvierzig Jahre alt, geboren in Juva und zum zweiten Mal ins Parlament gewählt. Das Wohlergehen von Kindern und Jugendlichen, Bildungspolitik und Umweltfragen lagen ihr besonders am Herzen. Eine typische Weltverbesserin also. Sie war noch nicht in die erste Riege ihrer

Partei aufgestiegen, und das größte Medieninteresse hatte sie offenbar mit dem Abendkleid hervorgerufen, das sie vor zwei Jahren beim Empfang zum Unabhängigkeitstag im Präsidentenpalais getragen hatte: Es war am Rock und an den Ärmeln mit gefärbten Hühnerfedern verziert. Vor ihrer Karriere als Abgeordnete hatte sie als Schuldezernentin der Stadt Mikkeli gearbeitet. Beim ersten Mal war sie in dem mittlerweile aufgelösten Wahlkreis West-Savo ins Parlament gewählt worden, beim zweiten Mal im Bezirk Uusimaa, in den sie erst einige Monate vor der Wahl gezogen war.

Koivu stieg an der Vanha Mankkaantie aus, von dort konnte er mit dem Bus weiterfahren. Ich versprach, ihm per Telefon weitere Anweisungen zu geben. Dann teilte ich meiner Familie mit, dass ich Überstunden machen musste und dass im Kühlschrank der von Antti zubereitete Nudelauflauf zu finden war. In meiner SMS an Antti fügte ich noch das Wort «schlimm» hinzu. Er wusste, was das hieß. Ich konnte förmlich hören, wie er an seinem Schreibtisch seufzte. Ehepartner von Polizisten waren zeitweise praktisch alleinerziehend, aber Antti hatte sich mit seinem Schicksal abgefunden, und unsere Kinder waren schon recht selbständig.

Wir fanden unser Ziel. Das Einfamilienhaus stand ganz für sich am Ende der Straße, dahinter lag ein kleines Gehölz. Auf dem Briefkasten fand sich kein Familienname, nur der Firmenname Blue Jewel AG. Im Internet hatte ich auf den ersten Blick keine Drohungen gegen Pasanen-Pulma gefunden, obwohl davor heutzutage wohl kein Abgeordneter gefeit war. Ich zählte langsam bis zehn und ging mit Puupponen die Verhaltensregeln durch. Trauernachrichten zu überbringen durfte nie zur Routine verkommen, und doch musste man es fachmännisch erledigen. Wahrscheinlich war die Oberpfarrerin von Tapiola dieser Aufgabe viel besser gewachsen als ich.

Ich klingelte, und nach einer Weile waren Schritte zu hören. Sie machten vor der Tür halt, jemand blickte durch den Türspion. Ich bemühte mich um ein vertrauenerweckendes Lächeln. Die Tür wurde einen Spaltbreit geöffnet, doch die Sicherheitskette blieb vorgelegt.

«Was wollen Sie?» Die Stimme der Frau klang misstrauisch. Da der Flur im Halbdunkel lag, konnte ich ihre Gesichtszüge kaum erkennen.

«Kommissarin Maria Kallio und Hauptmeister Ville Puupponen von der Espooer Polizei, guten Tag.» Ich zeigte der Frau meinen Polizeiausweis. Sie nahm ihn in die Hand, die im selben Moment zu zittern begann. «Dürfen wir hereinkommen?»

«Hat Joonas in der Kaserne einen Unfall gehabt?» Die Stimme der Frau war plötzlich schriller und brüchiger. Als sie die Sicherheitskette abnahm, sah ich ihr Gesicht zum ersten Mal. Die schulterlangen blonden Haare waren beim Friseur helmförmig toupiert worden, Mascara war auf die Lider und auf das schmale Brillengestell gebröckelt, als hätte die Frau sich heftig die Augen gerieben. Sie sah aus wie eine etwas ältere und rundlichere Version des blonden Mädchens auf der Elovena-Haferflockenpackung, allerdings trug sie keine Volkstracht, sondern eine Art wadenlangen, weiten Kaftan, offenbar Vintage-Marimekko.

Am Ende des breiten Flurs war ein geräumiges Zimmer zu sehen. Ein Chihuahua, der in seinem Körbchen neben der Wohnzimmertür lag, begann pflichtbewusst zu bellen, als er Puupponen und mich sah.

«Still, Kyösti!», befahl Henna Pasanen-Pulma. «Was ist passiert? Ist Joonas verletzt?»

«Es geht um Ihren Mann, Jaakko Pulma», antwortete ich. «Können wir uns hinsetzen?»

Henna Pasanen-Pulma reagierte nicht auf meine Bitte.

«Um Jaakko? Wieso denn das?»

«In der Kirche von Tapiola wurde heute ein Toter aufgefunden, und wir haben Grund zu der Annahme, dass es sich um Ihren Mann handelt.»

Die Furcht verschwand von Hennas Gesicht, an ihre Stelle traten Verblüffung und Ungläubigkeit. «Jaakko? Nein, Sie müssen sich irren. Ich habe ihn heute früh noch gesehen, und da war er völlig in Ordnung.» Auf ihrem Gesicht flackerte Hoffnung auf. «Ist das die Versteckte Kamera oder irgendeine Reality-Show?»

«Dies ist leider kein Scherz. Ihr Mann ist jetzt im Rechtsmedizinischen Institut, dort können Sie ihn identifizieren. Seine Kleidung und seine Brieftasche sind auch dort.»

«Wie? War es das Herz, oder eine Gehirnblutung? Er war doch gerade erst beim Arzt, alles war in Ordnung ... Der Cholesterinwert ein wenig zu hoch, sonst nichts. Nein, Sie müssen sich irren.» Ihre Stimme bebte, allmählich erfasste das Zittern den ganzen Körper, die Frau schnappte verzweifelt nach Luft. Ich fasste sie vorsichtig an den Schultern, führte sie zu dem weißen Alcantara-Sofa und brachte sie dazu, sich hinzusetzen. Der kleine Hund Kyösti begann wieder zu bellen, sobald ich sein Frauchen berührte, er sprang mir vor den Füßen herum, als wolle er mich daran hindern, ihr zu nahe zu kommen.

Der Atem der Abgeordneten ging immer schwerer, Schweiß trat ihr auf die Stirn, sie hyperventilierte.

«Versuchen Sie, im selben Takt zu atmen wie ich. Eins, zwei, drei. Ganz ruhig. Ville, suchst du in der Küche nach einer Papiertüte?»

Ville ging in die Küche, ich zählte die Atemzüge wie eine Geburtshelferin, doch ohne Erfolg. Endlich kam Puupponen mit einer Obsttüte aus Papier zurück, und ich wies Henna an, in die Tüte zu atmen. Da ertönte eine Melodie. Auf dem Tisch lagen zwei Handys, das eine, ältere Modell spielte einen bekannten Schlager: *Über die Wiese geh ich im Sommer.* Puupponen nahm das Handy vom Tisch.

«Jemand namens Perttu ruft an. Soll ich abnehmen?»

«Perttu ist Jaakkos Bruder», brachte Pasanen-Pulma mühsam heraus. «Weiß er es schon? Melden Sie sich ruhig.» Sie presste die Lippen wieder an die Tüte, mit einer Routine, die verriet, dass sie nicht zum ersten Mal mit Hyperventilation zu kämpfen hatte.

In Gedanken verfluchte ich mich, weil ich Kirsi nicht gebeten hatte, im Interesse der Ermittlungen Stillschweigen zu bewahren. Ich hatte nicht einmal abgeklärt, ob Jaakko Pulma außer Kirsi noch andere Geschwister hatte.

«Bei Henna Pulma-Pasanen ... nein, andersrum ... Ville Puupponen am Apparat.»

«Puupponen? Sind Sie ein neuer Assistent von Henna?» Puupponen hatte den Lautsprecher eingeschaltet, sodass wir alle die Stimme des Anrufers hörten. «Wo ist Henna? Kirsi hat mich gerade völlig hysterisch angerufen und behauptet, Jaakko wäre tot. Stimmt das?»

«Es tut mir leid», sagte Puupponen ernst. «Ich bin Kriminalhauptmeister bei der Espooer Polizei, und wir sind bei Ihrer Schwägerin, um ihr die Trauernachricht zu überbringen. Haben Sie außer Kirsi noch andere Geschwister, die informiert werden müssen?»

«Teufel noch mal ... Nein, keine anderen Geschwister ... Hat die verdammte Essi es doch getan ...» Perttu Pulma unterbrach die Verbindung.

Essi? Ich prägte mir den Namen ein und konzentrierte mich wieder auf Hennas Atmung. Puupponen notierte sich Perttu Pulmas Nummer. Kyösti kläffte noch immer wie wild,

Puupponen hob ihn hoch und setzte ihn neben Henna auf das Sofa. Als ihr Atem allmählich ruhiger ging, leckte Kyösti ihr vorsichtig den Arm.

Das zweite Handy klingelte, diesmal ertönte die Säkkijärvi-Polka.

«Toni», seufzte Henna. Puupponen meldete sich wieder und berichtete, was geschehen war.

«Kann ich gleich vorbeikommen? Henna kommt doch jetzt nicht allein zurecht. Müssen wir eine Pressemitteilung abfassen?» Ich fuchtelte mit den Händen, um Puupponen klarzumachen, dass er nein sagen sollte. Da griff Henna nach dem Handy, sie wollte selbst mit ihrem Assistenten sprechen.

«Kannst du herkommen, Toni? Wir müssen alles neu regeln. Absolut alles.»

«Du hast ja selbst immer gesagt, in Krisensituationen soll man keine übereilten Entscheidungen treffen. Ich komme, so schnell ich kann.»

«Aber ich muss zu Jaakko! Solange ich ihn nicht mit eigenen Augen gesehen habe, glaube ich nicht, dass er tot ist.»

«Dann begleite ich dich.» Die Stimme des Assistenten verschwand, offenbar hatte er sich auf den Weg gemacht. Ich fragte Henna Pasanen-Pulma, ob sie Wasser oder Kaffee wollte.

«Ich will, dass dieser Albtraum aufhört, sonst gar nichts. Wie können Sie sicher sein, dass der Tote wirklich Jaakko ist?»

Ich berichtete von unseren bisherigen Erkenntnissen. Der Hund hatte sich beruhigt und kletterte seinem Frauchen auf den Schoß. Er war kleiner als unsere Katzen Venjamin und Jahnukainen. Die Abgeordnete streichelte ihn so ausdauernd, dass ich fast damit rechnete, ihn gleich schnurren zu hören. Ihr Atem ging immer noch nicht gleichmäßig, doch sie schien sich zusammenzunehmen, so gut sie konnte.

Nur wenige Menschen, die eine Trauerbotschaft bekommen, können fassen, dass sie der Wahrheit entspricht. Der Schmerz schlägt manchmal Stunden, manchmal sogar erst Tage später zu. Im Lauf der Jahre hatte ich die verschiedensten Reaktionen erlebt, von Ohnmachtsanfällen bis zu Wutausbrüchen und zwanghaften Ersatzhandlungen. Es gab mehr als eine Art, zu trauern.

«Wo finde ich den Toten, von dem Sie behaupten, er wäre mein Mann?»

«Im Rechtsmedizinischen Institut, also im Hjelt-Institut an der Kytösuontie in Helsinki. Dort wird er obduziert.»

Obwohl ich die Identifizierung für sicher hielt, überlegte ich, ob ich sie von Henna bestätigen lassen sollte. Das Institut war allerdings für heute bereits geschlossen, die Angelegenheit musste also bis zum nächsten Morgen warten. Auch das wollte Henna nicht glauben.

«Ich will sofort Gewissheit. Ich kann doch Joonas nicht alarmieren, und auch keinen anderen, wenn die Todesnachricht nicht hundertprozentig gesichert ist.» Sie ereiferte sich so, dass Kyösti von ihrem Schoß sprang und sich in sein Körbchen verzog. «Wen muss ich anrufen – den Leiter der Polizeiabteilung oder den Innenminister? Ich kenne beide persönlich.»

«Das ist keine polizeiliche Regelung, sondern die übliche Praxis des Hjelt-Institutes. Ich verstehe auf jeden Fall, wie wichtig es für Sie ist, Gewissheit zu haben. Im Moment können wir Ihnen ein Foto der Leiche zeigen. Ich sehe mal nach, ob der kriminaltechnische Fotograf mir schon eins gemailt hat. Falls Sie aktuelle Aufnahmen von Ihrem Mann haben, würde ich mir die auch gern ansehen.»

Henna Pasanen-Pulma schien ihre Gedanken zu ordnen. Ihren Atem hatte sie wieder unter Kontrolle, die Ungewissheit hielt noch einen kleinen Hoffnungsschimmer aufrecht. Ich fand Hyvärinens Mail, sah die Fotos im Anhang durch, wählte die am wenigsten schockierende Aufnahme des Gesichts aus und speicherte sie als separate Datei. Dann reichte ich Pasanen-Pulma mein Diensttelefon. Ihr eigenes Handy spielte wieder die Säkkijärvi-Polka, doch sie schien es nicht zu hören. Sie blinzelte kurz und betrachtete das Foto noch einmal. Dann warf sie mit meinem Handy nach mir. Es traf mich an der Schulter, ich konnte es gerade noch auffangen. Henna erhob sich, und auch der Hund stand auf, kniff aber den Schwanz ein.

«Was ist Jaakko zugestoßen? Können Sie mir nicht endlich sagen, was los ist?»

«Derzeit besteht Grund zu der Annahme, dass es sich um einen Unfall oder um ein Gewaltverbrechen handelt. Die Polizei ermittelt noch.»

«Sie haben gesagt, er wurde auf der Kindertoilette gefunden. Jaakko war kein Kind. Warum hätte er diese Toilette benutzen sollen? Woran ist er gestorben?»

«Das wird sich spätestens bei der Obduktion klären.»

«Und wann wird die gemacht?»

«Das genaue Datum kann ich Ihnen noch nicht nennen. Der Fall hat zwar hohe Priorität, aber der Obduktionstermin ist abhängig von der Gesamtsituation.» Ich merkte selbst, dass ich in den Politikerjargon verfiel. Bald würde ich sagen, die personelle Ausstattung der Polizei stelle eine Herausforderung dar.

Pasanen-Pulmas Atem ging wieder schneller, sie musste ein paar Minuten kämpfen, um ihn unter Kontrolle zu bekommen. In der Zwischenzeit sah ich mich im Wohnzimmer um. Die dominierenden Elemente der Einrichtung waren weiße Textilien und helles Holz, doch an den Wänden und auf den Stellflächen gab es zahlreiche Ziergegenstände. Die Rokoko-

Standuhr war der aufgemalten Jahreszahl nach zweihundertfünfzig Jahre alt, das Porzellanservice in der Vitrine schien eher zur Zierde als zur Benutzung da zu sein. Die klassischen Gemälde an den Wänden waren dekorativ gerahmt. Jaakko Pulma war Schmuckexperte gewesen, hatte sich aber offenbar auch mit Antiquitäten ausgekannt. Ganz offensichtlich war die Blue Jewel AG, deren Name auf dem Briefkasten stand, seine Firma.

«Ihr Schwager hat vorhin am Telefon gesagt, ‹hat die verdammte Essi es also doch getan›. Wen kann er damit gemeint haben?», fragte Puupponen überraschend.

«Essi? Ich habe nie von einer Essi gehört. Fragen Sie Perttu, was er gemeint hat. Ich begreife überhaupt nichts mehr. Wer hätte Jaakko umbringen sollen? Er war ein guter, anständiger Mann. Ich weiß nicht, wie ich ohne ihn leben soll.»

4

Die Türklingel unterbrach den Gefühlsausbruch. Puupponen ging bereitwillig öffnen, als wäre er froh, der Szene zu entkommen. Toni Rask trug einen Aktenkoffer, der für den schmächtigen jungen Mann viel zu schwer wirkte. Sein purpurroter Leinenanzug gab ihm das Aussehen eines Teenagers, der sich als Erwachsener auszugeben versucht, ein Eindruck, den das breite Brillengestell und der blonde Vollbart noch verstärkten. Er schien nicht recht zu wissen, ob er seine Chefin umarmen sollte; schließlich beschränkte er sich darauf, ihr mitfühlend auf die Schulter zu klopfen. Schon das genügte als Auslöser. Henna Pasanen-Pulma brach in haltloses Schluchzen aus. Da legte Rask den Arm um sie und führte sie zum Sofa.

«Sie sind offenbar von der Polizei», wandte er sich an uns. Er hatte einen überraschend tiefen Bass. «Haben Sie noch Fragen an Henna? Sie braucht jetzt unbedingt Ruhe, um die schreckliche Nachricht zu verarbeiten.»

«Moment», bremste ich ihn. «Wo hat Jaakko Pulma gearbeitet? Hier im Haus? Was ist die Blue Jewel AG?»

«Die Blue Jewel ist Jaakkos Firma, in ihrem Namen betreibt er Edelsteinhandel und ist als Berater tätig. Die Angaben zu dem Unternehmen finden Sie unter anderem im Handelsregister.»

«Er war also Edelsteinexperte?»

«Einer der führenden Sachverständigen in Finnland, bei größeren Geschäften wurde er oft zu Rate gezogen. Aus verständlichen Gründen hat er nicht viel Wind um seine Firma gemacht, für sich hat er nur die Berufsbezeichnung Wissenschaftler verwendet.»

Ich musste meinen ersten Eindruck von Rask korrigieren, er war trotz seiner jungen Jahre energisch und selbstbewusst.

«Ein richtiges Arbeitszimmer hat er hier nicht», schniefte Henna. «Nur einen Computer und zwei Tresore. Dort bewahrt er außer den Steinen, die er begutachten soll, auch seine Arbeitsinstrumente auf, das gemmologische Mikroskop, das Spektroskop und so weiter. Meistens hat er hier im Wohnzimmer gearbeitet oder in Joonas' Zimmer, das steht im Moment ja leer, weil Joonas in der Kaserne wohnt. Oft auch unten im Kaminzimmer, dort ist die Beleuchtung am besten.»

«Wo ist der Computer jetzt?»

«Sicher in Joonas' Zimmer. Wie in aller Welt soll ich dem Jungen das alles beibringen?»

«Wenn Sie wollen, kann ich die Polizei vor Ort oder einen Militärgeistlichen bitten, ihm die Nachricht zu überbringen. Wir müssen den Computer Ihres Mannes untersuchen. Ich stelle Ihnen eine Quittung für das Gerät aus. Wo ist Joonas' Zimmer?»

Ich war natürlich neugierig darauf, außer dem Wohnzimmer auch andere Teile des Hauses zu sehen. Doch Rask kam mir zuvor.

«Ist es der blaue? Ich hole ihn.» Er stand auf und ging. Gleich darauf kam er mit einem großen Laptop zurück. Während ich den Quittungsblock suchte, wies Henna uns darauf hin, dass der Computer durch ein Passwort geschützt sei, das sie nicht kenne.

«Dafür haben wir Experten», entgegnete Puupponen. Sein Handy klingelte, aus seinem Gruß schloss ich, dass der Anrufer Koivu war. Puupponen ging in den Flur und murmelte so undeutlich, dass ich seine Worte nicht verstand.

Die Standuhr schlug sechs Mal. Mir knurrte der Magen: Ich hatte mittags nur eine Avocado gegessen, weil ich geglaubt hatte, nach der Befragung von Henri und Amanda Aalto Zeit für eine ausgiebige Mahlzeit zu haben. Auch Henri Aalto war Juwelenhändler. Da Finnland ein kleines Land war, hatten er und Pulma sich wahrscheinlich gekannt.

«Wie gehen wir mit den Medien um?», fragte Toni Rask. «Wir müssen sicher mehrere Termine absagen und vielleicht eine Krankschreibung besorgen. Es liegt natürlich in unserem Interesse, Sensationsmeldungen zu vermeiden. Henna hat sich als ernsthafte, sachorientierte Politikerin profiliert.»

«Die Polizei kümmert sich um die Pressemitteilungen. Vorläufig ist es nicht notwendig, die Identität des Toten publik zu machen, aber da es in der Kirche Augenzeugen gab, müssen wir gegebenenfalls falschen Gerüchten entgegentreten.» Insgeheim dankte ich dem Himmel dafür, dass der alte Herr, der die Leiche gefunden hatte, die Geschichte sicher nicht brühwarm im Internet verbreiten würde, doch es war natürlich möglich, dass er Freunde oder Verwandte hatte, die auf die Belohnung erpicht waren, die die Skandalpresse für heiße Tipps zahlte.

«Wir müssen Sie natürlich noch einmal befragen», sagte ich zu Henna Pasanen-Pulma. «Ich melde mich morgen bei Ihnen. Wollen Sie Ihren Sohn benachrichtigen, oder soll die Polizei es übernehmen?»

«Das machen wir», antwortete Rask.

«Wann kann ich Jaakko sehen?», fragte Henna zittrig.

«Auch darüber sprechen wir morgen.» Ich bat Rask und seine Chefin, sich mit mir in Verbindung zu setzen, falls ihnen irgendetwas einfiel, das Licht auf den Mord an Jaakko Pulma werfen konnte. Allerdings nannte ich es ihnen gegenüber nicht Mord, sondern Ableben. Dann sprach ich Henna noch einmal mein Beileid aus und verließ zusammen mit Puupponen das Haus. In der Kiefer im Vorgarten sang eine Kohlmeise, doch die Temperatur war wieder unter null gesunken, und die Fenster unseres Wagens waren mit Reif überzogen. Nur wenige unserer Zivilfahrzeuge verfügten über den Luxus einer Standheizung.

«Wir fahren zum Präsidium, ich bestelle uns von unterwegs Pizza. Was wollte Koivu?»

«Er hat einen Zeitplan für die Befragung der Augenzeugen aufgestellt und die bisherigen Informationen zusammengefasst. Die Obduktion ist erst am Mittwoch. Er erwartet uns im Präsidium. Bestell für ihn auch eine, er mag Salamipizza, oder?»

«Früher jedenfalls.»

Puupponen brummelte vielsagend. Ich rief erst beim Pizzadienst an, dann bei Perttu Pulma. Ich wollte wissen, auf wen und was sich seine Bemerkung über Essi bezog. Da er sich nicht meldete, hinterließ ich ihm eine Bitte um Rückruf. Puupponen blieb in der Eingangshalle des Präsidiums zurück, um auf die Pizza zu warten. Mir war schwindlig vor Hunger, ich hatte nicht einmal Salmiakpastillen in der Handtasche. Ich trank etwas Wasser aus dem Wasserhahn, doch das half nicht viel. Der hartnäckige Kaffeegeruch in unserem Ermittlungszimmer war mir zuwider, und ich hätte Puupponen um den Hals fallen können, als er nach einigen Minuten mit den nach Käse und Oregano duftenden Kartons hereinkam. Ich hatte gerade das erste Stück meiner Quattro Formaggi verschlungen, als mein Handy klingelte. Der Anruf kam von Perttu Pulmas Anschluss.

«Perttu hier, hallo», meldete er sich salopp. «Ich konnte vorhin nicht drangehen, weil ich bei der Arbeit bin und gerade ein Spiel lief. Du hattest sicher angerufen, um mir zu sagen, dass die Sache mit Jake ein Missverständnis ist.»

«Leider nein. Deine Schwägerin hat die Leiche anhand eines Fotos identifiziert.»

Ich hörte ein Schlucken, dann noch eins. Im Hintergrund ratterte irgendetwas, jemand jauchzte auf.

«Nee, verdammt ... Jake war doch kerngesund. Was ist ihm zugestoßen? Kirsi hat gesagt, auf der Toilette wäre furchtbar viel Blut gewesen.»

«Wir sind gerade dabei, das zu klären. Wo arbeitest du? Bist du den ganzen Abend beschäftigt?»

«Im Spiel-Casino am Bahnhofsplatz. Mein Chef würde mir sicher frei geben, wenn ich ihm sage, was los ist, aber das möchte ich lieber nicht ...»

«Können wir kurz miteinander sprechen, wenn ich in etwa einer Stunde mit einem Kollegen hinkomme?»

«Das lässt sich bestimmt einrichten. Ich bin der Langhaarige, der am Roulettetisch arbeitet. Dichtes schwarzes Haar, wie Jake. Ich kann es einfach nicht fassen ... Na, reden wir nachher darüber!»

Am Telefon wollte ich ihn nicht nach Essi fragen. Handelte es sich um einen Vornamen oder um irgendeine Abkürzung? Hatte ich das Wort überhaupt richtig verstanden? Während ich meine Pizza hinunterschlang, hörte ich mir an, was Koivu über Jaakko Hermanni Pulma in Erfahrung gebracht hatte. Der Mann war 1967 in Espoo geboren, hatte aber in Mikkeli Abitur gemacht. Aus dem Wehrdienst war er als Leutnant der Reserve hervorgegangen. Er hatte an der Universität Oulu Geologie studiert und Anfang der neunziger Jahre die Magisterprüfung gemacht. Anschließend war er nach Mikkeli zurückgekehrt, wo er seine Firma gegründet hatte. 1994 hatte er Henna Pasanen geheiratet, und noch im selben Jahr war das einzige Kind, Joonas, geboren worden. Pulma hatte weder Vorstrafen noch negative Eintragungen bei der Kreditauskunft. Er war Mitglied des Finnischen Goldschmiedeverbandes und der Finnischen gemmologischen Gesellschaft und hatte eine ganze Reihe von Vorträgen auf internationalen Kongressen der Edelstein- und Schmuckbranche gehalten.

«Tragen solche Typen häufig wertvollen Schmuck bei sich? Kommt Raub als Motiv in Frage?», überlegte Puupponen.

«Mit teuren Juwelen behangen sich wohl eher die Frauen», murmelte Koivu. «Oder, na ja ... Es gibt ja auch gestandene Kerle, die alle möglichen Goldkettchen tragen, so wie diese Rapper. Man will halt zeigen, was man sich leisten kann.»

«Und Globetrotter lassen sich Diamanten unter die Haut nähen, um sie im Notfall zu Geld machen zu können. Juwelenraub ist selbstverständlich eine unserer Ermittlungslinien.» Ich wischte mir mit der mitgelieferten Papierserviette den Mund ab und schrieb eine SMS an Laura Kokko vom Dezernat für Wirtschaftskriminalität. Die Firma Blue Jewel schien makellos zu sein, aber Kokko wusste vielleicht, ob Jaakko Pulma irgendwann einmal in Verdacht gestanden hatte, zwielichtige Geschäfte zu treiben. Kokko hatte bereits Feierabend, aber sie war mir ähnlich: Die Arbeit hatte Vorrang. Die Zähigkeit, die sie als Triathlon-Sportlerin besaß, war auch bei der Untersuchung von Wirtschaftsdelikten nützlich.

Puupponen vertilgte das letzte Stück seiner Pizza, Koivu dagegen hatte von seiner Cacciatore nur ein Viertel gegessen. «Den Rest nehme ich für die Jungen mit, dann brauche ich nicht zu kochen. Anu ist ja wieder in der Kinderklinik.»

«Geh schon.» Ich wedelte mit der Hand, als wollte ich einem Hund Beine machen.

«Wie ist es morgen? Um welche Zeit soll ich hier sein?»

«Das sehen wir später. Es könnte ja sein, dass Puupponen und ich diese ominöse Essi finden und dass sie ein Geständnis ablegt. Dann brauchen wir dich am Wochenende nicht. Ich sag dir Bescheid.»

Koivu seufzte. Das Szenario, das ich entworfen hatte, war nicht gerade realistisch. Wir hatten noch kein Überstundenverbot, aber Überstunden am Wochenende waren teuer. Zwei Polizisten kamen billiger als drei. Aus der Sicht des Staates wäre es natürlich am günstigsten, wenn ich zu Hause blieb, da ich das höchste Gehalt bezog. Doch diese Alternative zog ich gar nicht erst in Betracht.

Wir nahmen denselben Wagen, mit dem wir auch nach Tapiola gefahren waren. Vielleicht konnte Puupponen im Fahrzeugdepot erreichen, dass wir ihn vorläufig behalten durften. Der vorige Benutzer hatte offenbar seinen eigenen Lufterfrischer dabeigehabt, denn das Auto roch nach Fichtennadeln. Vielleicht hatte einer der Raucher unter den Kollegen versucht, seinen Verstoß gegen die Vorschriften zu übertünchen.

Laura Kokko rief an, als wir gerade die Autobahn erreicht hatten. Ihren ersten Informationen nach lag weder gegen Pulma noch gegen die Blue Jewel etwas vor, doch sie wollte sich noch bei Kollegen und Versicherungsdetektiven umhören, die sich auf Antiquitäten und Wertgegenstände spezialisiert hatten.

«Pulma war mit einer Abgeordneten verheiratet. Wenn er in schmierige Geschäfte verstrickt wäre, hätten die investigativen Journalisten es spätestens dann ausgegraben, als seine Frau zum zweiten Mal ins Parlament gewählt wurde», fügte Kokko hinzu. Das stimmte. Die Wachhunde der Macht bissen begeistert zu, manchmal auch dann, wenn es sich nur um einen Gummiknochen handelte. Ich überlegte, wer von meinen Kontaktpersonen am besten geeignet wäre, Henna Pasanen-Pulmas Position innerhalb ihrer Partei sowie eventuelle Verbindungen zu Unternehmen und Interessenverbänden zu eruieren. Die Ehrenämter der Abgeordneten wurden auf der Website des Parlaments aufgeführt, persönliche Kontakte dagegen nicht.

Mein letzter Besuch im Casino lag zwei Jahre zurück, damals hatten meine Schwester Helena und ihr Mann Helsinki besucht. Helena war eine begeisterte Roulettespielerin, und ihr Mann Petri liebte Poker. Sie hatten die Atmosphäre der großen weiten Welt erleben wollen, die das Casino am Bahnhofsplatz für Menschen aus Joensuu offenbar darstellte. Ich hatte an ein paar Automaten gespielt und alles in allem drei Euro gewonnen. Petri hatte, soweit ich mich erinnerte, einen ganzen Zehner eingestrichen, während Helena ihren gesamten Einsatz, sage und schreibe dreißig Euro, verspielt hatte. Wir hatten einen erstaunlich lustigen Abend miteinander verbracht, auf neutralem Boden waren die Spannungen zwischen meiner jüngsten Schwester und mir verflogen, und Petri hatte mir verrückte Drinks aufgeschwatzt, von denen ich noch nie gehört hatte.

Diesmal waren wir nicht zum Vergnügen hier. Trotz unserer Polizeiausweise wurden wir fotografiert, bevor wir eintreten durften, ich hatte meine alte Mitgliedskarte nicht dabei. Wie an einem Freitagabend nicht anders zu erwarten, war das Casino gut gefüllt. Eine Gruppe von Chinesen bearbeitete die einarmigen Banditen, eine Frau in meinem Alter spielte an einem Automaten «Herr der Ringe». An den Roulettetischen herrschte Gedränge. Ich erkannte Perttu Pulma sofort, einerseits anhand seiner Selbstbeschreibung, andererseits aber auch an der unverkennbaren Ähnlichkeit mit seinem Bruder. Selten hatte ich bei einem Mann so dichte und lange Haare gesehen. Der schwarze Pferdeschwanz reichte ihm fast bis zur Taille. Auf Wangen und Kinn lag ein dunkler Schatten; wahrscheinlich musste Perttu sich zweimal täglich rasieren.

Auch er erkannte uns, obwohl Puupponen und ich nicht dem üblichen Polizistenbild entsprachen. Er nickte uns zu, als wolle er uns kurz vertrösten, und platzierte die nächsten Einsätze auf dem Roulettetisch. Keiner der vier Spieler hatte Glück.

«Meine Herrschaften, es folgt eine kurze Pause. Sie können an den anderen Tischen weiterspielen, dort ist noch Platz.» Perttu wiederholte die Sätze auf Englisch, dann trat er zu uns und sagte, wir könnten eine Etage höher in den Fennia-Club gehen, der an diesem Abend leer sei.

Perttu war etwa zehn Jahre jünger als seine Schwester Kirsi. Er hatte die gleichen kastanienbraunen Augen wie sie. Unter seinen Augen lagen dunkle Schatten, seine Lippen waren aufgesprungen. Er hatte die blasse Haut eines Menschen, der sich nicht oft im Freien aufhält. Seine Croupier-Uniform, schwarze Hose und Weste mit türkisblauem Hemd, saß perfekt an seinem breitschultrigen Körper.

«Habt ihr herausgefunden, was mit Jake passiert ist?», fragte er, als wir an einem kleinen Tisch Platz genommen hatten. In den achtziger Jahren hatte sich hier das Café Metropol befunden, das für eine Punkerin wie mich zu schick gewesen war. Inzwischen war der Saal restauriert worden, unter den Kristalllüstern hatte man das Gefühl, in die Zeit vor hundert Jahren zurückversetzt zu sein.

«Das wollten wir eigentlich dich fragen. Wer ist Essi, von der du meinst, sie hätte ‹es getan›?»

Perttu Pulma antwortete nicht gleich. Er bemühte sich um eine ausdruckslose Miene, doch das leichte Zucken in seinen Augenwinkeln und die Bewegung seines Adamsapfels verrieten, dass meine Frage ihn beunruhigte.

«Welche Essi?», fragte er schließlich. «Ich kenne keine Essi.»

«Du hast am Telefon zu mir gesagt, ‹hat die verdammte Essi es doch getan›», erinnerte Puupponen ihn. «Der Lautsprecher war eingeschaltet, Kommissarin Kallio hat es ebenfalls gehört. Wer ist Essi?»

«Ihr habt euch verhört! Ich habe WC gesagt oder was weiß ich, verdammt. Kirsi hatte mir erzählt, dass Jaakko in der Kindertoilette gefunden wurde. Das kam mir seltsam vor, deshalb wollte ich Henna danach fragen.»

Da wir das Telefonat nicht aufgezeichnet hatten, gab es keinen konkreten Beweis. Dennoch versicherte mir mein Instinkt, dass Perttu Pulma log. Er wusste genau, wer Essi war.

Wir hatten während der Fahrt abgemacht, dass ich, falls nötig, das nervende Weibsstück sein würde und Puupponen der nette Kerl. Jeder, der Krimiserien im Fernsehen verfolgte, kannte das Schema, aber wir hatten es mit einem erschütterten Menschen zu tun. Puupponen hielt sich an unsere Vereinbarung und sagte:

«Sprechen wir über deinen Bruder. Du nennst ihn Jake. Ist das sein üblicher Spitzname?»

«Nein. Er mag den Namen nicht. Ich benutze ihn nur, um Jake zu ärgern, weil er manchmal so wichtigtuerisch ist. Aber er wollte sicher nur alles richtig machen.» Jetzt zuckte Perttu Pulmas Adamsapfel heftig auf und ab.

«Inwiefern wichtigtuerisch?»

«Na, er ist dreizehn Jahre älter als ich, Kirsi vierzehn. Er ist der Meinung, dass ich immer noch ein kleiner Junge bin, dem man Ratschläge fürs Leben geben muss. Jake hat einen tollen Beruf und eine Frau, die eines Tages Ministerin wird. Sogar Joonas hat schon einen Studienplatz in Wirtschaftswissenschaften an der Aalto Uni, er muss bloß vorher seinen Wehrdienst abreißen. Ich bin über dreißig, mache meine Arbeit angeblich nur, um mich zu amüsieren, und besitze nicht mal eine Eigentumswohnung. Jake ist so verdammt bürgerlich, und Kirsi, die hat ihren Gott, der immer weiß, was man tun soll. Ich beobachte hier jeden Abend die Träume der Leute und den Zusammenbruch dieser Träume, wenn die Kugel nicht auf der richtigen Zahl landet. Ich würde diesen Job nicht machen, wenn ich keinen Spaß daran hätte. Jake kann einfach nicht begreifen, dass ich keine Lust habe, Karriere zu machen. Andauernd gibt er mir Ratschläge, die ich gar nicht hören will. Ähm, jetzt ja nicht mehr ...» Perttu zwirbelte eine Strähne aus seinem Pferdeschwanz zwischen den Fingern.

«Wann hast du ihn zuletzt gesehen?»

«Vorgestern. Er war mit Sakke hier, sie haben Poker gespielt und Burger gegessen. Sie kommen fast jede Woche her. Natürlich spielen sie nicht an meinem Tisch, das wäre unpassend.»

«Wer ist Sakke?», setzte Puupponen die Befragung fort. Ich ließ ihn machen, auf Essi würde ich später zurückkommen.

«Kirsis jetziger Mann, Sakke Haukinen. Ihr habt doch bestimmt im Radio den Song *Vom Pech verfolgt* gehört? Der ist von Sakke. Seit er ein Teenager war, hat er in allen möglichen drittklassigen Bands Bass gespielt, und mit fünfzig landet er plötzlich einen Hit. Allerdings klingt der Titel jetzt wie ein böses Omen ...»

Perttus Maske begann endlich zu bröckeln. Sein Adamsapfel zuckte heftiger, und seine Augen wurden feucht. Er wischte sich die linke Wange ab und senkte den Blick auf die Tischplatte.

«Du meinst also, jemand hatte einen Grund, deinen Bruder zu töten?», fragte ich unvermittelt. Perttu blickte zu mir auf.

«Das habe ich nicht gesagt.» Seine Stimme klang matt, resigniert. «Hat überhaupt jemand einen Grund, irgendwas zu tun? Man hört doch andauernd von durchgeknallten Typen, die irgendwelche harmlosen Unbeteiligten umbringen. Ich habe keine Ahnung, warum irgendwer einen Grund gehabt hätte, Jake zu töten. Er war ein netter Mann. Alle mochten ihn. Aber in der Kirche sind auch früher schon seltsame Dinge passiert. Jemand ist eingebrochen und hat die Missionskerzenkasse geraubt. Vielleicht hat Jake irgendwen bei so einer Tat ertappt und ein Messer in den Bauch gekriegt.»

«Warum nimmst du an, dass dein Bruder erstochen wurde?»

«Wegen dem Blut, von dem Kirsi gesprochen hat! Ich weiß nicht mehr als sie, und ihr wollt mir offenbar nichts verraten. Wie heißt der Spruch noch gleich – aus ermittlungstechnischen Gründen. Als wäre ich der Verdächtige.»

«Wann hat deine Schicht begonnen? Wo warst du heute Nachmittag?»

«Ich hab geschlafen! Meine Schicht dauert bis halb vier Uhr nachts. Ich war nicht in Tapiola, ich hab Jake nicht erstochen ... Es ist absurd, dass ihr mir solche Fragen stellt!» Perttu Pulma wischte sich wieder über die Augen, zog dann ein weißes Stofftaschentuch aus seiner Westentasche und schnäuzte sich.

«Wir müssen leider jeden überprüfen, der zu Jaakko Pulmas engerem Umkreis gehört. Dein Bruder hat also gepokert?» Puupponen wirkte so teilnahmsvoll, dass ich fast damit rechnete, er würde Perttu über den Kopf streichen.

«Zur Entspannung. In seinem Job darf man keine Risiken eingehen, man muss alles genau nehmen. Um große Einsätze hat Jake nie gespielt, und Henna hat aufgepasst, dass er nicht als Spieler abgestempelt wird. Henna redet ständig davon, wie penibel Abgeordnete auf ihren Ruf achten müssen, vor allem die Frauen. Fehler kann man sich nicht leisten, wenn man wiedergewählt werden will.»

«Hat Jake etwas getan, was die politische Karriere seiner Frau gefährden könnte? Hatte er zum Beispiel andere Frauen, vielleicht diese Essi, die du erwähnt hast? Hat er Essi versprochen, seine Frau zu verlassen, und es dann doch nicht getan?»

Ich feuerte meine Fragen blindlings ab, doch diesmal war die Technik erfolgreich, Perttu Pulma brauste auf.

«Essi liebt Jake nicht ...», begann er, unterbrach sich dann und überlegte, wie er die Situation retten konnte. «Ich meine, Jake hatte keine Geliebte. Meines Wissens jedenfalls nicht. Ich bin nicht meines Bruders Hüter. Fragt Sakke, der war Jakes Freund. Durch Jake haben Sakke und Kirsi sich ja auch kennengelernt.»

Ich stand auf. «Okay, Perttu. Wir können das Gespräch über Essi morgen früh fortsetzen. Vielleicht bist du eher bereit, uns zu erzählen, warum du sie verdächtigst, wenn du eine Nacht in der Polizeizelle verbracht hast. Na los, komm schon!»

Ich wusste nicht, wer verdutzter aussah, Pulma oder Puupponen. Ich hatte keinen wirklichen Grund, Perttu festzunehmen, wollte es eigentlich auch nicht tun, obwohl die sehr weit gefassten gesetzlichen Voraussetzungen für eine Festnahme gegeben waren.

«Ihr könnt doch keinen einfach so in den Knast stecken!», protestierte Perttu. «Meine Schicht ist noch nicht zu Ende.»

«Deine Kooperationsbereitschaft ist so gering, dass wir dich festnehmen können. Ich habe den Verdacht, dass du den Schuldigen decken und Beweise vernichten willst.»

«Kommissarin Kallio will damit sagen, du brauchst nicht bei der Espooer Polizei auf einer Pritsche zu schlafen, wenn du uns erklärst, was es mit deiner Bemerkung über Essi auf sich hat», ergänzte Puupponen in sanftem Ton, als spräche er mit einem Kätzchen. Ich stand daneben, die Hände in die

Hüften gestemmt und mit äußerst wütendem Gesicht. Was für ein Talent hatte das finnische Theater an mir verloren!

«Ich meinte ESSE. Das Espooer Gemeindeblatt», versuchte Perttu sich herauszureden. Ich schnaubte verächtlich, und Puupponen schüttelte den Kopf. Ich wünschte, ich hätte Handschellen bei mir gehabt, mit denen ich klirren konnte, aber die lagen bei der anderen Ausrüstung im Wagen.

«Gehen wir.» Ich packte Perttu an der Schulter. Er zuckte bei der Berührung zusammen und schien unter meinem Blick zu schrumpfen. Ein Mann vom Sicherheitspersonal öffnete die Tür und spähte herein.

«Alles in Ordnung, die beiden sind von der Polizei», erklärte Perttu. Der Mann zog sich auf den Flur zurück, dessen Wände von historischen Spielautomaten gesäumt waren. Danach schwieg Perttu minutenlang. Ich ließ ihm Zeit, nachzudenken.

«Essi hat eine Zeitlang bei Jake gearbeitet. Bei der Blue Jewel AG, meine ich. Jake hat sie rausgeschmissen, weil sie sein Vertrauen missbraucht hat. Essi behauptet, jemand hätte sie angeschwärzt, sie hätte nichts unterschlagen. Sie hat gedroht, sich an Jake zu rächen, weil er ihre Karriere als angehende Edelsteinexpertin zunichtegemacht hätte. Offenbar hat sie Jake und sogar Henna nachspioniert, einmal wurde sie aus dem Parlamentsgebäude rausgeworfen, wo sie sich mit falschen Angaben eingeschlichen hatte … Aber wir dachten alle, sie hätte sich inzwischen beruhigt.»

«Hat diese Essi einen Nachnamen? Und eine Adresse?»

«Essi Manner. Jaakko hat sie immer Fräulein Manner genannt, das war wohl ein privater Witz zwischen den beiden. Ihre Adresse wird die Polizei ja wohl finden können. Sagt Essi bloß nicht, dass ich euch auf sie gehetzt habe. Sonst taucht sie hier auf und macht mir eine Szene. Kann ich jetzt gehen?»

Puupponen sah mich an und sagte: «Unter der Bedingung, dass du weiterhin erreichbar bist. Aber eins musst du mir noch erklären: Warum hat Henna Pasanen-Pulma behauptet, keine Essi zu kennen, obwohl sie doch ebenfalls von ihr belästigt wurde?»

«Woher soll ich das wissen? Fragt sie doch selbst. Darf ich jetzt gehen? Ich muss zur Toilette.»

Wir entließen Perttu und machten noch einen Abstecher ins Erdgeschoss. Da ich Durst hatte, holte ich mir an der Bar ein Mineralwasser. Während Puupponen sein iPad zur Hand nahm und Essi Manners Personalien suchte, betrachtete ich die Umgebung. Weitere Spieler waren hinzugekommen, und als Perttu Pulma an seinen Roulettetisch zurückkehrte, entstand sofort Gedränge. Es war faszinierend, die Gesichter der Menschen zu beobachten, ganz offensichtlich wollten sie im Casino etwas Dramatisches erleben, auch wenn die Einsätze nicht so hoch waren wie in den James-Bond-Filmen. Ich spazierte zu den Pokertischen. Jaakko Pulma hatte gern gepokert. Vielleicht saßen auch jetzt einige seiner Spielpartner hier. Ich nahm mir vor, Sakke Haukinen zu fragen, ob er mir ihre Namen nennen konnte.

«Es gibt mehrere Essi Manners, aber viele kommen schon wegen des Berufs nicht in Frage. Ich tippe auf diejenige, die in der Pitkänkalliontie in Haukilahti wohnt. Fahren wir gleich hin, oder verschieben wir es auf morgen?»

«Gute Frage. Es kann ja auch sein, dass Perttu nur so getan hat, als hätte er Angst vor dieser Essi, und in Wahrheit mit ihr unter einer Decke steckt. Vielleicht wollte er nur aufs Klo, um sie per SMS zu warnen.» Es fuchste mich, dass ich diese Möglichkeit nicht in Betracht gezogen hatte. Wenn ich müde war, arbeitete mein Gehirn nicht so, wie es sollte.

«Gehen wir schlafen», entschied ich schließlich. «Soll

ich dich nach Tapiola fahren? Ich kann den Wagen dann zum Präsidium bringen. Wir treffen uns morgen um zehn, falls uns nicht vorher der Himmel auf den Kopf fällt.»

Während ich fuhr, diktierte ich Puupponen die Liste der Dinge, die wir am Wochenende erledigen mussten. Ohne Koivu würden wir es keinesfalls schaffen. Ich bestellte auch ihn für zehn Uhr zur Arbeit. Zu guter Letzt fuhr ich dann doch mit dem Wagen bis nach Hause. Über Nacht würde ihn wohl niemand brauchen. Ich hatte mir gerade die Zähne geputzt, als mein Handy klingelte. Da ich die Nummer kannte, meldete ich mich.

«Hakkarainen hier, hallo. Irgendwie hat mir die Menge und die Konsistenz des Blutes bei dem Toten in der Kirche keine Ruhe gelassen. Deswegen habe ich mit meinen eigenen Instrumenten einen Schnelltest gemacht. Das Resultat hat vor Gericht also keine Beweiskraft, aber ich weiß jetzt, dass ein Teil des Blutes nicht von dem Mann stammt. Es ist Tierblut, wahrscheinlich von einem Rind.»

5

Um halb elf standen Puupponen und ich in der Pitkänkalliontie vor dem Haus, in dem Essi Manner wohnte. Es lag in Sichtweite zum Meer. Antti hatte sich als Jugendlicher auf den Felsen ganz in der Nähe herumgetrieben, dort gab es Bunker, und ein paarmal hatte er mich hingeführt, um mir seine Lieblingsplätze zu zeigen.

Ich hatte nicht überprüft, ob Essi Manner zu Hause war. Bisher war die Identität des tot aufgefundenen Mannes weder im Internet noch in den Printmedien enthüllt worden; im günstigsten Fall würde ich also erkennen können, ob der Tod ihres ehemaligen Chefs für Manner eine Überraschung war. Koivu überprüfte zusammen mit Laura Kokko im Präsidium Jaakko Pulmas Angelegenheiten und auch die Angaben über Henna Pasanen-Pulma. Hakkarainen suchte aus eigenem Antrieb weiter, woher das Blut stammte, in dem Pulma gelegen hatte. Ein solcher Fall war ihm noch nie untergekommen. Laura Kokko war die Einzige von uns, die auch nach Ende Juni einen gesicherten Arbeitsplatz hatte. Obwohl Hakkarainen ein überaus erfahrener Kriminaltechniker war, hatte man auch ihm nahegelegt, sich pensionieren zu lassen. Am Telefon hatte er mir trocken gesagt, er wolle sich so lange amüsieren, wie es ihm noch möglich sei. Mir war bis dahin nicht bewusst gewesen, wie sehr er seine Arbeit mochte.

Die Haustür war verschlossen. Ich überlegte, ob wir den Schlüsseldienst bestellen sollten und wie lange es am Wochenende dauern würde, bis er aufkreuzte. Wir warteten ein paar Minuten. Ich wollte gerade kapitulieren und Essi Manner anrufen, als die Tür aufging. Ein hochgewachsener Mann um die vierzig mit einer Sporttasche über der Schulter kam heraus. Er sah uns misstrauisch an, ließ uns aber hinein.

Essi Manner wohnte im zweiten Stock. An der Tür hingen ein Aufkleber «Keine Werbung» und ein Schild, das vor Haustieren in der Wohnung warnte. Ich klingelte. Keine Reaktion. Eine Polizistin klingelt immer zweimal, also versuchte ich es erneut.

Es kratzte an der Tür. Ich hob den Briefschlitz und sah eine flauschige weiße Katze, die laut maunzte. Ihre Augen leuchteten gelb wie die Topase in dem Brettspiel «Stern von Afrika». Dann waren Schritte zu hören, und eine Stimme fragte:

«Was ist los, Schnucki? Ist da jemand?»

Es klang, als würde ein kleines Mädchen mit seinem Schoßtier reden. Ich sah dünne Waden, die in rosa Leggings steckten, und ließ den Briefschlitz in letzter Sekunde los, bevor die Tür aufging.

Unseren Informationen nach war Essi Manner fünfundzwanzig, doch das Mädchen, das die Tür öffnete, wirkte kaum volljährig. Sie war mehrere Zentimeter kleiner als ich und sehr schlank. Die blonden Haare waren zum Ballerinaknoten aufgesteckt, ihre weiße Tunika war einen Stich gelblicher als das Fell der Katze auf ihrem Arm.

«Ich kauf nichts und glaub nichts. Fangt gar nicht erst an, von Jesus zu schwafeln.»

«Polizei.» Ich stellte mich vor, hielt Essi Manner meinen Ausweis unter die Nase und trat gleichzeitig ein, ohne um Erlaubnis zu bitten. Die Wohnung bestand eigentlich nur aus einem Zimmer, aber das große Fenster und der Balkon boten freien Blick bis zum Horizont.

«Moment mal. Wieso marschiert ihr hier einfach rein?» Jetzt war Essi Manners Stimme nicht mehr sanft. «Ich habe den Ermittlungsantrag schon im Februar gestellt und seitdem immer wieder nachgefragt. Demnächst in Bearbeitung, hat es geheißen. Und jetzt taucht ihr an einem Samstagmorgen hier auf und stiefelt einfach rein. Mach wenigstens die Tür zu, damit die Katze nicht abhaut!», fuhr sie Puupponen an.

«Du bist Essi Manner?», vergewisserte ich mich. Als ich mich bückte, um die Katze zu streicheln, schlug sie mit der Pfote nach mir und verzog sich unter einen Stuhl.

«Nein, ich bin Kronprinzessin Viktoria. Oder Estelle. Muss ich mich in meiner eigenen Wohnung ausweisen? Und wieso kommt ihr überhaupt zu mir, ihr müsstet doch Jaakko Pulma vernehmen.»

«Du hast also einen Ermittlungsantrag gegen ihn gestellt. Erzähl mir mehr darüber», spielte ich auf Zeit. Wieso wusste Laura Kokko nichts davon?

«Ja. Ich habe den Verdacht, dass sein Unternehmen Geldwäsche betreibt. Die Blue Jewel AG. Ich bin gefeuert worden, als ich dahinterkam, dass nicht alles mit rechten Dingen zuging. Seine Frau, diese Parlamentstante, hat mir mit der Polizei und mit einer Anklage wegen Beleidigung und wer weiß was gedroht, als wüsste sie nicht, dass ein einziger Tipp Richtung Skandalpresse ihre tolle Fassade zum Einsturz bringen würde. Aber die Reporter wollten Beweise, der Ermittlungsantrag reichte ihnen nicht. Habt ihr endlich was herausgefunden? Ich hatte schon den Verdacht, diese Abgeordnetentussi hätte es irgendwie geschafft, den Ermittlungsantrag aus dem Verkehr zu ziehen.»

Essi Manners Gesicht erinnerte an das einer jungen Katze: schräge Augen, runde Nase, perlweiße Zähne. Ihr Körper, der kaum vierzig Kilo wiegen konnte, war voller Wut und Energie, wie bei einem Raubtier, das auf Beute lauert.

«Wir sind nicht vom Wirtschaftsdezernat, sondern vom

Gewaltdezernat der Espooer Polizei. Jaakko Pulma ist tot, und es besteht der Verdacht auf ein Gewaltverbrechen.»

Essi Manner riss die Augen auf. Sie ging zur Balkontür und ergriff die Klinke. Puupponen war sofort bei ihr, er hatte denselben Gedanken wie ich: Wollte sie hinunterspringen?

Die junge Frau wandte sich Puupponen zu.

«Ist das ein dummer Streich von Perttu? Dürfte ich eure Ausweise noch mal sehen?»

Puupponen zog seinen Ausweis hervor und zeigte ihn Essi, gleichzeitig schob er sich näher heran, damit sie die Balkontür nicht öffnen konnte. Auch ich hielt ihr meinen Ausweis hin.

«Es ist leider kein dummer Streich. Die Leiche von Jaakko Pulma wurde gestern gefunden.»

«Wo? Wie ist er gestorben? War er der ... Im Internet stand, dass in der Kirche von Tapiola jemand gestorben ist. War das Jaakko?»

Essi Manners Ahnungslosigkeit wirkte echt. Die flauschige Katze sprang auf einen Stuhl und leckte sich verwirrt die Pfoten. Essi nahm sie auf den Arm und setzte sich selbst hin. Die Katze begann sofort zu schnurren und schloss ihre gelben Augen.

«Jaakko Pulma ist tot», wiederholte Essi. «Und die Bullen stürmen hier rein. Warum? Weil ich einen Ermittlungsantrag gegen Pulma gestellt habe und er mir gedroht hat, sich zu rächen, indem er mich seinerseits anzeigt. Aber wie hätte er beweisen können, dass ich die Steine genommen habe? Nur weil kein anderer an sie herankam. Aber das war auch gelogen. Es gab wer weiß wie viele Möglichkeiten.»

Essi sprach leise, doch ihre Stimme klang drohend. Das Schnurren der Katze verstummte.

«Hat diese Hexe euch hergeschickt? Diese verfluchte Perlentante? Vielleicht wollte sie Jaakko loswerden und ihren lächerlichen Assistenten heiraten.»

«Wann hast du Jaakko Pulma zum letzten Mal gesehen?»

«Das ist schon eine Weile her. Irgendwann im Februar, als es so fürchterlich geschneit hat. Ich bin nach Taavinkylä gefahren und habe ihm zugesetzt, mir endlich ein Zeugnis zu schreiben, aber er hat gesagt, Diebe kriegen keins. Ich musste eine halbe Stunde auf den Bus warten und bin fast erfroren. Danach habe ich ihn nicht mehr gesehen.»

«Wo warst du gestern Nachmittag?»

«Um welche Zeit?», fragte Essi zurück.

«Zwischen drei und fünf.»

«Da war ich zu Hause. Um sechs musste ich bei der Arbeit sein.»

«Wo?»

«Als Babysitter in der Pohjantie. Seit Jaakko mich rausgeschmissen hat, muss ich nehmen, was ich kriegen kann. Ich habe auf das Gör von Freunden aufgepasst, die ins Theater und zum Essen wollten.»

«Und diese Freunde können das bestätigen? Kann ich Namen und Telefonnummer haben?»

Essi verdrehte theatralisch die Augen, nannte mir aber die Angaben. Im selben Moment verkündete sowohl Puupponens als auch mein Handy die Ankunft einer SMS. Sie kam von Laura Kokko.

Ich habe einen Ermittlungsantrag gegen Jaakko Pulma wegen Geldwäsche gefunden, der im Januar gestellt wurde. Er war an den Polizeibezirk Ostfinnland weitergeleitet worden, weil Pulma Anfang des Jahres noch dort gemeldet war, ebenso wie seine Firma. Der Antrag wurde gestellt von Manner, Essi Johanna. Laura.

Puupponen und ich sahen uns an. Geldwäsche und Juwelenhandel – das war eine Kombination, bei der nur allzu leicht die organisierte Kriminalität ins Bild kam. Die Verbindung von organisiertem Verbrechen und dem Mord an dem Mann einer Abgeordneten mit Aussichten auf einen Ministerposten wiederum würde einen irrsinnigen Medientrubel auslösen und die Polizeiführung in Aufruhr versetzen. Und Essi Manner, die auf Rache sann, wäre ein Geschenk des Himmels für die Reporter.

Ich setzte mich schräg aufs Sofa, sodass ich Essi Manner ins Gesicht sehen konnte, und bemühte mich, freundlich, aber bestimmt zu sprechen.

«Du hattest also den Verdacht, dass Jaakko Pulma Geldwäsche betreibt. Da wir deinen Ermittlungsantrag noch nicht gesehen haben, wäre es gut, wenn du uns erzählen könntest, wie dieser Verdacht entstand. Wie kam es überhaupt dazu, dass du bei der Blue Jewel AG gearbeitet hast?»

«Besteht irgendein Verdacht gegen mich?» Essi ließ sich nicht so leicht austricksen.

«Wir untersuchen ein mutmaßliches Verbrechen gegen das Leben. Dies hier ist eine inoffizielle Befragung, in der du als Zeugin angehört wirst», sagte Puupponen im Hintergrund. Ich wusste, dass er das Gespräch aufzeichnete, doch diese Aufnahmen hatten keinerlei Beweiskraft. Sie würden uns lediglich als Erinnerungsstütze dienen, wenn wir uns auf Essi Manners offizielle Vernehmung vorbereiteten, falls es dazu kommen sollte.

«Ich darf also nicht lügen.» Das war eher eine Feststellung als eine Frage. «Wollt ihr die lange oder die kurze Version?»

Die topasäugige Katze hatte wieder zu schnurren begonnen. Sie reckte sich auf Essis schmalem Schoß und wäre beinahe heruntergefallen, aber Essi rückte sie routiniert zurecht.

«Ich habe mich immer für Steine interessiert. Für Edelsteine, meine ich. Nicht wie in dem blöden Klischee über Frauen, die sich angeblich wie die Elstern auf alles stürzen, was glitzert. Okay, Juwelen sind schön, aber mir geht es ums Wissen. Ich will lernen, die verschiedenen Steine und ihre Herkunft und den Schliff zu erkennen. Mir reicht es nicht, dass ein Schmuckstück schön ist und sechstausenddreihundert oder auch hundert Mal so viel gekostet hat. Ich will wissen, weshalb es so teuer war und was seine Geschichte ist. Mich hat's schon als Kind erwischt, als ich im Tower von London war und die ganzen Kronjuwelen gesehen habe.» Das leise Lächeln, das über Essis Gesicht flog, ließ sie aussehen wie eine Zehnjährige.

«Nach dem Abi bin ich nach London gezogen. Ich habe bei zwei Goldschmieden gearbeitet und Kurse der Gemmologischen Gesellschaft besucht. Zum Schluss habe ich sogar das Platindiplom bekommen. Dann bin ich zurück nach Finnland und habe Arbeit gesucht. Das war gar nicht so leicht. Zuerst war ich in einem Schmuckgeschäft in Helsinki, aber nicht etwa bei Tillander oder Bukowski. Die hatten da keine ordentlichen Steine, bloß Massenware. Also habe ich mich erkundigt, wer in diesem Land am meisten über historische Steine weiß, und bin auf die Blue Jewel AG gestoßen. Ich hatte keinen blassen Schimmer, wer Jaakkos Frau ist, bei der vorigen Wahl war ich nicht in Finnland, und überhaupt kenne ich mich mit Politikern nicht aus. Die interessieren mich nicht. Aber das war ein Fehler, ich hätte mich vorher über die Hexe schlaumachen sollen. Und über alles, was mit ihr zusammenhängt.»

«Du behauptest also, Henna Pasanen-Pulma hätte von der Geldwäsche ihres Mannes gewusst?»

«Ich behaupte gar nichts. Sonst kriege ich noch eine Beleidigungsklage an den Hals. Jaakko dagegen hat mich beschuldigt, die Edelsteine der Zygmunds gestohlen zu haben, obwohl ich natürlich absolut nichts dergleichen getan habe. Ich will keine Juwelen besitzen, sondern sie untersuchen. Was hat man von schönen Sachen, die man im Tresor einschließen muss?»

Die Katze schnurrte immer lauter und knetete Essis Knie mit ihren Pfoten. Das Halsband des Tieres war mit hellen, funkelnden Steinen besetzt, aber die waren wohl nicht echt. Auf meinem Handy ging wieder eine Nachricht ein. Der Absender war Hakkarainen von der Kriminaltechnik. Er bestätigte, dass es sich bei einem Teil des Blutes, das an Jaakko Pulmas Leiche gefunden worden war, tatsächlich um Rinderblut handelte, wahrscheinlich einheimische Tiefkühlware für die Zubereitung von Blutpfannkuchen und dergleichen, die es überall zu kaufen gab. Grob geschätzt waren fast zwei Liter über der Leiche vergossen worden.

Der Fall wurde immer merkwürdiger. Naseweise Internetdetektive würden die Kirche und das über die Leiche gekippte Blut natürlich als Hinweis auf Teufelsanbetung deuten, und auch wir durften diese Alternative nicht ausschließen. Zwei Liter waren keine so große Menge, dass deren Kauf aufgefallen wäre, zudem konnte man tiefgekühltes Blut natürlich auch nach und nach in verschiedenen Geschäften kaufen. Aber wo waren die Behälter geblieben? Die Streifenbeamten und die Techniker hatten die Abfalleimer inner- und außerhalb der Kirche durchsucht, aber nichts gefunden, was mit der Tat in Verbindung gebracht werden konnte.

«Kannst du noch einmal wiederholen, was du zuletzt gesagt hast?», bat ich Essi. «Ville, beantworte du die Mail, die gerade gekommen ist», wies ich Puupponen an. «Dass ich nicht verstehe, warum man etwas Schönes besitzen will, das man dann im Tresor versteckt. Das habe ich auch zu Pulma gesagt, als ich letztes Jahr im August zum Vorstellungsgespräch bei ihm war.

Er hat mir zugestimmt und mich sofort eingestellt. Erst später habe ich kapiert, dass er glaubte, ich wäre so, wie ich auf den ersten Blick wirke. Ein braves, harmloses Mädchen. Deswegen habe ich den Job gekriegt, nicht wegen meiner Fähigkeiten. Er hat sich eingebildet, er könnte mich hinters Licht führen. Als ich anfing, Fragen zu stellen, hat er mich gefeuert, und das mit irgendwelchen frei erfundenen Anschuldigungen. Ich konnte ihn immerhin zwingen, mir noch das Gehalt für die Kündigungsfrist zu zahlen. Aber die finnische Juwelenbranche, das ist ein kleiner Arbeitsmarkt. In dem Bereich finde ich nicht so leicht einen neuen Job, jedenfalls nicht, bevor ich bewiesen habe, dass die Abgeordnetengattin des werten Herrn in Wirklichkeit eine Schwindlerin und Gaunerin ist.»

«Hast du außer Jaakko Pulmas Frau noch andere Familienmitglieder kennengelernt, zum Beispiel seinen Sohn oder seine Geschwister?»

«Puh!», schnaubte Essi. «Der kostbare Kronprinz war schon im Juli zur Armee los, ich habe ihn nur ein paarmal gesehen, als er Urlaub hatte. Er kommt nach seiner Mutter, von diesem steifen Schlag, der es genießt, andere springenzulassen, und garantiert mit einem Haufen Auszeichnungen aus der Kaserne zurückkommt. Die Schwester ist fromm, sie arbeitet in der Kirche und glaubt an das, was sie tut. Sakke, ihr Mann, ist ein Pokerfreund von Jaakko, die beiden haben sich über Jaakko kennengelernt. Sakke hat dieses entsetzliche Humppa-Lied geschrieben, das kennt ihr bestimmt.» Essi begann zu singen, ihre Stimme war dünn und ein wenig heiser, hielt die Melodie jedoch gut.

Ich dachte, ich hätte mal Schwein
und sack einen Tausender ein
mit etwas Glück sogar mehr.

Dann gehen wir essen, Honey,
für'n riesigen Haufen Money,
am Ende wink ich noch ein Taxi her …

«Und so weiter. Das Lied müsste man verbieten. Aber die Leute lieben es, Sakkes Band hat so viele Engagements wie noch nie, und die Tantiemen fließen so reichlich, dass Sakke und Kirsi im nächsten Winter nach Australien und Bali wollen, sobald die Band ihre Sommerauftritte auf den Tanzböden hinter sich hat. Aber Sakke ist ganz okay, dem gönne ich das.»

«Und Jaakko Pulmas Bruder kennst du auch?»

«Perttu.» Essi sprach den Namen langsam und verächtlich aus. «Ja, den kenne ich. Leider. Er hält sich für ein Geschenk des Himmels an die Frauenwelt und will nicht verstehen, dass nein wirklich nein bedeutet.»

Womöglich war das der Grund, weshalb Perttu Pulma so eifrig versucht hatte, uns auf Essi zu hetzen. Nachdem wir eine Nacht darüber geschlafen hatten, waren wir beide, Puupponen ebenso wie ich, auf den Gedanken gekommen, dass Perttu und Henna Pasanen-Pulma vielleicht mit voller Absicht geleugnet hatten, Essi zu kennen, damit wir umso begieriger darauf waren, sie ausfindig zu machen. Es war eine der Schattenseiten der Polizeiarbeit, dass man überall Lügen zu wittern glaubte. Zum Glück hatte ich die Methode des ständigen Zweifelns nicht allzu oft auf meine Familie angewandt. Die Romanze zwischen Antti und mir hatte allerdings während einer Mordermittlung begonnen, in deren Verlauf ich ihn sogar vorübergehend als Täter verdächtigte. Er wusste also schon zu Beginn unserer Beziehung, wie misstrauisch ich sein konnte.

«Soll ich das so verstehen, dass du Perttu Pulmas Annäherungsversuche abgewiesen hast?» Puupponen hatte seine Mail abgeschickt und griff Essis Worte auf.

«Eher seine Flirtversuche. Er hat mir Komplimente über meine Haare gemacht und allen möglichen Mist geredet. Wollte sich mit mir verabreden, weil er angeblich Karten für irgendein Konzert hatte. Ich habe ihm gesagt, so alte Knacker interessieren mich nicht. Und als er mir über die Haare strich, habe ich ihm auf die Finger geklopft. Dabei hat er einen Kratzer abgekriegt, weil ich zufällig einen scharfkantigen Ring anhatte.» Jetzt hatte Essi noch mehr Ähnlichkeit mit einem Kätzchen, ich rechnete fast damit, dass sie sich zufrieden die Lippen lecken würde.

«Du hast gesagt, als du den Geldwäscheverdacht geäußert hast, hätte Jaakko dich des Diebstahls beschuldigt. Was sollst du seiner Meinung nach gestohlen haben?»

Die Katze fauchte und sprang von Essis Schoß. Vom Eis her war das Geräusch eines Motorschlittens zu hören; irgendwer schätzte sein Leben so gering, dass er noch zum Eislochangeln aufs Meer fuhr, obwohl die Eisdecke bereits schneefrei und durchsichtig war und seit einer Woche sogar von den Langläufern gemieden wurde.

«Ja, das hat er behauptet. Jaakko hat sowohl ungefasste Edelsteine als auch fertigen Schmuck gekauft. Die verschwundenen Diamanten waren nicht gefasst. Sie stammten angeblich von einer polnischen Adelsfamilie, die im Zweiten Weltkrieg in ein Vernichtungslager der Nazis geriet, vorher aber ihre Schätze im Sockel des Kuhstalls auf ihrem Gutshof verstecken konnte. Der heutige Besitzer des Gutshofs soll sie gefunden und verkauft haben, weil die Nazis alle rechtmäßigen Erben umgebracht hatten. Es gibt natürlich Echtheitszertifikate, aber wer weiß, was die taugen. Trotzdem finden Investoren so eine Geschichte interessant. Jaakko war nicht der Einzige, der die Steine haben wollte. Einer der Kaufinteressenten, ein Russe, soweit ich mich erinnere, behauptete, er sei in direkter Linie mit diesen Zygmunds verwandt. Jaakko kaufte die Steine schließlich, aber sie verschwanden, bevor er sie aus dem Tresor in sein Bankschließfach bringen konnte. Die Kombination des Safes kannten angeblich nur Jaakko und ich.»

«Angeblich?»

«Henna kannte sie auch! Ich habe mit eigenen Augen gesehen, wie sie ihre Parlamentsperlen in den Tresor gelegt hat, obwohl Jaakko nicht zu Hause war.»

«Du meinst den Tresor im Wohnzimmer der Familie in Taavinkylä? Aus dem sind die Steine also verschwunden?»

Essi nickte. Als ich nach dem Wert der Steine fragte, sagte sie, der hänge davon ab, wie viel der Käufer zu zahlen bereit war.

«Zweihunderttausend mindestens, vielleicht sogar mehr, zweihundertfünfzigtausend.»

«Die Steine waren natürlich versichert?»

«Vermutlich. Da war aber irgendwas unklar, deshalb hat Jaakko sich so aufgeregt. Vielleicht war die ganze Geschichte von der polnischen Familie frei erfunden, und die Steine waren in Wahrheit Diebesgut. Ist doch ein guter Trick – er behauptet, er wäre selbst bestohlen worden, bevor irgendwer die Klunker zu genau unter die Lupe nimmt, und verkauft sie dann unter der Hand an jemanden, der es mit der Herkunft nicht so genau nimmt, wenn er ein gutes Geschäft machen kann. Hinter der Grenze fragen nicht alle nach einem Echtheitszertifikat, und hier in Finnland auch nicht. Das können irgendwelche Blutdiamanten gewesen sein, im Ernst. Jedenfalls war an der Sache etwas faul, denn Jaakko hat mir nie erlaubt, sie mir so gründlich anzusehen, dass ich alle Details des Schliffs erkennen konnte. Daraus kann man ja eine ganze Menge schließen, wenn man Ahnung hat. Zu diesen Steinen ist übrigens eine seltsame Geschichte im Umlauf. Jemand hat erzählt, wenn sie nicht im Besitz der Familie sind, der sie ursprünglich gehörten, bringen sie Unglück. Unglück und Tod.» Essi Manner riss die Augen weit auf und schüttelte den Kopf.

Mein Handy klingelte, diesmal ein Anruf. Der Hit von Bon Jovi war schon seit zehn Jahren mein Klingelton für die Anrufe von Koivu. *Livin' on a Prayer* passte oft nur zu gut zu den Verhältnissen, in denen wir unsere Arbeit taten.

«Hallo, Maria, ich bin hier auf eine Geschichte gestoßen, die du sofort hören musst. Im Umfeld von Henna Pasanen-Pulma gab es schon einmal ein Gewaltverbrechen. Ihre Schwester Minna kam in den achtziger Jahren beim Skilaufen ums Leben, aber der Schuldige wurde nie gefunden. Über die Loipe, auf der die Schwestern trainierten, war eine Schnur gespannt, die Minna Pasanen aus der Bahn schleuderte. Ich habe gerade mit einem pensionierten Polizisten aus Juva telefoniert, der damals an den Ermittlungen beteiligt war. Er sagt, die Hauptverdächtige sei Henna Pasanen gewesen.»

6

Wir verabschiedeten uns von Essi Manner, die sich über unseren abrupten Aufbruch wunderte, und fuhren ins Präsidium zurück. Koivu und Kokko saßen in unserem Ermittlungszimmer, Koivu trank wie immer Kaffee, vor Laura Kokko stand ein selbst zubereiteter Protein-Petersilien-Smoothie. Sie hielt sich fit für ihren Triathlon und beteiligte sich nie an den Pizzagelagen unserer Abteilung. Stattdessen brachte sie zu unseren gemeinsamen Besprechungen manchmal selbstgebackenes Brot aus Kichererbsenmehl mit, nach dem Puupponen inzwischen regelrecht süchtig war.

«Ich habe also die Personalien des Ehepaars Pulma im Register überprüft und bei der Frau einen tragischen Vorfall entdeckt, eine jung verstorbene Schwester. Der Fall liegt immer noch unabgeschlossen im Archiv, weil er nicht geklärt werden konnte; der Polizist, der in den achtziger Jahren für die Ermittlungen zuständig war, ist davon ausgegangen, dass es sich um ein Gewaltverbrechen handelte, schlimmstenfalls um ein geplantes, also um Mord. Die beiden Schwestern waren Skisportlerinnen und nahmen in ihrer Altersklasse an nationalen Wettkämpfen teil. Ihr Vater hatte für sie eine Trainingsloipe in der Nähe des Elternhauses in Juva angelegt. Beide Mädchen gehörten der Provinzstaffel des Sportvereins von Juva an. Henna war damals fünfzehn, Minna war gerade achtzehn geworden.»

Koivu warf einen Blick auf die Notizen, die er auf einen Zettel gekritzelt hatte. Das Papier hatte einen Kaffeefleck, ebenso sein Hemd. Vor einer Woche war Koivu beim Zurücksetzen mit dem Familienauto gegen die Fichte vor seinem Haus geprallt. Und das, nachdem er zuvor fast fünfundzwanzig Jahre unfallfrei gefahren war. Auch jetzt zitterten seine Hände leicht.

«Am Donnerstag nach Ostern ging Minna zum ersten Mal nach fast zwei Wochen wieder Skilaufen, die Schwestern hatten wegen einer Grippe Trainingspause gehabt. Henna musste sich noch schonen. Die Loipe führte durch hügeliges Gelände, und der sogenannte Nulppola-Hügel auf dem Waldgrundstück eines Nachbarn war besonders steil. Dort gab es außerdem eine Sprungschwelle und danach eine Kurve, die große Geschicklichkeit verlangte. Der Schnee war vereist, und selbst wenn Minna die Schnur bemerkt hätte, die quer über die Loipe verlief, hätte sie wohl nur bremsen können, indem sie sich fallen ließ. Die Schnur war in etwa dreißig Zentimetern Höhe gespannt und warf sie zu Boden. Minna wurde mit dem Kopf voran gegen einen Felsen geschleudert und erlitt einen Schädelbruch. Als sie gefunden wurde, war sie bereits tot.»

«Daran erinnere ich mich!», rief Puupponen. «Das Frühjahr war in ganz Savo richtig seltsam, mal taute es, dann war wieder alles vereist. Wir hatten in Kuopio Eishockeytraining auf einem Sportplatz im Freien, und man wusste nie, in welchem Zustand das Eis sein würde. Einer aus unserer Mannschaft war ein Vetter von dieser Minna, er hat beim letzten Spiel der Saison gefehlt, weil er zur Beerdigung musste. Komisch, wie deutlich man sich plötzlich an Dinge erinnert, die man längst vergessen hatte. Wie hieß der Vetter noch … War es der Timo Kauppinen … Mal sehen, ob ich ihn irgendwo auftreiben kann.»

«Warum wurde denn gerade Henna verdächtigt, den Tod ihrer Schwester verschuldet zu haben?», fragte ich Koivu.

«Sie hatten sich während der Osterferien immer wieder heftig gestritten. Offenbar lagen bei beiden wegen der Grippe die Nerven blank, und die Konkurrenz zwischen den Mädchen war wohl auch belastend. Minna war schon wegen des Altersunterschieds Henna in allem überlegen, aber den Winter über hatte die jüngere Schwester sowohl im Skilauf als auch beim Musizieren stark aufgeholt. Beide nahmen Geigenunterricht, und auch dabei hatte Henna mit Minna gleichgezogen.»

«Aber hätte es dann nicht umgekehrt so sein müssen, dass die ältere Schwester neidisch auf die jüngere war?», wandte Laura ein.

«Du und Maria, ihr wart mal Mädchen im Teenageralter und wisst, wie verrückt die manchmal ticken. Unsere ...» Koivu verstummte, offenbar war ihm gerade wieder bewusst geworden, dass Sennu dieses Alter vielleicht nie erreichen würde.

«Und ihr meint, wenn Henna Pasanen-Pulma einmal ein Gewaltverbrechen verübt hat, ohne erwischt zu werden, könnte sie es erneut tun?» Puupponen beeilte sich, das Schweigen zu überbrücken. «Welches Motiv hätte sie gehabt? Und warum die Kirche von Tapiola als Tatort?»

«Ein öffentlicher Raum, den jeder betreten kann, lenkt den Verdacht von den Angehörigen auf Außenstehende. Andererseits ist das Risiko, gesehen zu werden, dort größer», antwortete ich. «Der Verdacht auf Geldwäsche, den Essi Manner geäußert hat, könnte für eine Abgeordnete fatal sein.»

«Wie war es überhaupt möglich, dass Pasanen-Pulma als Kandidatin aufgestellt wurde, wenn sie die Hauptverdächtige bei einem ungeklärten Gewaltdelikt war?», wunderte sich Laura Kokko. «Man sollte meinen, das wäre spätestens dann publik geworden, als sie gewählt wurde.»

«Ein Verdacht ist etwas anderes als eine Verurteilung», erklärte Koivu. «Und weil Henna damals minderjährig war, sind die Ermittlungsunterlagen geheim.»

«Schon, aber irgendwer erinnert sich doch immer an so etwas, und manchen Medien genügt der bloße Verdacht. Wir leben in einer Zeit der öffentlichen Kreuzigungen», gab Laura zurück und trank einen Schluck aus ihrem Smoothiebecher. Ein intensiver Petersiliengeruch zog durch den Raum.

Die Polizei von Ostfinnland hatte die Ermittlungen über die angebliche Geldwäsche noch nicht eingeleitet, was durchaus verständlich war. Es gingen so viele Ermittlungsanträge ein, dass man genau differenzieren musste, und unbewiesene Behauptungen landeten natürlich am Ende der Dringlichkeitsskala. Ermittlungen über Wirtschaftsverbrechen konnten Jahre in Anspruch nehmen, häufig musste man eine Verlängerung der Verjährungsfrist beantragen. Die gewieftesten Täter spielten auf Zeit, und ich hatte mich gelegentlich gefragt, ob beispielsweise Laura Kokko nicht völlig frustriert war. Gewaltdelikte und Verbrechen gegen das Leben wurden immerhin zum größten Teil aufgeklärt, und die Schuldigen erhielten ihre Strafe, die allerdings nach Ansicht breiter Bevölkerungsschichten viel zu milde ausfiel.

«Standen noch andere in Verdacht, die Schnur gespannt zu haben?», fragte ich Koivu, der inzwischen das fragile Gleichgewicht wiedergefunden hatte, das es ihm ermöglichte, seine Arbeit zu tun. «Was für Spuren wurden im Wald gefunden?»

«Die Loipe verlief mitten durch den Wald, aber der besagte Hügel liegt in der Nähe des Bauernhofs Nulppola und eines Waldwegs, der vom Hof abgeht, und da in dem fraglichen Winter im Wald Holz gefällt worden war, war auf dem Weg ziemlich viel Verkehr. Auf den See in der Nähe kamen häufig Eislochangler. Das Wetter war wechselhaft, der Schnee war im Regen angetaut und dann wieder gefroren, zwischendurch gab es Schneeregen, der auch wieder gefror, deswegen war der Waldboden überwiegend mit vereistem, buckeligem Schnee bedeckt, auf dem Spuren schnell undeutlich wurden. Es wurde allerlei gefunden, Stoffstücke, Plastikfetzen und Ähnliches, und das alles ist auch noch asserviert. Mit der heutigen Technik könnte man an diesen Fundstücken und an der Plastikschnur natürlich DNA-Proben feststellen. Davon war man ja in der damaligen Kriminaltechnik noch weit entfernt.»

«Ein Mensch kommt ums Leben. Ein junges Mädchen. Wie kann jemand eine solche Tat jahrelang mit sich herumtragen, ohne ein Geständnis abzulegen? Womöglich war das Ganze nur als dummer Streich gedacht, bei dem allenfalls Skier zu Bruch gehen sollten, aber auch dann wäre doch zu erwarten gewesen, dass der Schuldige sich meldet. Wenn Henna Pasanen-Pulma die Schnur gespannt hat, muss sie all die Jahre befürchtet haben, überführt zu werden. Wie hält die menschliche Psyche das aus?», fragte ich eher mich selbst als meine Kollegen.

«Gibt es nicht wissenschaftliche Untersuchungen, die besagen, alle Führungspersönlichkeiten und Politiker wären Psychopathen?», warf Puupponen ein.

«Soweit ich mich erinnere, ging es um Narzissmus oder ähnliche Persönlichkeitsstörungen. Um eine führende Stellung zu erreichen, braucht man meist die Fähigkeit, sich ohne allzu viel Empathie seinen Weg zu bahnen. Aber solche Eigenschaften führen in der Regel nicht zu Mord», korrigierte ihn Laura Kokko. «Bei unserer Klientel findet man sie dagegen zur Genüge. Die sehen keinen Grund, weshalb schlaue Köpfe nicht davon profitieren sollten, dass die Menschen leichtgläubig sind und die Gesetze Schlupflöcher haben.»

«Und weshalb sollten die Politiker es nicht ausnutzen, dass das Volk dumm ist und sich an der Nase rumführen lässt», fügte Puupponen hinzu. «Allerdings wird das Treiben der Politiker heute tatsächlich viel genauer beobachtet als noch vor zwanzig Jahren. Präsident Kekkonen konnte sich mit Frauen verlustieren, wie er wollte, und niemand hat Moralpredigten gehalten. Es gab Wichtigeres zu tun. Heute wird man in den sozialen Medien sofort abgestraft, wenn man sich bloß in der Kassenschlange vordrängelt. Das Image ist wichtiger als die politischen Inhalte.»

«Wann bist du denn zum Weltverbesserer mutiert?», wunderte sich Laura. Ich hatte schon seit einiger Zeit bemerkt, dass sie Puupponen nicht nur als Kollegen interessant fand.

«In diesem Job gibt es nur zwei Möglichkeiten: Entweder wirst du zynisch und scheißt auf alles, oder du bemühst dich, offen zu bleiben. Als Marias Untergebener kannst du dir die erste Alternative nicht erlauben», grinste Puupponen. Ich warf einen Kugelschreiber nach ihm.

Bei der Polizei in Juva arbeitete am Wochenende niemand, die Dienststelle war nur noch mittwochs geöffnet, doch der pensionierte Polizist Purhonen war hilfsbereit gewesen, und die Unterlagen zu offenen Fällen waren natürlich digitalisiert. Koivu hatte bereits festgestellt, dass die Eltern der Pasanen-Schwestern, Elvi und Viljo, noch lebten und weiterhin auf ihrem Hof in dem abgelegenen Dorf wohnten. Als Beruf war Bauer und Bäuerin vermerkt.

Es klopfte, und die Pressereferentin des Präsidiums trat ein.

«Was machst du am Samstag hier?», brachte ich gerade noch heraus, bevor sie ihre Wortsalve abfeuerte:

«Die Identität des Opfers in Tapiola ist bereits an mehrere Medien durchgesickert. Fragt mich nicht, wie, aber so ist es. Sie fordern, die Nachricht veröffentlichen zu dürfen, da das Opfer als Ehemann einer Abgeordneten eine wichtige gesellschaftliche Stellung hatte. Wie gehen die Ermittlungen voran?»

«Wir sind noch ganz am Anfang. Für die Bekanntgabe der Identität ist die Zustimmung der Angehörigen notwendig.»

«Ja, das Einverständnis der Ehefrau. Henna Pasanen-Pulma ist mit ihrem Sohn und ihrem Assistenten auf dem Weg hierher. Du möchtest sicher dabei sein, wenn wir die Informationsstrategie besprechen, und außerdem brauchen Ranto und ich dich bei der Pressekonferenz, falls wir eine anberaumen.»

Eija Hakola war seit gut einem Jahr die Pressereferentin der Polizei von West-Uusimaa. Davor hatte sie für mehrere internationale Großunternehmen, unter anderem in Russland und Schweden, gearbeitet. Ihr Prinzip war, dass die Polizei alles publik macht, was sie bekanntgeben kann. Das klang nach atemberaubender Offenheit, doch in der Praxis wich sie schwierigen Fragen geschickter aus als eine Skirennläuferin den Slalomstangen. Sie pflegte äußerst genaue Anweisungen zu geben, was die Polizei verlautbaren durfte. Das gefiel nicht allen, aber mir war es recht. Auch ich konnte nie im Voraus wissen, ob eine publik gemachte Information die Ermittlung voranbringen oder sie behindern würde.

«Die Situation ist die, dass Henna Pasanen-Pulma notwendigerweise eine unserer Hauptverdächtigen ist. Ich würde nicht zulassen, dass sie darüber bestimmt, welche Informationen wir herausgeben. Das verflixte Wochenende verzögert die Obduktion. Der genaue Tathergang ist noch nicht bekannt. Zudem war das Opfer zum Teil mit Blut bedeckt, das nicht von ihm stammte.»

«Aha», meinte Eija Hakola lakonisch. «Ich nehme an, das wollt ihr nicht publik machen?»

«Absolut nicht, auch nicht gegenüber den Angehörigen. Nur wir hier in diesem Raum und Hakkarainen wissen davon. Er hat eigene Nachforschungen angestellt. Er brennt auch darauf, Pulmas Kleidung zu untersuchen. Sie war so voller Blut, dass man nicht sehen konnte, ob sie zerschnitten war. Offenbar hat er mindestens aus den beiden großen Schenkelarterien geblutet. Aber darüber informieren wir noch nicht. Selbst auf die Gefahr hin, dass man der Polizei wieder Inkompetenz vorwirft.»

«Wer weiß, vielleicht ist Pasanen-Pulma die nächste Innenministerin. Jetzt sieht sie mal ganz konkret, mit welchen Ressourcen wir hier arbeiten», brummte Koivu.

Schließlich nahm ich auch Koivu und Puupponen zu der Besprechung mit, obwohl sie eigentlich nichts dazu beizutragen hatten. Ich wollte, dass sie nicht nur Henna, sondern auch Joonas Pulma und Toni Rask beobachteten. Wusste Toni Rask von der tragischen Vergangenheit seiner Chefin?

Eija Hakola hatte ein Konferenzzimmer in der Führungsetage im vierten Stock des Polizeigebäudes reserviert. Sie führte Henna Pasanen-Pulma und ihre Begleiter herein. Pasanen-Pulma wirkte nach außen hin gefasst. Das schwarze Kostüm und die weiße Bluse mit Rüschenkragen konnten ebenso gut als Trauerkleidung durchgehen wie als Aufzug für Regierungsgespräche. Die zweireihige Perlenkette erinnerte an die verstorbene britische Premierministerin. Die Haare waren sorgfältig in Locken gelegt, das Make-up dezent wie bei den meisten erfolgreichen Politikerinnen. Ich hatte schon überlegt, ob sie alle die gleichen Stilberater konsultierten. Eine ungeschminkte Frau wirkte im Fernsehen müde und farblos, zu viel Schminke wiederum ließ sie unbedeutend und inkompetent erscheinen. Wie lange musste man nach dem goldenen Mittelweg suchen? Wer hatte den Lippenstift in frostigem Pink und den nur unmerklich von der Hautfarbe abweichenden, sandfarbenen Lidschatten für Henna Pasanen-Pulma ausgewählt? Die männlichen Politiker schminkten sich – abgesehen von der Puderschicht, die man ihnen im Fernsehstudio auflegte – bisher noch nicht, aber auch ihr Äußeres wurde im Zeitalter der sozialen Medien immer genauer kommentiert.

Toni Rask trug ebenfalls einen dunklen Anzug und eine andere Brille als bei unserer ersten Begegnung. Die jetzige hatte ein dezentes graues Gestell. Joonas Pulma dagegen schien direkt aus dem Fitness-Center zu kommen. Seine schwarzen Haare waren millimeterkurz geschoren, seine Haut war noch unrein wie bei einem Teenager. Er trug eine schlabbrige graue Trainingshose und eine dunkelblaue Kapuzenjacke mit dem Logo einer Trendmarke. Am Hals blitzte ein goldenes Kreuz. Hatte ihn der Militärpfarrer der Karelischen Brigade über den Tod seines Vaters unterrichtet, oder hatte er einen Anruf von seiner Mutter bekommen?

Toni Rask rückte seiner Chefin einen Stuhl zurecht, und Puupponen ahmte seine Geste nach, indem er mir mit großer Gebärde den Platz am Kopfende des Tisches anbot. Koivu blieb am Fenster stehen. Das schräg einfallende Licht enthüllte erbarmungslos seine schlaffe Kinnpartie und seine Stirnfalten. Die Tränensäcke wurden gnädig von der Brille kaschiert.

«Ich war den ganzen Vormittag damit beschäftigt, Kontakt mit den Medien aufzunehmen beziehungsweise sie abzuwimmeln», begann Rask und holte seinen Laptop hervor. «Wir sollten mit der Polizei eine gemeinsame Medienstrategie erarbeiten.»

«Die Polizei geht in ihrer Informationspolitik immer davon aus, dass die Ermittlungen nicht gefährdet werden dürfen.» Eija Hakola ergriff das Wort, bevor ich etwas sagen konnte. «Haben Sie eine Ahnung, wie die Identität des Toten bekannt werden konnte?»

Joonas Pulma schob seinen Stuhl zurück. «Kann schon sein, dass es jemand aus der Kaserne war. Man braucht kein Nobelpreisgewinner zu sein, um zu kapieren, dass einem

Angehörigen etwas zugestoßen ist, wenn ich zum Pfarrer geschickt werde. Und wenn ich anschließend gleich am Freitag Urlaub bekomme, obwohl wir nach dem Übungslager aus Sicherheitsgründen eigentlich erst am Samstag wegdürfen, ist klar, dass es um einen Todesfall gehen muss. Und meine Mutter ist zwar nicht die Präsidentin, aber was sie beruflich macht, wissen schon einige. Auf meiner Stube hat jeder ein iPad.» Joonas wurde verlegen, als er merkte, dass wir alle ihn ansahen.

«Ich denke, es ist fruchtlos, zu überlegen, woher die Medien die Information haben. Auch in der Kirche gab es genug Ohren. Von mir aus kann die Identität des Opfers publik gemacht werden, wenn Sie den Rummel ertragen können und alle nahen Angehörigen benachrichtigt sind», sagte ich.

«Jaakkos Eltern sind tot, Kirsi und Perttu sind seine einzigen Geschwister. Toni hat die wichtigsten Verwandten und Freunde und die Leitung unserer Parlamentsfraktion informiert.» Hennas Stimme klang erschöpft, und bei genauerem Hinsehen bemerkte ich, dass die Wimperntusche abgebröckelt und der Lipliner unter der Unterlippe verlaufen war. Ihre Augäpfel waren rot geädert, und sie blinzelte häufiger als sonst. Ich verspürte beinahe den Wunsch, sie zu beschützen. Der Verlust des Ehepartners war für jeden entsetzlich, und der öffentliche Wirbel würde alles nur noch schlimmer machen.

«Sie überlassen es also uns, über Jaakkos Tod zu informieren?», fragte Toni Rask entgeistert.

«Das übernimmt selbstverständlich die Polizei. Wenn das Medieninteresse sehr groß ist, setzen wir eine Pressekonferenz an. Daran brauchen Sie natürlich nicht teilzunehmen. Aus der Sicht der Polizei ist es tatsächlich besser, dass alle Informationen über uns laufen. Es handelt sich um die Ermittlungen über ein Verbrechen, bei dem …»

«Bei dem möglicherweise auch ich verdächtigt werde, nicht wahr?» Henna fiel Eija ins Wort. «Irgendwer gräbt bestimmt auch diese alte Geschichte wieder aus.»

Nun zitterten ihre Hände so stark, dass die Diamanten an ihrem Ehering gegen die Tischplatte schlugen.

«Ich vermute, Sie meinen den Tod Ihrer Schwester?»

Henna Pasanen-Pulma sah mich so gequält an, dass Joonas zusammenzuckte. Toni Rask dagegen fragte, wieso wir bereits davon wussten.

«Mord verjährt nicht», antwortete ich.

«Mord?», fragte Joonas Pulma. «War es denn kein Unfall, Mutti? Das habt ihr mir doch alle erzählt, Oma, Opa und du. Tante Minna ist beim Skilaufen gestürzt und mit dem Kopf aufgeschlagen.»

«Das spielt jetzt keine Rolle», warf ich ein. «Das Wesentliche ist die Frage, wie wir die Öffentlichkeitsarbeit erledigen.»

Eija Hakola gab mir mit ihrem zornigen Blick zu verstehen, dass sie keine Ahnung hatte, worum es ging. Ich würde es ihr später erzählen. Nur die stümperhaftesten Skandalreporter würden versuchen, Henna Pasanen-Pulma als Doppelmörderin hinzustellen, doch in den Dreckkübeln des Internets würde das zweifellos geschehen.

«Ich schlage vor, dass wir morgen Vormittag eine Pressekonferenz veranstalten. Eija, ist elf Uhr eine gute Zeit? Oder schaffst du es, die Medien schon heute zusammenzutrommeln?»

«Je schneller, desto besser», antwortete Eija Hakola. «Ich würde heute Nachmittag um fünf Uhr vorschlagen. Wer kommt, der kommt.»

«Ich darf sicher dabei sein. Nur, damit ich weiß, welche Fragen die Medien stellen.» Toni Rask ergriff die Hand seiner

Chefin und drückte sie fest. Joonas' Miene erstarrte, und ich musste unwillkürlich an Essi Manners Anspielung denken, Henna Pasanen-Pulma habe ein Verhältnis mit ihrem Assistenten. Ich war davon ausgegangen, dass Essi mit dieser Bemerkung nur die Aufmerksamkeit von sich selbst ablenken wollte. Damit hatte ich mir wohl sexuelle Diskriminierung zuschulden kommen lassen: Hätte es sich um einen männlichen Abgeordneten in mittleren Jahren und um seine zwanzig Jahre jüngere Assistentin gehandelt, hätte ich die Anspielung wesentlich ernster genommen.

Auf den Termin für die Pressekonferenz hatten wir uns bald geeinigt. Ich fragte Henna, ob sie krankgeschrieben sei.

«Wir haben zunächst nur einige Veranstaltungen abgesagt», antwortete Toni Rask für sie. «Nächste Woche stehen in der Plenarsitzung einige heikle Fragen auf der Tagesordnung, daher müssen wir uns überlegen, wie wir weiter vorgehen.»

«Da Sie schon mal hier sind, könnten wir Ihnen ein paar Fragen stellen. Dir auch, Joonas. Wie lange hast du Urlaub?»

«Bis Montag. Oder auch länger, wenn meine Mutter mich braucht.»

Wir vereinbarten, dass Koivu in unserem Ermittlungszimmer mit Joonas sprach. Puupponen und ich würden Henna Pasanen-Pulma übernehmen. Rask wollte unbedingt an der Befragung seiner Chefin teilnehmen, doch sie schickte ihn ins Parlament, um Unterlagen zu holen. Es war, als wolle sie ihn loswerden. Als wir schließlich zu dritt an dem großen Tisch saßen, brach Henna nach und nach zusammen. Ihre Hände zitterten so heftig, dass ich mich fragte, ob es in ihrer Familie Parkinson gab, und ihr Atem beschleunigte sich bedrohlich, als ich die Routineformel zum Vernehmungsbeginn aufsagte. Ich begann mit harmlosen Fragen; bei einigen wusste ich dank

Koivus Recherche die Antwort bereits im Voraus. Gleichzeitig ging ich dazu über, die Abgeordnete zu duzen, um zwischen uns eine Vertrauensbasis zu schaffen.

Vielleicht erhielten Abgeordnete außer Schminktipps auch Training in Selbstbeherrschung. Obwohl Henna Pasanen-Pulma unmittelbar vor dem Zusammenbruch zu stehen schien, antwortete sie deutlich und benutzte die unklaren Formulierungen, die man von Politikern gewohnt war.

«Du hast gestern bestritten, eine Essi zu kennen. Wir haben heute mit Essi Manner gesprochen, der ehemaligen Praktikantin deines Mannes. Sie hat unter anderem gesagt, dass sie versucht hat, dich im Parlament zu erreichen. Da gibt es also einen kleinen Widerspruch. Wie erklärst du den?»

Henna antwortete nicht sofort. Sie drehte die Perlenkette zwischen den Fingern ihrer rechten Hand. Der Nagellack, der die gleiche Farbe hatte wie die Perlen, war abgeblättert, die Hände waren zerschunden, als hätte sie mit bloßen Händen Rosen gepflückt. Um diese Jahreszeit blühten Rosen nur im Gewächshaus. Hatte sie sich im Schlaf gekratzt?

«Es handelt sich offenbar um Fräulein Manner. Ihren Vornamen kannte ich nicht. Wir hatten nur oberflächlich miteinander zu tun. Sie war kurze Zeit Jaakkos Mitarbeiterin, hat sich aber sehr schnell als unzuverlässig erwiesen.»

«Essi Manner sagt, sie habe auch bei euch zu Hause gearbeitet.»

«Kann sein. Ich bin selten zu Hause. Anders als in der Öffentlichkeit behauptet wird, sind die Arbeitstage im Parlament endlos lang. Neben den Plenarsitzungen und der Arbeit in den Ausschüssen gibt es Reisen in die Provinz und andere Repräsentationspflichten. Mitunter komme ich wochenlang nur zum Schlafen nach Hause – oder nicht mal das. Manchmal bin ich mehrere Tage unterwegs.»

«Ich möchte dich daran erinnern, dass Zeugen bei der Vernehmung nicht lügen dürfen.»

«Zeugen? Bin ich Zeugin? Nicht Jaakkos Witwe?»

«Wann hast du deinen Mann zum letzten Mal gesehen?»

«Gestern früh. Wir haben zusammen gefrühstückt. Er ist mit mir aus dem Haus gegangen, um Kyösti auszuführen, und ich fuhr ins Parlament. Zum Abschied hat er mich auf die Haare geküsst, das hat er immer getan, damit mein Make-up nicht verschmiert.» Ihr stiegen Tränen in die Augen.

«Hat er gesagt, was er an dem Tag vorhatte?»

«Er wollte früher als sonst Feierabend machen und sich in der Kirche von Tapiola mit seiner Schwester Kirsi treffen, die dort arbeitet. Es sollte ein ganz normaler Tag sein. Habt ihr immer noch keine Ahnung, wer das getan hat und warum? Wie kann eine Obduktion mehrere Tage in Anspruch nehmen?»

«Das ist die übliche Praxis. Dienstzeiten. Ich versuche, eine dringliche Leichenschau durchzusetzen. Nicht wegen deiner Position, sondern im Interesse unserer Arbeit. Hatte dein Mann Feinde?»

«Nein! Er genoss in seiner Branche Respekt. Natürlich gibt es immer wieder böse Zungen, aber so etwas hat Jaakko ignoriert.»

«Essi Manner hat einen Ermittlungsantrag wegen Geldwäsche gestellt. Wusstet ihr davon?»

«Jaakko hat es erwähnt. Der Vorwurf war natürlich frei erfunden. Seit dem Wahlspendenskandal nehmen die Medien nicht nur die Abgeordneten, sondern auch ihre Ehepartner genau unter die Lupe. Das wusste Jaakko.» Henna Pasanen-Pulma machte eine kurze Pause und wischte sich über die Augen. «Ich hoffe von ganzem Herzen, dass ihr den Täter bald fasst, bevor er noch einmal zuschlägt. Ich habe mich im Parlament mehrfach gegen die Kürzung der Mittel für psychiatrische Behandlungen und die verantwortungslose Vernachlässigung der Patienten in der ambulanten Pflege ausgesprochen. Es ist bestimmt einer dieser Fälle, die wir schon erlebt haben. Ein psychisch Gestörter hat Jaakko angegriffen. Vielleicht jemand, der an Halluzinationen leidet und in der Kirche Schutz und Hilfe suchen wollte. Eine andere Erklärung finde ich nicht. Ich habe die ganze Nacht wach gelegen und gegrübelt, wie das passieren konnte. Mir fällt keine andere auch nur halbwegs vernünftige Erklärung ein.»

Nun sprach wieder die Abgeordnete, die die Wähler davon zu überzeugen versuchte, dass gerade sie die Probleme der Bürger lösen könne.

«Das ist natürlich eine Möglichkeit. Allerdings werden halluzinierende Täter meist sofort gefasst. Welche Erklärung hast du für den Tod deiner Schwester?»

Henna sah mich so schockiert an, als hätte ich ihr gerade ein Messer in die Brust gerammt.

«Dafür habe ich keine Erklärung! Wahrscheinlich wollte einer der Jungen aus der Nachbarschaft ihr einen Streich spielen und hat dann nicht gewagt, für die Folgen einzustehen. Aber natürlich wird die Sache wieder ausgegraben. Könnt ihr euch vorstellen, was es für mich und meine Eltern bedeutet hat, mit dieser Ungewissheit zu leben? Es ging mir nicht darum, dass der Täter bestraft wird, ich wollte nur, dass er gesteht und uns alle um Verzeihung bittet. Für Minna käme diese Bitte ohnehin zu spät. Ich werde nie Vaters Blick vergessen, als er mich fragte, ob ich auch wirklich unschuldig bin. Dass er sich überhaupt vorstellen konnte, ich hätte Minna etwas antun wollen! Und solange der Fall ungeklärt ist, zweifeln er und Mutter weiter. Wisst ihr, was die Hölle ist? Wenn du weißt, dass du unschuldig bist, und niemand glaubt dir.»

7

Henna Pasanen-Pulma begann wieder zu hyperventilieren. Sie holte eine Papiertüte aus der Handtasche und atmete hinein. Puderstaub und Mascarabröckchen rieselten auf den Tisch, Haarsprayflöckchen mischten sich darunter, und einen Moment lang erinnerte sie an einen nadelnden Christbaum vom vorigen Jahr.

«Das hat nach Minnas Tod angefangen», erklärte sie, als sie sich ein wenig beruhigt hatte. «Den ersten Anfall hatte ich, als mein Vater mich zwei Tage nach dem Unglück ins Gebet genommen und gefragt hat, ob ich gelogen habe. Ob er sich darauf verlassen könne, dass nicht etwa ich die Schnur über die Loipe gespannt hatte. Bis heute bekomme ich diese Anfälle, wenn ich mich bedroht fühle.»

Hennas Gesicht war entblößt, die dynamische Maske war verschwunden. «Jaakko konnte mich ohne Papiertüte beruhigen, er hat mit mir geatmet. Wie damals, als Joonas geboren wurde. Er hat mir immer geglaubt, ganz gleich, was andere redeten. Ich weiß nicht, wie ich ohne ihn leben soll.»

Mein Privathandy klingelte, ich hatte vergessen, den Ton auszuschalten. Meine Mutter. Ich drückte den Anruf weg und schaltete das Telefon auf lautlos.

«Kommen wir noch einmal auf Essi Manner zurück», sagte ich, obwohl ich einsah, wie schwierig das Thema für Henna war. «Dein Mann hat ihr Juwelendiebstahl vorgeworfen, aber keine Anzeige erstattet. Warum nicht?»

«Wahrscheinlich hatte er Mitleid mit Essi und hoffte, dass er die Steine auch ohne Anzeige zurückbekäme.»

«Woher wusste er, dass Essi ihre Beute nicht längst zu Geld gemacht hatte?»

«Keine Ahnung. Wahrscheinlich hätte er davon gehört. Wenn ich es richtig verstehe, hätten die Steine neu geschliffen werden müssen, und dann hätten sie einen erheblichen Teil ihres Wertes verloren. Jaakko hat immer betont, dass bei Edelsteinen und Schmuckstücken auch deren Geschichte wichtig ist.»

Dafür, dass die Steine der Zygmunds gestohlen worden waren, gab es also nur Jaakko Pulmas Wort. Der Verzicht auf eine Anzeige wirkte befremdlich und steigerte den Verdacht, dass Pulma gewusst hatte, wo sich die Steine befanden. Während ich Henna abschließend nach Freunden und Geschäftspartnern fragte, meldete Koivu, sein Gespräch mit Joonas sei beendet. Wir vereinbarten, uns im Ermittlungszimmer zu treffen.

Ich war endlich einmal vorausschauend gewesen und hatte eine Riesenportion von dem Eintopf mitgebracht, den Antti gekocht hatte, genug für uns drei. Auf dem Weg in unsere Etage kam ich mir richtig mütterlich vor. Doch bei dem Wort mütterlich fiel mir meine Mutter wieder ein. Der Blick auf mein Privathandy sagte mir, dass sie noch dreimal angerufen und mich schließlich per SMS um Rückruf gebeten hatte.

Ich wurde nervös. War meinem Vater etwas zugestoßen? Er hatte seit einigen Jahren Probleme mit dem Rücken, und auch sein Herz war nicht ganz in Ordnung. Ich setzte mich auf einen Stuhl im Korridor des Gewaltdezernats. Es war still im Haus, wie samstags immer. Ich drückte auf die Taste mit dem grünen Hörer. Meine Mutter meldete sich schon beim zweiten Klingeln.

«Endlich rufst du an!»

«Ich bin bei der Arbeit.» Wahrscheinlich hatte die Provinzzeitung, die meine Eltern lasen, noch nicht über den Leichenfund in der Kirche von Tapiola berichtet.

«Ach so. Ich habe schlechte Nachrichten. Helena und Petri lassen sich scheiden.»

«Oh. Wie traurig.» Natürlich war es schade, doch ich wunderte mich, warum meine Mutter es so eilig hatte, mich darüber zu informieren.

«Es ist so furchtbar. Sie könnten wenigstens an die Kinder denken.»

Helena und Petri hatten drei Kinder, das älteste war über zwanzig und das jüngste gerade dem Grundschulalter entwachsen. Sie unterrichteten an derselben Schule in Joensuu, Helena Englisch und Petri Mathematik. Dass wir uns beide in mathematisch begabte Männer verliebt hatten, war eine der wenigen Gemeinsamkeiten zwischen Helena und mir.

«Hat einer von ihnen eine neue Beziehung?»

«Nein. Behauptet Helena jedenfalls. Sie haben schon längere Zeit darüber nachgedacht und waren auch zur Eheberatung, aber es hat nicht geholfen. Angeblich haben sie nichts mehr, was sie verbindet. Aber sie haben doch die Kinder!»

Meine Mutter hatte Scheidungen immer als Tragödie empfunden. Vielleicht litt sie in dieser Situation am meisten. Ich hörte mir ihre Klagen einige Minuten an, dann versprach ich, Helena anzurufen, sobald ich Zeit hätte, und beendete das Gespräch. Während ich den Eintopf in der Mikrowelle aufwärmte, überlegte ich, ob ich mich beleidigt fühlen müsste, weil Helena mir nicht selbst von der geplanten Scheidung erzählt hatte. Ich hatte nicht einmal gewusst, dass es in ihrer Ehe Probleme gab. Im umgekehrten Fall hätte ich ihr allerdings auch nichts von meinen Sorgen erzählt, und das lag nicht an der weiten Entfernung zwischen Joensuu und Espoo. Meine beiden Schwestern standen mir einfach nicht besonders nahe, und ich hatte schon vor Jahren aufgehört, das zu bedauern. Es war eben so gekommen.

«Hurra, Essen!» Puupponen war irgendwo hängengeblieben und kam erst jetzt ins Ermittlungszimmer. Koivu tauchte hinter einer Stellwand auf. Ich hatte auch Picknickteller und -löffel mitgebracht, Koivu kochte sich die nächste Kanne Kaffee. Wenigstens den trank er noch in denselben Mengen wie früher.

«Was hatte Joonas Pulma über seinen Vater zu berichten?», fragte ich, als wir vor unseren Tellern saßen und Puupponen sich die Zunge verbrannt hatte.

«Er war total durcheinander und wusste nicht viel zu sagen. Seit Juli letzten Jahres leistet er seinen Wehrdienst und verbringt die meisten freien Wochenenden bei seiner Freundin in Mikkeli. Er ist ja bis zum Abitur dort zur Schule gegangen und fühlt sich in Espoo nicht richtig zu Hause, obwohl er bei seinen Eltern ein eigenes Zimmer hat. Das Verhältnis zu seinen Eltern sei ganz gut, meinte er, aber über ihren Alltag weiß er nicht viel. Die politische Karriere seiner Mutter ist ihm wohl eher peinlich.»

«Also kein aktives Mitglied der Parteijugend?», fragte Puupponen und pulte sich ein Pfefferkorn aus den Zähnen.

«Danach habe ich nicht gefragt. Technisch gilt Joonas ja nicht als Verdächtiger, weil er sich die ganze Woche über in der Kaserne aufgehalten hat. Und als Zeuge war er wirklich nicht ergiebig. Interessant könnte höchstens sein, dass seiner Meinung nach die Idee zu diesem fürchterlichen Schlager von seinem Vater stammte. Jaakko Pulma und Sakke Haukinen hatten am Pokertisch gesessen, und Pulma hatte empfindlich verloren, soweit das bei ihren Einsätzen möglich war. Pulma hatte gesagt, eigentlich müsse er doch auch mal Schwein haben, aber er sei vom Pech verfolgt, und daraus hat Haukinen dann seinen Song entwickelt.»

Koivu pustete auf seinen Löffel, bevor er ihn sich in den Mund schob. Ich ließ ihm Zeit, noch einen zweiten Löffel Suppe zu essen, bevor ich ihn fragte, ob es darüber zum Streit gekommen war.

«Das wusste Joonas nicht. Er selbst war aber anscheinend der Meinung, dass seinem Vater eine Art Provision zugestanden hätte.»

«Wer kann denn in Finnland von Tantiemen reich werden?», schnaubte Puupponen. «Das Finanzamt wird sich schon seinen Anteil an Haukinens Schlager holen. Wir sollten die Abgeordnete Pasanen-Pulma fragen, wohin eigentlich die ganzen Steuererhöhungen fließen. Es gibt doch für nichts mehr genug Geld.»

«Hör bloß auf», seufzte Koivu. «Die Sache mit den Visitenkarten ist noch gar nichts. Der Technik haben sie vorgeschlagen, die Schutzanzüge mehrmals zu benutzen. Da könnte man die Hälfte der Ausgaben sparen. Und Nachhaltigkeit ist doch was Gutes, stimmt's, Maria?»

Ich lächelte breit, aber nicht über Koivus Worte, sondern darüber, dass er es überhaupt fertigbrachte, einen Witz zu machen. Eigentlich war Puupponen in unserem Team zwar derjenige, der unaufhörlich kalauerte und über seine Witze stolperte, aber wir hatten alle drei einen gemeinsamen Humor entwickelt, der sich Außenstehenden, wie zum Beispiel Jenna Ström, die gelegentlich bei uns ausgeholfen hatte, nicht unbedingt erschloss. Wie sollte ich in meinem neuen Job zurechtkommen ohne Puupponens Albernheiten und ohne Koivu, der mir an den Augen ablas, was los war? Daran wollte ich lieber nicht denken. Polizeiarbeit wurde gemeinschaftlich geleistet, für Solisten oder einsame Cowboys gab es selten Verwendung. Da wir Schweigepflicht hatten, war es umso wichtiger, unter Kollegen über alles reden zu können. Dachten Abgeordnete ähnlich? Vielleicht wurde ein Politiker nur von anderen Politikern verstanden.

«Interessant war dann noch die Bekanntgabe der Identität des Toten. Joonas fragte, ob seine Mutter ganz allein darüber entscheiden dürfe. Auf meine Frage, warum er das wissen wollte, meinte er, ihm wäre es lieber, wenn nicht gleich alle erfahren, dass sein Vater tot ist. Aber seine Mutter und Toni Rask finden anscheinend, dass Geheimniskrämerei nur schadet.»

«Dieser Joonas ist also ein echter Ausnahmefall. In seiner Altersgruppe wollen doch sonst alle an die Öffentlichkeit, koste es, was es wolle», schnaubte Puupponen.

«Wahrscheinlich hat er mitgekriegt, wie das Leben von Politikern aussieht. Hat nicht einer von Henna Pasanen-Pulmas Parteifreunden gesagt, Abgeordnete wären Pinkelbäume?», warf ich ein.

«Ach. Ich dachte, das sind wir. Vielleicht sind Polizisten dann Kotzbeutel», meinte Puupponen, warf sich mit dem sogenannten Seehundtrick eine Möhrenscheibe in den Mund und schnitt eine Grimasse. Ich streckte ihm die Zunge heraus.

«Ville, informier dich mal, wer Hennas wichtigste Förderer in der Politik sind. Ist sie eine Favoritin der jetzigen oder früheren Parteiführung oder eine Quertreiberin, wer hat bei der letzten Wahl ihre Kampagne finanziert?»

«Glaubst du, das ist von Bedeutung? Meinst du, der politische Aspekt ist wichtiger als Pulmas Beruf?» Koivu zog einen Zahnstocher hervor und hielt sich während der Säuberungsaktion diskret die Hand vor den Mund.

«Alles ist von Bedeutung. Henna vertritt den sozialen Flügel ihrer Partei, gehört also zur Kategorie Weltverbesserin.

Die gehen manchen Leuten ganz besonders auf die Nerven, wenn man den Netzforen glauben darf.»

Wir fassten die Beobachtungen und Befragungen zusammen, die die Streifenpolizisten in der Kirche und in der näheren Umgebung gemacht hatten. Das Ergebnis war mager. Niemand hatte etwas Verdächtiges gesehen. Weder in der Kirche noch in der Umgebung waren Gegenstände gefunden worden, die als Tatwaffe in Frage kämen, doch die Suche wurde fortgesetzt. Da die Kirche unmittelbar neben dem Busbahnhof und einem großen Parkhaus lag, hatte der Täter sich rasch entfernen können. Während alltags in der Kirche von Tapiola meist reger Betrieb herrschte, war es gerade an den Freitagabenden eher ruhig.

«Hat der Täter das eventuell gewusst?», spekulierte Puupponen. «Dafür, dass Kirsi Pulma-Haukinen wegen des Waschmaschinenmonteurs zu spät zu dem Treffen mit ihrem Bruder kam, haben wir nur ihr Wort. Vielleicht hat sie ihren Bruder getötet, ist dann in die Schwimmhalle gleich nebenan verschwunden, um sich zu waschen, und anschließend vorgeblich ahnungslos zurückgekehrt.»

«Ihre blutige Kleidung wäre aber anderen Passanten aufgefallen.»

«Maria, um diese Jahreszeit trägt man draußen einen Mantel. Und Kirsis Mantel ist ziemlich lang.»

«Was für ein Motiv hätte sie denn gehabt?»

«Religiöser Wahn. Sie sah in ihrem Bruder plötzlich den Teufel oder so», grinste Puupponen. Ich merkte an, dass Kirsis Aussage ohne großen Aufwand bei dem Handwerker zu überprüfen sei, trug Puupponen auf, genau das zu tun, und schickte Koivu nach Hause. Am Laptop konnte er auch zu Hause arbeiten, und morgen würden wir die Ermittlungen weiterführen müssen. Allerdings würde Koivu nicht nach

Hause fahren, sondern zur Kinderklinik. Sennu lag in der Abteilung S 10 und bekam Chemotherapie. Ich bat Koivu, ihr Grüße zu bestellen. Iida würde sie in den nächsten Tagen besuchen, falls das Pflegepersonal es erlaubte.

Als Iida von Sennus Krankheit erfahren hatte, hatte sie einen Wutanfall bekommen.

«Das ist total unfair! Sennu ist noch ein Kind, sie darf nicht sterben!», hatte sie geschrien und ihre Teetasse so heftig auf den Boden geschleudert, dass Jahnukainen unter das Sofa geflohen war. Aber Iida wäre nicht Iida gewesen, wenn sie nicht schon bald hinter sich aufgeräumt und anschließend ihre alten Kinderbücher und Filme für Sennu eingepackt hätte. Sie ging auch in die Klinik, um Sennu vorzulesen und ihr bei den Hausaufgaben in Mathematik zu helfen, sooft Besucher, die nicht zur Familie gehörten, eingelassen wurden. Iida war eine noch entschiedenere Weltverbesserin, als ich es in ihrem Alter gewesen war. Antti und ich waren sehr stolz auf sie.

Für die Pressekonferenz zog ich mein korrektestes Kostüm an und steckte mir die Haare auf. Nachdem ich vergeblich versucht hatte, zwei widerspenstige Strähnen zu bändigen, lieh ich mir bei Eija Hakola Haarspray. Sie hatte Vertreter von mehr als zehn Medien zusammenbekommen, darunter sogar zwei Fernsehsender. Die Reporternasen witterten eine saftige Leiche.

Eija Hakola war zweifellos die Richtige für ihren Job. Sie eröffnete die Veranstaltung ohne unnötige Dramatik, indem sie bestätigte, dass am Vortag in der Kirche von Tapiola eine Leiche gefunden worden war. Die Todesursache werde noch untersucht, doch ein Gewaltverbrechen könne nicht ausgeschlossen werden. Dann gab sie die Identität des Toten bekannt und fügte hinzu, dies geschehe mit Erlaubnis der Angehörigen. Danach war ich an der Reihe, vage Erklärungen über den Verlauf der Ermittlungen abzugeben und Routinefragen zu beantworten. Die erfahrenen Kriminalreporter wussten, wie der Hase lief, und verstanden, dass die Polizei vorläufig im Dunkeln tappte.

«Wird dieser Fall besonders intensiv untersucht, weil es sich um den Ehemann einer politischen Entscheidungsträgerin handelt?», fragte eine junge Reporterin, die ich noch nie gesehen hatte.

Eija setzte zu einer Antwort an, doch ich kam ihr zuvor. «Jedes Gewaltverbrechen wird mit der gleichen Intensität untersucht. Solange ich Ermittlungen führe, spielt die gesellschaftliche Stellung der Opfer keine Rolle. Ein anderes Prinzip kann es für die Polizei nicht geben.»

Mir war klar, wie hochtrabend die Worte klangen, ließ sie aber im Raum stehen. Ein bekannter und erfahrener Kriminalreporter hatte unterdessen bereits Jaakko Pulma gegoogelt und fragte, ob er Verbindungen zum illegalen Juwelenhandel gehabt habe.

«Bisher liegen uns keine Hinweise darauf vor», antwortete ich.

«Aber Sie ermitteln in dieser Richtung?», fuhr der Reporter fort.

«Das ist eine von vielen Ermittlungslinien», bestätigte ich und las dem Reporter am Gesicht ab, dass er verstanden hatte, wie verworren unsere Ermittlungsstrategie noch war. Er oder einer seiner ebenso routinierten Kollegen würde früher oder später den Ermittlungsantrag im Archiv der Polizei von Ostfinnland ausfindig machen. Laura Kokko hatte bereits gebeten, ihn zur Bearbeitung an uns weiterzuleiten, bisher aber noch keine Antwort erhalten.

Toni Rask saß in der hintersten Ecke des Raums; von dort aus konnte er die Journalisten eingehend beobachten. Offenbar hatte keiner von ihnen Henna Pasanen-Pulmas Assistenten erkannt. Der junge Mann trug dieselbe Kleidung wie am Morgen, seine Haare schienen im Lauf des Tages fettig geworden zu sein und hingen strähnig herunter. Bei einigen Fragen rutschte er unruhig hin und her, als wolle er Einwände vorbringen. Als Eija Hakola die Veranstaltung gerade beenden wollte, sprang er auf und stellte sich vor. Plötzlich richteten sich alle Mikrophone auf ihn.

«Ich möchte nur inständig bitten, dass die Medien die Trauer der Abgeordneten Pasanen-Pulma und ihrer Familie respektieren und sie nicht behelligen. Alle Fragen, die sich auf die Arbeit der Abgeordneten beziehen, werden vorläufig von mir beantwortet.» Rask schaffte es, eine gewisse Autorität in seine Stimme zu legen, wirkte aber fast ängstlich, als zwei der Reporter sich vor ihm aufbauten und weitere Kommentare forderten. Ich wusste nicht, wie lange Rask seinen derzeitigen Job bereits ausübte und wofür er ihm als Sprungbrett dienen sollte. Vielleicht hoffte er, selbst Parlamentarier zu werden, wie so viele seiner Kollegen.

«Ist das hier eine Pressekonferenz der Polizei oder der Abgeordneten Pasanen-Pulma?», erkundigte sich einer der Reporter und versuchte mir noch zu entlocken, weshalb wir annahmen, dass Jaakko Pulma einem Verbrechen zum Opfer gefallen war. Es gelang ihm nicht.

Als Eija Hakola die Veranstaltung resolut beendete, wollte Toni Rask den Raum verlassen, doch ich hielt ihn zurück.

«Ein paar Fragen, da du einmal hier bist. Komm mit.»

Rask protestierte nicht. Ich führte ihn in unser Ermittlungszimmer. Sein Handy meldete eine SMS nach der anderen, er warf einen Blick darauf und schüttelte den Kopf. Während er eine Antwort tippte, sagte er:

«Ich bin nicht restlos überzeugt, dass Henna die richtige

Entscheidung getroffen hat. Ich hätte ihr zu einem anderen Vorgehen geraten. Vielleicht steht sie noch unter Schock und begreift nicht, was für eine schreckliche Geschichte das ist.»

Rask wartete, bis ich Platz genommen hatte, bevor er sich selbst einen Stuhl heranzog. Er erzählte, er sei seit dem Frühling letzten Jahres Assistent von Henna Pasanen-Pulma, also seit deren Umzug nach Espoo.

«Henna hat damals den Wahlkreis gewechselt und kandidierte nun in Uusimaa, daher war es sinnvoll, dass ihr Assistent mit den Angelegenheiten dieses Wahlkreises vertraut war. Wir waren ziemlich gespannt, wie sie abschneiden würde, aber letztlich hat sich gezeigt, dass wir richtig kalkuliert hatten. Das Risiko hatte sich also gelohnt.»

«Wäre es nicht leichter, als Provinzabgeordnete einen Ministerposten zu erreichen?»

«Das ist nicht unser einziges Ziel, obwohl man in dieser Position natürlich noch mehr Einfluss auf die Angelegenheiten des Landes hat als auf der Abgeordnetenbank. Henna ist arbeitsam und kooperationsfähig. Sie muss allerdings noch lernen, sich ins rechte Licht zu rücken. Es wäre äußerst bedauerlich, wenn man sie von nun an nur als die Abgeordnete kennt, deren Mann ermordet wurde.»

«Wie gut hast du Jaakko Pulma gekannt?»

Rask legte sein Handy auf den Tisch, bedeckte es aber mit der Hand, als wolle er die eintreffende SMS vor mir verstecken.

«Ich kann eigentlich nicht behaupten, ihn gekannt zu haben. Henna und er hielten Arbeit und Privatleben getrennt. Versteht das bitte nicht falsch. Sie verstanden sich gut, und Jaakko hat Hennas politische Karriere voll unterstützt, aber beide führten auch ihr eigenes Leben.» Rask strich sich die Haare zurück und wirkte verblüfft, als er merkte, wie fettig sie waren. Auch sein Gesicht glänzte jetzt, was ihn noch jünger aussehen ließ.

«Eine Frauenzeitschrift hat gerade letzte Woche angefragt, ob Henna und Jaakko für ein Interview zur Verfügung stehen. Sie planen offenbar einen größeren Beitrag über die Frage, weshalb die Ehen erfolgreicher Frauen so oft scheitern. Henna und Jaakko sollten als Gegenbeispiel dienen. Wir haben sehr genau darüber nachgedacht, ob wir zustimmen sollten. Es wäre natürlich positive Publicity gewesen und hätte den Wertvorstellungen entsprochen, die wir vertreten. Doch dann kamen Henna Zweifel. Sie hat gelacht und gemeint, sie sei vielleicht abergläubisch, aber ihrer Erfahrung nach würden sich gerade die Paare, die ihre Liebe in der Öffentlichkeit zu Markte tragen, früher oder später trennen. Wir waren uns auch nicht sicher, ob Jaakko einverstanden sein würde. Er wollte wegen seiner Arbeit so weit wie möglich im Hintergrund bleiben. Der Polizei ist doch wohl klar, dass das Haus einer Abgeordneten und eines Juwelenexperten ein höchst interessantes Objekt für Vandalen oder Einbrecher ist? Jaakko war äußerst sicherheitsbewusst. Das neue Haus ist mit den allermodernsten Alarmanlagen ausgestattet, und meines Wissens trug Jaakko immer Pfefferspray bei sich. Er hat Henna auch dazu geraten.»

«War Pulma denn bedroht worden? Und hatte er eine Genehmigung für den Pfefferspray?»

Koivu hatte bei der Erstellung von Pulmas Personenprofil auch überprüft, ob er einen Waffenschein besaß, doch ich konnte mich nicht erinnern, dass von Pfefferspray die Rede gewesen wäre. Rask sagte, darüber wisse er nichts, denn Jaakkos Angelegenheiten fielen nicht in seinen Tätigkeitsbereich.

«Was hast du vor diesem Job gemacht?»

Toni Rask erzählte, er studiere Staatswissenschaft, sein

Hauptfach sei politische Geschichte. Er habe bereits angefangen, seine Magisterarbeit zu schreiben, sie aber vorläufig auf Eis gelegt, weil die Stelle als Assistent einer Abgeordneten viel interessanter sei.

«Sagen wir so: Ich würde lieber selbst politische Geschichte machen, als sie zu studieren», erklärte er so feierlich, dass es mir schwerfiel, ein Lächeln zu unterdrücken. Er hatte lange und gründlich nachgedacht, bevor er sich für die Zentrumspartei entschied: Er trete für traditionelle finnische Tugenden wie Arbeitsamkeit und Gemeinschaftsgeist ein und seine Eltern hätten zudem einen Bauernhof in Karjalohja, aber wie seine Chefin gehöre auch er zum sozialliberalen Flügel seiner Partei, der eine positive Einstellung zur EU hatte und die gleichgeschlechtliche Ehe guthieß. Der junge Mann sprach so eifrig über seine Ideologie, dass ich nur mit Mühe zu Wort kam.

«Wusstest du, dass Henna unter dem Verdacht stand, den Tod ihrer Schwester verursacht zu haben?»

Rasks Redemaschine kam vorübergehend zum Stillstand, und er dachte fast eine Minute lang über seine Antwort nach.

«Natürlich», seufzte er schließlich. «Das war ja bisher die größte Tragödie in Hennas Leben. Die einzige Schwester auf diese Weise zu verlieren … einfach schrecklich. Aber ich begreife nicht, was die uralte Geschichte mit diesem Fall zu tun haben soll.»

Als ich rasch nachrechnete, ging mir auf, dass Toni Rask noch nicht geboren war, als Minna Pasanen starb.

«Der Fall wurde nie geklärt. An deiner Stelle würde ich einkalkulieren, dass er wieder aufgerollt wird, nicht nur von den Medien, sondern auch in Form von Ermittlungen. Ist deine Beziehung zu Henna Pasanen-Pulma rein beruflicher Art?»

Jetzt kam Rask überhaupt nicht mehr mit, er brauchte eine ganze Weile, um meine Frage zu verstehen.

«Wie bitte, was? Natürlich! Was sollte sie denn sonst sein?»

«Wir haben Andeutungen gehört, ihr hättet eine romantische Beziehung.»

«Wer behauptet denn so was?» Toni Rasks Bestürzung wirkte echt. «Das ist völlig haltlos! Henna ist doch nur ein paar Jahre jünger als meine Mutter. Um Himmels willen!»

Ich machte mir Rasks Aufregung zunutze und fragte ihn nach Essi Manner. Vermutlich würde er erraten, dass Essi das Gerücht in die Welt gesetzt hatte, doch das war mir egal.

«Ihr solltet dem nicht zu viel Gewicht geben, was Henna im ersten Schock gesagt hat. Natürlich kannte sie Essi Manner, aber man erinnert sich doch nicht immer an alles. Außerdem hat Henna gelernt, unangenehme Dinge zu vergessen, wenn sie abgeschlossen sind. Das ist eine sehr nützliche Fähigkeit. Und Essi Manners Anschuldigungen sind natürlich völlig unbegründet. Sie ist ein rachsüchtiger Mensch und kann froh sein, dass Jaakko sie nicht angezeigt hat. Wenn ich Polizist wäre, würde ich sie ganz oben auf die Liste der Verdächtigen setzen. Mich hat sie auch einmal angegriffen. Sie hat mich gebissen.»

«In welchem Zusammenhang? Hast du Anzeige erstattet?»

«Nein. Wir haben die Sache geklärt, aber es war schon eine merkwürdige Situation. Im Nachhinein glaube ich, dass ich sie bei einem versuchten Diebstahl überrascht habe und dass sie ihre Absicht vertuschen wollte, indem sie so tat, als hätte sie mich für einen Einbrecher gehalten. Henna hatte ein Memorandum zu Hause vergessen – es ist wirklich ärgerlich, dass immer noch nicht alle Parteidokumente elektronisch verfügbar sind, sodass man ständig Papierstapel hin und her schleppen muss – und bat mich, es zu holen, weil sie an einer Sitzung des Sozialausschusses teilnehmen musste. Ich kannte den Code der Alarmanlage, sie war eingeschaltet, als ich ankam. Kyösti lag in seinem Körbchen und knurrte, bevor er mich erkannte. Im Haus war es dunkel. Henna hatte das Memorandum im Schlafzimmer liegenlassen. Als ich dorthin ging, kam jemand herbeigestürzt, schlug auf mich ein und biss mich. Es war Essi. Sie behauptete, sie hätte mich für einen Einbrecher gehalten.»

«Was tat sie in Hennas und Jaakkos Schlafzimmer?»

«Gute Frage. Angeblich war sie auf die Toilette in der oberen Etage gegangen, aber mir ist nicht klar, warum. Und wieso greift man einen Einbrecher an, wenn man Angst hat, verletzt zu werden? Das Ganze war nur Theater. Ich kenne Jaakkos Geschäfte ja nicht, aber es wäre Schwachsinn, sämtliche Edelsteine in ein und demselben Tresor im Wohnzimmer aufzubewahren. Die wertvollsten liegen natürlich in einem Bankschließfach. Aber es ist gut möglich, dass es im Obergeschoss noch einen zweiten Tresor gibt, gut getarnt. Vielleicht wusste Essi davon. Warum hätte sie die Alarmanlage angelassen, wenn sie nichts im Schilde geführt hätte?»

Ich wunderte mich über den Unsinn, den Toni redete. Die Alarmanlage konnte nicht eingeschaltet gewesen sein, als Essi sich im Haus aufhielt, sonst wäre sie ja losgegangen. Rask musste sich geirrt haben, oder er tischte mir eine Lüge auf.

«Wann war das?»

«Am neunten November. Ich erinnere mich genau daran, weil es der Tag vor meinem Geburtstag war. Echt toll, ich kam mit blauen Flecken im Gesicht und Bisswunden an der Hand zum Essen bei meinen Eltern an und konnte nicht mal erzählen, was passiert war. Wenn man mich fragt, steckt hinter dem Mord an Jaakko entweder Essi beziehungsweise die Bande, für die sie arbeitet, oder ein Opfer der finnischen Gesundheitspolitik. Dabei haben wir uns so sehr für die Behandlung psychisch Kranker eingesetzt! Es ist schon fast ironisch.»

«Wen meinst du mit der Bande, für die Essi Manner arbeitet?»

«Jemand hat sie als Mitarbeiterin bei Jaakko eingeschleust, und Jaakko ist in die Falle getappt. Er war ein zu liebenswürdiger Mann, um zu verraten, wer es war. Oder er hatte Angst.»

Ich ließ Toni Rask gehen, um meine Gedanken ordnen zu können. Obwohl seit dem Einsatz in der Kirche von Tapiola kaum mehr als vierundzwanzig Stunden vergangen waren, hatten sich bereits viel zu viele Informationen angesammelt, und ich war nicht mehr fähig, das Wesentliche vom Unwesentlichen zu unterscheiden. Ich notierte die Hauptpunkte meines Gesprächs mit Rask und ging dann nach Hause.

Taneli war beim Ballettunterricht, der Teil des Eiskunstlauftrainings war. Iida werkelte mit ihrer Freundin in der Küche, sie bereiteten äthiopische Injera-Fladenbrote zu. Die Gewürzmischung für die Soße duftete verführerisch. Antti saß am Klavier und spielte irgendetwas Jazziges. Als er mich bemerkte, stand er auf und umarmte mich. Es fiel mir schwer, mich zu entspannen.

«Du schaffst es also doch mal, abends zu Hause zu sein», sagte er. «Wie läuft es?»

«Nicht besonders erfreulich. Inzwischen ist es öffentlich, also kann ich dir jetzt verraten, dass das Opfer in Tapiola der Mann einer Zentrumsabgeordneten ist. Das verdoppelt den Erfolgsdruck. Und meine Mutter hat angerufen. Helena und Petri trennen sich. Für Mutter ist das der Weltuntergang.»

«Es ist ja auch traurig. Was hältst du von Nackenmassage, Sauna und einem kalten Drink? Nach dem Essen. Ich habe die Sauna gerade angeheizt.»

«Du bist der perfekte Ehemann.» Ich küsste Antti und versuchte zu vergessen, dass Henna Pasanen-Pulmas Mann sie nie mehr zu Hause erwarten würde.

8

Der Sonntagsgottesdienst in der Kirche von Tapiola war gerade zu Ende. Eine Gruppe Konfirmanden drängte sich kichernd und feixend im Vorraum, die anderen Kirchgänger benahmen sich würdevoller. Ich hatte mir vorgestellt, dass zum Gottesdienst ungefähr zwei alte Damen kämen, aber es waren rund hundert Menschen da, und keineswegs nur ältere Leute. Eigentlich hatte ich vorgehabt, selbst am Gottesdienst teilzunehmen, hauptsächlich aus Neugier. Doch Antti hatte mir etwas Besseres geboten, nachdem er Taneli am Morgen zum Training gebracht hatte. Es gab etwas, das noch entspannender wirkte als eine Nackenmassage.

Von Jaakko Pulmas Tod zeugte nur noch das Absperrband vor den Kindertoiletten. Zwei Jungen begafften es aus nächster Nähe. Als der eine daran herumfingerte, befahl ich ihm, es in Ruhe zu lassen.

«Was geht dich das an?», fragte er in einem Ton, der verriet, dass der Kirchgang ihn nicht in friedliche Stimmung versetzt hatte.

«Ich bin zufällig Polizistin.» Ich fragte mich, wo der Streifenbeamte steckte. Ich hatte gebeten, dass während der Öffnungszeiten jemand bei der Absperrung Posten stand, doch es war keiner zu sehen.

«Komm, Donny.» Der andere Junge zog seinen Freund mit sich nach draußen. Schon im Vorraum setzten sie sich die Mützen auf. Belustigt stellte ich fest, dass mir ihre schlechten Manieren gegen den Strich gingen. In meiner Jugend hatte ich die Kirche und den Glauben radikal verurteilt, obwohl ich

Jesus immer für einen coolen Typen gehalten hatte, der garantiert Verständnis für uns Punker gehabt hätte. Der Meinung war ich immer noch.

Ich ging in die nun leere Kirche, wo eine untersetzte Frau mit einem Lichtputzer die Altarkerzen löschte. Sie trug eine Art Dienstkleidung, eine dunkelblaue Hose und eine Weste mit unzähligen Taschen über einem dicken weißen Polohemd. Ihre Augen blickten mich durch die starke Brille neugierig an, die teilweise ergrauenden blonden Haare waren zu einem straffen Pferdeschwanz gebunden. Auf dem Namensschild stand Hausmeisterin Kaarina Tuomi.

«Guten Tag. Ich bin Kommissarin Maria Kallio von der Polizei von West-Uusimaa. Haben Sie Zeit, mir ein paar Fragen zu beantworten?»

Die Frau begrüßte mich mit Handschlag. Ihre rundliche Hand war klein wie die eines Kindes, der Trauring hatte sich so tief eingegraben, dass sie ihn wahrscheinlich nicht mehr abstreifen konnte. «Kaarina Tuomi. Ja, ich habe Zeit. Die Beerdigung ist erst um drei. Sie sind natürlich wegen dem Toten hier, den Arvi gefunden hat, Kirsis Bruder. Ich bin deswegen gestern schon befragt worden, von so einem jungen Polizisten in Uniform.»

«Haben Sie am Freitag hier gearbeitet? Ich erinnere mich nicht, Sie gesehen zu haben.»

«Da hatte ich frei. Wir Küster arbeiten in einem etwas anderen Rhythmus als normale Berufstätige. Hilkka Häkkinen hatte Dienst.»

Natürlich war der Frauenanteil im Küsterberuf ebenso gestiegen wie bei den Geistlichen, in der Ärzteschaft und bei der Polizei. Ich vermutete, dass die Gehaltsstufe nicht besonders hoch war. Kaarina Tuomi schien einer ganz anderen Welt anzugehören als der dorfbekannte Küster Junttila in meiner

Kindheit in Arpikylä, der immer im dunklen Anzug herumlief und sich frommer gebärdete als die Pfarrer. Vor dem Pfarrhaus standen zwei Apfelbäume, die süße Früchte trugen, und es war das schönste Herbstvergnügen für die Jugendlichen in Arpikylä, diese Äpfel zu klauen. Das war besonders spannend, weil Junttila angeblich mit dem Luftgewehr Wache hielt. Ein Schuss fiel zwar nie, doch Jaska Korhonen hatte einmal behauptet, der Küster hätte seinen Hund auf ihn gehetzt.

«Zum Glück war Arvi so vernünftig, Hilkka den Anblick des Toten zu ersparen. Das Blut soll bis auf den Flur geflossen sein. Entsetzlich. Ich habe die Oberpfarrerin gefragt, ob hier überhaupt noch Gottesdienste gehalten werden können, nachdem die Kirche so geschändet wurde, aber sie hat gesagt, Gott ist ja nicht von hier geflohen. Wie kann jemand einen Menschen töten, und noch dazu in der Kirche?»

Obwohl ihre Stimme zitterte, konnte Kaarina Tuomi nicht verbergen, wie brennend sie sich für den Fall interessierte. «Als ich am Freitag hörte, was passiert war, habe ich gleich nach Arvi geschaut. Er wohnt im Nachbarhaus, und Tapio und ich kümmern uns ein bisschen um ihn, seit Siiri gestorben ist, seine Frau. Mein Mann arbeitet auch im Schichtdienst, als Busfahrer im Fernverkehr. Arvi und ich sind beide oft allein zu Hause. Ich habe Arvi Tapios alten Wintermantel geliehen, weil die Polizei seinen Mantel mitgenommen hat. Das Ding ist ihm zu groß, aber für ein paar Tage wird es schon gehen.»

«Wie geht es Arvi Honka? Es war natürlich ein schwerer Schock für ihn, eine Leiche zu finden.»

«Na ja, Arvi … er behauptet, es ginge ihm ganz gut, nur das Herz spielt manchmal verrückt. Er hat wohl damals im Krieg so viele Tote gesehen, dass er nicht gleich aus der Fassung gerät. Trotzdem ist er ein sonniger Mensch, er beklagt sich nie, obwohl er immer noch um Siiri trauert. Er schafft es sogar, uns

Jüngere zu trösten, wenn wir Sorgen haben. Im Gottesdienst habe ich ihn heute allerdings nicht gesehen, er kommt sonst fast immer. Ich rufe ihn heute Abend an und frage nach, ob alles in Ordnung ist. Vielleicht wagt er sich nicht aus dem Haus, weil ihm seine Winterschuhe fehlen, die mit den Spikes. Die Bürgersteige werden ja nie richtig gestreut.»

«Kannten Sie den Toten?»

Kaarina Tuomi schüttelte den Kopf. «Das kann ich nicht behaupten. Ich wusste natürlich, wie Kirsis Bruder aussieht, er kam manchmal, um sich mit ihr zu treffen oder einfach kurz in der Kirche innezuhalten. Seine Frau, die Abgeordnete, ist im Kirchengemeinderat. Sie war im Winter ein paarmal zum Gottesdienst hier und im Februar bei der Beerdigung ihrer Schwiegermutter. An dem Tag hatte ich zufällig Dienst. Für Kirsi war das ein schwerer Tag, und jetzt hat sie auch noch ihren Bruder verloren ... Man muss wohl einfach darauf vertrauen, dass der Herrgott weiß, was er tut.»

Der religiöse Jargon schlug mich in die Flucht. Da Kaarina Tuomi am Freitag nicht im Dienst gewesen war, brauchte ich sie nicht länger zu behelligen. Ich bat sie lediglich, sich mit der Polizei in Verbindung zu setzen, falls ihr etwas einfiel, was zur Aufklärung des Falles beitragen konnte. Sie war wohl ein wenig enttäuscht, nicht länger plaudern zu können. Als ich die Kirche verließ, sah ich, wie sie die Nummern der Kirchenlieder an der Tafel auswechselte.

Im Gemeindesaal war Kirchenkaffee, das Stimmengewirr drang bis auf den Flur. Mein Kollege Juhani Palo war in dieser Kirche zur letzten Ruhe gesegnet worden; mit der Erinnerung an ihn kam auch die Trauer wieder hoch. Damals hatte ich mitten im Gottesdienst eine Erleuchtung gehabt und war losgezogen, um einen Mörder zu verhaften. Jetzt betrachtete ich den Kamin in der Eingangshalle, der Ähnlichkeit mit einem

Lagerfeuer hatte, und hoffte auf einen neuerlichen Geistesblitz. Leider kamen die nicht auf Bestellung. Würde es helfen, zu beten? Der Gedanke erschien mir heuchlerisch, obwohl ich manchmal Gebete zum Himmel sandte, ohne zu wissen, an wen ich sie richten sollte. Glaubensfragen waren zu groß für meinen kleinen Polizistinnenverstand. Bei meiner Arbeit hatte ich mich daran gewöhnt, dass die Motive der Verbrecher nicht immer nachvollziehbar waren und dass man manchmal schlicht und einfach keinen Grund für eine sinnlose Gewalttat fand. Der Wille Gottes konnte es jedenfalls nicht sein, obwohl mir einmal jemand, der seine Kinder misshandelte, mit genau dieser Erklärung gekommen war.

Eine der Überwachungskameras befand sich genau über dem Hauptportal der Kirche. Laut dem Bericht des Polizisten, der sich die Aufnahme angesehen hatte, war darauf deutlich zu sehen, wie Jaakko Pulma zu der Verabredung mit seiner Schwester in die Kirche kam. Die beiden wollten sich um halb vier treffen, doch Pulma war schon fünfzehn Minuten früher da gewesen. Einige Schutzleute, die wir zur Verstärkung erhalten hatten, gingen die Aufzeichnungen aller Kameras in und vor der Kirche sowie auf dem Urnenfriedhof durch. Die Personen, die darauf zu sehen waren, mussten natürlich schnellstens identifiziert werden.

Außer durch den Haupteingang konnte man die Kirche auch durch zwei meist abgeschlossene Hintertüren sowie durch den Personaleingang verlassen. Die Mitarbeiter gelangten mit ihren Schlüsselkarten in das Gebäude. Solche Karten konnten natürlich gestohlen werden, aber zum Tatzeitpunkt war die Kirche ja gar nicht geschlossen gewesen. Im Gebäude gab es Personalräume, zu denen die Mitarbeiter Schlüssel besaßen, Besenkammern, Räume für Kinderkreise, Wandschränke … mehr als genug Winkel, in denen Jaakko Pulmas Mörder sich hatte verstecken können. Öffentliche Räume wurden von vielen besucht, eventuelle Fingerabdrücke oder DNA-Proben würden also lediglich beweisen, dass die betreffende Person sich irgendwann einmal in der Kirche von Tapiola aufgehalten hatte. Die Techniker hatten natürlich bereits am Freitag alle zugänglichen Räume untersucht, aber Personen waren bisher noch nicht überprüft worden.

Mein Handy klingelte, auf dem Display sah ich den Namen Eeva. Oje, ich hatte am Abend völlig vergessen, Helena anzurufen. In schwierigen Situationen müssen Geschwister zusammenhalten, heißt es. Und man sagt auch, niemand kenne einen so gut wie die eigenen Geschwister. In unserem Fall traf das ganz und gar nicht zu. Ich hatte das Gefühl, dass wir, die drei Töchter von Eini und Toivo Kallio, einander immer noch als die unreifen Dinger in Erinnerung hatten, die wir in der Schulzeit gewesen waren. Zu Erwachsenen waren wir weit voneinander entfernt herangereift, oder genauer gesagt, ich war weit weg von Eeva und Helena gereift. Die beiden standen sich nahe, ich war das fünfte Rad am Wagen. Aber ich hatte es ja so gewollt.

Eeva hatte mir eine SMS geschickt.

Du könntest Helena wenigstens mal anrufen, auch wenn du viel zu tun hast. Sie ist am Boden zerstört. Wir haben auch keinen Grund zu jubeln, Jarmo ist mal wieder arbeitslos. Deine Mittlere.

Der alte Spitzname brachte mich immer noch zum Lächeln. Ich war die Große gewesen, Helena als jüngste Schwester die Kleine. Eeva hatte auf einem eigenen Namen bestanden, und daraufhin hatte mein Vater «die Mittlere» vorgeschlagen. Ich antwortete nur kurz, ich sei im Dienst, obwohl ich genau wusste, was Eeva denken würde. Deine Arbeit ist kein bisschen wichtiger als die der anderen. Das hatte ich im Lauf der Jahre oft genug zu hören bekommen.

Ich rief nicht Helena an, sondern Antti und sagte ihm, ich würde noch eine Befragung erledigen, bevor ich nach Hause kam. Dann schlitterte ich zum Urnenhain und grüßte in Gedanken die Gedenktafel meines Schwiegervaters. Er war schon vor Jahren gestorben, nach langer Krankheit, sodass sein Tod letzten Endes eine Erleichterung war. In der Erinnerung meiner Kinder war ihr Großvater jemand, der gern mit den Katzen geschäkert und für seine Enkel immer wieder neue Computerspiele gekauft hatte. Nicht die schlechteste Erinnerung.

Nach einem kurzen, unbeholfenen Moment des Gedenkens machte ich mich auf den Weg nach Lintuvaara, wo Kirsi Pulma-Haukinen und ihr Mann wohnten. Am Freitag hatte sie nicht wahrhaben wollen, dass ihr Bruder tot war. Bevor ich zur Kirche gefahren war, hatte ich ihr per SMS mitgeteilt, dass ich sie gern sprechen würde. Sie hatte geantwortet, sie sei zu Hause.

Die Reihenhaussiedlung war ziemlich neu und dicht bebaut. Die zweistöckigen Häuser hatten kleine Gärtchen und französische Balkone. In den Anzeigen der Makler wurde die Siedlung wahrscheinlich als naturnah und kinderfreundlich gepriesen. Antti zufolge bedeutete «naturnah» in Espoo, dass man in der Nähe des Wohngebiets einige hundert Quadratmeter Wald stehen ließ, die schon bei der nächsten Änderung des Bebauungsplans verschwinden konnten.

Ich musste ein paar Minuten warten, bevor Kirsi Pulma-Haukinen mir öffnete. Sie schob die Haustür nur einen Spaltbreit auf.

«Komm schnell rein, damit sie nicht wegläuft!»

«Wer?», fragte ich, ehe mir die junge Katze einfiel, die offenbar einen starken Freiheitsdrang besaß. Tatsächlich wartete das langschwänzige Wesen mit der Tabby-Zeichnung gleich hinter der Zwischentür, doch beim Anblick eines fremden Menschen ergriff es die Flucht.

Erst in der hellen Diele wurde mir klar, wie elend Kirsi aussah. Die dichten Haare hingen ihr in fettigen Strähnen ins Gesicht, ihre Haut schuppte vor Trockenheit. Alles an ihr deutete darauf hin, dass sie seit zwei Tagen nicht geduscht hatte. Das schwarz-weiß gemusterte Kleid hatte einen Fettfleck auf der Brust, in der dicken Strumpfhose waren Laufmaschen. Aus irgendeinem Schlupfwinkel sprang das Kätzchen hervor und zerrte an dem Bommel von Kirsis linkem Pantoffel, der schon halb abgerissen war.

«Wie kann ich behilflich sein?», fragte sie in einem Tonfall, der verriet, dass sie dieselben Worte zigmal am Telefon gesprochen hatte. Zu ihrem Tätigkeitsbereich gehörte unter anderem die Reservierung von Räumen in der Kirche, und so hatte sie bei ihrer Arbeit sowohl mit freudestrahlenden Bräuten als auch mit trauernden Angehörigen zu tun. Kirsi schlurfte ins Wohnzimmer und setzte sich in einen der beiden hellen Sessel. Ich schob einen Stapel Zeitungen beiseite, bevor ich auf dem Sofa Platz nahm und den Laptop aus meiner Aktentasche zog.

«Ich möchte wissen, was dein Bruder am Freitag gemacht hat, und außerdem so viel wie möglich über seine Angehörigen, Freunde und Feinde erfahren. Es geht sozusagen um eine Bestandsaufnahme.»

«Ist noch niemand verhaftet worden? Es sind schon zwei Nächte vergangen!»

«Wir tun unser Bestes», antwortete ich nichtssagend, öffnete ein neues Vernehmungsformular und schrieb Kirsis Namen an den oberen Rand. Die kleine Katze flitzte in die Mitte des Zimmers. Ihre Ohren und Pfoten waren im Verhältnis zum Rest des Körpers noch riesengroß. Sie sprang auf die Rückenlehne des Sessels und spielte mit Kirsis Haaren.

«In diesem Stadium sind alle Hintergrundinformationen hilfreich.»

Kirsi seufzte. «Hintergrundinformationen – was meinst du damit? Warum sucht die Polizei den Grund bei Jaakko? Der Mörder ist doch bestimmt irgendein Unglücklicher, der nie zur Behandlung aufgenommen wurde und vergessen hat, seine Medikamente zu nehmen, oder sie sich gar nicht erst leisten konnte. Solche Leute sieht man ziemlich oft in der Kirche. Sie kommen, um Hilfe zu suchen, weil sie sich selbst nicht zu helfen wissen. Im Allgemeinen sind sie harmlos, aber man kann nie wissen. Kaarina wurde im vorigen Jahr mit einem Messer am Arm verletzt, als sie versuchte, einen dieser Männer zu beruhigen. Danach wurden wir angewiesen, physischen Kontakt zu meiden.»

Koivu hatte am Vortag unter anderem überprüft, ob in letzter Zeit jemand aus der Haft oder einer geschlossenen Anstalt entlassen worden war, dessen Symptome auf religiösen Wahn hindeuteten. Bisher hatte sich kein passender Fall gefunden. Auch ich rechnete nicht damit, auf den Aufnahmen der Überwachungskameras einen Geistesgestörten zu entdecken, der mit Blutbeuteln in der Hand die Kirche betrat und sein Opfer rein zufällig wählte. Dennoch musste jeder Pfad überprüft werden, mochte die Aussicht, eine Spur zu entdecken, noch so gering sein.

«Du hast ausgesagt, dass dein Bruder dich an deinem Arbeitsplatz treffen wollte. Es ging um eine Erbsache, wenn ich mich richtig erinnere.»

«Ja. Um den Verkauf der Wohnung unserer Mutter. Sie ist im Januar gestorben, jetzt wird es Zeit für die Erbteilung. Es ist besser, solche Dinge zügig zu erledigen, damit sie einem nicht auf der Seele liegen. Jaakko hatte ein paar Makler um eine Taxierung gebeten, und wir hatten vor, eins der Angebote anzunehmen. Perttu wollte nichts damit zu tun haben, er flüchtet sich immer in die Rolle des kleinen Bruders. Und jetzt hat er keinen großen Bruder mehr, an den er sich halten kann.» Kirsi schluckte, ihre Hände tasteten nach einem Taschentuch, fanden aber nicht einmal die Tasche an ihrem Kleid. Ich reichte ihr ein Papiertaschentuch aus der Packung in meinem Köfferchen.

«Du warst nicht den ganzen Tag in der Kirche. Bist du zwischendurch nach Hause gegangen? Warum?»

«Ich hatte Mutters Nachlassverzeichnis zu Hause vergessen und wollte es holen. Außerdem habe ich mir Sorgen um Diana gemacht, sie ist viel zu oft allein. Sakke war arbeitslos, deshalb haben wir es gewagt, uns wieder eine Katze anzuschaffen, aber jetzt hat seine Band fast jedes Wochenende Auftritte. Sie sind schon gestern früh nach Savo gefahren, sie konnten das Engagement nicht rückgängig machen. Obwohl Jaakko einer von Sakkes besten Freunden war.»

Ich hörte, wie sich die Haustür öffnete, das Katzenjunge rannte in den Flur. Sein Miauen wurde vom Lachen eines Mannes übertönt.

«Sakke ist zurück!», rief Kirsi. «Sie hatten gestern einen Auftritt in Tuusniemi, im Hojo Hojo. Da müssen sie heute schon früh aufgebrochen sein.»

Der Mann murmelte der Katze irgendetwas zu, dann kam er, die Stiefel noch an den Füßen und die Katze im Nacken, ins Wohnzimmer. Er ging auf seine Frau zu, als hätte er mich nicht bemerkt, zog sie hoch und nahm sie in die Arme.

«Ach, mein Schätzchen, bist du völlig fertig? Du weißt, ich konnte die Kumpels einfach nicht im Stich lassen.»

Kirsi begann zu schluchzen, und ich wandte den Blick ab. Wieder einmal wurde ich in meinem Job Zeugin einer Szene, die nicht für meine Augen bestimmt war. Gerade solche Szenen lieferten allerdings oft versteckte Informationen, die bei der Aufklärung eines Verbrechens halfen. Also schaute ich wieder hin. Katze Diana war zwischen die Umarmung der beiden gerutscht, Haukinen presste das Gesicht in die Haare seiner Frau und streichelte ihren Rücken. Sie strahlten Zusammengehörigkeit aus, Kirsi wirkte trotz ihrer Tränen aufrechter als vorher.

Schließlich ließ Haukinen seine Frau los. Erst jetzt schien er mich wahrzunehmen.

«Sie ist von der Polizei», erklärte Kirsi. «Kommissarin Maria Kallio, sie leitet die Ermittlungen.»

Sakari Haukinen war ein kräftiger Typ mit Boxerstatur, seine Nase sah aus, als wäre sie mehrmals gebrochen gewesen und schief zusammengewachsen. Sein Kopf war kahl geschoren, bis auf ein paar graue Stoppeln am Hinterkopf.

Der Mann kam mir vage bekannt vor, mir war, als hörte ich ein Echo aus meiner Jugend in Arpikylä, den dröhnenden Klang einer Punkbassgitarre. Er sah mich lange an, dann verzog sich sein Gesicht zu einer Art Lächeln.

«Da schau her, Bassisten erkennen sich überall. *Rattengift* hieß sie, oder? Die erste Band vom seligen Jaska Korhonen, da hast du doch Bass gespielt. Du bist die Tochter von dem Lehrerpaar, von den Kallios. Ich bin Sakke Haukinen, ich hab damals bei den *Biertrinkern* gespielt. Du hast es im Leben zu was gebracht, aber ich, ich bin immer noch Bassist.»

«Ich auch, meine jetzige Band heißt *Die Bullen*», antwortete ich und streckte ihm die Hand hin. Sakke Haukinen ergriff sie mit seiner Riesenpranke, in der meine Finger verschwanden. Ich hörte Kirsi Pulma-Haukinen prusten, hätte aber nicht sagen können, ob sie lachte oder weinte oder beides gleichzeitig.

«Pasi Soininen hat mir vor ewigen Zeiten erzählt, dass er dir in unserem alten Proberaum über den Weg gelaufen ist. Du hast damals den Mord an Jaska untersucht. Pasi hat ja nicht nur in unserer Band gespielt, sondern auch bei den *Falschen Tigern*, die diesen Softkram gemacht haben. In Arpikylä gab es kein Überangebot an Schlagzeugern. Nicht mal an schlechten. *Die Bullen* also ... Ist das eine Polizeiband?»

«Ja», antwortete ich, ein wenig erstaunt über Haukinens Überschwang. Auf Leute aus Arpikylä traf man überall in Finnland, schon seit Jahrzehnten hatten viele wegziehen müssen, weil es nach der Einstellung des Bergwerks einfach keine Arbeitsplätze mehr gab. Dass Sakke Haukinen und ich uns als Teenager flüchtig gekannt hatten, bedeutete glücklicherweise nicht, dass ich als befangen galt und die Ermittlungsleitung abgeben musste. Ich wunderte mich hauptsächlich darüber, wie begeistert er sich an die Vergangenheit erinnerte, obwohl es doch jetzt um ganz andere Dinge ging.

«Hast du in letzter Zeit nicht auch eine Menge Erfolg gehabt? *Vom Pech verfolgt* war doch ein echter Glücksfall für dich und deine Band.»

Sakke Haukinen lächelte und legte seinen rechten Arm um Kirsis Schulter.

«Ich verrate dir jetzt ein Geheimnis. Als Polizistin unterliegst du ja der Schweigepflicht.» Er lächelte mir zu. «Eigentlich wollte ich eine Parodie schreiben. Ich hatte mir das Gerede der Typen im Casino und in der Spielhalle angehört. Jeder hofft auf den großen Gewinn, aber meistens verliert man ja noch den allerletzten Euro. Ich hab den Song zuerst als Tango komponiert, aber dann hat Pave, unser Schlagzeuger, beschlossen, einen Humppa-Takt auszuprobieren, und der

Rest ist Geschichte. Die Leute nehmen den Song ernst. Was sagt das über die Finnen aus?»

«Es zeigt, dass wir Pechsträhnen für wahrscheinlicher halten als Glücksfälle», antwortete Kirsi. «Das hat Jaakko immer behauptet. Und Henna hat dazu gemeint, gerade deshalb ginge es Finnland so schlecht. Man traut sich gar nicht erst, etwas zu unternehmen, weil man Angst vor dem Scheitern hat, und die paar Innovationen, die es trotzdem gibt, gehen in der Bürokratie unter. Aber Henna hat leicht reden, sie hat ja praktisch keine Rückschläge erlebt … Bis auf das mit Jaakko jetzt. Deshalb hat es sie umso härter getroffen. Sie geht nicht mal ans Telefon.» Kirsi holte das Taschentuch wieder hervor.

«Der Tod ihrer Schwester war doch auch ein ziemlicher Schlag. Über so was kommt man wohl nie hinweg. Möchte die Frau Kommissarin einen Kaffee? Ich brauch jedenfalls einen. Hab in der letzten Nacht nicht viel Schlaf gekriegt. Am liebsten wäre ich sofort nach Hause gefahren, aber in Savo gab es Blitzeis, auch einige aus dem Publikum hatten Unfälle, nur Blechschäden, aber immerhin. Ich musste also bis zum Morgen warten, noch mehr Unglück können wir jetzt wahrhaftig nicht gebrauchen.»

Der Adrenalinschub des Auftritts schien bei Haukinen immer noch nachzuwirken. Seine Band *Metsätähti* hatte mehr als zehn Jahre lang auf Tanzböden, bei Richtfesten und auf Hochzeiten gespielt, ohne je einen Plattenvertrag zu bekommen. Ein einziger Song hatte alles verändert, die Band war, wie Koivu mir berichtet hatte, sogar im Fernsehen aufgetreten. Für die ältere Generation war das wohl immer noch das eindeutigste Erfolgsmerkmal. Warum man ins Fernsehen gelangte oder geriet, war eigentlich nebensächlich.

«Du musstest auf den Waschmaschinenmonteur warten und konntest deshalb nicht pünktlich zu dem Treffen mit deinem Bruder kommen», fuhr ich zu Kirsi gewandt fort, als Sakke in der Küche verschwunden war. «Hast du ihm mitgeteilt, dass du dich verspätest?»

«Ich habe ihm eine SMS geschickt, und Jaakko hat darauf auch geantwortet.» Kirsi nahm ihr Handy vom Tisch, tippte darauf herum und las: «*Kein Problem, ich warte, J.* Ich konnte doch nicht ahnen, dass das die letzte Nachricht war, die ich je von ihm bekommen würde. Wenn ich pünktlich gewesen wäre ... Und wenn der elende Handwerker sich nicht verspätet hätte ... Jaakko war immer so geduldig und voller Verständnis, wenn bei jemandem die Zeit knapp war. Wenn ich bei den Nachbarn einen Schlüssel für den Handwerker hinterlegt hätte, wäre der Mörder nicht dazu gekommen, Jaakko zu attackieren. Es ist alles meine Schuld ...»

Kirsi sackte wieder auf dem Sessel zusammen und heulte lauthals. Das Wenn und Aber würde sie so lange quälen, bis wir den Mörder fassten und ihr beweisen konnten, dass sie keine Schuld am Tod ihres Bruders trug.

9

«Jaakko hat mir keinen Ideenklau vorgeworfen», schnaubte Sakke Haukinen und setzte sich die dritte Tasse Kaffee an den Mund. «Es stimmt, dass Jaakko mal von einer Pechstrahne gesprochen hat, nachdem er ordentlich beim Pokern verloren hatte. Als er hörte, dass ich daraus einen Song gemacht habe, lachte er nur, das sei gut so. Letztlich ist doch alles im Leben nur geliehen.»

«Hat Henna etwa behauptet, Sakke hätte Jaakkos Idee geklaut?», fuhr Kirsi mich an. Ich gab keine Antwort.

Wenn man Kirsi Pulma-Haukinen glauben wollte, war ihr Bruder nahezu ein Heiliger gewesen: ein treuer Ehemann, ein ehrbarer Steuerzahler, ein guter Vater und ein loyaler Freund. Den Vorwurf der Geldwäsche tat sie als Essi Manners Lüge ab. In Kirsis Mund klang der Name der Assistentin ihres Bruders wie ein Schimpfwort.

«Jaakko hätte sofort Anzeige erstatten müssen. Er war viel zu gutmütig und glaubte, er könnte Essi im Guten dazu bewegen, die Steine zurückzugeben. Ich glaube zwar an Gnade und Vergebung, aber gegen solche geborenen Gangster kommt man mit Sanftmut nicht an. Jaakko hat bestimmt auch versucht, seinen Mörder zu besänftigen, und nicht glauben wollen, dass irgendwer ihm etwas Böses antun könnte. Unsere Mutter hatte gehofft, Jaakko würde Pfarrer werden. Ich fand die Idee nicht so gut. Ein Pfarrer muss an Gott glauben, aber er muss auch die Existenz des Teufels begreifen, um ihn bekämpfen zu können. Es fiel Jaakko schwer, anderen Menschen etwas Böses zuzutrauen. Deshalb hat sich Henna manchmal über ihn aufgeregt. In der Politik darf man nicht zu naiv sein, hat sie oft gesagt.»

Der Kaffee hatte Kirsi aufgeputscht, und nun redete sie in einem fort, als könne sie dadurch ihren Bruder zum Leben erwecken. Sakke Haukinen hielt sich bereitwillig zurück. Er gähnte häufig und schloss immer wieder kurz die Augen. Ab und zu fuhren seine Hände zur Brusttasche seines karierten Hemdes und hielten dort inne. Vielleicht hatte er gerade erst mit dem Rauchen aufgehört und sich noch nicht daran gewöhnt, dass er sich in brenzligen Situationen keine Zigarette anstecken konnte.

«Wie ist dein Bruder in der Edelsteinbranche gelandet?»

«Jaakko hatte immer eine Vorliebe für alles, was eine Vergangenheit besitzt. Schon als Kind stöberte er gerne in Museen und allen möglichen Antiquitätengeschäften herum. Unsere Großmutter hatte eine Standuhr von 1760, die für Jaakko eine Art Totem darstellte. Am interessantesten fand er aber Edelsteine. Von dem Geld, das er in seinem ersten Ferienjob verdiente, kaufte er sich ein Spektrometer. Er versuchte, auch mir die Feinheiten der verschiedenen Schliffarten beizubringen, und die Farben von Edelsteinen sind ja wirklich schön, aber ich konnte sie nicht so sehen wie er. Jaakko starrte manchmal stundenlang auf einen einzigen Amethyst, und alte Schmuckstücke begeisterten ihn dermaßen, dass unser Vater schon befürchtete, er wäre … na ja, andersrum. Zum Glück tauchte dann Henna auf.»

«Ich glaube, Jaakko hat sich auf andere Weise für Menschen interessiert als unsereins», warf Sakke ein. «Er liebte die Geschichten, die alte Gegenstände erzählen konnten. Er war nicht besonders erbaut davon, dass sie in ein knapp zehn Jahre altes Haus in Espoo ziehen mussten. In Mikkeli wohnten sie in einem Anwesen vom Anfang des 20. Jahrhunderts, in dem solche Leute wie Mannerheim und Kekkonen zu Gast waren. Deshalb hatte er wohl auch diese altertümliche Mönchsfrisur. Und er hat sich so angezogen wie die Männer vor hundert Jahren.»

«Henna hat immer gelacht und gesagt, das Älterwerden macht sie in Jaakkos Augen nur interessanter», fügte Kirsi hinzu. «Das soll allerdings ein Zitat von irgendeinem Schriftsteller sein. Aber Jaakko wird ja nicht mehr miterleben, wie Henna altert. Er ist nicht mal fünfzig geworden ...» Kirsis Stimme zitterte, Sakke beugte sich vor und tätschelte ihr Knie. «Ich kann es immer noch nicht fassen ... Es kam so schnell ... Mutter war lange krank, sie siechte dahin und wurde immer gebrechlicher, da war das Ende eine Erlösung. Bei Jaakko ist das ganz anders. Wer wird denn mit Sakke, Perttu und Joonas den Sarg tragen? Wer soll den Trauergottesdienst halten? Gegen Pastorinnen hatte er jedenfalls nichts einzuwenden. Als Kind mochte er ein Kirchenlied besonders gern, ‹Ein teures Kleinod, hell und rein, ist uns in Gnad gegeben›. Das passt für den Trauergottesdienst. Wann kann die Beerdigung stattfinden?»

«Schwer zu sagen. Das hängt von der Dauer der Ermittlungen ab.»

«Was heißt das?»

Ich seufzte. Im schlimmsten Fall würde die Bestattungserlaubnis Monate auf sich warten lassen. Es konnte sogar Jahre dauern, doch das kam äußerst selten vor. Bei einem Mordfall war die Leiche sowohl Opfer als auch Beweismaterial. Es war immer schwierig, diesen Umstand den Angehörigen zu erklären, die ihrer Meinung nach ein Anrecht auf den Leichnam hatten. Aber ein Verbrechen gegen das Leben machte das Opfer zum Staatseigentum. Natürlich wollte man sein Schicksal klären und den Schuldigen zur Verantwortung ziehen, und dabei konnte der Tote helfen, indem er für Untersuchungen zur Verfügung stand, ohne dass die Angehörigen ihre Zustimmung erteilen mussten.

«Ich würde noch keinen Termin festsetzen. Ihr bekommt Bescheid, wenn es so weit ist. Das Wichtigste ist jetzt, herauszufinden, was Jaakko widerfahren ist. Du hast ihn offenbar auch lange gekannt?» Ich richtete meine Frage an Sakke, der gerade konzentriert die Katze Diana kraulte.

«So um die fünf Jahre. Wir haben zufällig ein paarmal zusammen am Pokertisch gesessen und sind ins Gespräch gekommen. Jaakko wohnte damals noch in Mikkeli, in Helsinki hatten sie bloß eine kleine Mietwohnung in der Vilhonkatu, direkt neben dem Casino. Einmal haben wir übers Fischen geredet, und da hat Jaakko mich zur Sauna und zum Fischen an den Kyyvesi-See eingeladen. Dort stand die Hütte seines verstorbenen Onkels, durch die er das Recht hatte, dort zu angeln. Wir hatten genug kleine Maränen für ein Savoer Fischbrot im Netz, und dazu noch ein paar prächtige Renken. Und vor zwei Jahren sind wir dann zu viert essen gegangen, mit Kirsi und Henna ... Ich glaube fast, Jaakko hatte das schon länger geplant. Wir waren beide über unsere Scheidungen hinweggekommen ... Und er hatte ja recht, zwischen uns hat es gleich gefunkt.»

«Jaakko wollte, dass alle glücklich sind», sagte Kirsi. «Nach meiner Trennung von Markku hat er mich unterstützt, so gut er konnte, und gehofft, dass ich nicht für den Rest meines Lebens allein bleiben würde. Er hatte mich vorher schon ein paar Männern vorgestellt, aber daraus wurde nichts. Bei Sakke war es anders.»

Kirsi lächelte ihren Mann unter Tränen an. «Deshalb kommt mir das alles so unbegreiflich vor. Jaakko war ein herzensguter Mensch, in vielerlei Hinsicht. Er wollte keinem etwas Böses. Aber in diesen Edelsteinkreisen sind alle möglichen Typen zugange. Auch wenn Jaakko sehr vorsichtig war, glaubte vielleicht jemand, dass er wertvolle Schätze bei sich trug. Es fällt mir wirklich schwer zu glauben, dass Jaakkos Tod Gottes Wille sein könnte. Man muss sich wohl damit abfinden, dass der menschliche Verstand nicht alles erklären kann.»

Ich erinnerte mich an die Bemerkungen meiner Kollegen über religiösen Wahn. Auf Kirsi schienen sie jedenfalls nicht zu passen. Diana schnurrte laut, Sakkes Kopf sank auf die Brust und zuckte wieder hoch. Als es klingelte, sprang die Katze auf den Boden und lief in die Diele.

«Wer kann das sein? Erwartest du Besuch?», fragte Kirsi ihren Mann. Sie stand auf und folgte der Katze in den Flur. Ich kam nicht dazu, sie vor einem möglichen Ansturm der Medien zu warnen. Kirsi brachte die Katze ins Wohnzimmer und trug Sakke auf, sie festzuhalten. Die Katze wand sich und kratzte, wie alle ihre Artgenossen entschied sie selbst, wann sie bei jemandem auf dem Schoß sitzen wollte. Als in der Diele eine Männerstimme ertönte, ließ Sakke die Katze frei.

«Perttu», sagte er. «Mein Schwager.»

«Wir sind uns schon begegnet», erwiderte ich. Im selben Moment stapfte Perttu Pulma bereits ins Wohnzimmer. Als er mich erblickte, blieb er abrupt stehen und schien auf dem Absatz kehrtmachen zu wollen. Doch dann murmelte er nur kraftlos:

«Ach, die Polizei ist hier. Wenn ich störe, kann ich wieder gehen.»

«Bleib ruhig da. Mit dir muss ich auch reden», antwortete ich.

«Kaffee, Perttu?», fragte Sakke.

«Jetzt nicht.» Perttu stopfte die Hände in die Taschen und warf Sakke Haukinen und mir abwechselnd finstere Blicke zu.

«Ich wollte bloß mal gucken, wie es Kirsi geht. Ich dachte, du wärst noch unterwegs. Und dass die Bullen hier sind, hätte ich auch nicht erwartet. Nicht mal am Sonntag lasst ihr Trauernde in Ruhe. Na gut, hier werde ich nicht gebraucht, ich fahr also gleich wieder.»

«Wie bist du gekommen?»

«Mit dem Rad. Ich hab Winterreifen.»

«Aber natürlich keinen Helm», tadelte Kirsi. «Pass besser auf dich auf, ich will meinen einzigen Bruder nicht verlieren.»

«Ich bin keine fünfzehn mehr.»

«Dann benimm dich nicht so.»

Wie fest selbst Erwachsene noch in ihren alten Rollen steckten: Das jüngste der Geschwister wurde leicht zum verhätschelten Kind oder zum ewigen Gör, das die älteren Geschwister herumkommandierten. Darüber hatte sich Helena jedenfalls immer beklagt: Angeblich hielten Eeva und ich sie für dumm, nur weil sie in unserer gemeinsamen Kindheit das meiste später gelernt hatte als wir. Ich nahm mir fest vor, sie anzurufen, sobald ich dieses Gespräch hinter mir hatte.

«Wie gut kannte Jaakko die Räumlichkeiten in der Kirche?», fragte ich Kirsi, die jetzt neben ihrem Mann auf dem Sofa saß und mit ihm zusammen die Katze streichelte. An der Wand hinter ihnen hing ein gerahmter Kunstdruck von Hugo Simbergs Gemälde *Der verwundete Engel,* die Zimmerecke hingegen schmückte eine Kopie der Plattenhülle des Albums *School of Music* von den *Stiff Little Fingers.* Allem Anschein nach hatten sich beide Ehepartner bei der Einrichtung eingebracht.

«Er war ziemlich oft da, entweder wenn wir verabredet waren oder zu Veranstaltungen.»

«Zu Gottesdiensten?»

«Das auch gelegentlich. Aber die Kirche bietet außer Gottesdiensten auch vieles andere, das vergisst man gerne. Für Männer mittleren Alters wird allerdings nicht viel angeboten. Ich arbeite jetzt seit sechs Jahren in der Gemeinde. Die Scheidung hatte mich ganz schön mitgenommen, und ich fand es sinnvoll, etwas für andere Menschen zu tun, statt nur Nabelschau zu betreiben. Die Kirche bot mir dazu die Gelegenheit. Nachdem ich ein Jahr lang in verschiedenen Gruppen gewesen war, habe ich einen Kurs für Gemeindesekretare gemacht. Ich habe einen Abschluss als Industriekauffrau, in meinem vorigen Job war ich für Logistik zuständig. Jetzt organisiere ich die Buchung der Gemeinderäume. Dabei hat man mit Menschen zu tun, man kann mit ihnen lachen und weinen. Aber du hast ja nach Jaakko gefragt. Ich verstehe wirklich nicht, was er auf der Kindertoilette zu suchen hatte. Vielleicht wollte er nur ungestört sein, freitags gibt es um diese Zeit keine Kindergruppen mehr.»

«Aber er kannte sich aus und wusste, wo sich welche Räume befinden?»

Als Kirsi nickte, fragte ich, ob ihr Bruder sich hin und wieder auch mit anderen in der Kirche verabredet hatte. Davon wusste sie nichts.

Perttu hörte uns zu, er hatte sich nicht hingesetzt, sondern bewegte sich unruhig hin und her, machte ein paar Schritte, blätterte in den CDs herum, nahm eine Katze aus Holz in die Hand und stellte sie wieder an ihren Platz. Ich überlegte, ob er irgendwelche Drogen nahm. Die Mitarbeiter des Casinos wurden vor der Einstellung wahrscheinlich genau unter die Lupe genommen, aber gab es dort auch Drogentests? Perttus Pupillen waren von normaler Größe, doch der Ausschlag auf seinen Lippen hatte sich seit Freitag noch verschlimmert. Als er meinen Blick bemerkte, biss er sich auf die Unterlippe und wandte sich dem Bücherregal zu.

Meine nächste Frage richtete sich an Sakke.

«Um welche Zeit bist du am Freitag nach Nilsiä aufgebrochen?»

«Wir sind zeitig losgefahren, schon gegen Mittag. Um acht sollten wir mit unserem ersten Set anfangen, und man fährt sechs Stunden. Dann mussten wir ja auch noch aufbauen. Uns blieb bloß eine Viertelstunde zum Ausruhen.»

«Du warst also nicht allein unterwegs?»

«Unser Keyboarder Mäkinen und ich sind mit meinem Wagen gefahren. Die anderen kamen im Kleinbus. Bisher konnten wir uns keinen richtigen Tourbus leisten, aber jetzt haben wir einen in Aussicht. Der hat früher der Band *Yö* gehört. Ob das Karma dadrin gut ist oder schlecht, weiß ich noch nicht recht. Hey, das reimt sich!» Sakke holte sein Handy aus der Tasche und tippte offensichtlich die Worte ein.

«Unser schöpferisches Genie schreibt seine Songs sogar mitten im Polizeiverhör», spottete Perttu. «Habt ihr überhaupt mit Essi gesprochen? Die weiß mehr über die Sache als wir drei zusammen.»

«Über Einzelheiten der Ermittlungen darf ich nicht einmal mit den engsten Angehörigen sprechen», erwiderte ich.

«Wie gut kennst du Essi Manner eigentlich?» Sakke Haukinen legte das Handy beiseite und drehte sich zu seinem Schwager um. Der schwieg und betrachtete weiterhin das Regal, sodass niemand sein Gesicht sehen konnte.

«Das arme Fräulein Manner. Sie soll eine schwere Kindheit und Jugend gehabt haben. Jaakko hatte Mitleid mit ihr.»

Woher wusste Kirsi das? Ich hätte lieber unter vier Augen mit ihr gesprochen, doch ich konnte nichts daran ändern, dass die Männer zuhörten.

«Jaakko hat mich um Rat gebeten.» Kirsis Stimme klang selbstgefällig. «Er fragte, wann man Gnade vor Recht ergehen lassen und auch die andere Wange hinhalten soll. Aber ich bin doch keine Pastorin, die solche Ratschläge geben kann, ohne zu wissen, worum es geht. Das wollte Jaakko mir nicht verraten, aber als er Fräulein Manner kurz danach entlassen hat, konnte ich es mir natürlich denken.»

«Ihr und eure christliche Nächstenliebe! War euch nicht klar, dass ihr Essis Lage damit nur verschlimmert habt? Wenn sie …» Perttu verstummte, als ihm bewusst wurde, dass ich immer noch anwesend war.

«Wenn sie was?»

Perttus Miene war schwer zu deuten, als er mir antwortete:

«Essi Manners Angelegenheiten gehen mich nichts an, und ich weiß auch nichts über sie. Oder doch, ich weiß, dass sie Jake mit irgendetwas um den Finger gewickelt hat. Vielleicht mit ihrem ach so unschuldigen und hilflosen Blick. Ich begreife nicht, wie Jake in diese Falle laufen konnte.»

Du bist wohl in dieselbe Falle gelaufen, dachte ich, doch darüber würde ich mit Perttu sprechen, wenn seine Angehörigen nicht dabei waren. Ich stand auf und erklärte, die Polizei werde auf die Sache zurückkommen. «Wahrscheinlich werden wir euch alle bitten, die Aufzeichnungen der Überwachungskameras vom Freitag durchzusehen. Vielleicht erkennt ihr darauf jemanden, der eine Verbindung zu Jaakko hatte. Hauptmeister Puupponen wird euch in nächster Zeit kontaktieren.»

«Wann erfahren wir endlich, wie Jake gestorben ist?», fragte Perttu. Kirsi nahm mir die Antwort ab:

«Wenn die Polizei es für richtig hält. Wir Angehörigen haben in dieser Situation kaum Rechte.»

Dem war nichts hinzuzufügen. Ich achtete darauf, dass die Katze Diana sicher auf dem Schoß ihres Frauchens saß, bevor ich in den Windfang ging und die Zwischentür hinter mir schloss. Mein Privathandy vibrierte, ich holte es hervor. Helena hatte angerufen und eine Nachricht hinterlassen, doch als ich sie abspielte, hörte ich nur Rauschen.

Die drei im Wohnzimmer glaubten offenbar, ich hätte das Haus bereits verlassen, denn Perttu fragte aufgebracht:

«Hat es dir Spaß gemacht, auf dem Tanzboden Humppa zu spielen, während dein sogenannter bester Freund und Schwager im Kühlhaus liegt und deine Frau Unterstützung braucht? Hättest du die beschissenen Gigs nicht absagen oder einen Vertreter engagieren können? Für die paar Bassakkorde braucht man doch kein großes musikalisches Talent.»

«Ich bin schon getourt, bevor du überhaupt geboren warst! Ich weiß nur zu gut, dass unser Erfolg nicht endlos anhalten wird. Und ob wir je einen zweiten Hit landen, steht in den Sternen. Also müssen wir jetzt ranklotzen.»

Kirsi murmelte etwas, was ich nicht mitbekam. Perttu übertönte sie:

«Und ich beobachte seit Jahren die Leute im Casino. Ich habe gelernt, die Verzweifelten zu erkennen, und du machst oft ein verflucht ängstliches Gesicht. Wirst du vielleicht erpresst? Anscheinend bist du immer noch auf Pokergewinne angewiesen. Wohin fließen denn die Tantiemen für den Song?»

«Die werden nur einmal jährlich ausgezahlt, und die Gelder von der Plattenfirma auch. Davon sackt das Finanzamt sechzig Prozent ein, weil sie als Nebeneinnahmen gelten. Jetzt bin ich wieder arbeitslos, darf mich also wieder mal mit den Steuerfritzen rumschlagen.»

«Ein Mensch ist tot, und du denkst nur an Geld? Du hast immer schon so was Verschlagenes gehabt, ich habe den

Kollegen im Casino gesagt, sie sollen dich im Auge behalten. Falschspieler fliegen da ganz schnell raus. Warum hast du Kirsi geheiratet, war es wirklich die große Liebe, oder hattest du ganz andere Motive?»

«Hör auf, Perttu!» Nun sprach auch Kirsi so laut, dass ich sie hörte.

«Perttu dies, Perttu das, Perttu jenes. Ich erinnere mich genau, was Jake bei eurer Hochzeit gesagt hat. Er hatte schon ein bisschen gesüppelt, natürlich nur, wenn Henna es nicht sah, und wir waren zufällig gleichzeitig pinkeln. Er hat mich gefragt, was ich von Sakke halte. Ich hab gesagt, ich weiß nicht recht, aus unserem neuen Schwager wird man nicht ganz schlau. ‹Schau an, mein kleiner Bruder redet auch mal vernünftig›, hat Jake gerufen. ‹Wir beide müssen auf unsere Schwester aufpassen. Bei diesen nichtsnutzigen Musikern weiß man nie. Am Spieltisch ist Haukinen jedenfalls hinterhältig wie sonst was.› Das hat Jake gesagt, und Jake war ein kluger Kerl.»

«Wenn du hier bloß Scheiße redest, kannst du auch gleich abhauen, oder muss ich dich rauswerfen?», brüllte Sakke. Kirsi stieß einen erstickten Laut aus, und ich beeilte mich, zu verschwinden. Hinter mir hörte ich energische Schritte. Ich schaffte es gerade noch, in meinen Wagen zu steigen, bevor Perttu türenschlagend aus dem Haus stürmte. Er schwang sich auf sein Fahrrad und raste in Richtung Leppävaara davon. Ich ließ ihm ein wenig Vorsprung, dann setzte ich ihm nach. So kam ich gerade recht, um zu sehen, wie er die Vorfahrt missachtete und um ein Haar unter ein Auto gekommen wäre. Die Fahrerin trat voll auf die Bremse, sodass Perttu die Motorhaube nur streifte. Er fuhr weiter, als sei ihm alles egal. Der Wagen dagegen blieb mitten auf der Kreuzung stehen, obwohl die Autos hinter ihm hupten. Auch ich hielt an, denn das

Vorfahrtsschild galt ja für mich. Die kleine Frau, die am Steuer des dunkelblauen Corolla saß, war offenbar von der Sonne geblendet worden. Sie wirkte erschrocken. Der hupfreudige Fahrer hinter ihr wollte den Corolla rechts überholen und landete prompt im Graben, der unter dem weichen Schnee verborgen war. Daraufhin stieg ich aus und zückte meinen Polizeiausweis.

Es dauerte eine Viertelstunde, das Durcheinander zu klären. Niemand war verletzt, die Corolla-Fahrerin nur ganz durcheinander von dem Schreck, und der Fahrer des im Graben gelandeten Kia ärgerte sich gewaltig, obwohl sein Wagen bloß einen winzigen Kratzer abbekommen hatte. Er konnte nur sich selbst die Schuld geben. Als ich endlich die Umgehungsstraße erreichte, verband ich mein Privathandy mit der Freisprechanlage und gab Helenas Namen ein. Ich zählte bis zehn, ehe ich den grünen Hörer drückte.

«Hallo, Maria. Du hast es natürlich schon gehört.»

«Entschuldige, dass ich erst jetzt anrufe. Ich hatte viel zu tun.»

«Der Mann von dieser Abgeordneten, ich hab's in der Zeitung gelesen. War das ein politischer Mord? Schon gut, darüber darfst du ja nicht reden.»

«Mutter hat mir erzählt, dass ihr euch trennt. Wie geht es dir?» Ich bemühte mich um den empathischen Tonfall, den ich bei Zeugenbefragungen mühelos traf, doch im Gespräch mit Helena kam er mir gekünstelt vor.

«Ganz gut. Eigentlich fühle ich mich erleichtert, weil ich endlich eine Entscheidung getroffen habe.»

«Mutter war sehr besorgt.»

Ich hörte Helena tief Luft holen. In unserer Jugend war das meist das Signal für einen Wutausbruch gewesen, doch jetzt klang ihre Stimme nur leicht verärgert.

«Es gibt gar keine Krise im eigentlichen Sinn. Alles war nur so verdammt langweilig, schon unheimlich lange. Du kannst das natürlich nicht verstehen, bei deiner Arbeit jagt ja ein Drama das andere. Ich bin schon über vierzig und halte es nicht mehr aus, dass Jahr um Jahr im gleichen Trott verläuft. Zur Arbeit, nach Hause, zum Sport, schlafen. Am Wochenende einen Film auf Netflix gucken. Petri geht einmal in der Woche ins Fitness-Center und einmal zum Unihockey. Manchmal gehen wir alle zusammen in den Supermarkt. Eeva sagt, das wäre eben das normale Leben und wir hätten immerhin einen Job, und das Haus wäre auch bald abbezahlt. Was will man noch? Aber ich ertrag das nicht mehr! Wenn ich noch einen einzigen Teenager sehe, der auf seinem Kaugummi rumkaut und mich fragt, wieso man denn lernen soll, grammatisch richtiges Englisch zu schreiben, wo man im Internet doch mit Abkürzungen durchkommt, knall ich ihm eine. Das müsstest sogar du begreifen.»

«Was denn? Gewalttätigkeit?»

«Du nimmst doch all die Übergeschnappten fest. Und ich versuche, eben nicht überzuschnappen. Ich muss als Mensch wachsen und in meinem Leben vorankommen. Mit Petri kann ich das nicht. Ich habe es jahrelang versucht. Also fang bloß nicht an, mir Vernunft einzureden, wie man so schön sagt. Ich habe das Gefühl, die Scheidung ist das Vernünftigste, was ich seit Jahren getan habe.»

«Es geht um dein Leben, du weißt selbst am besten, was du damit anfangen willst.»

«Nicht zu fassen, du fängst also nicht an, mir Ratschläge zu geben? Du hast doch immer am besten gewusst, was andere tun sollen.»

Ich ließ Helena reden. Zwischen uns lagen Hunderte von Kilometern, und sie konnte mich nicht mehr verletzen. Die

Kabbeleien unserer Kindheit und die Streitereien unserer Jugend waren abgehakt. Nein, das machte ich mir nur vor. Sie waren nie endgültig geklärt worden, weil keine von uns es für nötig hielt. Ich jedenfalls bildete mir nicht ein, dass meine Schwestern und ich enge Freundinnen werden könnten, wenn wir alles gründlich durchkauten. Wir waren uns in jeder Hinsicht zu fern.

«Eeva und ich kommen übrigens am nächsten Wochenende nach Helsinki. Ein ehemaliger Kollege von Jarmo wird fünfzig und feiert in dem Casino, in dem wir auch mal waren. Da gibt es Essen zum Selbstkostenpreis und Bands und jede Menge Singles im zweiten oder dritten Durchlauf. Eeva hat mich überredet, mitzukommen, sie meint, das würde mich aufmuntern. Wir übernachten im Hotel Seurahuone.»

«Singles? Du suchst dir sofort einen neuen Mann?» Erst als mir die Worte entschlüpft waren, begriff ich, wie abfällig sie klangen.

«Darum geht es nicht, nur ums Flirten. Das hab ich schon fast verlernt.»

Mein Diensthandy klingelte, auch Helena hörte es.

«Du hast natürlich Wichtigeres zu tun, Große. Können wir uns am Freitag wenigstens sehen? Aber nein, das weißt du natürlich noch nicht, mit dir kann man ja nie was abmachen. Tschüss.»

Wenn man bei einem Handy den Hörer auf die Gabel knallen könnte, hätte Helena es getan. Stattdessen unterbrach sie die Verbindung, ohne mir Gelegenheit zu einer Antwort zu geben. Ich rupfte die Freisprechanlage von meinem Privattelefon und schaltete den Bluetooth des Diensthandys ein, doch Laura Kokko hatte bereits aufgelegt. Bei meinem Rückruf nahm sie sofort ab.

«Hallo, ich habe mich inzwischen schon mal mit diesen

Juwelen- und Geldwäschegeschichten beschäftigt. Jaakko Pulmas Steuerunterlagen bekomme ich erst morgen früh, auch die Buchführung seiner Firma, ich spreche im Moment also eher auf allgemeiner Ebene. Tatsächlich wären Edelsteine jedenfalls ein hervorragendes Mittel zur Geldwäsche, wenn man was zu waschen hat, denn ihr Wert ist nicht so stark fixiert und an den Markt gebunden wie zum Beispiel bei Gold. Und wenn unser Kunde die Angewohnheit hatte, um Geld zu spielen, ist eins plus eins bei dieser Mathematik schnell gleich drei. Aber wie gesagt, das ist bisher nur eine Spekulation, mit der ich sagen will, dass ihr die Möglichkeit der Geldwäsche auf jeden Fall nicht ausschließen solltet. Meiner Erfahrung nach macht Gelegenheit oft Diebe.»

«Bist du im Präsidium?»

«Zu Hause am Computer. Brauchst du mich in Kilo?»

«Nein. Hat das Wirtschaftsdezernat noch Überstundengelder?»

«Du kannst dir denken, wie die Antwort lautet. Warte mal ab: In zehn Jahren werden Wirtschaftsverbrechen von Dorfpolizisten untersucht und Morde von Hobbydetektiven. Der dritte Sektor, du weißt schon. Für die öffentliche Ordnung sind Bürgerwehren zuständig.» Lauras Stimme klang so säuerlich wie nie. «Darum hasse ich die graue Wirtschaft. Diese Typen zahlen keine Steuern, und alles geht den Bach runter.»

Ich hatte Lauras Ehrgeiz immer gespürt, ihn aber nur mit ihrer Zielstrebigkeit als Triathlonsportlerin in Verbindung gebracht. Ich hatte nicht erkannt, dass auch in ihr eine Gesellschaftskritikerin steckte. Dieser Wesenszug trat im Lauf der Berufsjahre zumeist in den Hintergrund.

«Das Wirtschaftsdezernat werden sie nicht auflösen», antwortete ich im selben Ton. «Das bringt doch immerhin

Geld ein. Die Aufklärung aller anderen Verbrechen verursacht nur Kosten, Prozesse und Haftstrafen. Sie sollten wenigstens die betrunkenen Fahrer zu Zwangsarbeit verdonnern, wie in meiner Kindheit.»

Laura lachte und sagte, sie ginge jetzt ins Fitnessstudio. Ich machte mich auf den Heimweg. Beim Lkw-Depot überlegte ich es mir jedoch anders und fuhr zum Präsidium. Ich wollte mir die Fotos von Jaakko Pulmas Leiche genauer ansehen. Zwar hatte ich auch an meinem privaten Computer Zugang zum Intranet, doch ich vermied es, die Bilder der Gewalt in meine eigenen vier Wände eindringen zu lassen. In meinem Kopf trug ich sie schon allzu oft mit dorthin.

Durch die Vergrößerungen kam ich näher an die Leiche heran, als wenn ich vor ihr gestanden hätte, und brauchte nicht zu befürchten, Spuren zu verwischen oder am Fundort falsche Indizien zu hinterlassen. Das Blut, das Jaakko Pulma aus dem Mund gelaufen war, begann bereits zu gerinnen, während das Blut auf dem Körper noch flüssig war. Plötzlich glaubte ich, den intensiven Geruch wieder wahrzunehmen.

Wenn ein Teil des Blutes von einem Tier stammte – war es dann möglich, dass Pulma zuerst einen Blutsturz gehabt hatte, zum Beispiel durch eine Medikamentenvergiftung, und dass anschließend jemand Tierblut über ihn gekippt hatte, um die Leiche zu schänden? Hatte dieser Jemand überhaupt gewusst, wer das Opfer war?

Am liebsten wäre ich schnurstracks ins Rechtsmedizinische Institut marschiert und hätte eine sofortige Leichenschau gefordert. Wie sollten wir denn ermitteln, ohne den Tathergang genau zu kennen? Frustriert trat ich gegen ein Stuhlbein. Als Polizeischülerin in den achtziger Jahren hätte ich mir nicht vorstellen können, dass Geldmangel kein Tatmotiv mehr war, sondern vielmehr zum Verbündeten der Kriminellen mutieren würde. Die Wissenschaft hatte immer bessere und exaktere Verfahren für die Polizeiarbeit entwickelt. Nur konnten wir es uns nicht mehr leisten, sie zu nutzen.

10

Ich zog den weißen Anzug für technische Ermittlungen über und drehte meine Haare zu einem festen Knoten, den ich mit einer Spange befestigte. Die Stirnfransen schob ich mit einem Haarreif nach oben, bevor ich die Haube aufsetzte. Neben mir staffierte sich Hakkarainen ebenso aus. Wir wollten uns die Gegenstände ansehen, die bei Jaakko Pulmas Leiche gefunden worden waren, und durften uns keine Fehler erlauben. Die Obduktion stand am späten Nachmittag an.

«Wir wurden aufgefordert, sie so schnell wie möglich zu erledigen», hatte die Rechtsmedizinerin Kirsti Grotenfelt mir am Telefon gesagt.

«Von wem? Ich hatte ja schon darum gebeten, aber hat sich noch jemand eingeschaltet?»

«Unsere Chefetage. Deinen Wünschen brauchen wir nicht nachzukommen, aber diesmal haben sich höhere Tiere gemeldet», hatte Kirsti zurückgegeben. Sie würde die Obduktion selbst durchführen, und ich hatte versprochen, dabei zu sein.

Ich hatte es Puupponen und Koivu überlassen, die Aussagen der Personen, die am Freitag in der Kirche von Tapiola gewesen waren, sowie die Aufzeichnungen der Überwachungskameras und die bereits analysierten technischen Befunde durchzugehen. Ich selbst folgte Hakkarainen nun in den kargen Raum, in dem die Kriminaltechniker normalerweise Indizien untersuchten. Ein Laborant brachte in Plastikbeutel verpackte Kleidungsstücke und andere Gegenstände, die bei Pulma gefunden worden waren.

«Ich tippe darauf, dass jemand die Zutaten für Blutpfannkuchen zweckentfremdet hat», sagte Hakkarainen, nahm in jede Hand eine Pinzette und öffnete den ersten Beutel. «Die Behälter wären hilfreich, aber zumindest bei der ersten Suche wurden sie wohl nicht gefunden.»

«Meinst du Tiefkühlverpackungen für halbe Liter? Nein, es wurden keine gefunden.»

«Natürlich kann man auch bei Rinderblut die individuelle DNA feststellen, wie beim Menschen, und es dürfte in Finnland nicht allzu viele Produzenten geben, die Blut an den Einzelhandel liefern.» Hakkarainen holte eine Männersocke aus dem ersten Beutel. «Marke Boss, Größe 43–45. 15 Prozent Seide, der Rest Baumwolle. Am linken Strumpf ist mehr Blut, diesen hier hat sowohl das Hosenbein als auch der Schuh geschützt.» Er zeigte mir die Socke. «Als ich noch tierische Produkte gegessen habe, mochte ich Blutpfannkuchen ganz gern, meine Oma in Hattula hat die allerbesten gemacht. Guck dir die Unterhose an. Der arme Kerl hat sich besudelt.»

Der Stoff der dunkelgrauen Boxershorts war nur stellenweise sichtbar. Ich zwang mich, hinzusehen, obwohl ich mich ekelte. Ein gewaltsamer Tod demütigte den Menschen in jeder Hinsicht, reduzierte ihn auf Knochen, Fleisch und Ausscheidungen. Doch jede Zelle, die daraus zu gewinnen war, konnte für unsere Ermittlungen entscheidend sein.

«Kann man Blut überall kaufen?»

«Zumindest in den Supermärkten. Die Großküchen beziehen es in größeren Gebinden. Ich hatte ein paar Fälle, in denen Jugendliche zum Spaß mit Blut herumgepanscht haben. Das waren keine Teufelsanbeter, sondern ganz normale liebe Jungs, die mal ihren Mut auf die Probe stellen wollten. Blut macht uns Männern wohl mehr Angst als euch Frauen, ihr kommt ja zwangsläufig einmal im Monat damit in Berührung. Da schau her!» Hakkarainen zog mit der Pinzette ein langes, blondes, am Ansatz blutbeschmiertes Haar aus der Unterhose. «Das gehört auf keinen Fall unserem Toten.»

«Seine Frau ist blond», sagte ich, dachte aber an die andere in den Fall verwickelte Blondine, Essi Manner. Allerdings konnte auch ihr Haar auf völlig harmlosen Wegen an Jaakko Pulmas Unterhose geraten sein.

«Ein Unterhemd trug Pulma nicht. Hätte ihm auch nichts geholfen, er hätte mindestens eine altmodische Korkweste gebraucht, und auch die hätte dem Messer kaum standgehalten. Ein Messer muss nämlich im Spiel gewesen sein, denn das Polohemd hier ist in der Mitte völlig zerfetzt. Ich vermute, dass Pulma das Jackett offen trug. Tja, hier wurde einige Male zugestochen. Und guck dir die Hose an … In der Leistengegend sind die Hosenbeine fast abgetrennt. Ich habe ja von Anfang an auf eine Blutung aus den Schenkelarterien getippt. Grotenfelt wird meine Theorie sicher bestätigen. Was war das wohl für ein Zwerg, der Pulma das Messer in die Leiste gestochen hat, oder hat der Täter etwa vor ihm gekniet …? Ich begreife das nicht. Man würde annehmen, dass der Täter so stark mit Blut bespritzt wurde, dass er Spuren hinterlassen hat. Die Sache gefällt mir überhaupt nicht.»

Hakkarainen legte die Pinzette beiseite, wischte sich mit seinen Handschuhen den Schweiß von der Stirn und tauschte sie gegen saubere aus.

«Man kann recht oft schon aus solchem Material Schlüsse ziehen. Ein Raubüberfall war es ganz offensichtlich nicht. Die Brieftasche wurde unter der Leiche gefunden, und er hatte noch andere Wertgegenstände dabei. Schauen wir mal …» In der Kirche war es leicht gewesen, eine der Kreditkarten herauszuziehen, doch das mittlerweile getrocknete Blut hatte die Brieftasche verklebt, und Hakkarainen musste langsam und vorsichtig vorgehen, um sie ohne Schäden zu öffnen. Sie enthielt eine Mastercard und zwei weitere Kreditkarten, die Sozialversicherungskarte, Bibliotheksausweise für die Helmet-Bibliotheken im Hauptstadtgebiet und die Regionalbibliothek in Mikkeli, ein Foto von Kyösti als Welpe und eins von Joonas in Uniform. Keins von Henna Pasanen-Pulma. Vielleicht fehlte es nur aus Sicherheitsgründen. Auch auf meinem Schreibtisch standen keine Fotos meiner Familie, sie lagen in einer verschlossenen Schublade.

«Dreihundertfünfundzwanzig Euro Bargeld. Dafür bekäme man im Straßenhandel schon eine ordentliche Dosis. Von dem hier ganz zu schweigen.» Hakkarainen hielt sich eine Lupe vor das linke Auge, das bei ihm offenbar das stärkere war. «Der Ehering ist aus Gold, sechsundzwanzig Karat, und diese blauen Steine sind sicher kein Glas. Ich würde auf Saphire tippen, aber wenn nötig, konsultieren wir einen Experten. Noch beeindruckender ist allerdings die Uhr. Warte mal ... Ich brauche stärkeres Werkzeug, die ist schwer!» Anstelle der zarten Pinzette nahm Hakkarainen eine Zange zur Hand, deren Backen er mit Stoff umwickelte, damit sie die Uhr nicht zerkratzten. Er inspizierte die Markierungen mit der Lupe.

«Gold. Hergestellt in Genua 1820. Franco Scali dürfte der Name des Uhrmachers sein. Und bei den Steinen handelt es sich vermutlich um Diamanten. Allein schon die doppelte Kette wiegt ziemlich viel. Kein Wunder, dass er die Uhr verdeckt getragen hat. An der Copacabana sollte man mit so einem Ding nicht ohne Lebensversicherung herumlaufen. Du sagtest, der Tote war Juwelenhändler?»

Ich nickte. Die Uhr, die natürlich von Hand aufgezogen werden musste, war um fünf nach sieben stehengeblieben, sie hatte noch stundenlang getickt, nachdem das Herz ihres Besitzers aufgehört hatte zu schlagen. Nahm der Mensch die Zeit anders wahr, wenn er selbst dafür sorgen musste, dass sie richtig angezeigt wurde? Heutzutage gab es überall und an jedem Gerät Uhren, man entkam ihnen nur, wenn man auf jede moderne Technologie verzichtete. Bei Spaziergängen durch die Stadt stutzte ich manchmal, wenn ich die großen Uhren sah, die über dem Eingang alter Uhrmachergeschäfte hingen und eine völlig falsche Zeit anzeigten. Als hätte die Zeit beschlossen, sich den Regeln der Menschen zu widersetzen. Helena hatte vor ein paar Jahren mit Hatha-Yoga begonnen, aber nur zwei Stunden durchgehalten, weil es in dem Yogaraum keine Uhr gab und sie kein Gefühl dafür hatte, wie die Zeit verging.

«Das Jackett ist offenbar von einem Schneider angefertigt. Es hat ein doppeltes Futter mit Geheimtaschen in unterschiedlicher Größe, von hundert Millilitern bis … die größte fasst wohl ungefähr einen halben Liter, ist leider eingerissen. Klar, der Mann kannte die Risiken seines Berufs.»

«Ist bei den Sachen auch Pfefferspray dabei? Der Assistent seiner Frau sagt, Pulma hätte dafür eine amtliche Erlaubnis gehabt.»

Hakkarainen spähte in die restlichen Tüten. «Hier sind die Schuhe … und in dem anderen ein Schlüsselbund.»

«Kein Telefon?»

«Nein. Das ist allerdings seltsam. Heute geht doch keiner zwischen sechs und achtzig ohne Handy aus dem Haus. Kann natürlich sein, dass er es irgendwo vergessen hat. Oder dass der Täter gerade darauf erpicht war. Wann ist die Obduktion?»

«Heute. Offenbar hat irgendwer Dampf gemacht. Umso besser für uns.»

Hakkarainen untersuchte die nach Blut stinkenden Schuhe und behauptete, auch den Geruch von Hundepisse und Fichtenharz wahrzunehmen. Ich war mir nicht sicher, ob er mich nur veräppeln wollte. Ganz gleich, wohin ich versetzt wurde, ich würde die Zusammenarbeit mit ihm vermissen. Hoffentlich würde ich daran denken, ihm das zu sagen, bevor unsere Wege sich trennten.

Ich verabschiedete mich. Hakkarainen würde als Nächstes die Proben genauer untersuchen, Haare und Fasern analysieren und was sonst noch von Interesse war. Als ich gerade gehen wollte, zeigte er mir ein weißes Haar, das er vom Jackett gezupft hatte.

«Das stammt sicher von seinem Hund.»

«Wohl kaum. Der Chihuahua ist hellbraun mit viel kürzerem Fell. Ich tippe auf einen Hund oder eine Katze mit halblangen Haaren.»

Ich dachte an das topasäugige Tier, das ich in der Pitkänkalliontie bei Essi Manner gesehen hatte. Vielleicht würden wir nicht nur von der jungen Frau, sondern auch von ihrer Katze eine DNA-Probe benötigen.

Im Ermittlungszimmer hatten Puupponen und Koivu die Liste der Befragungen fertiggestellt. Im Kirchengebäude hatten sich weniger Menschen aufgehalten als sonst, denn einige Mitarbeiter hatten am Betriebsausflug des Gemeindeverbandes zum Herrenhaus Mustio teilgenommen. Anwesend waren nur die diensthabende Küsterin, die Kinderbetreuerin – die Puupponen anfangs als Gemeindeschwester bezeichnet hatte – und die Oberpfarrerin gewesen. Eigentlich hätte auch Kirsi Pulma-Haukinen in ihrem Dienstzimmer sitzen müssen, doch sie war zwischendurch kurz nach Hause gegangen. Außer Arvi Honka hatten noch zwei Rentnerinnen die Kirche besucht, die Küsterin hatte sie auf den Aufnahmen der Überwachungskameras identifiziert. Meine Kollegen hatten bereits mit der Küsterin Häkkinen gesprochen, die allerdings nichts zu berichten hatte. Sie war fast die ganze Zeit im Gemeindesaal gewesen und hatte versucht, Wachsflecken aus dem Tischtuch zu entfernen. Irgendein Konfirmand hatte unerlaubterweise Kerzen angezündet und es beinahe geschafft, die Leinendecke zu ruinieren.

«Sie hat sich mehr um das Tischtuch gegrämt als um den Toten», behauptete Puupponen.

«Das stimmt nicht. Von dem Tischtuch hat sie bloß geredet, weil sie nicht über den Mord sprechen wollte», widersprach Koivu.

«Seltsam. Ich dachte immer, Gläubigen würde es leichter fallen, mit dem Tod umzugehen, als unsereins, der keinen blassen Schimmer hat, worauf er eigentlich bauen kann. Außer natürlich auf die Polizei. Grins nicht, Maria, ich meine es ernst. Kann der Tod denn so schrecklich sein, wenn man den Toten im Himmel wiedersieht?»

«Wie kann man denn gläubig werden?» Koivu stand abrupt auf und ging hinaus. Noch vor einem halben Jahr wäre ich ihm nachgerannt, jetzt ließ ich ihn in Ruhe. Zu meiner Überraschung kam er fast augenblicklich zurück, ohne jede Erklärung. Puupponen begann sofort zu reden, um unsere Verwunderung zu überspielen.

«Ich habe gleich heute früh ein Stellenangebot bekommen.»

«Wo denn? Bei der Zentralkripo oder der Schutzpolizei?» Koivu brachte immerhin ein Grinsen zustande.

«Bei einer Wach- und Schließgesellschaft in Turku. Woher zum Teufel haben die meine Kontaktdaten? Sie suchen einen Abteilungsleiter für die Bewachung öffentlicher Gebäude.»

«Da gibt es ja auch prächtige Bauten. Die Burg, der Dom … Nationaleigentum.»

«Ja schon, aber der Dialekt … Mit dem kommt einer aus Savo nicht klar.»

«Die Turkuer würden es genau umgekehrt ausdrücken», gab ich zurück. Da meldete sich die Durchgangskontrolle im Erdgeschoss.

«Hier ist ein Besucher für Kallio. Kommst du ihn abholen?»

«Ein Besucher?» Ich erinnerte mich nicht, einen Termin vereinbart zu haben.

«Ein Teemu Luotonen.»

«Verflixt, hat keiner von uns daran gedacht, den Termin zu verschieben? Wir hätten jetzt Dringenderes zu tun. Okay, Ville, hol Luotonen rauf, dann ziehen wir das schnell durch. Es geht immerhin um seinen Rechtsschutz.»

Wir hatten bereits einmal mit Teemu Luotonen gesprochen. Er war um die sechzig, mit stahlgrauen, schulterlangen Haaren. Die blauen Augen schienen zu einer wesentlich jüngeren Person zu gehören, und der schlanke Körper hatte sich eine jungenhafte Geschmeidigkeit bewahrt, aber der Blick des Mannes wirkte gequält, und unter seinen Augen lagen tiefe Schatten. Er konnte immer noch nicht verstehen, was er falsch gemacht haben sollte.

«Ich verstehe, dass Strafanzeigen untersucht werden müssen, das gehört ja zu den Prinzipien des Rechtsstaates», sagte er, nachdem wir uns begrüßt hatten. «Aber ich habe wirklich nichts Ungesetzliches getan. Als Amanda ausgerastet ist, habe ich ihr eine Hand auf die Schulter gelegt, um sie zu beruhigen. Daran war überhaupt nichts Gewaltsames, geschweige denn Sexuelles. Sie ist schließlich ein elfjähriges Kind. Und selbst wenn sie älter wäre – ich vergreife mich nicht an Schülerinnen. Ich weiß, dass ich keine Zeugen habe. Alsu und Vanessa haben auf mich gehört und den Raum verlassen, im Gegensatz zu Amanda. Deshalb kann sie die Wahrheit nach Belieben verdrehen. Ich verstehe nur nicht, warum. Was haben Amanda und ihr Vater davon? Das Arbeitsklima der ganzen Schule leidet darunter, und sogar Außenstehende gruppieren sich völlig unnötig in feindliche Lager. Ich würde der Sache gern ein Ende setzen, aber ich kann natürlich nichts gestehen, was ich nicht getan habe.»

Amanda hatte keine körperlichen Verletzungen, etwa Blutergüsse vorzuweisen und Henri Aalto hatte seine Tochter nicht einmal zum Arzt gebracht. Ich seufzte leise. Wenn ich die Ermittlungen einstellte, weil die Voraussetzungen für eine Anklage allem Anschein nach nicht gegeben waren, hätte ich außer Henri Aalto möglicherweise auch die Medien und zumindest die Allwissenden aus den Internetforen am Hals. Ließ ich die Sache weiterlaufen, würde die Staatsanwaltschaft vermutlich beschließen, keine Anklage zu erheben. Dann läge die Verantwortung immerhin nicht bei mir. Die Bearbeitung des Falles konnte schlimmstenfalls über ein Jahr in Anspruch nehmen, und so lange würde Teemu Luotonen unter Verdacht stehen und durch Amandas Anblick täglich daran erinnert werden. Das Arbeitsklima an der Schule wurde davon sicher nicht besser, und die Vorwürfe in den sozialen Medien würden nicht abebben. Die Rektorin, die die Aufsichtspflicht trug, hatte gelassen reagiert und ihren Untergebenen unterstützt; wenn sich die Sache hinzog, würde auch sie einen Teil der Schlammschlacht abbekommen.

Und wenn Teemu Luotonen doch log? Allerdings sprach vieles dagegen. Luotonen hatte zuerst als Grundschullehrer gearbeitet und war seit über dreißig Jahren Sonderpädagoge. Er hatte eine blütenweiße Weste. Seine ehemaligen Schüler und deren Eltern hatten Luotonen im Internet unter ihrem eigenen Namen verteidigt. In den hässlichsten Kommentaren war Amanda als lügnerische kleine Hure beschimpft worden. Wie wurde eine Elfjährige damit fertig, in einen solchen Ruf zu geraten? Sollte ich mich mit ihrer Mutter in Singapur in Verbindung setzen?

Luotonen legte die Hände auf die Knie und beugte sich vor. Die feinen Fältchen um Augen und Mund verrieten, dass er häufig lachte. Er spielte Gitarre, Banjo und Ukulele sowie natürlich Klavier, wie alle Grundschullehrer, und hatte jahrelang die Musik-AG und das Schulorchester geleitet. Er setzte häufig Musiktherapie ein, um die Sonderschüler zur Ruhe zu bringen, und bot gelegentlich auch Yoga-Übungen an. Auch seine Ehe hielt schon mehr als dreißig Jahre. Nach Puupponens Ansicht klang das alles zu perfekt, um wahr zu sein.

«Irgendeine Macke muss der Typ doch haben», hatte er behauptet. Aber zumindest bei oberflächlicher Überprüfung hatten wir nichts gefunden.

«Ich bin eigentlich ein ausgeglichener Mensch, aber jetzt habe ich Schlafstörungen. Ich fühle mich wie in einem Buch von Kafka oder in diesem dänischen Film. Und dabei wirft man mir nur vor, eine Brust gestreift zu haben. Ich will die Belästigung von Kindern keinesfalls bagatellisieren, bei meiner Arbeit bin ich auch solchen Fällen begegnet, aber ich selbst habe nichts dergleichen getan. Etwas anderes kann ich weder der Polizei noch irgendwem sonst sagen.»

Obwohl Luotonen gefasst wirkte, bereitete es ihm Schwierigkeiten, den Kaugummi auszupacken, den er aus seiner Jackentasche geholt hatte.

«Warum sollte Amanda lügen?», fragte Koivu unumwunden.

«Ihre Klassenlehrerin, die sie am besten kennt, sagt, sie kann überhaupt nicht mit Kritik umgehen und will immer perfekt sein. Vielleicht hat ihr Vater wegen der Eintragung ins Klassenbuch geschimpft, oder er gehört vielleicht zu den Leuten, deren kleine Augensterne grundsätzlich nie etwas

Falsches tun. Amanda ist ein Einzelkind, ihre Mutter arbeitet für ein Jahr bei einer Bank in Singapur, und weil das ein befristetes Projekt ist, haben Vater und Tochter beschlossen, zu zweit in Finnland zu bleiben. Das Mädchen fühlt sich von der Mutter stehengelassen, und der Vater schenkt ihr nicht genug Aufmerksamkeit. Also verschafft sie sich auf diesem Wege Beachtung. Körperlich ist Amanda ja frühreif. Ich traue mich kaum zu sagen, dass ich es bemerkt habe, am Ende wird das noch als Beweis gegen mich verwendet. Seltsam finde ich, dass sie sich einen alten Knacker wie mich für ihre Anschuldigungen aussucht. Ich könnte fast ihr Großvater sein. Es wäre logischer, wenn sie einen der größeren Jungen beschuldigt hätte.»

«Elfjährige Mädchen sind in ihrer Entwicklung sehr unterschiedlich», sagte Koivu. «Man wünscht sich, sie wären noch eine Weile Kinder, kann sie aber nicht immer vor der Welt behüten. Ich habe selbst eine elfjährige Tochter und würde natürlich mein Leben für sie hingeben. Insofern kann ich Henri Aaltos Verhalten verstehen.»

Teemu Luotonens Gesicht rötete sich, und er öffnete den Mund zum Protest, doch Koivu hob die Hand und fuhr fort: «Dass ich es verstehe, bedeutet nicht, dass Henri Aalto meiner Meinung nach recht hat. Ein Polizist darf natürlich nicht Partei ergreifen, aber meiner Ansicht nach hat man hier aus einer nicht vorhandenen Mücke einen Elefanten gemacht. Oder, Ville und Maria?» Koivu sah uns an, seine Miene drückte eine klare Botschaft aus: Lassen wir den armen Kerl doch gehen.

Puupponen und ich schwiegen. Ich überlegte, ob wir Amanda in Anwesenheit einer Sozialarbeiterin befragen sollten, ohne ihren Vater. Das würde das ohnehin gestresste Kind allerdings noch mehr unter Druck setzen. Es war nicht die Aufgabe der Polizei, Amanda beizubringen, dass man nicht lügen soll. Und ihr war vielleicht nicht einmal klar, dass sie log. Henri Aalto war im Moment die wichtigste Stütze seiner Tochter, ihr blieb keine andere Wahl, als ihm zu vertrauen. In ihrem Alter schwankte man zwischen verschiedenen Entwicklungsstufen hin und her. Das wusste ich noch aus meiner Kindheit, und mit Iida und Taneli hatte ich diese Phase genauso erlebt.

«Ich sollte es vielleicht nicht erwähnen, denn es könnte so klingen, als wollte ich die Spirale der Verleumdungen noch anfeuern. Und eigentlich geht es mich auch nichts an.» Luotonen betrachtete den Wandschirm, der die Fotos von Jaakko Pulmas Leiche und unsere wichtigsten Notizen verbarg. «Ich muss gestehen, dass ich mich über Henri Aalto informiert habe, weil ich verstehen wollte, warum er darauf aus ist, meinen Ruf zu schädigen. In meinem langen Berufsleben bin ich allen möglichen Arten von Eltern begegnet. Vielleicht könnt ihr Polizisten das verstehen, ihr arbeitet ja auch mit Menschen. Ein Lehrer muss sich ja nicht nur Gedanken machen, wie er mit den Kindern klarkommt, sondern das eigentliche Problem sind oft die Eltern. Am allerschlimmsten sind häufig gerade Leute wie Henri Aalto: wohlhabend, gebildet, selbstsicher. Ihrer Meinung nach gelten für sie andere Regeln als für das gemeine Volk. Wer einen Turbo-BMW der Fünferklasse fährt, braucht sich nicht an das Tempolimit zu halten, das ist nur für die Reisschüsseln auf Rädern da, um es mal so zu sagen.»

Es klopfte, die Ermittlungssekretärin brachte die Post. Einige Protokolle zum Abzeichnen – es war absurd, dass man das immer noch nicht elektronisch erledigen konnte –, ein Hinweis auf den Abgabetermin für die Zeitaufwanduntersuchung des Innenministeriums – vielleicht ging man im Ministerium davon aus, dass die Schneckenpost nicht so leicht verlorenging wie eine Mail. Ganz zuunterst lag eine Ansichtskarte aus einer Hafenstadt, adressiert an mich. Als ich sah, wer der Absender war, beschloss ich, sie erst zu lesen, wenn ich ungestört war. Ich steckte sie in meine Handtasche.

«Ich kenne mich in der Edelsteinbranche praktisch gar nicht aus, auch meine Frau trägt außer ihrem Ehering keinen Schmuck. Inwieweit Aaltos Geschäfte in einer Grauzone ablaufen, kann ich nicht beurteilen. Ich ...» Luotonen schluckte, es fiel ihm plötzlich schwer, weiterzusprechen. «Wo verläuft dem Gesetz nach die Grenze zwischen sexueller Belästigung und Missbrauch? Oder heimlicher Beobachtung und Abhören?»

Mein Körper straffte sich, und Puupponen beugte sich vor. «Das hängt davon ab, was Sie getan haben. Belästigung setzt natürlich voraus, dass das Opfer sie als solche empfindet, wie wir ja schon festgestellt haben. Bei heimlicher Beobachtung genügen die Augen als Tatwerkzeug, aber auch da müssen Beweise vorliegen. Worum geht es denn eigentlich?»

Luotonen ächzte gequält.

«Na ja, ich ... Ich kam vor ein paar Wochen von unserer Jam-Session nach Hause. Ich spiele Altsaxophon in einer Band von alten Freunden, wir proben in der Wohnung des Trompeters in Lauttasaari. Der Schlagzeuger hat mich in seinem Wagen bis zum Parkplatz am Nunnapolku mitgenommen, und weil es ein mondheller Abend war, wollte ich von da aus zu Fuß nach Hause gehen. Als ich ausstieg, hielt einige Meter entfernt ein anderer Wagen. Es war Henri Aaltos BMW. Das Kennzeichen habe ich mir genau eingeprägt.» Luotonen lächelte nervös.

«Das ist noch kein Verbrechen.» Puupponen erwiderte das Lächeln.

«Ich weiß nicht genau, warum ich am Rand des Parkplatzes stehen geblieben bin und darauf gewartet habe, dass Aalto aussteigt. Zuerst hatte ich wohl noch vor, mit ihm zu reden. Ich hielt mich im Dunkeln und hatte die Kapuze tief im Gesicht. Aalto sprach am Handy, als er ausstieg. Die Worte konnte ich nicht hören, aber ich hatte den Eindruck, dass er sich mit jemandem stritt. Ich weiß bis heute nicht, warum ich ihm gefolgt bin. Vielleicht wollte ich irgendeinen Beweis dafür finden, dass ich nicht der Einzige bin, der Aalto für unzuverlässig hält. Ich beschattete ihn wie ein kleiner Junge, der Räuber und Gendarm spielt. Er bog in die Pitkänkalliontie ein. Dort gab es genug Parkplätze, deshalb fand ich es seltsam, dass er seinen Wagen so weit entfernt abgestellt hatte. Er trug Halbschuhe mit dünner Sohle und kam auf dem Bürgersteig immer wieder ins Rutschen. Auch deshalb habe ich mich gewundert, dass er so weit weg geparkt hat.» Luotonen sah mich an, als suche er Bestätigung, dass sein Vorgehen gerechtfertigt gewesen war.

«Aalto blieb vor dem Haus Nummer fünfzehn stehen. Ich wusste nicht, was ich tun sollte, also schlüpfte ich in den Garten gegenüber und tat, als würde ich etwas in den Briefkasten stecken. Bald darauf kam eine sehr kleine Gestalt aus dem Haus. Ich dachte zuerst, Aalto hole Amanda bei einer Freundin ab, aber die Frau war noch kleiner als Amanda, und im Licht der Straßenlampe sah man, dass sie hellblonde Haare hatte. Die Art, wie sie Aalto gegenübertrat, war irgendwie merkwürdig … Als hätte sie Angst vor ihm. Aber vielleicht sehe ich ja schon Gespenster.»

Mein Herz schlug schneller. Gab es im Internet ein Foto von Essi Manner? Die Adresse und die Beschreibung passten jedenfalls auf sie.

«Ich folgte den beiden. In der Nähe der Pitkänkalliontie ist eine Ruine, in der sich manchmal Jugendliche zum Saufen treffen. Im Winter ist dort aber kaum jemand. Sie gingen auf die Ruine zu, ohne zu reden. Ich hatte ein seltsames Gefühl, die Situation erschien mir irgendwie bedrohlich, als würde Aalto der Frau gleich etwas antun. Daraus habe ich jedenfalls gefolgert, dass ich das Recht habe, den beiden hinterherzugehen. Als sie anhielten, wusste ich nicht, was ich tun sollte. Zum Glück stand Aalto mit dem Rücken zu mir, also ging ich einfach an ihnen vorbei.

Von dem, was sie sagten, konnte ich nicht viel verstehen, sie sprachen ziemlich leise. Aber dann regte sich die Frau plötzlich auf, ihre Stimme wurde lauter. Sie sagte etwas in der Art, dass sie Aaltos Spiel nicht mehr mitmachen will, sie würde die Wahrheit sagen … auch wenn die brutal wäre, oder so ähnlich. Ich schämte mich. Sie zu belauschen kam mir vor, als hätte ich Fremde im Bett beobachtet. Als Aalto die Frau anblaffte, sie würde noch im Gefängnis landen, habe ich mich verdrückt. Und ich bin auch gar nicht sicher, ob ich alles richtig mitbekommen habe. Vielleicht kann die blonde junge Frau euch erzählen, warum Aalto sie bedroht hat. Wenn ich nur wüsste, wer sie ist.»

11

«Auch hier steht Aussage gegen Aussage», stellte Puupponen fest, als Teemu Luotonen gegangen war, beschämt, verwirrt, aber auch zufrieden. Wir hatten ihm erklärt, wir würden seine Aussage später offiziell zu Protokoll nehmen, falls es sich als nötig erwies. Meine Kollegen und ich hatten uns zusammenreißen müssen, um Luotonen nicht merken zu lassen, wie wichtig seine Informationen für uns waren.

Ein Foto von Essi Manner hatte sich auf ihrer Facebookseite gefunden. Luotonen hielt es für möglich, dass es sich um die Frau handelte, die mit Aalto gesprochen hatte, war sich aber nicht hundertprozentig sicher.

«Es war dunkel, und ich habe mich zu sehr auf Aalto konzentriert. Werden Sie ihm sagen, dass ich ihm gefolgt bin?»

«Das dürfte vorläufig nicht nötig sein.»

Ich erklärte Luotonen, die Ermittlungen im Fall Amanda seien von unserer Seite aus beendet. Der Staatsanwalt werde entscheiden, ob die Kriterien für eine Anklage erfüllt seien, was ich jedoch für unwahrscheinlich hielte.

«Jetzt fehlt nur noch, dass Henri Aalto auf den Aufzeichnungen der Überwachungskameras entdeckt wird. Vielleicht ist er schon frühmorgens in die Kirche gekommen und hat sich hinter den aufgestapelten Stühlen auf dem Chorpodest versteckt», witzelte Puupponen.

«Ja, mit zwei Packungen Blut. Schicken wir die Kollegen von der Streife mit Aaltos Foto in die Supermärkte der Umgebung, um sich zu erkundigen, ob dieser Herr in letzter Zeit Blut gekauft hat?», spann Koivu den Faden weiter.

«Hatte die K-Handelskette nicht mal so ein Registrierungsprogramm für Lebensmittelkäufe? Da konnte man kontrollieren, ob man sich gesund ernährt oder bloß Bier und Junkfood nach Hause schleppt. Das würde doch bedeuten, dass jeder Kauf registriert wird», sagte Puupponen voller Eifer.

«Aalto hat nicht unbedingt eine Kundenkarte. Wir müssen schleunigst klären, was er am Freitagnachmittag gemacht hat. Übernimm du das, Koivu. Denk dir irgendeinen Vorwand aus, sag von mir aus, wir überprüfen routinemäßig alle Juwelenhändler der Hauptstadtregion oder was auch immer.»

«Das ist doch Blödsinn, Maria. Als die Meldung von dem Leichenfund kam, saß Aalto hier bei uns.» Koivu brachte unseren Eifer im Nu zum Erliegen.

«Aber das war nicht unbedingt die Tatzeit», unternahm Puupponen noch einen Versuch. «Genau so würde ein Superganove handeln. Vom Tatort direkt zur Polizei, über etwas ganz anderes reden und sich ins Fäustchen lachen. Ach Mist, bei diesem verdammten Hunger kann doch kein Gehirn mehr richtig funktionieren. In unserem Arbeitsvertrag steht, dass Polizisten auch dann Anspruch auf eine Mittagspause haben, wenn es um ein Verbrechen geht, das nie verjährt.»

«Und dessen Aufklärung folglich nicht eilt, wie?» Auch mir knurrte der Magen.

«Hoffentlich gibt's in der Kantine wenigstens keine Blutpfannkuchen.» Puupponen war bereits aufgestanden, Koivu und ich folgten seinem Beispiel. «In der Schule gab es die alle sechs Wochen. Das war ein gefürchteter Tag. Manche Mädchen haben nur deshalb die Schule geschwänzt, und sie meinten, das ganze Gebäude würde noch tagelang nach Blut riechen. Ein Knallkopf aus unserer Klasse kam auf die Idee, sich in den Finger zu schneiden und das Blut auf die Pfannkuchen tropfen zu lassen, damit er sie nicht zu essen brauchte. Da hat sogar der Lehrer beinahe gekotzt.»

«Maria, sind wir uns darüber einig, dass der besagte Knallkopf Ville war?», schnaubte Koivu. «Von wem war übrigens die Postkarte?»

«Privatsache.» Ich wich Koivus Blick aus.

«Schickt man Privatpost nicht an die Privatadresse?», gab Koivu zurück, als wir den Lift betraten.

In der Kantine im Erdgeschoss gab es keine Blutpfannkuchen, sondern Hacksteaks à la Lindström, wahlweise in der traditionellen Form aus Fleisch oder als Tofu-Variante. Ich wählte die letztere und nahm dazu eine ordentliche Portion Kartoffelbrei. Es war nicht ratsam, mit leerem Magen zu einer Obduktion zu gehen.

«Ich werde Laura bitten, sich über Henri Aalto zu informieren und eventuelle Verbindungen zu Jaakko Pulma zu suchen», sagte ich, den Mund voller Möhrensalat. «Essi Manner sollten wir möglichst schon morgen herbestellen. Ihr habt heute sicher noch ziemlich viele Befragungen. Eine zusätzliche Kraft wäre nicht schlecht.»

Ich hatte kaum ausgeredet, als ich hinter mir das energische Klackern von Absätzen hörte. Gleich darauf nahm Polizeimeisterin Jenna Ström unaufgefordert an unserem Tisch Platz. Jenna hatte früher einmal als Springerin bei uns ausgeholfen. Mir war nicht bewusst gewesen, dass sie schon von ihrem einmonatigen Fortbildungslehrgang an der Polizeihochschule zurück war. Nun war sie zumindest auf dem Papier besser für die Befragung von Kindern qualifiziert als jeder andere in unserer Abteilung.

«Na, was machen die Seltsamen? Seid ihr schon bei eurem letzten Fall?» Auf Jennas Tablett standen ein Cappuccino und ein Hefeteilchen.

«Kommt drauf an, wie viel Zeit wir damit verplempern», antwortete Puupponen, nahm die Senftube vom Nebentisch und drückte einen kartoffelgroßen Klacks auf sein Steak.

«Und danach? Ihr bleibt doch wohl alle im Haus?» Jenna hatte schon nach dem ersten Schluck einen Cappuccinobart.

«Keine Ahnung. Mein Vertrag läuft Ende Juni aus, mehr weiß ich nicht», antwortete Koivu und steckte sich einen Zwiebelring in den Mund.

«Ach, wie schade. Und wie geht's Aki?» Jenna wandte sich an Puupponen.

«Ganz gut, nehme ich an.» Puupponen hielt den Blick auf seine Gabel geheftet.

«Nimmst du an? Oje, habt ihr euch getrennt? Bist du jetzt total am Boden zerstört?» Jenna klopfte Puupponen aufmunternd auf den Arm. Er stand auf, nahm sein Tablett und setzte sich an einen Tisch, der möglichst weit von unserem entfernt war.

«Was hat er denn? Mit mir kann man doch reden, ich bin doch kein Schwulenhasser wie mein Vater. Liebeskummer ist schließlich bei allen gleich, egal, wer mit wem.» Jenna war ehrlich erstaunt, sie hatte doch nur Mitgefühl zeigen wollen.

«Villes Privatangelegenheiten sind privat. Wie bei uns allen. Erzähl mal von deinem Kurs. Wie war dieser amerikanische Experte? Ich habe einerseits kritische, andererseits aber auch positive Dinge über ihn gehört.»

Der Themenwechsel glückte, und bis zum Ende der Mahlzeit hörten Koivu und ich uns einen Vortrag darüber an, welche Fragen ein Kind als beklemmend empfinden konnte. Sollten wir Jenna mit ihren neuen Kenntnissen auf Amanda Aalto ansetzen? Doch der Fall war ja abgeschlossen. Ich sah, wie Puupponen sein Tablett zur Rückgabe trug und die Kantine verließ. Koivu wollte noch Kaffee und einen Berliner zum

Nachtisch nehmen, ich verzichtete und ging nachsehen, ob Laura Kokko in ihrem Dienstzimmer saß.

Die Sekretärin des Wirtschaftsdezernats sagte, Laura sei in einer Sitzung. Also hinterließ ich ihr die Bitte, mich anzurufen, und ging in unser Ermittlungszimmer, wo Puupponen geschäftig auf seinem Computer tippte.

«Die zusätzliche Kraft für die Befragungen ist hoffentlich nicht Jenna.» Puupponen bemühte sich vergeblich um einen lockeren Ton. «Ihre Neugier ist dermaßen aufdringlich. Sie versucht mit aller Gewalt zu beweisen, wie tolerant sie ist, und vergisst dabei ganz, mich zu fragen, ob ich ihre Toleranz überhaupt will. Aber egal. Gleich kommt die Kinderbetreuerin, Reeta Lehto, zur Befragung. Wann fährst du zur Obduktion?»

Da ich noch Zeit hatte, beschloss ich, den verfluchten Zeitaufwand-Fragebogen auszufüllen. Antti und ich stritten manchmal darüber, wer von uns mehr sinnlose Formulare ausfüllen musste. Antti hatte oft gesagt, er wolle nicht Professor werden, weil er dann unglaublich viel Zeit für administrative Aufgaben verschwenden müsste. Ich versuchte, positiv zu denken: Vielleicht war das das letzte Idiotenpapier des Innenministeriums, das ich je ausfüllen würde. Als Nächstes wären die Formulare des Arbeitsamtes an der Reihe.

Mein Handy klingelte. Ich kannte die angezeigte Festnetznummer nicht, doch schon als ich mich meldete, ahnte ich, dass der Anrufer Arvi Honka war. Ich hatte richtig geraten.

«Ist die Kommissarin selbst am Apparat?»

«Ja.»

«Ich habe versucht, den jungen Puupponen zu erreichen, würde ihn gerne mal zum Kaffee einladen, aber ich habe seine Nummer nicht. Ich möchte ihm von seinem Großvater erzählen.»

«Ich werde es Hauptmeister Puupponen ausrichten. Im Moment ist er bei einer Vernehmung. Wie geht es Ihnen? Haben Sie den Schock überwunden?»

«Danke, es geht mir so weit ganz gut. Bald schmilzt der Schnee, dann ist es wieder leichter, nach draußen zu gehen. Dann brauche ich nicht mehr an Krücken zu humpeln wie ein alter Opa. Aber die Schuhe mit den Spikes vermisse ich doch. Wann bekomme ich denn meine Sachen zurück?»

«Das weiß ich leider noch nicht. Die technische Untersuchung läuft noch.» Ich brachte es nicht über mich, Honka zu erklären, dass einige seiner Kleidungsstücke womöglich als kriminaltechnische Indizien klassifiziert und daher beim Prozess gebraucht wurden. Falls es dazu kam, würde er jahrelang auf die Rückgabe warten müssen.

«Der Tote war also der Mann einer Abgeordneten. Ach, die arme Frau.»

«Wo Sie gerade am Telefon sind – können Sie mir sagen, ob Sie in der Kindertoilette oder woanders in der Kirche ein Handy gesehen haben? Eins, das vielleicht jemand verloren hat?»

Puupponen hatte schon am Morgen bei Henna Pasanen-Pulma angerufen und sich erkundigt, ob ihr Mann sein Mobiltelefon vielleicht zu Hause vergessen hatte. Henna und Joonas hatten das ganze Haus durchsucht. Puupponen hatte auch versucht, Pulmas Anschluss anzurufen, hatte aber keine Verbindung bekommen. Wir hatten eine GPS-Ortung beantragt, doch die Ergebnisse waren noch nicht eingetroffen. Vielleicht hatte Pulma sein Handy einfach irgendwo liegenlassen, im Auto zum Beispiel. Im selben Moment begriff ich, dass wir das Auto völlig vergessen hatten. Wo war es?

Ich verabschiedete mich eilig von Arvi Honka und rief Henna an. An ihrem Handy meldete sich Toni Rask.

«Ach, die Polizei ... Was? Jaakkos Wagen? Moment.» Rask schaltete das Telefon stumm. Als er sich nach einer Weile wieder meldete, war er außer Atem. «Henna sagt, sie dachte, der Wagen wäre bei Ihnen. Wir gingen davon aus, dass er für die technischen Ermittlungen gebraucht wird.»

Es fuchste mich, meinen Fehler einzugestehen, doch daran führte kein Weg vorbei. Als Nächstes rief ich beim Kfz-Register an, danach schickte ich die Teufelsstreife nach Tapiola, wo sie die Parkplätze nach Jaakko Pulmas dunkelrotem Mercedes absuchen sollte. Zehn Minuten später kam die Mitteilung, der Wagen stehe im Parkhaus in Tapiola. Die Autoschlüssel lagen allerdings im Indizienbeutel. Ich bat die «Teufel», bei Pulma zu Hause nach Reserveschlüsseln zu fragen, falls sie dort jemanden anträfen. Dann saß ich eine Weile bloß da und fluchte.

Aber spielte es überhaupt eine Rolle, wie viel Mist wir bauten? Selbst Fehlerlosigkeit garantierte uns keinen neuen Job. Den garantierte uns gar nichts.

Koivu meldete, Essi Manner werde gleich am nächsten Morgen zur Vernehmung erscheinen. Die Kinderbetreuerin hatte Puupponen gegenüber fast alle Personen identifiziert, die die Überwachungskamera in den zwei Stunden vor dem Fund der Leiche und dem Eintreffen der Polizei erfasst hatte. Koivu machte sich auf den Weg zum Alkoholgeschäft im Einkaufszentrum Ainoa, um eine Frau zu befragen, die dort arbeitete und die kurz vor der Ankunft von Arvi Honka in der Kirche gesessen hatte. Auch so konnte man seine Mittagspause verbringen.

«Puupponen, könntest du morgen, bevor du zur Arbeit kommst, bei Arvi Honka vorbeigehen und ihm die Aufzeichnungen zeigen? Du wohnst doch in der Nähe, da lohnt es sich nicht, hin und her zu fahren. Und wenn der alte Mann es möchte, bleib ruhig eine Weile bei ihm sitzen. Das ist sozusagen vorbeugende Polizeiarbeit.»

«Wie das denn?»

«Du beugst der Einsamkeit eines alten Menschen vor. Er bleibt mindestens eine Woche länger gesund, wenn er dir von seinen Kriegserlebnissen mit deinem Großvater erzählen darf. Koivu und ich übernehmen Essi Manner.»

Nachdem die Aufgaben verteilt waren, fuhr ich zur Obduktion. An sich gehörte das nicht zu meinen Lieblingsaufgaben, doch diesmal war ich neugierig. Die Klärung der Todesursache und der näheren Todesumstände würde uns hoffentlich weiterhelfen. Als ich vor dem Rechtsmedizinischen Institut parkte, klingelte mein Handy. Taneli.

«Hallo, Mutti, ich muss dir was Wichtiges erzählen. Gestern bin ich nicht dazu gekommen, weil du so in Gedanken warst.»

Mein Gewissen rührte sich. «Sorry. Ich habe immer Zeit, dir zuzuhören. Erzähl es mir jetzt.»

«Du kannst also sprechen?»

«Einen Moment, ja.»

Ein Krankenwagen näherte sich mit heulender Sirene.

«Bist du im Polizeiauto?»

«Nein. Ich stehe vor einem Krankenhaus.»

«Na ja, der Verband würde es gut finden, wenn es auch in Finnland wieder Eiskunstlaufpaare gibt. Und ich werde ja doch fast so groß wie Vati. Dann habe ich Schwierigkeiten bei den Sprüngen. Der Verband hat einen Trainer aus Amerika engagiert, das heißt, der ist Finne, aber er hat mehr als zehn Jahre in Amerika gelebt. Also, hast du was dagegen, dass ich zum Paarlauf wechsle, wenn sie mich haben wollen?»

Eine Erinnerung stieg in mir auf. Die alte Eishalle in Matinkylä, wo ich hochschwanger versuchte, den Stahlspitzen der

Schlittschuhe auszuweichen. Der blonde junge Mann, der mir in letzter Minute zu Hilfe eilte.

«Heißt der Trainer Janne Kivi?»

«Ja! Kennst du ihn? Wieso kennst du immer alle?»

Auf diese Frage gab ich keine Antwort. Stattdessen sagte ich, selbstverständlich dürfe Taneli zum Paarlauf wechseln, wenn er wolle. Von allen Arten des Eiskunstlaufs war der Paarlauf die schwierigste und gefährlichste, aber auch die eindrucksvollste. Nachdem wir uns verabschiedet hatten, betrat ich das Hjelt-Institut und stellte mich darauf ein, dem Tod ins Auge zu sehen.

Kirsti Grotenfelt und ihre Assistenten waren bereits im Obduktionssaal Zwei. Wir grüßten uns mit einem Kopfnicken, alle trugen Schutzkleidung. Ein Sanitäter schob die Bahre herein. Der Leichnam war bereits gesäubert und das Blut in Verwahrung genommen worden.

Jaakko Pulma war muskulös gewesen, doch der Blutverlust hatte ihn schrumpfen lassen. Auf seinem starren Gesicht lag Verblüffung, als hätte er nicht glauben können, was ihm geschah. Allerdings durfte ich aus seiner Miene keine direkten Schlüsse ziehen. Seinen dichten schwarzen Pagenkopf durchzogen Streifen von noch dickeren, leicht gekräuselten weißen Haaren. Wäre Pulma nicht gestorben, hätte er in einigen Jahren ausgesehen, als trüge er eine Weihnachtsmannperücke. Auch die Härchen auf seiner Haut waren bereits leicht ergraut. Sein rechter großer Zeh war von Fußpilz befallen, die Fußsohlen waren rissig. Über den linken Rist lief eine sechs Zentimeter lange, ungleichmäßige Narbe, die offenbar zu spät genäht worden war.

Tätowierungen hatte Pulma nicht. Als Kirsti das Ultraschallgerät über seinen Körper wandern ließ, bemerkten wir am linken Arm eine Auffälligkeit. Mit bloßem Auge war eine saubere, etwa zwei Zentimeter lange Narbe zu erkennen, und das Ultraschallbild zeigte einen schmalen, etwa fünf Millimeter langen Gegenstand.

«Hat er einen Metallchip im Arm?»

«Das sehen wir uns später an. Wir gehen systematisch vor. Ich habe von Pulmas Arzt die Patientenakte bekommen. Pulmas Firma hatte einen Vertrag mit der Ärztestation Terveystalo. Er nahm Warfarin, einen Blutgerinnungshemmer, und ging deshalb regelmäßig zur Kontrolle der Gerinnungswerte. Andere Medikamente musste er normalerweise nicht nehmen. Vor zwei Wochen hatte der Arzt ihm allerdings ein Mittel gegen Fußpilz verschrieben.»

«Haben Fußpilzmedikamente nicht schon für unangenehme Überraschungen gesorgt?»

«Sie können die Wirkung anderer Präparate verstärken, aber dieser Mann ist nicht durch Medikamente gestorben, wie du siehst.»

Jaakko Pulma hatte etwa zehn Stichwunden am Oberkörper. Einige waren nur kleine Kratzer, die nicht zum Tod geführt hätten. Die Wunden an den Unterarmen entsprachen den Verletzungen, die man sich zuzieht, wenn man einen Angriff abwehrt oder ihm auszuweichen versucht. Zwei Stiche, einer an der untersten rechten Rippe, einer unterhalb des Herzens, waren tiefer und hatten innere Organe getroffen. Am fatalsten waren jedoch die Verletzungen der Schenkelarterien gewesen. Auf beide hatte der Angreifer mehrmals eingestochen, als hätte er erkannt, dass Pulma seinen Unterleib mit den Händen nicht so gut zu schützen vermochte wie den Oberkörper.

«Der Täter hat Glück gehabt, oder er kennt sich mit der menschlichen Anatomie aus. Selbstmörder schlitzen sich oft die Handgelenke auf, dabei wären die Schenkelarterien die wirksamere Alternative. Vielleicht ist es besser, das nicht an die große Glocke zu hängen. Aber in diesem Fall kommen zu den Stichwunden massive innere Blutungen hinzu. Pulmas Warfarindosis war moderat, und eine einmalige Überdosis kann keinesfalls eine so starke Gerinnungshemmung auslösen, sondern es muss sich um eine langfristige Konzentration gehandelt haben – sofern nur Warfarin im Spiel war.»

Welche Medikamente ein Mensch einnahm, wussten meist nur seine engsten Angehörigen. Mir waren auch früher schon Fälle untergekommen, in denen ein Angehöriger unter dem Vorwand, dem Leidenden helfen zu wollen, die Dosis manipuliert hatte. Ich hörte zu, wie Kirsti ihren Bericht auf Band sprach. Dann setzte sie zum Y-Schnitt an. Ich wandte den Blick nicht ab, so gern ich es auch getan hätte. Die Farbenpracht der Welt, die sich unter der Haut des Menschen zeigt, überraschte mich noch immer. Rottöne, Braun, Violett … Was unter der toten Haut lag, schien immer noch zu pulsieren.

«Hier hat tatsächlich eine gewaltige Blutung stattgefunden», stellte Kirsti fest, während sie die inneren Organe entnahm, um sie zu wiegen. «Die Leber ist allem Anschein nach in bestem Zustand. Letzte Woche habe ich bei einer Obduktion ein schauriges Ding gesehen, wie es mir noch nie untergekommen war. Ein Wunder, dass die Frau mit dieser verschrumpelten Rosine über sechzig werden konnte.»

Unter den Pathologen, die ich kannte, hatte Kirsti Grotenfelt keineswegs das böseste Mundwerk. Allmählich hatte sie jedoch begonnen, sich in meiner Anwesenheit eine Prise trockenen Humor zu gestatten. Meist galten ihre ironischen Bemerkungen ihr selbst oder dem Tod im Allgemeinen, nie dem obduzierten Toten. Als sie Jaakko Pulmas Herz hochhob und feststellte, es sei zumindest äußerlich ebenfalls in gutem Zustand und hätte sicher noch Jahrzehnte schlagen können, sah ich eine Spur von Bedauern in ihren Augen. Was für eine Verschwendung, dass jemand das Leben eines gesunden Mannes gewaltsam beendet hatte.

«Die Todesursache war höchstwahrscheinlich Verbluten und ein dadurch herbeigeführtes Versagen der Organfunktionen. Wir müssen allerdings die Laborergebnisse noch abwarten. Dem Tod gingen zwei Umstände voraus, sowohl eine innere als auch eine äußere Blutung.»

«Hast du eine Vorstellung von der Tatwaffe?»

«Anhand der Wunden schließe ich auf ein Messer, größer als ein gewöhnliches Puukko. Möglicherweise ein ganz normales Küchenmesser, mit glatter Klinge, ohne Zacken.»

«Hätte Pulma sich die Wunden selbst beibringen können?»

Kirsti überlegte. «Im Prinzip ja. Es könnte so abgelaufen sein, dass er zunächst gezögert hat, daher die ersten oberflächlichen Wunden. War Pulma Rechtshänder?»

Auch das mussten wir noch feststellen.

«Es ist typisch, dass ein Rechtshänder zuerst da zusticht, wo er das Herz vermutet, aber der zweite Stich ist seltsam. Eine genauere Analyse des Gewebes wird uns Auskunft über Richtung und Kraft der Stiche geben. Ich würde sagen, ihr solltet auch diese Möglichkeit nicht völlig ausschließen.»

Bei der Leiche war keine Stichwaffe gefunden worden, was gegen einen Selbstmord sprach. Das aber gehörte nicht zu den Dingen, die Kirsti wissen musste. Das Geräusch des Schädelbohrers ging mir durch Mark und Bein, wie immer, meine Handflächen wurden feucht, obwohl ich mir alle Mühe gab, mich zu beherrschen. Zum Glück schien es keiner der Anwesenden zu bemerken. Auch das Gehirn würden die Pathologen genauer untersuchen. Wenn es doch schon eine Methode gäbe, die letzten Gedanken und Erinnerungen zu rekonstruieren. Wen hatten Jaakko Pulmas Augen unmittelbar vor seinem Tod gesehen? An wen hatte er seine letzten Worte gerichtet?

Schließlich ging Kirsti daran, Pulmas linken Arm zu sezieren und den Gegenstand zu suchen, den der Ultraschall registriert hatte.

«Das war professionelle Arbeit. Ich vermute, die Operation wurde nicht in Finnland durchgeführt, in Pulmas Patientenakte wird sie jedenfalls nicht erwähnt. In den USA, Südamerika und Asien sind solche Operationen an der Tagesordnung. Ich habe keine Ahnung, was für ein Stein das ist oder welchen Wert er hat.» Mit der Pinzette holte Kirsti einen vom Blut getrübten Edelstein hervor. «Das war der Reservefonds unseres Toten, der ihm nicht so ohne weiteres geraubt werden konnte. Offenbar befürchtete Pulma, in brenzlige Situationen zu geraten.»

Der weitere Verlauf der Obduktion brachte keine unmittelbaren Überraschungen mehr. Auf der Toilette schrubbte ich mir den Geruch der Leichenkammer ab, den außer mir vermutlich niemand wahrgenommen hätte. Die Temperatur war bereits unter null gesunken, Eisblumen schmückten die Windschutzscheibe, verschwanden aber rasch, als ich die Heizung einschaltete.

Bei der Bushaltestelle an der Mannerheimtie sah ich eine vertraute Gestalt. Anu Wang-Koivu war nach ihrem Besuch bei Sennu in der Kinderklinik auf dem Heimweg. Ich hielt und bot ihr an, sie mitzunehmen.

Ich hatte Anu seit Ostern nicht mehr gesehen. Am Ostermontag hatte ich die ganze Familie zum Essen eingeladen, Sennu hatte die Klinik für ein paar Tage verlassen dürfen. Es war keine besonders fröhliche Mahlzeit gewesen, obwohl gerade Sennu sich bemüht hatte, die Stimmung halbwegs hochzuhalten.

«Gibt es Neuigkeiten?», fragte ich, als ich von der Vihdintie in Richtung Leppävaara abgebogen war.

«Sennu spricht an sich ganz gut auf die Behandlung an, aber sie ist sehr müde. Ich muss meiner Mutter sagen, dass sie morgen doch nicht zu ihr gehen soll. Morgen kommt nämlich ein Clown auf die Station, darauf warten alle schon sehnsüchtig, aber mehr Programm an einem Tag kann Sennu wohl nicht verkraften. Mutter ist gerade bei uns und kümmert sich um die Jungs. Sie kochen *Ameisen, die auf den Baum klettern*, Juusos Lieblingsgericht. Ohne Mutter und die Familien meiner Geschwister kämen wir nicht klar, Pekkas Verwandtschaft lebt ja in Nordkarelien.»

Anu Wangs Eltern waren zuerst vor der Kulturrevolution in China nach Südvietnam geflohen, denn von dort stammte ein Familienzweig ihrer Mutter. Ende der siebziger Jahre waren sie wieder auf der Flucht und mit der ersten Welle der Bootsflüchtlinge im fernen Finnland gelandet, wo es bis dahin kaum Migranten gegeben hatte. Anu hatte versucht, finnischer zu werden als die Finnen selbst, sie hatte ihren Vornamen geändert und sich an der Polizeischule beworben. Angeblich hatte sie sich dort sogar ein halbes Jahr lang die Haare blond gefärbt, doch aus dieser Zeit gab es keine Fotos. Obwohl sie seit fünfunddreißig Jahren in Finnland lebte, wurde sie gelegentlich immer noch auf Englisch angesprochen.

«Findest du es gut, dass Pekka ganz normal zur Arbeit geht, oder hättest du ihn lieber zu Hause?»

«Das liegt bei ihm. Es tut ihm wohl ganz gut, zu arbeiten. Das bringt ihn auf andere Gedanken. Aber auch wenn man den Kummer ab und zu vergessen kann, begleitet er einen doch immer, wie ein Stein, der auf das Herz genäht ist. Ich weiß nicht, was schlimmer ist: selbst zu leiden oder das Leid der anderen mit ansehen zu müssen. Pekka verkriecht sich so in seinen Kummer, dass er körperlich schrumpft, er wird richtig krumm, sein Gesicht fängt an zu hängen. Er seufzt, ohne es zu merken, das heißt, es ist eher ein Schnaufen. Ist dir das auch aufgefallen?»

Ich nickte. *Auch wenn der Kummer ruht, schläft er doch nicht.* Aus welchem Lied war das noch?

«Pekka hat Angst, durch den Kummer immer zerbrechlicher zu werden. Sodass einen schon Kleinigkeiten fertigmachen. Wenn der Parkautomat das Ticket verschluckt und nicht wieder herausgibt oder wenn der Deckel am Joghurtbecher in der Einkaufstüte aufgerissen ist. Menschen, die sich in einem vorbeifahrenden Bus küssen, treiben ihm die Tränen in die Augen. Andererseits macht es Pekka wütend, dass ihn seine Gefühle so überwältigen. Dabei war er doch immer ein gefühlvoller Mensch. Vielleicht ist es besser, dass er einen Teil seiner Emotionen woanders abladen kann als zu Hause. Für dich und Ville kann das allerdings anstrengend sein. Außerdem macht Pekka sich auch Sorgen, weil sein Arbeitsvertrag ausläuft, obwohl man meinen sollte, dass er mit seiner Erfahrung bald eine neue Stelle findet. Wegen Sennu darf die allerdings nicht allzu weit von Helsinki entfernt sein.»

Ich brachte Anu bis zu ihrer Haustür und holte dann Taneli vom Training ab. Er erzählte begeistert von seinen Paarlaufplänen und meinte, es wäre viel schöner, bei Wettkämpfen mit einem Mädchen auf dem Eis anzutreten als allein. Ich stellte mich darauf ein, für den Rest des Abends zur Hälfte bei meiner Familie zu sein und zur Hälfte am Computer zu sitzen. Als ich mir bequeme Freizeitkleidung anzog, erinnerte ich mich an die Ansichtskarte in meiner Handtasche. Ich schloss die Tür zum Schlafzimmer und holte die Karte hervor.

Sie kam aus Triest. In einem Hafen hinter einem Wellenbrecher schaukelten Boote, auf einem Bootsdeck stand ein

Bernhardiner. Die Briefmarke zeigte den Wimpel der italienischen Fußballnationalmannschaft.

Hallo, Maria, viele Grüße von der Adria. Ich habe die Leanda hierhergebracht und Finnland endgültig den Rücken gekehrt. Ich denke an dich, wenn ich Malt-Whisky trinke, aber ich träume nicht mehr davon, dass du bei mir wärst. Alles Gute. Mikke.

Ich las die Worte wieder und wieder, bis die Zeilen schließlich vor meinen Augen tanzten. Anu hatte von dem Kummer gesprochen, der einen begleitet wie ein auf das Herz genähter Stein. Mikke Sjöberg war mein Stein, der sich nach und nach abreiben würde, bis nur noch Sandkörner zurückblieben. Dennoch war ich mir nicht sicher, ob er jemals ganz aus meiner Brust verschwinden würde. Ich wusste nicht einmal, ob ich wollte, dass er fortging.

12

Ich war auf dem Weg zur Arbeit, als Puupponen anrief. Er hatte am Vortag mit Arvi Honka vereinbart, ihm um Viertel nach acht einen Besuch abzustatten. Nun war es fast halb neun, aber Honka öffnete nicht.

«Vielleicht hat er es vergessen. Oder könnte er denken, du meintest acht Uhr abends?»

«Wir haben ausdrücklich vom Morgen gesprochen. Honka meinte, er würde mir zum Frühstück Kaffee und Roggenporridge anbieten. Ich habe ihn schon mehrmals angerufen und gehört, wie das Telefon in seiner Wohnung klingelt. Durch den Briefschlitz habe ich auch schon gerufen. Die Morgenzeitung liegt unberührt da.»

«Ruf den Hausmeister an.»

«Habe ich schon. Es dauert angeblich über eine Stunde, bis jemand kommt, die Schichten sind irgendwie durcheinandergeraten.»

«Über eine Stunde?» Wenn Arvi Honka einen Kollaps gehabt hatte, zählte womöglich jede Minute. «Brich die Tür auf, ich übernehme die Verantwortung für die Kosten. Oder Moment mal ... Die Küsterin hat gesagt, sie und ihr Mann wohnen im Nachbarhaus und sind mit Arvi Honka befreundet. Warte mal. Sieh nach, ob du die Telefonnummer von Kaarina Tuomi findest. Sag mir dann gleich Bescheid.» Anstatt zum Polizeipräsidium abzubiegen, fuhr ich an der Kreuzung weiter in Richtung Mankkaa. Selbst im morgendlichen Berufsverkehr würde ich auf der alten Landstraße schneller nach Hakalehto kommen als über die Autobahn.

Auf der Höhe von Taavinkylä teilte Puupponen mir mit, Frau Tuomi sei bereits auf dem Weg zur Kirche, komme aber so schnell zurück, wie sie es mit dem Fahrrad schaffe. Ich gab Gas, doch die Bremsschwellen setzten meinem Tempo Grenzen. Gleich darauf stand ich wieder im Stau. Endlich in Hakalehto angekommen, wollte ich zuerst direkt vor dem Haus halten, begriff dann jedoch, dass ich vorsichtshalber Platz für den Krankenwagen lassen musste. Ich steckte das Dienstzeichen ans Fenster; Polizeifahrzeuge durften auch auf reservierten Plätzen parken.

Kaarina Tuomi holte mich kurz vor dem Haus ein und wäre beim Bremsen beinahe gestürzt. Sie konnte kaum mithalten, als ich die Treppe in den zweiten Stock hochstürmte, statt den Aufzug zu benutzen.

«Das ist der richtige Schlüssel, glaube ich», keuchte sie. Ihre Hände zitterten so heftig, dass ich ihr den Schlüsselbund abnahm und selbst aufschloss.

Die Zeitung war zwischen der Wohnungstür und der Zwischentür eingeklemmt. Ich klopfte an die Zwischentür und rief Arvi Honkas Namen. Als keine Antwort kam, trat ich ein. In der Wohnung brannte kein Licht, der Flur war dunkel.

Im Wohnzimmer war niemand, die Wanduhr tickte einsam vor sich hin. Ich öffnete die Tür zum Schlafzimmer. Arvi Honka lag auf der Seite unter einer dicken Bettdecke, man sah nur seine Wangenknochen, das Kinn und einen Zeh in einer grauen Wollsocke. Ich trat näher und berührte die runzlige Wange. Sie war bereits erkaltet. Dennoch suchte ich noch nach dem Puls, spürte ihn aber weder am Handgelenk noch am Hals.

Kaarina Tuomi war an der Tür stehen geblieben.

«Arvi ... Ist Arvi ...» Sie versuchte näher zu kommen, doch Puupponen hielt sie sanft zurück.

«Ruf den Leichenwagen», sagte ich zu meinem Kollegen.

«Aber kann man denn nichts tun? Künstliche Beatmung ...»

Ich schüttelte den Kopf.

Arvi Honka hatte das Doppelbett behalten, selbst als er Witwer geworden war. Es war ein weiß lackiertes Stilmöbel mit hohem Kopfteil, zu dem zwei passende Nachttische gehörten. Auf Arvi Honkas Nachttisch stand ein Glas mit seinem Gebiss, daneben das Foto einer lächelnden Frau. Aus der Frisur mit dem Duttkissen schloss ich, dass die Aufnahme von Siiri Honka Ende der vierziger Jahre entstanden war.

Kaarina Tuomi schluchzte. Puupponen brachte sie aus dem Zimmer und fragte, ob sie ein Glas Wasser brauche.

Arvi Honka schien eines natürlichen Todes gestorben zu sein. Ein Herzinfarkt oder eine Gehirnblutung hatte ihn barmherzig im Schlaf überrascht. Beim Tod eines über Neunzigjährigen hätte ich normalerweise keine Obduktion angeordnet, wenn sein Arzt sie nicht für nötig hielt. Doch Arvi Honka hatte in der vergangenen Woche selbst eine Leiche gefunden. Er hatte die Aufzeichnungen der Überwachungskameras noch nicht gesehen. Waren das zu viele Zufälle?

Außer dem Foto der verstorbenen Ehefrau gab es nur ein weiteres Bild im Schlafzimmer, über dem Bett hing ein Ölgemälde, auf dem Jesus Kinder segnete. An der Wand gegenüber standen zwei altmodische Kleiderschränke aus glänzendem dunklem Holz. Meine Großmutter hatte einen ähnlichen Schrank besessen.

Im Wohnzimmer wurde ein Streichholz angerissen. Ich ging rücklings aus dem Schlafzimmer und schloss die Tür hinter mir. Kaarina Tuomi hatte die Kerzen angezündet, die zu beiden Seiten eines Fotos auf der Kommode standen. Die Aufnahme zeigte Siiri Honka in hohem Alter. Puupponen hatte Schutzhandschuhe übergestreift und betrachtete eine gerahmte Fotografie im Bücherregal.

«Da ist mein Opa, Viljami Puupponen», sagte er und zeigte auf einen Mann in Uniform, der eine zwanzig Jahre jüngere Ausgabe von Ville Puupponen hätte sein können. «Oma hatte nicht genau dasselbe Bild in ihrem Album, aber ein ähnliches, ein Gruppenbild aus der Zeit des Stellungskrieges.»

«Arvi war für den Frieden», erklärte Kaarina. «Er sagte immer, er hätte Krieg geführt, damit die anderen es nicht mehr zu tun brauchten. Aber jetzt hat in unserem Nachbarland wieder einer das Sagen, bei dem man nicht weiß, was noch alles kommt. Zum Glück habe ich keine Söhne, die ich zur Armee schicken muss.»

Die Möbel im Wohnzimmer standen wahrscheinlich schon da, seit die Honkas Mitte der sechziger Jahre nach Hakalehto gezogen waren. Die dunkelgrünen Stuhlbezüge waren zwar heil, aber so verschlissen, dass sie glänzten. Im Bücherregal standen Werke zur Kriegsgeschichte aus verschiedenen Ländern, Arvi Honka hatte neben den beiden Landessprachen offenbar auch Deutsch und Italienisch beherrscht. Einen großen Teil des Regals füllten Noten. Die Stereoanlage war ausschließlich für Vinylplatten geeignet, von denen es Hunderte gab. Auf dem Plattenteller lag eine finnische Aufnahme von Johann Sebastian Bachs Orgelbüchlein.

Die Männer vom Leichentransport riefen an und sagten, sie seien in ein paar Minuten da.

«Weißt du, wer Honkas Arzt war?»

«Er ging ganz normal ins städtische Gesundheitszentrum. Er sprach immer von einem netten Mädchen, aber für ihn waren alle Frauen unter sechzig Mädchen. Ich auch.»

Es war nicht leicht, Kaarinas Alter zu schätzen. Die Haut in ihrem runden Gesicht war glatt, in den Haaren keine Spur von

Grau. In Dienstkleidung sah niemand jünger aus, und Übergewicht ließ die meisten ein paar Jahre älter wirken. Auf jeden Fall über vierzig, aber wie viel?

Ich hörte einen Wagen vor dem Haus halten. Der Aufzug war so eng, dass die Bahre selbst leer nicht hineinpasste. Die Männer murmelten Beileidsbekundungen, sie hielten Kaarina wohl für eine Angehörige. Dann holten sie Arvi Honka.

«Steckt ihm wenigstens die Zähne in den Mund! Arvi hat sich nie ohne Zähne blickenlassen», rief Kaarina, als der Tote auf die Bahre gelegt wurde.

«Dafür ist das Bestattungsinstitut zuständig, gute Frau. Für die letzte Reise wird er seine Zähne sicher bekommen. Aber jetzt muss es so gehen.»

Kaarina weinte so heftig, dass ich nicht verstand, was sie sagte. Mein Handy klingelte, und da es Koivu war, meldete ich mich.

«Wo um alles in der Welt steckst du? Essi Manner ist stinksauer, weil sie bei der Polizei herumhängen muss, obwohl sie Besseres zu tun hätte. Und Puupponen muss sich wohl immer noch die Geschichten von dem Kriegskameraden seines Opas anhören.»

«Wir sind beide in Hakalehto, Puupponen und ich. Und der Kriegskamerad erzählt keine Geschichten mehr. Ich erkläre es dir, wenn ich dort bin, es dauert nicht mehr lange. Wirf der Manner ein Leckerli hin, vielleicht beruhigt sie sich dann.»

Koivu verstand meinen Katzenwitz nicht, Puupponen lächelte immerhin, setzte aber schnell wieder eine ernste Miene auf, obwohl Kaarina Tuomi vor lauter Tränen kaum etwas sah. Um sie ein wenig abzulenken und zu beruhigen, fragte ich sie, wie Honkas Angehörige zu erreichen seien.

«Die Tochter und der Sohn sind beide schon pensioniert

und verbringen den Winter mit ihren Familien in Spanien, wo sie gemeinsam ein großes Haus haben. Meistens kommen sie erst Anfang Mai nach Finnland. Sie haben Arvi immer wieder eingeladen, mitzukommen, aber er wollte Siiris Grab nicht so lange alleinlassen. Er sagte, Siiri hätte Sehnsucht, wenn er nicht mit ihr redet. Aber jetzt liegt Arvi ja bald neben Siiri ...» Kaarina Tuomi brach erneut in Tränen aus. «Ich muss zurück zur Kirche, ich habe der Oberpfarrerin gesagt, ich wäre nur kurz weg. So was konnte ich doch nicht ahnen!»

«Geh ruhig, oder solltest du vielleicht lieber zu Hause bleiben? Es war doch ein ziemlicher Schock.»

«Nein, ich will wenigstens in der Kirche eine Kerze für Arvi anzünden und Siiri im Urnenhain erzählen, was passiert ist. Aber vielleicht weiß sie es schon.»

Kaarina war noch nicht ganz im Flur, als die Tür aufging und der Hausmeister in die Wohnung marschierte. Es war ein kräftiger junger Bursche mit Pickelgesicht, der seltsam breitbeinig ausschritt, als wolle er seine Maskulinität betonen. «Hier ging es um eine Türöffnung? War das etwa wieder ein dummer Streich? Das kostet doppelt.»

«Polizei von West-Uusimaa, guten Tag. Aus dieser Wohnung wurde gerade ein Toter abtransportiert. Wir sind dank einer Nachbarin hereingekommen.»

«Dann hättet ihr die Bestellung gefälligst rückgängig machen sollen! Unnötige Einsätze kosten hundertfünfzig Euro.» Der Bursche hängte seine Daumen in die Gürtelschlaufen und versuchte, furchteinflößend zu wirken.

«Für die Unterstützung der Polizei werden keine Rechnungen gestellt.» Ich war über dreißig Zentimeter kleiner als der junge Mann und doppelt so alt. Ich baute mich vor ihm auf und starrte ihm in die Augen, er wich meinem Blick aus.

«Kommt das öfter vor, dass du in der Arbeitszeit deiner eigenen Wege gehst? Wenn ein alter Mensch einen Kollaps hat, kann es um Minuten gehen. Denk daran, wenn die Polizei das nächste Mal um Amtshilfe bittet.»

Die harte Schale des Burschen bekam Risse, als meine Worte nach etwa einer Minute bei ihm ankamen.

«Wäre der Honka ... Es war also gar nicht wieder so ein Opa, der seine Schlüssel drinnen vergessen hat ... Willst du etwa sagen, er ist gestorben, weil er keine Hilfe gekriegt hat?» Seine Augen flackerten so hilflos, dass ich beschloss, gnädig zu sein.

«In diesem Fall war nichts mehr zu machen, aber beim nächsten Mal kann das anders sein. Auch in deinem Job kannst du irgendwann mal ein Menschenleben retten», predigte ich wie der Einpeitscher einer Motivationssendung im Fernsehen. «Nun geh schon, vielleicht wirst du bald woanders gebraucht.»

Der junge Mann sah mich lange an, bevor er ging. Puupponen blickte ihm kopfschüttelnd nach.

«Dem haben sie den Verstand nicht gerade mit der Schöpfkelle gegeben. Muss wohl eher ein Teelöffel gewesen sein. Können wir noch etwas für Sie tun?» Die letzten Worte waren an Kaarina gerichtet, die nun endlich aufbrach.

Nachdem sie mit verweinten Augen gegangen war, nahm Puupponen das Soldatenfoto noch einmal in die Hand. «Ob von denen noch einer lebt?», überlegte er. «Als Junge war ich sauer, weil immer nur von den Kriegsveteranen und ihren Opfern fürs Vaterland geredet wurde, aber keiner schien an die zu denken, die ihr Leben hergeben mussten. Später, als der Krieg wieder salonfähig wurde, fand ich das Gerede vom Heldentod albern. Du kennst doch diese T-Shirts mit dem Dank an die Gefallenen. Vielleicht sind manche, die so eins tragen, aufrichtig dankbar, aber wären sie selbst zu so einem Opfer fähig? Wäre irgendwer von uns dazu fähig?»

«Wahrscheinlich ja, wenn es sein müsste. Sogar Iida behauptet manchmal, sie wolle zur Armee, weil Frauen genauso viel Verantwortung tragen müssten wie Männer. Im nächsten Moment meint sie dann allerdings, man müsste sofort alle Waffen abschaffen. Aber ich glaube, Koivu schießt mit Platzpatronen auf uns, wenn wir nicht bald im Präsidium erscheinen. Sehen wir uns noch rasch Honkas Medikamente an. Guck du in den Küchenschränken nach. Ich übernehme das Schlafzimmer und das Bad.»

In Honkas Nachttischschublade fand ich nur eine Bibel und ein Päckchen Papiertaschentücher. Die Medikamente standen im Badezimmerschrank. Kohletabletten, Aspirin, Ameisensalbe und Echinacea-Tropfen. Nicht gerade die Fülle an Tabletten, die für alte Leute typisch war. Die Herzmittel fanden sich neben der Kaffeepackung. Honka hatte an Herzinsuffizienz gelitten.

«Guck dir das an.» Puupponen brachte mir eine Packung Multivitamintabletten, an der eine Karte mit zwei Herzen befestigt war. Darauf stand: «Lieber Arvi, vergiss nicht, täglich eine zu nehmen. Deine Siiri.»

«Das ist wirklich rührend», sagte ich mit einem Kloß im Hals. Hatte Honka die Karte jedes Mal an die neue Packung geklebt, wenn die vorige leer war? «Ist Siiri Honka nicht schon vor Jahren gestorben? Ich sehe hier nichts Verdächtiges. Vielleicht ist es tatsächlich Zufall. Arvi Honkas Herz hat ausgerechnet in der Nacht vor seiner Verabredung mit der Polizei aufgehört zu schlagen, aber dahinter steckt kein Verbrechen. Gehen wir.»

Unterwegs berichtete ich Puupponen von meiner Begegnung mit Anu Wang-Koivu. Puupponen wiederum erzählte, er spiele mit dem Gedanken, das Angebot aus Turku anzunehmen. Er hatte sich beim Kauf seiner Zweizimmerwohnung in Tapiola wohl ziemlich hoch verschuldet, und jetzt stand in dem Haus obendrein eine umfangreiche Renovierung an. In Turku waren die Wohnungen billiger, und Polizisten waren beliebte Mieter.

«Aber ein Fan der Turkuer Eishockeymannschaft werde ich nie. Ich bleibe KalPa treu, von Niederlage zu Niederlage.»

Der Geruch von abgestandenem Kaffee zog aus dem Ermittlungszimmer bis auf den Flur. Essi Manner platzte fast vor Wut. Als ich eintrat, sprang sie von ihrem Stuhl auf, und ich rechnete beinahe mit dem Hieb einer krallenbewehrten Tatze.

«Ich hab in anderthalb Stunden ein Vorstellungsgespräch. Kapiert ihr? Ein Vorstellungsgespräch. Habt ihr überhaupt eine Ahnung davon, wie schwierig es heutzutage ist, auch nur so weit zu kommen? Den Job kann ich mir abschminken, wenn ich denen erkläre, dass ich zu spät komme, weil ich auf die Bullen warten musste.»

«Dann leg mal gleich los, damit du möglichst schnell hier wegkommst.» Ich setzte mich neben Koivu und schob die Keksschale beiseite. «Wollen wir bei Henri Aalto beginnen? Wie lange kennst du ihn schon?»

Essi machte ein paar Schritte zur Tür. Dann blieb sie stehen.

«Ich will einen Anwalt. Ohne Anwalt sage ich nichts.»

«In Ordnung. Denkst du an eine bestimmte Person, oder soll ich mich mit dem kommunalen Rechtshilfebüro in Verbindung setzen? Es kann allerdings bis morgen dauern, bis sie jemanden schicken. Dabei könntest du es heute noch zu deinem Vorstellungsgespräch schaffen. Oder könnte es sein, dass du dem Arbeitsmarkt demnächst nicht mehr zur Verfügung stehst?»

Essi antwortete nicht gleich. Wenn sie einen Katzenschwanz gehabt hätte, wäre er jetzt voll aufgeplustert gewesen. Sie blickte von mir zu Koivu und wieder zur Tür, doch dann brach es aus ihr heraus:

«Was hat Aalto euch vorgelogen?»

«Erzähl du uns die Wahrheit, dann sind Aaltos mögliche Lügen widerlegt.»

«Die Wahrheit? Wer würde meine Wahrheit denn glauben? Wer Geld hat, bestimmt, was die Wahrheit ist. Und Geld hat Aalto wahrhaftig genug. Wie viel davon ist wohl ehrlich verdient und versteuert?»

«Du hast Jaakko Pulma Geldwäsche vorgeworfen. War Henri Aalto daran beteiligt?»

Koivus finsterer Blick machte mir klar, dass ich mit der Sense fuchtelte, wo eine Nähschere am Platz gewesen wäre. Essis starre Haltung schien sich plötzlich zu lockern.

«Dann hat also Henri Aalto Pulma umgebracht? Wieso hab ich das nicht gleich kapiert? Ich dachte, Per…» Essi unterbrach sich und täuschte einen Hustenanfall vor.

«Du dachtest was?», fragte Koivu scharf und nahm sich einen Keks, den er jedoch nicht aß, sondern in der Hand zerbröselte.

«Nichts. Ich fang bloß an zu begreifen.» Essi leckte sich zufrieden die Unterlippe. «Wie lange muss Aalto sitzen? Hoffentlich tut sich sein kleiner Augenstern in der Zeit, die Papa im Knast verbringt, mit einem total unpassenden Typen zusammen, mit einem schwarzen Rapper oder, noch besser, mit einem Mädchen! Das würde dem Kotzbrocken ganz recht geschehen.»

Essi lief hin und her, stieß dabei gegen ein Regalbrett, sodass ein Papierstapel zu Boden fiel. Als sie versuchte, sich hinter dem Wandschirm entlangzuschlängeln, pfiff Koivu sie zurück. Schließlich setzte sie sich, allerdings nicht auf einen Stuhl, sondern im Schneidersitz auf den Fußboden.

«Den Job hätte ich sowieso nicht gekriegt», seufzte sie. «In einem Juweliergeschäft im Itäkeskus, um den bewerben sich viele. Und ich hab nicht mal eine Empfehlung von Pulma. Ich habe überlegt, ob ich sie fälschen soll. Er kann ja nicht mehr sagen, er hätte sie nicht geschrieben. Aber das war nur so ein Gedanke. Denken ist wohl noch kein Verbrechen.»

«Wo hast du Henri Aalto kennengelernt?»

«Durch Pulma. Pulma hat Aalto Schmuck verkauft, den er aus dem Nachlass der englischen Prinzessin Margaret erworben hatte. Aalto war enttäuscht, weil er bei der Gelegenheit nicht auch ein Teeservice der Prinzessin bekam. Irgendein Kanadier hatte mehr dafür geboten. Aalto fand, seine kleine Prinzessin Amanda hätte die Teetassen einer echten Prinzessin verdient. Ein dermaßen verwöhnter Fratz ist mir noch nie untergekommen. Kein Wunder, dass Aaltos Frau sich nach Singapur abgesetzt hat. Neben den zwei Riesen-Egos wird es bestimmt eng im Haus, obwohl das mindestens dreihundert Quadratmeter hat.»

«Du warst also bei Henri Aalto im Haus?»

«Mit Pulma.»

«Hast du dich auch mit ihm allein getroffen?»

«Warum in aller Welt? Vor solchen Typen renne ich weg, so schnell ich kann. In die Kategorie fallen allerdings siebenundneunzig Prozent aller Männer. Da halte ich mich doch lieber an Katzen.»

Um Worte war Essi Manner nicht verlegen, aber sie benutzte sie als Schutzvorhang. Auch wenn Teemu Luotonens Aussage nicht als hundertprozentig zuverlässig gelten konnte, war nun zumindest bestätigt, dass es eine Verbindung zwischen Essi und Aalto gab.

«Aalto interessiert sich nicht für Steine als solche, sondern nur dafür, wie er an ihnen verdienen kann. Ebenso gut könnte er Autos oder Aktien verkaufen. Da war Pulma anders. Ich habe in der kurzen Zeit vieles von ihm gelernt, was man uns in London nicht beigebracht hat. Er fand es interessant, warum ein bestimmter Stein gerade so geworden war, wie er ist: Warum war er mit einer bestimmten Technik geschliffen worden, warum wurde er zum Beispiel für einen Ring verwendet und nicht für eine Halskette, wie wirken sich die anderen Steine, die ihn umgeben, oder das Metall, das ihn einfasst, auf seinen Glanz aus? Pulma war langsam und gründlich und erledigte seine Hintergrundrecherchen sorgfältig. Deshalb war er im Geschäft erfolgreich. Er hat die Risiken minimiert.»

Essi zuckte zusammen, als wäre ihr gerade eingefallen, dass all die Vorsicht Pulma nicht gerettet hatte.

«Henna ist wohl völlig fertig?», fragte sie überraschend. «Und Joonas? Der Knabe hätte alle teuren Steine seines Vaters dafür hergegeben, mir mal unter den Rock fassen zu dürfen. Ein einziger Hormontornado, der Kerl, aber das sind sie in dem Alter ja alle. Eigentlich ist er ganz nett, nimmt sich nur selbst furchtbar wichtig. Aber so ist das wohl bei einem Einzelkind, das alles bekommt, was es will.»

«Hast du Geschwister?»

«Sechs. Vielleicht sind noch welche dazugekommen, seit ich aus Pihtipudas abgehauen bin. Ich schreibe nicht nach Hause. Nicht mal SMS. Mutsch war siebzehn, als sie mich bekam, sie ist immer noch jung genug, Blagen in die Welt zu setzen. Die bisherigen haben insgesamt vier Väter. Okay, ich weiß, was ihr jetzt denkt. Wenn ein armes Mädchen an Schätze rankommt, nutzt sie die Gelegenheit sofort. Aber alles, was ihr mir vorwerft, beruht nur auf Gerüchten.»

«Pulma hat die Steine der Zygmunds also im Auftrag von

Familienmitgliedern gekauft. Hattest du Kontakt zu dem Auftraggeber?»

Essi schüttelte den Kopf. «So große Geschäfte wollte Jaakko selbst erledigen. Beziehungsweise Mister Pulma, so musste ich ihn nennen, wenn wir mit ausländischen Kunden zu tun hatten. Denen wäre die finnische Sitte, sich zu duzen, unhöflich vorgekommen. Ich war dann Miss Manner, und Jaakko hat mich oft auch auf Finnisch mit Fräulein angeredet. Er fand das wohl witzig.»

«Es wäre wichtig für uns, die Kontaktdaten dieses Auftraggebers zu bekommen. Wenn jemand mit dem Geld des Kunden Edelsteine kauft und sie dann nicht liefert, ist seine Karriere im Eimer, sollte man meinen. Wie hat Pulma den Zygmunds erklärt, dass er die Steine doch nicht hatte?»

«Das weiß ich nicht! Ich habe allerdings gehört, wie er am Telefon von Reinigen und Einfassen gesprochen hat. Der Schmuck war ja zum Teil umgearbeitet worden, und die Familie wollte, dass er wieder in die ursprüngliche Form gebracht wurde. Jaakko hat ihnen wohl erklärt, das würde eine Weile dauern.»

Essi Manner holte Luft und fuhr fort: «Vielleicht hat Jaakko die Familie betrogen, und die hat das irgendwann gemerkt. Und sich gerächt.» Ihre Augen verengten sich, dann schlug sie die Hände vor das Gesicht. «So darf es nicht sein ... Das kann nicht sein! Wartet mal, natürlich kenne ich den Namen, das ist ja derselbe wie bei den Steinen, Zygmund. Sie wohnen in irgendeiner polnischen Stadt, die mit W anfängt. Wrosla oder so ähnlich. Und der Vorname von dem Mann klingt irgendwie weiblich ... Kann ich mal Papier und einen Stift haben?» Sie kritzelte Buchstaben auf das Papier, strich sie durch und fing von vorn an. «Das ist er! Marius Zygmund. Hilft euch das weiter?»

«Hatte Pulma Angst vor diesem Auftraggeber?»

«Das weiß ich nicht. Er war kein ängstlicher Typ. Wenn man sich an die Regeln hält, meinte er, hat man nichts zu befürchten. Er nahm es mit seiner Berufsehre sehr genau.»

«Aber da du gegen ihn Anzeige wegen Geldwäsche erstattet hast, hat er sich offenbar doch nicht an die Regeln gehalten?»

Essi senkte den Kopf, sie errötete bis zum Haaransatz.

«Das war doch bloß eine Anzeige, die ich zurückgezogen hätte, wenn jemand sie ernst genommen hätte. Ich war wütend, weil er mich grundlos gefeuert hat. Wer hätte mich denn verteidigt? Selbst Perttu war bereit, das Allerschlimmste zu glauben, obwohl er anfangs Süßholz geraspelt hat, um mich ins Bett zu kriegen. Und Henna war die ganze Zeit so grantig, als hätte sie sich eingebildet, ich hätte eine Affäre mit ihrem Mann. Am eifersüchtigsten sind immer die, die selbst keine reine Weste haben.»

«Ja, manchmal ist es so. Zum Beispiel bei häuslicher Gewalt. Du hast ja einige Monate für Pulma gearbeitet. Hatte er die Angewohnheit, wertvolle Steine bei sich zu tragen, wenn er sich zum Beispiel mit einem Kunden traf?»

Essi dachte angestrengt nach. «Ich habe doch schon gesagt, dass er keine unnötigen Risiken einging. Glaubt ihr, das Mordmotiv war Juwelenraub?»

Da wir keine Antwort gaben, fuhr sie fort: «Wenn Pulma in der Kirche etwas so Wertvolles bei sich hatte, dass er deshalb umgebracht wurde, muss es sich um einen ganz speziellen Kunden gehandelt haben.»

«Wer könnte das sein?», erkundigte sich Koivu.

«Schwer zu sagen. Ich kenne natürlich nicht alle seine aktuellen Kunden. Aber es müsste jemand sein, dem er vertraute. Und vielleicht dachte er, die Kirche wäre ein sicherer Ort, wo man ihn nicht überfallen kann. Manche glauben noch an diese Art von Schutz.» Essi Manner schnaubte, als wolle sie klarstellen, dass sie selbst sich auf keine übernatürliche Macht verließ.

«Was hielt Pulma von der Behauptung, auf den Steinen der Zygmunds läge ein Fluch?»

Essi sah mich kopfschüttelnd an. «Das ist doch nur eine gute Geschichte, weiter nichts. Sicher, in der Familie ist allerhand passiert, auch schon bevor die Nazis die Besitzer der Steine getötet haben. Aber all die bösen Taten wurden von Menschen verübt, nicht von einem Fluch. Die Polizei glaubt doch wohl nicht an so was?»

In ihren Augen lag eine Mischung aus Verachtung und Furcht.

«Ein bloßer Fluch hat auch Pulma nicht getötet. Dafür waren schon Menschenhände nötig. Aber kommen wir noch mal auf deine Anzeige wegen Geldwäsche zurück. Stell dir vor, Hauptmeister Koivu und ich wären vom Dezernat für Wirtschaftskriminalität und würden die Glaubwürdigkeit der Anzeige überprüfen. Worauf gründete sich dein Verdacht?»

«Spielt das jetzt noch eine Rolle? Da er tot ist, verfällt die Anzeige ja sowieso», parierte Essi.

«Für die Mordermittlungen spielt das eine ganz erhebliche Rolle. Hat dich jemand aufgefordert, Anzeige zu erstatten?»

Essi schüttelte den Kopf. Wieder schwieg sie lange.

«Die Edelsteinbranche in Finnland ist ziemlich sauber», antwortete sie schließlich. «Mit Blutdiamanten will praktisch niemand was zu tun haben. Bei unserem Kurs in London waren zwei Nigerianer zu Gast, die als Sklaven in einer Diamantgrube gearbeitet hatten. Ich mag gar nicht an das denken, was sie erzählt haben. Ihr hättet die Narben sehen sollen ...» Ihre Stimme drohte zu versagen. «Damals habe ich beschlossen, von Blutdiamanten die Finger zu lassen. Auch deshalb bin ich nach Finnland zurückgekehrt. Aber natürlich sind sie im Umlauf, und manchmal bekommt man sie billig, weil keiner sie haben will, der Wert auf die Herkunft legt. Ich habe Gerüchte über solche Geschäfte gehört, aber das waren wirklich nur Gerüchte. Allerdings kann auch ein Gerücht den guten Ruf eines Unternehmers ruinieren.»

«Wolltest du Pulma in Verruf bringen und dich so dafür rächen, dass er dich verdächtigte, du hättest die Steine der Zygmunds gestohlen?», fragte Koivu mit so sanfter Stimme, als spräche er mit einer Vierjährigen, die steif und fest behauptete, sie hätte nichts an die Wand gemalt.

«Pulma hat nie Anzeige erstattet. Das muss Gründe gehabt haben.»

«Welche Gründe?»

Essi gab keine Antwort.

«Ein möglicher Grund wäre natürlich, dass die Steine gar nicht gestohlen wurden, sondern dass Pulma den Diebstahl frei erfunden hat, warum auch immer. Vielleicht hat ihm ein anderer Interessent einen besseren Preis geboten. Oder aber der Dieb erwischte nur einen Teil der Steine, und eine unvollständige Sammlung ist weniger wert. Der dritte Grund wäre natürlich, dass Pulma den Dieb schützen wollte. Welchen dieser Gründe hältst du für den wahrscheinlichsten?», setzte ich Essi weiter zu.

«Woher soll ich das wissen? Ich bin nicht Pulma. Er ist tot, und niemand wird je erfahren, was seine Motive waren. Vielleicht wurden die Steine gar nicht wirklich gestohlen, vielleicht sind sie in seinen Safes oder im Bankschließfach.» Essi strich sich eine Haarsträhne aus dem Gesicht und sah auf ihre dekorative Armbanduhr. So ein altmodisches Chronometer sah man bei Menschen ihrer Generation selten.

«Wir haben übrigens überprüft, was du am Freitagabend gemacht hast, und allem Anschein nach hast du die Wahrheit gesagt. Du warst als Babysitter bei deinen Freunden. Mit anderen Worten, du hast ein Alibi.»

Da Essi nicht reagierte, fügte ich hinzu:

«Wenn du sonst nichts zu sagen hast, kannst du gehen. Viel Glück bei dem Vorstellungsgespräch.»

Essi Mannor starrte mich an, als hätte sie meine Worte nicht verstanden. Auch Koivu schien überrascht.

«Was soll das? Zuerst muss ich stundenlang hier rumsitzen, bis die Kommissarin sich bequemt, zu erscheinen. Und dann wird bloß Stroh gedroschen.» Essi stand auf und riss sich den Besucherausweis vom Kragen. Ich nahm ihn und folgte ihr auf den Flur.

«Ich bringe dich zum Empfangsschalter. Unsere Besucher dürfen nicht allein durch die Gänge laufen. Lift oder Treppe?»

«Scheißegal», fauchte Essi. Im selben Moment öffnete sich die Tür des Fahrstuhls und Laura Kokko trat heraus.

«Hallo, ich wollte gerade zu dir ...»

«Ich komme gleich wieder. Koivu ist im Ermittlungszimmer, geh schon mal rein.»

Laura roch nach Shampoo und Zitrone. Neben ihrem Laptop hatte sie sich einen dicken Ordner unter den Arm geklemmt, dessen Beschriftung sie automatisch mit der freien Hand abdeckte. In der anderen Hand hielt sie ihre Smoothieflasche. Neben ihr wirkte Essi wie eine Grundschülerin.

«Hat Henri Aalto dich belästigt?», fragte ich, als wir im Lift nach unten fuhren. Essi starrte auf ihre pinkfarbenen Pelzstiefel und schwieg.

«Was hast du gegen Aalto?», hakte ich nach.

«Er ist ein Arschloch. Aber wohl kein Mörder, jedenfalls würde er sich nicht selbst die Hände schmutzig machen. Er weiß, wie er sich absichert. Für den gelten nicht dieselben Regeln wie für unsereins», knurrte Essi und verließ den Aufzug. Schnell wie eine Katze schlüpfte sie durch die Tür zur Eingangshalle.

«Solltest du noch etwas über Aalto sagen wollen, weißt du ja, wo du mich findest. Geh jetzt, damit du das Vorstellungsgespräch nicht verpasst.»

«Als ob dich das kümmern würde!» Essi rannte davon, als wäre sie aus der Gefangenschaft entlassen. In letzter Minute wich sie einem alten Mann aus, der einen Rollator vor sich herschob. Raitio von der Wasserschutzpolizei, der gerade hereinkam, wollte ihr instinktiv nachsetzen, doch ich signalisierte ihm, dass alles in Ordnung war. Wenn ich geglaubt hatte, Henri Aalto los zu sein, hatte ich mich getäuscht. Beim nächsten Mal würden wir ihn nicht als Kläger befragen, sondern unter dem Verdacht des Juwelendiebstahls und des Mordes.

13

Es hat ein bisschen gedauert, weil gestern der ganze Tag beim Staatsanwalt draufging. Ein Betrugsfall stand vor der Verjährung.» Laura Kokko kreuzte ihre langen Beine auf dem Stuhl zum Schneidersitz und streckte die Arme. «Im Prinzip ist die Situation von Jaakko Pulma und seiner Firma unverändert. Beide sind sauber.»

«Im Prinzip?»

«Die Bilanzen wurden immer bestätigt, und die Buchführung entspricht den Vorschriften. Allerdings würde ich mich gern mal mit den Leuten von Pulmas Buchhaltungsbüro unterhalten. Bei seinem Umzug nach Espoo hat er seine Buchführung von der Firma in Mikkeli, die sie über zehn Jahre erledigt hatte, nach Kivenlahti verlegt. Mit dem dortigen Büro hatten wir schon gelegentlich zu tun. Steuerhinterziehung und sogar ein Geldwäscheverdacht, der allerdings aus Mangel an Beweisen hinfällig wurde. Natürlich kann es sein, dass Pulma keine Ahnung von den Unregelmäßigkeiten in seinem neuen Buchhaltungsbüro hatte. Nur sollte man meinen, dass jemand in seiner Position auf seinen guten Ruf achtet.»

«Weil er der Mann einer Abgeordneten ist?», schnaubte Koivu.

«Ja, aber auch, weil Glaubwürdigkeit im Juwelenhandel wichtig ist. Andererseits werden in der Branche auch Gegenstände verkauft, deren Wert nicht allein in Geld zu messen ist. Wenn du deinen Ehering verlieren würdest» – Laura Kokko sah Koivu an –, «dann würdest du weniger um den finanziellen Verlust trauern als um die Erinnerungen, die an ihm hängen, oder? Mein liebstes Schmuckstück ist dieses Kreuz, das meiner Urgroßmutter gehört hat.» Sie zog unter ihrem Pullover eine schmale goldene Kette hervor und streichelte das kleine Symbol, das daran hing. «Ich bin nicht mal religiös, aber der Anhänger ist mir trotzdem wichtig. Ein Edelsteinhändler verkauft also auch Gefühlswerte, und in diesem Bereich betrogen zu werden könnte manche Menschen weitaus mehr verärgern als ein finanzieller Verlust.»

Koivu betrachtete seinen linken Ringfinger. Der drei Millimeter breite, schlichte goldene Ring hatte im Lauf der Jahre seinen Glanz verloren. «Der hat damals hundertfünfzig gekostet, glaube ich. In Finnmark. Anu und ich haben die billigsten genommen, die wir finden konnten, weil uns die Ringe nicht als Gegenstand wichtig waren, sondern als Symbol. Und man ist nicht mehr oder weniger verheiratet, ob der Ring nun fünfzig oder fünftausend kostet. Was man allerdings nicht glauben würde, wenn man sich diese Hochzeitsserien im Fernsehen anguckt. Demnach hat der Bräutigam die Pflicht, die denkbar größten Diamanten zu kaufen und die Hochzeit so protzig auszurichten, wie die Braut es will.»

«Wenn man zwischen den Zeilen liest, kann man zu dem Schluss kommen, dass es irgendwelche dubiosen Machenschaften gab», fuhr Laura fort, ohne auf Koivus Kommentar einzugehen. «Meine Sachkenntnis reicht allerdings nicht aus, um zu beurteilen, wie angemessen die Preise waren, die Pulma beim Handel mit Schmuck zahlte oder verlangte, und die Festlegung des Wertes ist, wie gesagt, ohnehin problematisch. Ihr wisst doch, wie es bei Auktionen zugeht. Das höchste Gebot bekommt den Zuschlag, wer die stärksten Nerven hat, gewinnt. Der tatsächliche Wert des Objekts spielt letztlich keine Rolle.»

«Oder der Wert ist genau die Summe, die jemand zu zahlen

bereit ist. Bist du in irgendeinem Zusammenhang auf einen Kollegen von Pulma gestoßen, einen gewissen Henri Aalto und seine Firma KoruAalto AG?»

Laura zuckte zusammen und stellte die Füße auf den Boden. «Komisch, dass du mich nach ihm fragst.» Sie wurde rot. «Ja. Ich habe bei einem Online-Dating-Portal Mails mit ihm ausgetauscht. Juwelenhändler und Vater einer elfjährigen Tochter. Schätzt bei einer Frau Selbständigkeit, Weltoffenheit sowie finanzielle Unabhängigkeit.» Laura lächelte spöttisch, während sie die Wunscheigenschaften aufzählte. «Sein Interesse ging merklich zurück, als er erfuhr, dass ich zwar ausgebildete Betriebswirtin bin, aber als Ermittlerin im Wirtschaftsdezernat arbeite. Bei mir wiederum schrillten die Alarmglocken, als er mir weismachen wollte, seine Ehe mit einer Bankerin, die jetzt in Singapur wohnt, stünde kurz vor dem Aus. Unser erstes Treffen war auch das letzte. Von diesen Eheringabstreifern habe ich die Nase endgültig voll. Warum interessiert ihr euch für Henri Aalto?»

«Er hat eine Verbindung zu Pulmas gefeuerter Assistentin. Unter den Personen, die wir bisher gefunden haben, hätte sie den gewichtigsten Grund, Pulma Böses zu wollen. Also überprüf auch Aalto», bat ich. Ich fragte nicht nach, ob Laura bereits auf eigene Faust im Polizeiregister nachgesehen hatte, wo sie auf eventuelle Ermittlungsanträge gegen Aalto gestoßen wäre. Eine Überprüfung aus privatem Interesse wäre nicht zulässig gewesen, aber nun hatte Laura offiziell grünes Licht.

«Wir müssen die polnische Polizei um Amtshilfe bitten, damit wir Kontakt zu Marius Zygmund bekommen. Jenna soll überprüfen, ob Vertreter der Familie zur Tatzeit in Finnland waren. Ich weiß nicht, ob die Polen heißblütiger sind als die Finnen, aber immerhin war es ein Riesenfehler von Pulma, die bestellte Ware nicht zu liefern.»

«Meinst du, Zygmund oder sein Vertreter wäre mit einem Messer auf Pulma losgegangen, um die Vorauszahlung zurückzufordern?», fragte Koivu verwundert.

«Wir müssen alle Möglichkeiten in Betracht ziehen. Pulmas Beruf ist nicht ungefährlich.»

«Ich finde es wirklich merkwürdig, dass er den Diebstahl nicht angezeigt hat», meinte Laura Kokko. «Das weckt den Verdacht, dass seine Tätigkeit nicht ganz legal war. Oder er hatte aus irgendeinem Grund Mitleid mit Essi Manner. Aber fragen wir bei den Kollegen in Wrocław nach. Vielleicht hatten sie ja schon mit den Zygmunds zu tun.»

Mein Handy klingelte. Ich erkannte die Nummer von Toni Rask.

«Hier ist Toni Rask, der Assistent der Abgeordneten Pasanen-Pulma. Sie möchte möglichst bald mit der Kommissarin sprechen.»

«Ich bin mitten in einer Besprechung. In einer halben Stunde kann ich sie anrufen.»

«Ich meinte kein Telefonat, sondern ein persönliches Gespräch. Hier im Parlament. Im Plenarsaal steht eine längere Debatte an, es geht um die Gesamtreform des Eisenbahnnetzes, die für die Politiker aus der Provinz besonders wichtig ist, aber die Abgeordnete Pasanen-Pulma hat beschlossen, auf eine Wortmeldung zu verzichten, wenn Sie kommen können. Es geht um eine sehr wichtige Angelegenheit.»

«Sie arbeitet also wie gewohnt?»

«Sie will es so. Ich halte das nicht für vernünftig. Und jetzt noch diese … Bitte, kommen Sie! Henna ist in einer Stunde frei. Ich versuche sie dazu zu bringen, dass sie vorher etwas isst.» Toni Rask fiel aus seiner offiziellen Rolle und klang wie ein verschreckter kleiner Junge.

«Können Sie mir sagen, worum es geht?»

«Ich frage mich, ob Henna den Verstand verliert ... Am Telefon traue ich mich nicht, darüber zu sprechen. Wie viele von Ihnen werden kommen? Ich melde Sie beim Empfang im Seitenflügel des Parlaments an. Dort ist Hennas Büro.»

Ich sagte, ich würde allein kommen, unterbrach die Verbindung und sah Koivu und Kokko kopfschüttelnd an. Wir stellten einstimmig fest, dass wir Verpflegung brauchten, also rief ich Puupponen an, der auf dem Rückweg von seinen Befragungen war und versprach, Essen mitzubringen. Laura hielt es für wichtig, dass wir Zugang zu Jaakko Pulmas Edelsteinlager bekamen. Zumindest würden wir überprüfen können, ob außer den ominösen Steinen der Zygmunds noch mehr fehlte.

«Ich vereinbare mit Pasanen-Pulma einen Termin für die Haussuchung. Allerdings habe ich den Eindruck, dass die wertvollsten Steine von Blue Jewel in einem Bankschließfach liegen.»

«Konnte irgendwer sagen, ob Pulma außer dem Stein unter der Haut noch andere Juwelen bei sich trug?»

«Nein, aber Essi Manner hält es für unwahrscheinlich. Es gibt auch keinen Hinweis darauf, dass sich später jemand an der Leiche zu schaffen gemacht hätte.»

«Und wenn der Mörder Pulma gebeten hat, ihm die Edelsteine zu zeigen? Pulmas Handy ist ja ebenfalls verschwunden. Er kann auch einen Beutel mit Edelsteinen bei sich gehabt haben. Einen, den er unter dem Mantel verstecken konnte, sodass er auf den Aufnahmen der Überwachungskamera nicht zu sehen ist.»

Puupponen stapfte herein und reichte mir meine Bestellung, ein Vollkornbaguette mit Pute, Tomate und Salzgurken. Koivus Sandwich roch nach Speck.

«Ich habe mit der Kinderbetreuerin gesprochen. Dabei bin ich auf zwei interessante Dinge gestoßen. Erstens hatte sie früher an dem bewussten Tag überlegt, wer auf dem Treppenabsatz über dem Kirchenraum saß. Sie dachte zuerst, es wäre Hilkka, die Küsterin, die am Freitag Dienst hatte, aber offenbar war es irgendein Gemeindemitglied. Da oben kann man sich vor neugierigen Blicken verbergen. Das hat nicht unbedingt etwas zu bedeuten, manchmal wollen zum Beispiel Kinder nach da oben, aber sie hat sich jedenfalls gewundert.»

Puupponen nieste kräftig. «Ich habe heute früh auf dem Weg zu Honka nasse Füße gekriegt. Überall war es spiegelglatt, aber das Eis auf den Pfützen war trotzdem dünn. Seltsames Wetter. Und seltsam ist auch die zweite Beobachtung der Kinderbetreuerin. Wisst ihr noch, als wir zur Kirche fuhren, waren vor der Tür doch diese Jungs, die mit ihren Handys fotografieren wollten. Einer von denen war vor einigen Jahren im Konfirmandenunterricht, und seine Psyche hat damals das Gerede von Christi Leib und Blut wohl nicht so gut vertragen. Er kommt immer noch gelegentlich zum Abendmahl, und man will es ihm auch nicht verbieten, aber nach Ansicht der Kinderbetreuerin ist der Junge irgendwie gestört.»

«Name?»

«Matti Ronkainen. Wohnt in der Pohjantie. Wir müssten ihn wohl auch befragen. Ronkainen hat die Kirche nämlich unmittelbar nach Pulma betreten und sie erst wieder verlassen, als die erste Streife eintraf.»

«Prüf nach, ob es eine Patientenakte gibt. Da hätten wir einen Tatverdächtigen von der schlimmsten Sorte. Wenn es sich um einen psychisch gestörten Jugendlichen handelt, der nicht rechtzeitig Hilfe bekommen hat ...» Ich breitete die Arme aus, mir fehlten die Worte. Meine Kollegen wussten, was ich dachte.

Koivu fuhr mich zum Parlament, er wollte ein Gemeindemitglied befragen, das auf den Aufnahmen der Überwachungskameras identifiziert worden war und im Kaufhaus Sokos im Zentrum von Helsinki arbeitete. Im Autoradio liefen die Verkehrsnachrichten; es wurde vor gefrierendem Nieselregen gewarnt, der im Lauf des Nachmittags in ganz Finnland zu erwarten sei. In manchen Jahren hatte um diese Zeit wenigstens der Huflattich die Umgebung ein bisschen bunter gemacht, und über den immer spärlicher werdenden Feldern in Espoo hatten die Lerchen gesungen. Jetzt konnte man schon froh sein, wenn man das Tititü der Kohlmeisen hörte.

«Ruf mich an, wenn du fertig bist», sagte Koivu, als er am Parlamentsgebäude vorfuhr. «Wenn wir gemeinsam zurückfahren, spart der Staat Geld.»

«Ich kann den Bus nehmen, mit meiner privaten Monatskarte. Was ich dafür von der Steuer absetzen kann, geht zu Lasten des Finanzamts, belastet also unseren Etat nicht», gab ich zurück. «Fahr du ruhig zur Kinderklinik, wenn du willst. Du hast Sennu doch sicher ein paar Tage nicht gesehen.»

Ich hörte Koivus Antwort nicht mehr, er musste dem Übertragungswagen des Fernsehens Platz machen. Ich ging zum Seitenflügel, passierte wie alle Besucher den Metalldetektor und wartete dann auf Toni Rask. Er kam fünf Minuten später.

«Versuchen Sie, Henna zu überzeugen, dass sie sich krankschreiben lassen sollte», bat er, als wäre ich keine Polizistin, sondern die Ärztin der Abgeordneten.

Im Arbeitszimmer von Henna Pasanen-Pulma standen mindestens zehn Blumensträuße, auf einem Stuhl lag ein Stapel Kondolenzkarten. Auf dem Schreibtisch brannte eine blau-weiße Kerze. Henna sah aus, als würde sie nur von ihrer Frisur, ihrem Make-up und ihren Kleidern zusammengehalten, ihre Augen lagen tief in den Höhlen, und sie rang hilflos die Hände.

«Danke, dass Sie gekommen sind, Kommissarin Kallio. Ich

weiß nicht, ob ich verrückt werde oder was hier vor sich geht. Jemand schickt mir Mitteilungen von Jaakkos Handy. Das Bild ist nur ein paar Sekunden zu sehen, dann verschwindet es … Es ist entsetzlich.»

«Was ist das für ein Bild?»

«Es ist … Es ist sicher Jaakkos Leiche. Blutiger Matsch. Im Hintergrund eine Toilette. Ich habe versucht, Details zu erkennen, aber es verschwindet jedes Mal gleich wieder.»

«Haben Sie mehrere von diesen Nachrichten bekommen?»

«Fünf. Die ersten beiden kamen während einer Ausschusssitzung, bei der mein Handy stummgeschaltet war. Als ich das Bild zum ersten Mal sah, habe ich gar nicht begriffen, was das war. Und die Mitteilungen werden nicht auf dem Handy gespeichert wie sonst. Ich habe versucht, Toni das letzte zu zeigen, aber ich war nicht schnell genug.»

«Darf ich mal sehen?» Ich streckte die Hand nach dem Telefon aus, doch Pasanen-Pulma hielt es fest umklammert.

«Da sind Sachen drauf, die Außenstehende nichts angehen. Politische Angelegenheiten, die der Geheimhaltung unterliegen.»

«Die Polizei hat Schweigepflicht.»

«Daran scheinen sich aber nicht alle Polizisten zu halten. Das hat man sogar hier im Haus schon erlebt.»

«Schick einfach alles, was der Geheimhaltung unterliegt, auf mein Handy und lösch es anschließend auf deinem», schlug Toni Rask vor. «Ich sende dir dann alles wieder zurück, wenn Kommissarin Kallio dein Handy überprüft hat. Ich nehme an, die Mitteilungen werden mit dem Flash-Programm verschickt. Weißt du, ob Jaakko das auf seinem Handy installiert hatte?», fragte er.

«Von so einem Programm habe ich noch nie gehört.

Vielleicht wüsste Joonas es, er hat seinem Vater oft bei datentechnischen Dingen geholfen. Manchmal kam es mir vor, als würden sie eine Fremdsprache sprechen.»

Während sie redete, verschickte Henna Pasanen-Pulma eine Mitteilung nach der anderen. Auch ich schrieb eine SMS, und zwar an Puupponen. Ich trug ihm auf, die Ortung von Jaakko Pulmas Handy wieder aufzunehmen. Seit seinem Verschwinden war das Handy nicht aktiv gewesen, doch jetzt würden wir zumindest erfahren, im Bereich welcher Sendemasten es benutzt worden war. Auch das war ein Schritt voran.

Pasanen-Pulmas Handy hatte die Bilder nicht gespeichert. Dennoch konnte es möglich sein, dass unsere datentechnischen Experten in der Lage wären, sie aufzuspüren. Natürlich war nicht gesagt, dass derjenige, der Jaakko Pulmas Handy an sich gebracht hatte, auch sein Mörder war. Das bewies nicht einmal das Foto von der Leiche. Aber warum würde ein Berufsverbrecher, falls es sich um einen solchen handelte, durch das Verschicken des Fotos auf sich aufmerksam machen? Oder stand hinter dem Mord eine ausgekochte Diebesbande, die im Voraus geplant hatte, die Leiche mit Rinderblut zu übergießen und das Bild zu versenden? Beides würde auf die Tat eines Verrückten hinweisen und die Ermittlung in die Irre führen. Oder aber Henna Pasanen-Pulma war übergeschnappt und bildete sich nur ein, Mitteilungen von ihrem toten Mann zu bekommen.

In meinem Kopf erklang *Paranoid* von *Black Sabbath*, die Erkennungsmelodie jedes Kriminalermittlers. Unsere Band *Die Bullen* hatte eine finnische Version davon kreiert, Puupponen hatte Söderholm bei der Übersetzung geholfen. Bei der Betriebsfeier vor Weihnachten hatte der Song Furore gemacht, wir hatten ihn zwei Mal als Zugabe spielen müssen. Ich würde nie vergessen, wie Jyrki Taskinen und sogar der stets zurückhaltende Timo Ranto ihre Biergläser zu dem Wort «Zweifel» geschwenkt hatten, mit dem jede Strophe des A-Teils endete.

Das Handy der Abgeordneten vibrierte: eine Mitteilung. Ich sah den Namen Jaakko und ein Bild, das keinen Zweifel ließ. Jaakko Pulmas blutiger Leichnam auf dem Boden der Kindertoilette in der Kirche von Tapiola. Dann verschwand das Bild.

Ich merkte, wie Henna und Toni mich anstarrten.

«Wieder das Bild?», fragte Henna mit bebender Stimme.

«Vielleicht sollten Sie Mitteilungen, die vom Handy Ihres Mannes kommen, umleiten. Zum Beispiel auf mein Handy, ich schicke sie dann weiter an die Kriminaltechniker. Diese Bilder sind natürlich verstörend.»

Hennas Handy klingelte wieder. Den Namen, der diesmal auf dem Display erschien, kannte ich, er gehörte einer Abgeordneten der Zentrumspartei. Ich reichte Henna das Telefon.

«Unsere Fraktionsvorsitzende. Oje, gibt es doch eine Abstimmung?» Sie meldete sich. «Hallo, muss ich ins Plenum? Die Polizei ist gerade bei mir. Aha. Gut. Ich schicke Toni. Toni, kommst du kurz mit auf den Flur?»

Der Assistent folgte seiner Chefin, die ihm ihre Anweisungen ins Ohr flüsterte. Dann ging der junge Mann zum Aufzug, und Henna Pasanen-Pulma kam in ihr Büro zurück. Sie entschuldigte sich nicht für die Unterbrechung, sondern starrte auf ihr Handy, als warte sie auf das nächste grauenvolle Foto.

«Hat Ihr Mann Drohungen bekommen? Und Sie selbst?»

Ein schiefes, furchterregendes Lächeln legte sich auf Henna Pasanen-Pulmas Gesicht. «Ob ich Drohungen bekommen habe? Die gehören doch zu den Plagen aller Abgeordneten. Aber soweit ich weiß, ist Jaakko nie meinetwegen bedroht worden. Glaubt die Polizei, dass er ermordet wurde, weil er mein Mann war?»

«Das ist eine von vielen Möglichkeiten, vorläufig können wir noch keine ausschließen. Toni Rask sagt, Ihr Mann hat Pfefferspray bei sich getragen. Demnach hätte er sich doch bedroht gefühlt.»

«Jaakko hatte es nicht immer dabei. Eigentlich nur im Ausland. Ich weiß nicht über alle seine Geschäfte Bescheid. Er behauptete, das wäre besser so, zu meiner eigenen Sicherheit. Wahrscheinlich hätte er mir nichts davon gesagt, wenn er Drohungen bekommen hätte. Ich selbst bekomme natürlich mehr als genug, wie die meisten hier. Die neue Technologie ermöglicht ganz andere Hassbotschaften als noch vor zwanzig Jahren. Die alten Hasen unter den Abgeordneten erzählen fast nostalgisch von den Zeiten, als man ihnen noch» – Pasanen-Pulma suchte nach dem korrekten Ausdruck – «menschliche Exkremente und gebrauchte Kondome schickte. In der Epoche der DNA-Analyse könnte man die Absender solcher Produkte aufspüren. Jeder, der zum Beispiel gegen die Kürzung der Mittel für Entwicklungshilfe oder gegen die Verschärfung der Einwanderungsgesetze stimmt, muss auf Morddrohungen gefasst sein. Weiblichen Abgeordneten wünscht man, dass sie von einem Migranten vergewaltigt werden, damit sie endlich kapieren, dass die Grenzen geschlossen werden müssen.» Henna Pasanen-Pulma holte tief Luft und schaffte es, die sich ankündigende Hyperventilation abzuwenden.

«Ich weiß, dass auch die Familien einiger Kollegen bedroht wurden. In der Öffentlichkeit spricht man nicht darüber, um keine Nachahmer auf den Plan zu rufen. Die halbwüchsige Tochter einer Abgeordneten wurde mit Vergewaltigung bedroht, weil die Mutter zu sagen gewagt hatte, dass nicht nur Migranten, sondern auch gebürtige Finnen sexuelle Gewalt verüben. Manchmal frage ich mich, warum überhaupt jemand ins Parlament will. Die Arbeit hier gefährdet sowohl die körperliche als auch die geistige Gesundheit. Die Antwort lautet also ja. Man hat mir sowohl Vergewaltigung als auch den Tod angedroht. Und als Joonas im Juli zur Armee ging, bekam ich eine SMS, in der es hieß, bei unerfahrenen Rekruten könnte es leicht zu Unfällen mit der Waffe kommen. Beinahe hätte ich ihm verboten, den Dienst anzutreten, ich war gezwungen, mich mit der Garnison in Verbindung zu setzen. Natürlich habe ich mit dem Sicherheitschef über diese Vorfälle gesprochen, und er hat sie an die Polizei weitergeleitet. Offenbar aber nicht an die örtlichen Dienststellen.»

«In unseren Datenbanken findet sich darüber nichts, für solche Angelegenheiten ist die Sicherheitspolizei zuständig. Meinen Sie nicht, es wäre besser, Personenschutz in Anspruch zu nehmen?»

«Bisher habe ich das nicht gedacht. Jetzt kommen mir aber Zweifel. Ich dachte, man müsste es einfach aushalten, als Hure oder Landesverräterin beschimpft zu werden. Diese Verunglimpfungen gelten normalerweise nicht mir persönlich, sondern der Institution, die ich vertrete. Und ich lebe lieber in einem Land, in dem man die Machthabenden kritisieren darf, als in einem Staat, der Andersdenkende zum Schweigen bringt. Vielleicht war ich zu naiv.»

Toni Rask kam zurück. Er gab Henna einen USB-Stick, den sie in ihre Handtasche steckte.

«Noch achtunddreißig Wortmeldungen. Selbst wenn es eine Abstimmung gibt, kommt es auf eine Person nicht an. Du solltest nach Hause gehen, Henna. Meinen Sie nicht auch, Kommissarin Kallio? Henna muss sich ausruhen. Auch Kyösti würde sich freuen, zur Abwechslung auch mal sein Frauchen zu sehen und nicht nur die Dogsitterin.»

«Der arme Kyösti. Er hat Jaakko lieber gemocht als mich oder Joonas. Jetzt läuft er durch das Haus und jault. Minja, die

Nachbarstochter, die ihn ausführt, wenn wir auf Dienstreise oder sonst wie verhindert sind, hat riesiges Mitleid mit dem armen Hund.»

«Diese Minja hat also einen Schlüssel zu Ihrem Haus? Sie haben eine aufwendige Sicherheitsanlage installieren lassen. Gibt es noch mehr Außenstehende, die den Code kennen?»

«Minja ist zuverlässig!», ereiferte sich Henna. «Nach der Entlassung von Fräulein Manner haben wir selbstverständlich alle Codes geändert.»

«Ich habe natürlich auch einen Schlüssel», ergänzte Rask.

«Und Joonas' Freundin?»

«Sie wohnt in Mikkeli und braucht keinen Schlüssel. Sie besucht uns nur, wenn auch Joonas zu Hause ist.»

«Wer kennt oder kannte die Zahlenkombinationen von Jaakkos Tresoren? Wo verwahrte er den Schlüssel zum Bankschließfach?»

Henna sah mich beunruhigt an. «Der Tresor ... Nur ich. Nicht einmal Joonas. Ich kenne die Kombination des einen Tresors, in dem mein Schmuck liegt. Die des Geschäftstresors kannte nur mein Mann, nachdem Fräulein Manner uns verlassen musste. Ich bin immer davon ausgegangen, dass der Schlüssel zum Schließfach in diesem Safe liegt. Um Himmels willen! Wie sollen wir ihn jetzt öffnen!»

«Auch dafür gibt es Experten. Nennen Sie mir bitte den vollen Namen und die Telefonnummer Ihrer Hundesitterin?»

«Minja ist erst sechzehn und so schüchtern, dass sie sich kaum getraut hat, mit Jaakko zu reden, aber mit Tieren kommt sie bestens zurecht. Sie kann keinen eigenen Hund haben, weil in ihrer Familie jemand eine Allergie hat. Ich kann mir absolut nicht vorstellen, dass sie etwas über Jaakkos Tod weiß.»

«Wir müssen mit so vielen Personen aus dem Umfeld sprechen wie nur möglich. Da Ihrem Mann wertvolle Edelsteine gestohlen wurden, muss geklärt werden, ob Ihr Türcode möglicherweise in falsche Hände gelangt ist. Junge Menschen speichern solche Informationen gern auf ihrem Handy, wo sie nicht unbedingt sicher sind.»

«Fräulein Manner hat die Steine an sich genommen. Sie haben sie doch wohl verhört?», fragte Henna Pasanen-Pulma scharf, bemühte sich aber gleich darauf wieder um einen gemäßigten Tonfall. «Trotzdem fällt es mir schwer, zu glauben, sie hätte … Sie ist doch so zierlich. Und auf dem Foto sieht man, dass Jaakko fürchterlich geblutet hat. Hat er sehr gelitten? Hat er noch begriffen, dass er stirbt?»

Ich gab keine Antwort. Toni Rask dagegen sagte streng:

«Henna, du wirst im Plenum heute nicht gebraucht. Jetzt wäre es Zeit, nach Hause zu gehen, wenn Kommissarin Kallio es erlaubt. Ich bringe dich hin.»

Die Abgeordnete sah ihren Assistenten an, als wolle sie fragen, wer hier das Sagen habe, dann senkte sie den Kopf.

«Vielleicht hast du recht. Ich muss an Kyösti denken. Ich gehe vorher nur noch zur Toilette … Falls die Kommissarin keine Fragen mehr hat.»

«Nur eins noch. Wir müssen Ihr Haus durchsuchen. Sie dürfen natürlich dabei sein. Um welche Zeit würde es Ihnen morgen passen?»

«Morgen? Toni?»

«Du hast mittags eine Sitzung des Bildungsausschusses, wenn du wirklich zur Arbeit kommen willst, und danach geht die Plenarsitzung weiter. Es müsste also vorher sein.»

«Mach du den Termin fest.» Henna stand auf, mit schmerzhaft verzogenem Gesicht, als hätte sie plötzlich gemerkt, wie dringend sie zur Toilette musste. Als die Tür sich hinter ihr geschlossen hatte, begann Toni Rask, Papiere vom

Schreibtisch zusammenzusammeln. Er schien eher mit sich selbst zu sprechen als mit mir.

«Geschafft. Henna ist ein ziemlicher Kontrollfreak. Sie glaubt, alles in den Griff zu bekommen, wenn sie nur weiterarbeitet. Joonas ist genauso, er wollte schon zurück in die Kaserne. Angeblich, um bei den anderen Rekruten kein Aufsehen zu erregen. Ich halte das kaum noch aus. Henna ist wie eine Seiltänzerin, die demnächst abstürzt. Und ich kann sie nicht allein auffangen. Wie soll ich ihr nur begreiflich machen, dass sie sich krankschreiben lassen muss? Sie sagt einfach, Trauer sei keine Krankheit und Jaakko hätte gewollt, dass sie weitermacht.» Toni Rask nahm die Brille ab, zog ein Tuch mit Kleeblattmuster aus der Brusttasche und hauchte auf die Gläser, bevor er sie putzte.

«War die Ehe der Pulmas glücklich?»

Meine Frage überraschte ihn.

«Wer wäre ich, das zu beurteilen? Es sah danach aus, obwohl sie wenig gemeinsame Zeit hatten. Ich schätze, sie wollten ihre zärtlichen Momente für sich behalten. Henna hat nie auch nur angedeutet, dass es Konflikte zwischen ihnen gab. Das hätte ich natürlich wissen müssen, wegen der Öffentlichkeitsarbeit», sagte er noch, dann kam Pasanen-Pulma zurück.

Ich überlegte, ob ich sie um eine Mitfahrgelegenheit bis zur Kreuzung in Taavinkylä bitten sollte, von dort konnte ich zu Fuß nach Hause gehen. Dann entschied ich mich aber doch für die Bahn.

Im Zug notierte ich mir in meinem Handy die Namen der Personen, die nachweislich Zugang zum Haus der Pulmas hatten. Minja würde ich am nächsten Tag selbst befragen, gleich nach der Haussuchung, für die wir genügend Kriminaltechniker brauchten. Per SMS fragte ich Koivu und Puupponen nach ihren Plänen. Nur der Letztere antwortete.

Was immer du befiehlst, Chefin.

Ich hatte Puupponens Privatsphäre respektiert. Dass seine Beziehung zu Aki zerbrochen war, hatte ich nicht gewusst, Vorgesetzte hatten kein Recht, nach solchen Dingen zu fragen. Ville hatte einmal gesagt, er wolle nicht über seine sexuelle Orientierung definiert werden. Und falls er Liebeskummer gehabt hatte, war bei der Arbeit nichts davon zu spüren gewesen.

In Kera stieg ich aus und ging auf dem Fußweg nach Hause. Eisiger Nieselregen fiel, ein Tropfen, der meine Stirn traf, war spitz wie ein kleiner Stein. Als ich die Kreuzung bei unserem Haus erreicht hatte, klingelte mein Handy. Henna Pasanen-Pulmas Stimme war voller Panik.

«Kommissarin Kallio, ich habe wieder eine Nachricht bekommen! Kein Foto, sondern eine normale SMS. Da steht, in unserem Haus ist eine Bombe! Ich bin schon drinnen, und Joonas ist auch hier, er hat es in der Kaserne doch nicht ausgehalten. Was sollen wir jetzt tun? Nach draußen laufen? Schicken Sie uns Hilfe!»

14

Ich sprintete los, noch während ich Henna Pasanen-Pulma versicherte, es würde bald Hilfe eintreffen und ich würde sie gleich zurückrufen. Dann alarmierte ich die nächsten Polizeistreifen, sie sollten sofort nach Taavinkylä fahren und die nähere Umgebung des Hauses evakuieren. Unser Familienauto stand auf dem Hof. Ich rannte ins Haus. Antti bereitete in der Küche etwas zu, das nach Curry roch, Iida übte in der oberen Etage auf ihrem Bass. Taneli war beim Training.

«Fahr mich zum Präsidium!», rief ich Antti zu, während ich den Mantel auszog.

«Was?»

«Ich brauch einen Chauffeur. Und irgendwas, das schnell Energie liefert, Bananen, Nüsse oder eine Portion von Tanelis Müsli.»

Ich suchte an der Garderobe nach meinem weitesten Anorak, unter dem ich die kugelsichere Weste anziehen konnte, und band meine Haare so zusammen, dass ein Helm darüberpasste.

«Ich stelle wohl besser keine Fragen.» Antti reichte mir eine Banane, eine Tüte Nüsse und eine Plastikflasche. «Das ist Tanelis Recovery-Drink. Ich mache ihm einen neuen.» Er folgte mir zum Wagen. Ich setzte mich mit der Antiterroreinheit ATE in Verbindung. Die Spezialisten von der Einsatzgruppe Karhu stellten keine unnützen Fragen. Obwohl alle der Meinung waren, der beste Alarm sei ein grundloser Alarm, konnten wir uns keine Fehler leisten.

Während der kurzen Fahrt aß ich die Banane und schaufelte mir Nüsse in den Mund. Die Flasche und die restlichen Nüsse stopfte ich in meine Handtasche. Ich gab Antti einen Kuss, dann rief ich Henna an.

«Können wir das Haus verlassen?»

«Macht unter keinen Umständen die Tür auf. Wer ist als Letzter ins Haus gekommen?»

«Ich. Toni hat mich vor einer Viertelstunde abgesetzt.»

«War die Alarmanlage eingeschaltet, als Sie nach Hause kamen?»

«Nein, Joonas ist ja hier! Er hat sich krankschreiben lassen. Er hatte mir eine SMS geschickt, aber die habe ich nicht bekommen oder übersehen.»

«Halten Sie bis auf weiteres Ihr Handy betriebsbereit, Joonas ebenfalls. Melden Sie sich nur bei Anrufen der Polizei, damit der Anschluss frei bleibt. Die Streifenwagen sind gleich da, und ich habe die Antiterroreinheit alarmiert. Hat Joonas die Alarmanlage ausgeschaltet?»

«Nein, das war Minja, die Hundesitterin.»

«Ist sie auch im Haus?»

«Sie ist gegangen, als Joonas kam. Ist die Drohung ernst gemeint? Will man uns jetzt auch umbringen?»

«Das werden wir klären. Ich melde mich bald wieder.» Ich rannte zum Autodepot und rief Puupponen an.

«Gibt es neue Informationen über Jaakko Pulmas Handy?»

«Wir beobachten es hier im Datentechnikzentrum. Es war zuletzt vor zehn Minuten im Gebiet von Tapiola aktiv. Jetzt ist es wieder abgeschaltet. Davor punktuelle Aktivität, ebenfalls im Gebiet Tapiola.»

«Okay. Du bist also noch im Haus?»

«Ja.»

«Hol Westen und Helme für uns beide und komm zum Wagen.»

«Und Waffen?»

«Ich glaube nicht, dass die jetzt nützlich wären.» Ich erklärte Puupponen, worum es ging, während ich einen Wagen für uns quittierte. Eine dritte Hand hätte ich gut gebrauchen können.

Der Ford war zuletzt von jemandem benutzt worden, der Rasierwasser mit Moschusduft liebte. Im Rauschgiftdezernat gab es einen gewissen Laitinen, der den Spitznamen Stinker trug, ich hätte wetten können, dass der Geruch auf ihn zurückging. Ich schaltete den Funk ein und erfuhr, dass die Antiterrorgruppe in fünf Minuten einsatzbereit sein würde. Alle Männer der Einheit waren hochqualifizierte Profis, denen ich unbesorgt die Verantwortung für die Operation überlassen konnte. Allerdings hoffte ich, den Einsatz mitverfolgen zu dürfen. Es ging schließlich um meinen Fall.

Der Gedanke ließ mich zusammenzucken, doch ich kam nicht dazu, mich weiter damit zu befassen, da Puupponen mit der Schutzausrüstung ankam. Vor den stärksten Bomben schützten Helm und Weste kaum, die Antiterror-Leute waren ganz anders ausgestattet.

«Fahr du. Ich bleibe mit Henna in Verbindung. Schalte ruhig die Sirene ein. Die Streifen können sich um die Neugierigen kümmern.»

«Glaubst du, das ist eine echte Drohung?»

«Das sollen die Spezialisten entscheiden. Mal sehen, ob die Zentralkripo oder die Sicherheitspolizei den Fall jetzt übernimmt, er bläht sich ja gewaltig auf, wenn tatsächlich eine Bombe im Haus ist.»

«Politischer Mord?»

«Möge uns der Himmel davor bewahren. Komm, wir sagen fünf Mal zusammen: In Finnland ist die Welt noch heil. Vielleicht hilft das. Ich rufe jetzt Pasanen-Pulma an.»

Henna meldete sich beim zweiten Klingeln.

«Hier sind überall Polizeiwagen. Sie fragen über Megaphon, ob jemand im Haus ist. Sind das die Bombenentschärfer?»

«Nur Streifenbeamte, die das Gebiet abriegeln. Die Bombenexperten sind unterwegs. Haben Sie die SMS noch?»

Henna tippte eine Weile auf ihrem Handy.

«Ja, sie ist gespeichert.»

Ich bat sie, mir die Mitteilung zu schicken, ich würde sie an die Einsatzgruppe weiterleiten. Warum hatte der Täter eine Warnung geschickt, wäre es nicht logischer gewesen, die Bombe einfach hochgehen zu lassen? Oder wollte er die Polizei zum Kampf herausfordern? Irgendwo in der Ferne hallte das Geräusch einer Explosion wider, in meiner Erinnerung. Die Ereignisse an der Straße nach Jalalabad in Afghanistan lagen schon mehr als fünf Jahre zurück, doch ab und zu geisterten sie immer noch durch meine Träume.

Die Straße machte eine Biegung zum Wald hin, zwei Streifenwagen mit flackerndem Blaulicht kamen in Sicht. Das Grundstück der Pulmas war von Absperrband gesäumt. Puupponen parkte auf dem Bürgersteig zwei Häuser weiter, damit der Wagen der Bombeneinheit möglichst nah heranfahren konnte. Neugierige drängten herbei, die Schupos versuchten sie zu vertreiben. Wir hatten keine Ahnung, wie zerstörerisch die Bombe war. Die Experten würden entscheiden müssen, ob die Nachbarhäuser evakuiert werden sollten.

«Bitte gehen Sie weiter», kommandierte nun auch Puupponen. «Wir wissen nicht, wie groß die Gefahrenzone ist.»

«Wohnt hier nicht diese Abgeordnete?», fragte ein älterer Mann seine Frau. Die beiden führten einen Hund aus. «Ja», sagte sie, «auch wenn ihr Name nicht dransteht. Scheint aber nicht geholfen zu haben. Die finden jeden.»

«Die? Wer denn?», wunderte sich der Mann.

«Na, die Terroristen. Russen und Somalis und Muslime und all die anderen, vor denen man Angst haben muss. Zum Glück haben wir Jeppe», seufzte die Frau und zog an der Leine ihres Finnischen Spitzes. Ich forderte sie ebenfalls auf, weiterzugehen, aber in wesentlich strengerem Ton als Puupponen. Das wirkte. Zwei Querstraßen weiter blieb das Paar jedoch wieder stehen und gaffte, als das erste Fahrzeug der ATE um die Ecke bog. Noch benutzte die Einheit nicht den neuen gepanzerten Bereitschaftswagen, sondern das alte Modell. Auf dem Dach blinkte das Blaulicht. Das Auto hielt dicht hinter einem der beiden Streifenwagen, und drei Männer sprangen heraus. Sie trugen spezielle Schutzkleidung und Sturmhauben. Die Helme hingen am Ausrüstungsgürtel. Wir gingen auf sie zu.

«Kommissarin Kallio, Polizei Espoo. Von West-Uusimaa, wollte ich sagen.»

Der älteste der Männer, knapp fünfzig, mit der Statur eines Marathonläufers, reichte mir die Hand. «Karhu von der Karhu-Gruppe», stellte er sich vor. «Ihr dürft ruhig lachen, wenn ihr das witzig findet. Die beiden anderen heißen Moilanen und Sinkko. Und hier kommt unser Bob. Der ist mindestens so clever wie Bob der Baumeister.»

Moilanen und Sinkko hoben einen Roboter von knapp einem Meter Höhe aus dem Wagen. «Dieses Männchen ersetzt die Bombenspürhunde. Wir sind nämlich so zartbesaitet, dass wir es nicht gut finden, Tiere an die vorderste Front zu schicken. Bob mögen wir zwar auch, aber nicht auf diese Weise. Gib mir noch mal ein Briefing.»

Ich zeigte Karhu die SMS, die auch ich jetzt zum ersten Mal genau las.

Ich will dir nur mitteilen, dass in deinem Haus eine Bombe liegt. Ich weiß, was du getan hast, und das ist die Rache dafür. Gott sieht alles.

«Der Absender heißt also Jaakko? Wissen wir etwas über ihn?»

«Der Besitzer des Handys ist der Ehemann der SMS-Empfängerin. Er ist aber tot, und sein Telefon ist verschwunden.» Ich erläuterte die Einzelheiten, während Moilanen und Sinkko Bob betriebsfertig machten.

«Im Haus befinden sich also diese Abgeordnete und ihr Sohn.»

«Und ihr Hund, ein Chihuahua.»

«Der Hund muss angeleint werden, und die Menschen dürfen sich nicht vom Fleck rühren. Hast du eine Telefonnummer? Hast du dort angerufen, nachdem die Drohung gekommen ist? Es besteht immer die Möglichkeit, dass die Bombe durch einen Anruf gezündet wird.»

Ich erwiderte, meine bisherigen Anrufe hätten keine fatalen Folgen gehabt. Karhu lieh sich mein Handy und schaltete die Lautsprecherfunktion ein.

«Kommissar Karhu, von der Antiterroreinheit. Wie ist die Lage da drinnen?»

«Wissen Sie, wo die Bombe ist?», fragte Henna Pasanen-Pulma mit schriller Stimme. Im Hintergrund kläffte der Hund.

«Das klären wir gerade. Im Haus sind zwei Erwachsene und ein Hund?»

«Ja … Warum musste Joonas ausgerechnet heute herkommen …?»

Karhu unterbrach Hennas Gejammer und begann, ihr klare Anweisungen zu erteilen, unter anderem auch, sich nicht von der Stelle zu rühren. Bob würde zuerst die Umgebung des Hauses und den Eingang überprüfen.

«Wir versuchen natürlich, Sie möglichst schnell und sicher aus dem Haus zu holen, aber wir gehen keine Risiken ein. Bewahren Sie Ruhe.»

Henna schniefte jämmerlich. Karhu erkundigte sich nach technischen Einzelheiten, einige seiner Fragen musste Henna an Joonas weitergeben. Die Stimme des jungen Mannes klang gepresst. Er hatte in den letzten Monaten geübt, in Krisensituationen zu handeln, doch hatte er wohl nicht damit gerechnet, dass ihm eine solche Situation zu Hause drohen könnte statt bei der Luftabwehr.

Karhu bat um Verstärkung, es wurden mehr Leute gebraucht, um die Nachbarn zu informieren und Gaffer zu vertreiben.

«Bald werden auch die Medien auftauchen», seufzte er. «Jetzt alle weg hier, die Situation ist gefährlich. Kallio und Puupponen, das gilt auch für euch. Zurücktreten.»

Ich schlug Karhu vor, dass Puupponen und ich inzwischen die Hundesitterin Minja Laakso befragten. Sie würde uns zumindest sagen können, wann die Alarmanlage ausgeschaltet worden war. Karhu knurrte etwas Unverständliches, gab schließlich jedoch seine Zustimmung, als ihm klarwurde, dass die Information nützlich war.

Die Laaksos wohnten zwei Häuser weiter. Himanen von der Streife war bereits bei ihnen gewesen und hatte die Familie über die Situation informiert. Auf mein Klingeln öffnete eine besorgt wirkende Frau mittleren Alters.

«Müssen wir das Haus verlassen? Was dürfen wir mitnehmen?»

Ich stellte mich vor und erklärte, dass wir mit Minja sprechen wollten.

«Wie furchtbar! Minja ist ganz außer sich. Sie mag Kyösti so gern. Wir können keine Tiere halten, mein Mann hat eine Allergie, deshalb war Kyösti ein Geschenk des Himmels für sie. Es wäre schlimm, wenn dem Kerlchen etwas passiert.»

«Wie alt ist Minja?», erkundigte ich mich vorsichtshalber.

«Sechzehn. Wieso? Sie steht doch wohl nicht unter Verdacht?» Die Frau verwandelte sich schlagartig in eine Tigerin, immer bereit, ihr Junges zu verteidigen.

«Nein», antwortete ich, obwohl ich wusste, dass ich die Wahrheit leicht abwandelte. Es war durchaus möglich, dass der Täter Minja veranlasst hatte, ein Päckchen ins Haus der Pulmas zu bringen, ohne dass sie ahnte, was es enthielt. «Bei der Befragung einer Minderjährigen wäre es ratsam, dass ein Elternteil anwesend ist. Können Sie Ihre Tochter holen? Wie heißen Sie übrigens?»

«Laakso natürlich! Isa Laakso. Minja ist bestimmt in ihrem Zimmer. Von dort hat man eine gute Sicht auf Kyöstis Haus.» Frau Laakso ging nach oben und rief ihre Tochter. Puupponens Handy klingelte, er nahm ab, hörte schweigend zu und erstattete mir dann Bericht.

«Nichts Neues von Pulmas Handy. Das Signal ist wieder verschwunden. Der Kerl, den wir suchen, ist in technischen Dingen nicht ganz unwissend.»

«Es kann auch eine Frau sein», gab ich zu bedenken, da kam Minja auch schon die Treppe herunter. Sie war ein langbeiniges, gertenschlankes Mädchen, das an einen Windhund erinnerte. Ihre Jeans saß hauteng, die glatten blonden Haare fielen über den hellbraunen Pullover, ihre Hände zitterten.

«Kyösti wird doch nichts passieren?», fragte sie, noch bevor sie unten angekommen war.

«Wir tun unser Bestes. Dabei kannst du uns vielleicht helfen. Um wie viel Uhr bist du zu Kyösti rübergegangen?»

Das Mädchen zog sich die Ärmel über die Hände und blieb vor mir stehen.

«Nach der Schule, gegen halb vier. Ich hab die Alarmanlage ausgeschaltet, Kyösti geholt und ihm sein Jäckchen angezogen, dann habe ich die Anlage wieder eingeschaltet und bin mit Kyösti eine halbe Stunde nach draußen gegangen. An manchen Stellen war es schrecklich glatt, bei den schlimmsten Eisflächen und Pfützen musste ich ihn tragen. Dann bin ich zurückgegangen, habe die Alarmanlage wieder ausgeschaltet, Kyösti Wasser und Futter gegeben und mit ihm geredet. Nach dem Spaziergang und dem Fressen schläft er meistens bald ein. Ich dachte, ich bleibe noch eine Weile, weil er den ganzen Tag allein gewesen war, und er war auch irgendwie traurig, als würde er Jaakko vermissen ...» Minja schluchzte auf. «Hunde kriegen ganz schön viel mit.»

Hinter dem Fenster sah ich einen zweiten Wagen der ATE vorfahren. Meine Nackenhaare sträubten sich: Hatte Bob bereits Sprengstoff entdeckt, oder weshalb wurde Verstärkung gebraucht?

«Offenbar kam Joonas Pulma überraschend nach Hause, und dann bist du gegangen?»

Minja wurde rot. «Ich wusste nicht, dass er kommen würde, davon hatte mir keiner was gesagt. Es war schrecklich, er kam rein und rief ‹Papi?›, als hätte er geglaubt, da wäre Jaakkos Geist oder so. Ich hab vor Schreck aufgeschrien, und da hat Joonas auch geschrien. Ich bin dann nach Hause gegangen ... Ich hätte Kyösti mitnehmen sollen, dann wäre er jetzt in Sicherheit. Vati hätte ein bisschen gelitten wegen seiner Allergie, aber das ist nicht so schlimm wie sterben.»

«Hast du in den letzten Tagen irgendetwas in Pulmas Haus gebracht, vielleicht, weil dich jemand darum gebeten hat?»

«Nein! Das hat Henna mir verboten. Ich darf auch nie die

Tür aufmachen, nicht mal dem Briefträger. Der kommt allerdings meistens, wenn ich noch in der Schule bin.»

«Hast du den Briefkasten geleert?»

«Auch nicht, für den habe ich keinen Schlüssel. Ich kümmere mich nur um Kyösti, sonst nichts.»

«Henna Pasanen-Pulma hat Minja gründlich ausgefragt, bevor sie gewagt hat, sie als Hundesitterin zu engagieren», berichtete Isa Laakso. «Auch über mich und meinen Mann hat sie Auskünfte eingeholt. Offenbar waren wir gut genug, obwohl wir nicht zur Zentrumspartei gehören. Ich habe allerdings nie einen Fuß in das Haus gesetzt. Als Minja einmal krank war, hat Jaakkos kleine Sekretärin Kyösti ausgeführt. Diese Blondine in Pink.»

«Essi. Kyösti mag sie nicht, er knurrt sie an. Sie riecht nach Katze. Manchmal jagen die Nachbarskatzen im Garten Vögel und lösen dabei den Bewegungsmelder aus. Dann kommt der Sicherheitsdienst und sieht nach, ob Einbrecher da sind. Das ist nachts echt blöd, aber zum Glück lassen sie Kyösti nachts nicht oft allein. Vor ein paar Wochen habe ich einmal dort geschlafen, weil beide weg waren und Joonas auch nicht kommen konnte», erzählte Minja. «Das war, als ... als dieser Mann Kyösti gestreichelt hat, während wir draußen waren.»

«Was für ein Mann?»

«Irgendein Mann, ein ganz normaler. Ungefähr so alt wie Papa. Er hat gefragt, ob das der Hund von der Abgeordneten wäre, aber ich habe ihm nicht geantwortet. Henna hat gesagt, ich darf Fremden nicht erzählen, wem Kyösti gehört. Dann hat der Mann sich die Steine an Kyöstis Halsband angeguckt. Das sind bloß Ziersteine, aber er hat wohl gedacht, sie wären echt. Kyösti hat geknurrt, er mochte den Mann nicht. Ich hatte ein bisschen Angst und bin mit Kyösti hierhergekommen. In unseren Garten, weil ich dachte, der Mann soll lieber nicht mitkriegen, dass ich zu den Pulmas gehe.»

«Hast du diesen Mann danach noch einmal gesehen?»

«Nein. Kann er die Bombe gelegt haben? Ich erinnere mich nicht so genau, wie er aussah, aber an Hunde war er jedenfalls nicht gewöhnt. Es war, als hätte er ein bisschen Angst vor Kyösti, dabei ist der doch so niedlich.»

Die zweite ATE-Gruppe war mit Minensuchgeräten ausgerüstet, die ich seit meiner Afghanistanreise nicht mehr gesehen hatte. Außerdem war der Wagen einer Boulevardzeitung gekommen, und Himanen schien mit dem Fotografen darüber zu streiten, wo er Aufnahmen machen durfte. Das Grundstück war geschützte Privatsphäre, die Straße nicht.

«Du könntest Himanen helfen. Auf den Bildern darf nichts zu sehen sein, was die Adresse verrät. Ruf auch Eija Hakola an. Für morgen früh müssen wir sicher noch eine Pressekonferenz ansetzen», sagte ich zu Puupponen, der nickte und hinausging.

«Passiert Politikern so etwas öfter, aber man verschweigt es der Bevölkerung einfach?», fragte Isa Laakso. «Die kann man ja bald nicht mehr unter uns normalen Menschen wohnen lassen, sie gefährden uns alle! Oder wird die Straße von jetzt an ständig überwacht und jeder muss sich ausweisen?»

«Kaum. Haben Sie in letzter Zeit etwas Ungewöhnliches beobachtet? Oder du, Minja?»

Minja schüttelte den Kopf. Isa dagegen dachte angestrengt nach.

«Vor zwei Wochen waren diese rumänischen Schmuckverkäufer hier unterwegs. Die Nachbarn haben sich gegenseitig gewarnt, bloß nicht die Tür aufzumachen, und Eeva Kauppinen hat bei der Polizei angerufen, aber die hatten keine Zeit zu kommen. Und Eppu hat erzählt, dass er am Samstagabend, als er vom Joggen kam, einen Fremden gesehen hat, der das Haus der Pulmas beobachtete. Er meinte, es war vielleicht ein Reporter, der darauf wartete, dass Henna herauskommt. Eppu ist mein Mann. Soll ich ihn anrufen?» Isa Laakso schien trotz der gefährlichen Situation Feuer und Flamme zu sein.

«Wir befragen ihn später, wenn es nötig ist.»

Der Roboter Bob umkreiste das Haus, die Kette der Minensucher bewegte sich vorsichtig über das Grundstück wie in einem langsamen modernen Ballett. Im Westen stand die Sonne noch am Himmel, sie spiegelte die Bewegungen der Männer in den Pfützen, verlängerte ihre Gestalten zu abstrakten Skulpturen. Aus der Körpersprache der ATE-Leute schloss ich, dass sie bisher nichts Außergewöhnliches entdeckt hatten.

Plötzlich zückte Minja Laakso ihr Handy und trat ans Fenster, um zu fotografieren.

«Echt cool, genau da zu sein, wo was passiert. Ich stell das auf Instagram, da krieg ich total viele Klicks. Manche Internetzeitungen zahlen doch für Leserfotos, oder? Ziemlich gutes Licht hier.»

«Du darfst nichts posten, solange die Gefahr nicht vorbei ist.» Ich bemühte mich, mir meine Wut nicht anmerken zu lassen.

«Aber alle anderen knipsen auch!»

«Minja, tu, was die Polizei sagt! Du willst doch nicht, dass Kyösti etwas zustößt!» Isa Laakso schnappte sich das Handy, ohne sich um den Protest ihrer Tochter zu kümmern. «Kapierst du denn nicht, dass es um das Leben vieler Menschen gehen kann? Jaakko Pulma ist ermordet worden, und der Verrückte, der das getan hat, sucht sich jetzt neue Opfer.»

Minja brach in Tränen aus. Isa starrte sie aufgebracht an, legte dann aber die Arme um sie.

«Ich habe auch Angst, Schatz. Sind wir hier wirklich in Sicherheit? Oder sollten wir vielleicht doch lieber zu Oma fahren?»

«Das dürfen Sie natürlich tun, wenn Sie wollen. Die Sondereinsatzgruppe hält eine Evakuierung aber vorläufig nicht für notwendig.»

Puupponen verhandelte immer noch mit dem Fotografen. Am westlichen Himmel war nur noch ein purpurroter Streifen zu sehen, von Osten näherte sich eine dunkle Wolke. Wenn ich Jaakko Pulmas Mörder sofort geschnappt hätte, wären jetzt keine weiteren Opfer mehr zu befürchten. Hätte ich Tag und Nacht gearbeitet, zusätzliche Ressourcen verlangt, obwohl es keine gab, darauf bestanden, dass die Obduktion am Wochenende durchgeführt wurde ... Die Müdigkeit durchlöcherte mein Selbstvertrauen, und das Handy klingelte wieder einmal drängend und fordernd. Ich sah Licht in Henna Pasanen-Pulmas Wohnzimmerfenster und spürte beinahe körperlich ihre Angst, die auch über das Telefon drang.

«Wie lange dauert es noch? Haben sie etwas gefunden?»

«Bisher nicht.»

«Joonas müsste aufs Klo. Sein Magen spielt verrückt.»

«Moment, ich rufe gleich zurück.» Ich dankte den Frauen der Familie Laakso für ihre Hilfe und ging hinaus, um mit Karhu zu sprechen.

«Ich stehe hier auf der Straße, sie ist nicht abgesperrt. Personen, die eine wichtige gesellschaftliche Stellung bekleiden, also auch Abgeordnete, genießen nicht denselben Schutz der Privatsphäre wie Normalbürger», erklärte der Fotograf Puupponen, als ich an den beiden vorbeiging. Ich überließ es Puupponen, sich mit den Problemen der Pressefreiheit herumzuschlagen, er wusste ja, dass der Fotograf nur seine Arbeit tat. Karhu stand vor den Autos, das Funkgerät in der Hand, und drehte sich ganz langsam um, als ich zu ihm trat.

«Kallio! Ich dachte schon, die Abriegelung hätte versagt.»

«Im Haus wird gefragt, ob man aufs Klo gehen darf. Der Junge hat ein Geschäft, das sich nicht in eine Flasche verrichten lässt.»

«In diesem Job lernt man auch das», grinste Karhu. «Weißt du, wie weit die Toilette einerseits von der Stelle entfernt ist, wo sie jetzt sitzen, und andererseits von den Haustüren?»

Ich rief mir den Grundriss ins Gedächtnis. Die Toilette lag zwischen dem Wohnzimmer und der Garderobe.

«Es ist riskant. Er müsste sehr langsam gehen und leicht auftreten, was in diesem Zustand eher nicht so leicht ist. Und eine schmutzige Hose ist ein Klacks im Vergleich zum Tod.»

«Das heißt, dass ...»

«Ich würde es nicht empfehlen. Es bringt auch unsere Einheit in Gefahr. In der Küche gibt es sicher eine Schale oder einen Eimer oder eine große Plastikschüssel. Der Kerl ist doch bei der Armee. Er müsste sich mit Waldschiss auskennen.»

Ich gab Karhus Anweisungen an Pasanen-Pulma weiter, etwas geschönt, aber ebenso bestimmt. «Es dauert so lange, wie es dauert. Ihre Sicherheit geht allem anderen voran. Die besten Spezialisten des Landes sind im Einsatz», versuchte ich sie zu beruhigen. Aber auch die ATE-Männer konnten keine Wunder vollbringen. Wenn wir es mit einem brutalen Sprengstoffexperten zu tun hatten, dem es gleichgültig war, wie viele Menschen er tötete, hinkten die Experten einige Schritte hinterher.

Ich kannte nicht einmal die Bezeichnungen für all die Apparate und Messgeräte, mit denen die Einsatzgruppe ihre Arbeit verrichtete. Sie näherte sich dem Gebäude nach und nach, entsprechend Karhus Anweisungen. Schneeregen setzte ein, Flocken in der Größe von Wattepads klatschten mir ins Gesicht, und mein Magen knurrte. Die Vernunft riet mir, meine Aufgabe als Verbindungsperson an Karhu oder einen der Streifenbeamten zu übergeben und nach Hause zu fahren. Aber ein Soldat machte sich doch nicht mitten im Kampf aus dem Staub, auch wenn es im Krieg nicht auf eine einzelne Frau ankam. Ich vergrub die Hände tief in den Taschen und wünschte mir, ich wäre so schlau gewesen, unter dem Helm eine Mütze aufzusetzen. Immerhin wärmte die kugelsichere Weste, auf eine seltsame, schwere Art.

«Du hast also keine Ahnung, was für ein netter Mitbürger hinter der Bombendrohung steht», streute Karhu Salz in meine Wunde.

«Sicher kein besonders ausgeglichener Mensch.» Ich erzählte Karhu von dem Rinderblut und den Flashfotos der Leiche. «Aber warum warnt er Henna Pasanen-Pulma, wenn er sie wirklich umbringen will? Er hätte die Bombe doch einfach zünden können.»

«Er will, dass sein Opfer Angst hat. Das kann sogar ein stärkeres Motiv sein als die Gewalt selbst. Bist du ganz sicher, dass Pulma nicht nur deshalb ermordet wurde, weil sich jemand an seiner Frau rächen wollte?»

«Ich bin mir über gar nichts sicher. Oder im Amtsjargon: Wir behalten alle Ermittlungslinien im Blick. Und von denen gibt es erheblich mehr, als Helsinki Metrolinien hat.»

Karhu lachte und steckte sich Kautabak unter die Oberlippe. Er hielt die Dose auch mir hin, ich lehnte ab. Die ATE-Männer bewegten sich behutsam wie beim Tai-Chi, in ihrer Geschmeidigkeit lag eine merkwürdige Grazie.

Bob näherte sich der Eingangstür des Hauses. Karhu las die Codes, die der Roboter übermittelte, vom Display seines

Empfangsgeräts ab. Einer der ATE-Männer folgte Bob in einigen Metern Abstand.

«Man hat immer noch Angst, jedes Mal. Ich wäre lieber selbst dort, statt Sinkko vorzuschicken, aber im Krieg kämpft der Oberst ja auch nicht an vorderster Front.» Auf Karhus Nasenspitze glitzerte Schweiß. «Soweit ich weiß, hast du allerhand erlebt. War da nicht eine Bombengeschichte in Afghanistan vor ein paar Jahren, und dann natürlich die Sache in Nuuksio. Wo es Juhani Palo erwischt hat.»

Ich nickte nur. Es fiel mir schwer, den Blick von Bob abzuwenden, der sich langsam auf die Tür zubewegte.

«Als in Nuuksio der Polizist als Geisel genommen wurde, war ich ein ganz junger Bursche bei der Schutzpolizei. Obwohl die Operation danebenging, habe ich damals beschlossen, dass ich zur Karhu-Gruppe will. Nicht weil ich Action und Gefahr so toll finde, sondern weil ich lernen wollte, Krisen zu managen. Ruf die Leute jetzt an, sie sollen sich Töpfe oder so was auf den Kopf setzen. Bob ist bald so weit, reinzugehen.»

«Töpfe?»

«Was immer sie zur Hand haben, womit man sich ein bisschen vor Splittern schützen kann. Der Soldatenknabe müsste sich doch auskennen. Frag auch gleich nach dem Türcode.»

Meine Worte erschienen sowohl mir selbst als auch Henna Pasanen-Pulma absurd, aber Henna wirkte immerhin handlungsfähig. Zwei Minuten später näherte sich Bob der Tür. Seine Antennen schwangen hin und her, doch Karhu ließ den Bildschirm nicht aus den Augen. Sinkko hob den linken Arm, woraufhin die anderen Männer sich rasch zurückzogen. Karhu tippte Befehle ein, Bobs Roboterarm hob sich und wurde wie durch Zauberhand so lang, dass er den Türcode eingeben konnte. Ich spitzte die Ohren wie ein Hund, der auf ein Geräusch lauscht, das Menschen nicht wahrnehmen. Nur ein leises Summen war zu hören, dann packte Bob die Klinke, und die Haustür öffnete sich.

Ich merkte, dass Karhu den Atem angehalten hatte. «Ruf an und sag, dass Bob ins Haus kommt und Sinkko auch, falls Bob es erlaubt.»

«Unsere Tür ist offen», keuchte Henna am Telefon. «Da kommt irgendein Metallding …»

«Ein Bombenroboter. Keine Angst. Alles unter Kontrolle», sagte ich, als Bob plötzlich ein seltsames Jaulen von sich gab. Ich legte instinktiv die Hände über die Ohren, schloss die Augen und überlegte, ob meine kältestarren Beine noch laufen konnten.

Da hörte ich Karhu lachen. Es klang fast wie Schluckauf, und als ich die Augen öffnete, las ich in seinem Gesicht, dass die Gefahr vorüber war.

«Lassen wir die Jungs zuerst reingehen. Sie bringen die Personen nach draußen und untersuchen das Haus gründlich. Zumindest die Route, die Bob genommen hat, ist sauber.» Karhu nahm sein Funkgerät und gab seinen Leuten Anweisungen. Ich trat langsam zurück und stieß mit Puupponen zusammen, der sich ebenfalls näher wagte. Ich stupste den Kopf gegen seine Schulter wie eine Katze, die das Bein eines Menschen markiert. Vor größeren Gefühlsausbrüchen scheute ich zurück.

Henna Pasanen-Pulma trat als Erste aus dem Haus, dann kam Joonas, der Kyösti trug. Moilanen brachte sie zu den wartenden Streifenwagen. An den Fenstern, auf den Verandas und Balkons der Nachbarhäuser tauchten Menschen auf, jemand applaudierte, ein paar andere schlossen sich dem Beifall an. Doch Henna hatte keinen Blick für ihre Umgebung, sie ging einfach vorwärts, als wäre sie selbst ein Roboter. Die vorsorglich alarmierten Sanitäter umringten sie, doch sie lehnte ihre

Hilfe ab und ging aus eigener Kraft zum Krankenwagen. Als sie an mir vorbeikam, sah ich ihre Augen. In ihnen lag bodenlose Verzweiflung.

15

Bei der Pressekonferenz am nächsten Morgen war Eija Hakola zurückhaltend. Sie bestätigte, dass es im Espooer Stadtteil Taavinkylä einen Bombenalarm gegeben hatte, es habe sich jedoch um eine leere Drohung gehandelt.

«Unseren Informationen nach ging es um das Haus der Abgeordneten Henna Pasanen-Pulma. Ihr Mann wurde letzte Woche ermordet. Man braucht wohl kein Sherlock Holmes zu sein, um einen Zusammenhang zwischen diesen beiden Fällen zu sehen», meinte der Kriminalreporter einer größeren Medienkette. Eine der Zeitungen des Konzerns erschien, soweit ich mich erinnerte, auch in Pasanen-Pulmas Heimat West-Savo.

«Man braucht auch keinen Holmes, um zu verstehen, dass für die Bombendrohung und den Mord zwei verschiedene Täter verantwortlich sein können», gab ich kühl zurück.

«Aber die Polizei hat die Drohung besonders ernst genommen, weil es in der Familie bereits ein Todesopfer gab?», hakte der Reporter nach.

«Die Polizei nimmt alle Drohungen gleichermaßen ernst», beschied ihn Eija.

«Und untersucht sie mit demselben Einsatz?» Diesmal kam die Frage vom Reporter einer der beiden großen Boulevardzeitungen.

«Mit dem notwendigen Einsatz», betonte ich.

Eija und ich hatten die übereilte Entscheidung, Jaakko Pulmas Identität publik zu machen, bereits im Stillen verflucht. Ein paar Tage zuvor war uns Offenheit als gute Lösung erschienen, nun war ich anderer Meinung. Die ATE-Männer hatten Haus und Garten der Pulmas gründlich untersucht, aber keinerlei Spuren von Sprengstoff gefunden. Jaakko Pulmas Handy war verstummt. Vermutlich würden wir es nie finden.

Pulmas Wagen war zur technischen Untersuchung gebracht worden, obwohl ich es für unwahrscheinlich hielt, dass ihn nach dem Mord jemand benutzt hatte. Der eine Autoschlüssel hatte sich in Taavinkylä befunden, der andere im Indizienbeutel.

Henna und Joonas hatten die Klinik nach der ärztlichen Untersuchung verlassen dürfen. Sie hatten mit Kyösti in Perttu Pulmas Zweizimmerwohnung übernachtet, Perttu wiederum hatte die Nacht bei seiner Schwester in Leppävaara verbracht. Dieses komplizierte Arrangement war notwendig, weil Kyösti sich nicht mit der Katze Diana vertrug, sondern sie so lange jagte, bis sie die Krallen ausfuhr. Henna fürchtete, die Katze würde dem armen Hund die Augen auskratzen.

Nach der Pressekonferenz überließ ich es Puupponen und Koivu, die noch ausstehenden Befragungen zu erledigen, und fuhr zu einem Gespräch mit dem Sicherheitschef ins Parlament. Unterwegs telefonierte ich mit Eeva. Sie freute sich auf die Party am Freitag und auf die Reise nach Helsinki.

«Ich weiß noch nicht, ob wir uns sehen können. In den nächsten Tagen muss ich dienstlich nach Juva. Wenn ich die Fahrt erst am Freitag machen kann, schaffe ich es wahrscheinlich nicht, zu der Feier zu kommen.»

«Als ich Freistunde hatte, habe ich dich im Fernsehen entdeckt, bei eurer Pressekonferenz. Du hast wirklich müde ausgesehen. Weißt du, dass du Tante Tyyne immer ähnlicher wirst? Wenn du nervös bist, runzelst du die Stirn genau wie sie.»

Ich gab keine Antwort. Die vor einigen Jahren verstorbene jüngste Schwester unseres Vaters war eine furchterregende Matrone gewesen, mit einer spitzen Zunge und mit Augen, denen nichts entging. Der Vergleich mit ihr war nicht besonders schmeichelhaft. Ich tat, als sei ich am Ziel, und legte auf.

Das Büro des Sicherheitschefs befand sich im Seitenflügel. Die Wände schmückten Bilder aller finnischen Staatspräsidenten, und als ich die illustre Reihe betrachtete, kam mir der Verdacht, dass der Hund der Pulmas nach Präsident Kyösti Kallio benannt worden war. Den angebotenen Kaffee nahm ich dankend an, ich hatte unruhig geschlafen und immer wieder Albträume gehabt, in denen mal die Eishalle in Laaksolahti, wo Taneli oft trainierte, und mal das Haus meiner Eltern in Arpikylä in die Luft flog. Der Sicherheitschef hatte eine eigene, topmoderne Kaffeemaschine, also bat ich um einen doppelten Espresso. Mein Arbeitstag würde wieder weit jenseits der Überstundengrenze enden.

Henna Pasanen-Pulma war endlich bereit gewesen, sich für den Rest der Woche krankschreiben zu lassen. Wir würden sie erneut befragen müssen, wenn sie wieder zu Hause war. Auch Joonas stand auf unserer Liste. Der Juwelendiebstahl hatte zunächst die Möglichkeit in den Hintergrund gerückt, dass Rache an Henna das Tatmotiv sein könnte. Nach der Bombendrohung betrachtete ich diese Alternative aber wieder als Hauptermittlungsstrang. Deshalb musste ich nach Juva fahren und mit Hennas Eltern sprechen.

«Es ist eine äußerst besorgniserregende Situation, die sich natürlich auf das Arbeitsklima im ganzen Haus auswirkt», konstatierte der Sicherheitschef. «Henna Pasanen-Pulma gehörte bisher nicht zu den sogenannten Risiko-Abgeordneten. Sie ist außerhalb ihrer Arbeit kaum an die Öffentlichkeit getreten. In der Politik vertritt sie eine mittlere Linie, vor allem durch ihre Parteizugehörigkeit – auch wenn sie in ihrer eigenen Partei zum liberalen Flügel zählt.»

«Wer sind denn die Risiko-Abgeordneten?»

«Grob gesagt, diejenigen, die einer der extremen Parteien angehören oder nicht nur als Abgeordnete bekannt sind. Natürlich alle, die besonders viel Macht haben. Und manchmal auch diejenigen, die kontroverse Meinungen äußern.»

«So wie eine gewisse ehemalige Einwanderungsministerin der sprachlichen Minderheit?»

Das Gesicht des Sicherheitschefs wurde hart.

«Genau. Sie hat es immerhin gewagt, mit der Straßenbahn zu fahren wie du und ich, obwohl wir ihr davon abgeraten haben. Anständiges Benehmen gibt es auch nicht mehr. Frauen werden häufiger bedroht als Männer, oft ausdrücklich mit sexueller Gewalt. Pasanen-Pulma würde sofort in eine höhere Risikoklasse eingestuft, wenn sie einen Ministerposten bekäme. Häufig will man mit Drohungen erreichen, dass sich das Opfer aus der Politik zurückzieht. Nur wenige Fanatiker haben wirklich die Absicht, zu töten, aber wie soll man aus der anonymen Schar diejenigen herausfiltern, die es ernst meinen? Vielen genügt das Gefühl der Macht, das ihnen die Drohungen verschaffen. Aber es überrascht mich wirklich, dass gerade Henna Pasanen-Pulma in dieses Fegefeuer geraten ist. Wenigstens weiß sie, dass sie in diesen Wänden in Sicherheit ist. Glauben Sie, wir sollten eine permanente Bewachung für sie organisieren?»

«Ich hoffe, wir können den Fall so zügig lösen, dass dazu kein Grund mehr besteht.»

Polizeichef Ranto hatte uns zwei Kriminalmeister vom Gewaltdezernat als Verstärkung zugewiesen. Eine der beiden war – zu Puupponens Entsetzen – Jenna Ström. Ich setzte sie als Koivus Partnerin ein, während Puupponen mit dem kurz vor der Pensionierung stehenden Talo zusammenarbeiten sollte, der im Zuge der Strukturreform von Lohja nach Espoo versetzt worden war. Man hatte ihm auch die Frührente angeboten, aber zu so schlechten Bedingungen, dass er den Ortswechsel vorgezogen hatte.

Ich überlegte, wer in fünfzehn Jahren die Polizeiarbeit tun würde. Die Erfahrenen wären bis dahin vorzeitig in Rente geschickt worden, die Ehrgeizigen hätten internationale Aufgaben übernommen, die Verschuldeten verrichteten neben ihrem Vollzeitjob Nebentätigkeiten, sofern sie die Genehmigung dazu erhielten. Die Absolventen der Polizeihochschule hätten keine Gelegenheit, sich in der Praxis zu qualifizieren, da es keine Stellen gab. Vielleicht gehörte die Zukunft Überwachungskameras und Robotern wie Bob, denen es nichts ausmachte, angespuckt und beschimpft zu werden. Auch die Gefängnisse würden nach dem Selbstbedienungsprinzip funktionieren: Den Häftlingen würden Mikrochips implantiert, die darüber wachten, dass sie zur vorgeschriebenen Zeit in ihrer Zelle waren. Puupponens Anruf riss mich aus meinen dystopischen Gedanken. Talo und er befragten gerade Matti Ronkainen, der bestritt, Jaakko Pulma gesehen zu haben, aber zugab, zur gleichen Zeit in der Kirche gewesen zu sein. Die Überwachungskamera war ein unbestechlicher Zeuge.

«Sollten wir die Kleidung, die Ronkainen am Freitag getragen hat, untersuchen lassen? Vielleicht findet sich daran irgendetwas, was ihn mit Pulma in Verbindung bringt. Fasern, DNA … Von Blut wage ich nicht zu träumen.»

«Wie wirkt der Junge?»

«Verängstigt. Das bedeutet aber nicht unbedingt, dass er schuldig ist. Er sagt nur immer wieder, Gott würde alles sehen und der Polizei schon noch beweisen, dass er unschuldig ist.»

«Wir machen einen Gegencheck mit Ronkainens Bild und

den anderen, die in der Kirche waren, um zu klären, wo er sich wann aufgehalten hat. Und die Kleidung muss unbedingt ins Labor. Selbst wenn sie inzwischen gewaschen wurde, hinterlässt eine solche Menge Blut auf jeden Fall Spuren. Die Analyse kann zwar Wochen dauern, aber wir haben ja sonst kaum etwas.»

Koivu und Ström waren im Ermittlungszimmer. Koivu hatte Jenna zum Kaffeekochen verdonnert und las an seinem Computer etwas ganz anderes als Vernehmungsprotokolle. Anscheinend eine medizinische Publikation in englischer Sprache.

«Man hat mir einen Job angeboten», brummte er. «Im Rauschgiftdezernat in Helsinki herrscht aus gegebenem Grund Personalmangel. Ich könnte im September anfangen. Also hätte ich Zeit für einen ausgiebigen Sommerurlaub und …» Koivu verstummte. Er wusste nicht, wie es Sennu im September gehen würde. Auch die Ärzte konnten ihm keine sichere Prognose geben.

«Pekka, ich möchte, dass du mich nach Taavinkylä begleitest. Jenna kann auch mitkommen und die Nachbarn befragen. Auch wenn letztlich keine echte Gefahr bestand, sind alle Beobachtungen wichtig. Mach gleichzeitig eine Charakteranalyse von Jaakko Pulma und seiner Familie. Ich prüfe nach, wann Perttu Pulma Dienst hat. Er kennt dich nicht, du kannst also irgendwann im Lauf des Tages ein paar Runden Roulette spielen. Aber darüber sprechen wir später.»

Jenna erhob sich so eifrig wie ein Hund, der in den Wald geschickt wird und nicht recht weiß, ob er ein Reh oder einen Hasen aufspüren soll. Sie erklärte, tagsüber werde sie wohl nicht viele Nachbarn antreffen, denn in Taavinkylä wohnten Leute aus der Mittelschicht, und die müssten arbeiten, um ihren Immobilienkredit abzahlen zu können. Ihr Kommentar amüsierte mich. Hatte Jenna Ström politisches Bewusstsein entwickelt? Vielleicht würde sie eines Tages zu der ständig wachsenden Schar ehemaliger Polizisten im Parlament gehören. Ich würde sie allerdings nicht unbedingt wählen.

Natürlich konnte ich das Haus von Henna Pasanen-Pulma nur durchsuchen, wenn sie selbst oder ein anderes volljähriges Familienmitglied anwesend war. Als ich Henna anrief, erklärte sie, sie sei wie üblich im Parlament, sie fühle sich doch nicht krank. Aber Joonas könne mit Kyösti nach Taavinkylä kommen, damit dem Gesetz Genüge getan werde. Ich bat die Zentralkripo, uns Sari Kataja zu schicken, eine Expertin für Sicherheitstechnik mit dem Spezialgebiet Tresore. Ich glaubte Henna Pasanen-Pulma nicht unbesehen, dass sie nur die Kombination des einen Safes kannte. Es wäre von Jaakko Pulma unbedacht gewesen, ihr die zweite Kombination zu verheimlichen. Hatte er nie an die Möglichkeit eines plötzlichen Todes gedacht? Dafür sprach allerdings auch, dass es von ihm keine Patientenverfügung gab.

Antti hatte anfangs ungläubig den Kopf geschüttelt, als ich ihn vor einigen Jahren gebeten hatte, eine Patientenverfügung aufzusetzen und auch festzulegen, wo er beerdigt werden wollte. Ich hatte die entsprechenden Regelungen schon vor meiner Reise nach Afghanistan getroffen, doch das lag nicht nur an den Risiken des Polizeiberufs. Es war unwahrscheinlich, dass ich in Ausübung meiner Pflicht sterben würde.

«Wie geht's Sennu?», fragte Jenna, als wir im Auto saßen. Sie lehnte sich auf der Rückbank vor wie ein Kind, das kein Wort vom Gespräch der Eltern auf dem Vordersitz verpassen wollte.

«Reden wir von was anderem.» In Koivus Gesicht zuckte es.

«Ach, so schlimm steht es. Tut mir leid zu hören.» Jenna

klopfte Koivu auf die Schulter, und er trat so heftig aufs Gas, dass ich schon einen Auffahrunfall kommen sah.

«Konzentrieren wir uns auf die Arbeit. Es würde mich sehr interessieren, wie weit die Nachbarn über die Sicherheitsvorkehrungen im Haus der Pasanen-Pulmas informiert waren, und auch, wer tagsüber ins Haus kam, wenn Jaakko Pulma dort arbeitete. Plaudere in aller Ruhe mit einsamen Rentnern und frustrierten Hausmännern und gib ihnen das Gefühl, wichtig zu sein. Über die Planung fürs Casino reden wir, wenn wir in Taavinkylä fertig sind.»

Die Ermittlungssekretärin teilte mir per SMS mit, für die Fahrt nach Juva mit öffentlichen Verkehrsmitteln sei der Bus die beste Alternative. Der nächste Bahnhof war in Mikkeli, in Savonlinna und Joroinen gab es Flugplätze, doch es standen nur wenige Verbindungen zur Auswahl, und in Juva würde ich auf jeden Fall die Ortspolizei um Amtshilfe bitten oder ein Taxi nehmen müssen, denn die Familie Pasanen wohnte etwa sechzehn Kilometer außerhalb des Ortskerns. Die Ermittlungssekretärin riet mir also, mit dem Auto zu fahren. Allerdings würde dabei ein ganzer Tag draufgehen, denn die Fahrtzeit hin und zurück betrug etwa sechs Stunden. Es lohnte sich nicht, für die Befragung von Viljo und Elvi Pasanen zwei Arbeitskräfte einzusetzen. Am klügsten wäre es gewesen, Talo oder Jenna hinzuschicken, aber ich wollte die Sache selbst übernehmen. Als Jenna an der Straßenkreuzung ausgestiegen war, um mit ihren Befragungen zu beginnen, und Koivu einen Parkplatz suchte, rief ich die Nummer an, die ich von der Ermittlungssekretärin bekommen hatte.

«Pasanen», meldete sich eine Frau. Ich stellte mich vor und fragte, ob es möglich sei, Herrn und Frau Pasanen morgen oder am Donnerstag zu besuchen.

«Ja, wir sind hier. Um sechse wird gemolken, morgens und

abends. Und zur Forstarbeit kann mein Alter auch nicht, ist ja alles vereist. Genau wie in dem Jahr, wo Minna gestorben ist. Aber Sie wollen sicher über Jaakko reden?»

Die Frau bemühte sich, korrekter zu sprechen, als ihr klarwurde, dass sie es mit einer Amtsperson zu tun hatte.

«Ja, auch über ihn.» Ich versprach, ihr so bald wie möglich mitzuteilen, an welchem Tag ich kommen würde. Sari Kataja stellte ihren Wagen neben unserem ab, und der rotäugige Streifenbeamte, der über Nacht Wache gehalten hatte, fragte, ob er jetzt gehen dürfe. Außer einer Katzenrauferei gegen drei Uhr morgens war nichts vorgefallen.

«Der junge Mann und dieser rattenartige Hund sind drinnen. Habt ihr zufällig Kopfschmerztabletten dabei? Hier geht ein so beschissener, Pardon, starker Wind, dass mein Nacken total steif ist.»

Ich überließ Koivu den Part des Krankenpflegers und klingelte. Lautes Bellen ertönte, dann öffnete Joonas die Tür. Er trug schwarze Jeans und ein dunkelblaues Hemd, seine Füße steckten in schwarzen Stoffsneakers. Ein finnischer Mann, der zu Hause Schuhe anhatte, war eine Seltenheit. Kyösti sprang ihm kläffend um die Beine.

«Mutti sagt, ihr hättet Vatis Computer. Wann bekommen wir ihn wieder?»

«Wenn die technische Untersuchung abgeschlossen ist. Ist da etwas drauf, was du brauchst?»

«Ich hätte nur gern ein paar Bilddateien auf eine externe Festplatte kopiert. Von unserer Vereidigung und so. Aber wenn wir ihn irgendwann zurückbekommen ... Wann ist die Beerdigung?»

«Auch das kann ich noch nicht sagen. Wir werden jetzt das Haus durchsuchen. Wenn du möchtest, kannst du gerne die ganze Zeit dabei sein.»

«Durchsucht ihr auch meine Sachen? Auch den Rechner und den Laptop?»

Im 21. Jahrhundert brauchte ein junger Mann keine Angst mehr zu haben, die Polizei könnte Pornohefte unter seiner Matratze finden, diese Geheimnisse waren ins Internet übergesiedelt. Ich fragte Joonas, ob auf seinen Geräten irgendetwas gespeichert sei, was die Geschäftstätigkeit seines Vaters betraf. Er schüttelte den Kopf.

«Mutsch und Paps haben mir immer eingebläut, dass Computer und Handys privat sind. Ich weiß noch, einmal, da war ich vielleicht acht, klingelte Paps' Handy, als er auf der Toilette war. Ich bin drangegangen, weil ich sehen konnte, dass es meine Tante Kirsi war, aber Paps hat mir das total krummgenommen. Obwohl es nur Kirsi war. Seitdem lasse ich ihre Geräte in Ruhe, außer wenn Mutsch mich um Hilfe bittet.» Joonas holte Luft und schien von seiner Redeflut selbst überrascht zu sein.

«Ich übernehme die Küche. Pekka, fang du mit Joonas' Zimmer an, damit er möglichst bald seine Ruhe hat.» Kyösti folgte mir in die Küche, hüpfte und winselte. Der Geruch all der fremden Menschen und das Fehlen seines vertrauten Herrchens hatten seine Welt aus den Angeln gehoben. Er hatte es geschafft, ein Stück von seinem Trockenfutter in seinen Wassernapf fallen zu lassen, also streifte ich Handschuhe über und ersetzte das vermuste Wasser durch frisches.

Pasanen-Pulmas Küche mutete halbwegs rustikal an mit Arbeitsflächen aus Stein und Schränken aus dunklem Holz. Die Vorräte hätten für zwei Wochen gereicht, besonders beeindruckend war die Auswahl an getrockneten Bohnen und Linsen. Hinter der Kaffeepadmaschine war ein Regal für Kaffeetassen angebracht, auf dem sich alle Größen fanden, von der Espressotasse bis zum Vier-Deziliter-Becher für Café au Lait. Ganz hinten im Regal stand auch eine der Tassen, mit denen Paavo Väyrynen für seine Wahl zum Präsidenten geworben hatte. Alltags- und Festtagsgeschirr waren deutlich getrennt, Ersteres gehörte zur grün-weißen Hausmarke einer Kaufhauskette. Das Sonntagsgeschirr war mit Blumengirlanden verziert, es gab jeweils sechzehn Teller in sechs verschiedenen Größen und Formen. Das Silberbesteck befand sich in einem abschließbaren Schrank, an dem jedoch der Schlüssel steckte.

Die ganze Küche zeugte von Wohlstand und Stilbewusstsein, doch Gerätschaften, die wahre Kochleidenschaft verrieten, wie etwa Austernmesser oder Tomatenentstrunker, suchte man vergeblich. Pflichtbewusst warf ich auch einen Blick in die Zuckerdose und die Reispackungen, fand aber nichts Auffälliges. Joonas saß auf dem Sofa im Wohnzimmer und beobachtete mich, blickte nur der Form halber ab und zu auf seinen Laptop.

«Toni und ich haben überlegt, ob wir uns von der Polizei Handschellen leihen sollten, damit wir meine Mutter zwingen können, zu Hause zu bleiben. Sie sagt, sie lässt nicht zu, dass Gewalttaten die Umsetzung der Demokratie unterlaufen. Aber es geht doch gar nicht um Mutti, oder? Es kann doch niemand so verrückt sein, Paps zu töten, nur weil Mutti im Parlament ist?» Joonas stand auf und kam in die Küche. «Kann ich mir einen Schokokeks nehmen? Mir ist ein bisschen wacklig. Bei Perttu gab es nur Müsli und Joghurt.»

«Bedien dich.» Ich schaute in den Kühlschrank. Milch und Butter waren Bioprodukte, sämtliche Frischwaren, wie Schinken und Käse, stammten aus einheimischer Produktion; schließlich vertrat die Hausherrin eine Partei, die für die Interessen der finnischen Bauern kämpfte. Jaakko Pulma hatte Tropfen gegen trockene Augen benutzt. Eine Flasche Cava war das einzige kühl gestellte alkoholische Getränk. In einem Schrank im Hauswirtschaftsraum fanden sich Whiskysorten, die man überall an Flughäfen kaufen konnte, zwei Flaschen guter Kognak und einige Flaschen Wein. Allem Anschein nach wurde in der Familie nicht täglich Alkohol getrunken. Die einzige leere Bierdose lag Koivu zufolge in Joonas' Zimmer herum, das ansonsten penibel aufgeräumt war.

Sari Kataja hatte sich im Schneidersitz in einer Ecke des Wohnzimmers niedergelassen. Der Tresor war etwa einen Meter hoch, Tiefe und Breite schätzte ich auf rund sechzig Zentimeter. Das Schloss befand sich vor Saris Augen. Zwei Computer produzierten unablässig Zahlenreihen. Auch beim Öffnen von Safes verließ man sich nicht mehr allein auf den Gehörsinn und Wahrscheinlichkeiten, sondern nahm Algorithmen zu Hilfe. Sari mochte etwas über fünfzig sein, ihre kurzen Haare waren bereits ergraut, die starke Brille betonte die Fältchen um ihre Augen. Sie war schlank und geschmeidig und konnte in den unbequemsten Stellungen arbeiten. Ich war ihr bisher nur gelegentlich auf Polizistinnentagungen begegnet, wo sie in den letzten Jahren Pausenyoga angeboten hatte. Eine Kollegin von der Zentralkripo behauptete, Sari könne immer noch im Stehen mit dem Fuß ihre Schläfe berühren.

Laut Aussage der Familie wurde in dem Tresor im Erdgeschoss der Familienschmuck aufbewahrt. Der Safe in der oberen Etage war Pulmas Handelsware vorbehalten. Sari hatte angenommen, der Wohnzimmersafe sei leichter zu öffnen.

«Hast du eine Ahnung, wo dein Vater die Tresorkombinationen aufbewahrt haben könnte? Man braucht ja so viele Passwörter und PINs, da wird er sich doch nicht allein auf sein Gedächtnis verlassen haben», wandte sich Sari an Joonas. Doch der schüttelte den Kopf.

«Und Pulmas Handy wurde nicht gefunden? Viele verschlüsseln ja ihre Kombination als Telefonnummer. Da braucht man nur nach einer Nummer zu suchen, die nie angerufen wurde», fuhr Sari fort. «Habt ihr noch alte Handys oder SIM-Karten von deinem Vater?»

Joonas wusste es nicht. Sie konnten in der Abstellkammer gelandet sein oder waren vielleicht weitergegeben worden. Seine Eltern hätten Unmengen von altem Zeug weggeworfen, als sie aus Mikkeli nach Espoo gezogen waren.

Pulmas Werkzeug fand sich im unteren Teil des Geschirrschranks im Wohnzimmer. Der Schrank war abschließbar, hatte aber ein altmodisches Schloss, und selbst ein ungeübter Dieb hätte die Tür aufbrechen können. Als ich durch die Lupe sah, wurde die Welt größer und verzerrte sich zugleich. Ich nahm meinen Ohrring ab und betrachtete den daran hängenden Aventurin. Unter der Lupe waren Verfärbungen und Kratzer zu erkennen, die man mit bloßem Auge nicht wahrnahm. Koivu bemerkte, dass in den Fuß des Dichroskops und des gemmologischen Mikroskops Pulmas Name und seine Kontaktdaten eingraviert waren. Die Gravur war so tief, dass man sie nicht abschleifen konnte, ohne Spuren zu hinterlassen. Auch das war eine Art, sein Eigentum zu schützen.

Puupponen rief an. Ich ging in die Sauna, wo ich hinter zwei verschlossenen Türen ungestört sprechen konnte. Matti Ronkainen hatte einen Wutanfall bekommen, als Puupponen ihn aufforderte, die Kleider abzugeben, die er am Freitag getragen hatte.

«Der Junge ist nicht ganz richtig im Kopf, allen Ernstes», sagte Puupponen. «Was ihn nur noch verdächtiger macht. Soll ich ihn einsperren?»

«Gibt es Hinweise auf selbstzerstörerische Neigungen? Kannst du seinen Arzt erreichen? Ich würde Ronkainen gehen lassen und versuchen, möglichst genau zu rekonstruieren, wo er sich am Freitag aufgehalten hat. Wenn ihr bei ihm zu Hause seid, seht nach, ob ihr etwas entdeckt, was als Tatwaffe in Frage käme.»

«Oder als Zutat für Blutpfannkuchen», frotzelte Puupponen. «Du übernimmst also die Verantwortung dafür, dass Ronkainen nicht verhaftet wird?»

«Geistige Verwirrung macht einen Menschen noch nicht zum Mörder. Auch wenn gerade so einer wie Ronkainen die falsche Bombendrohung erfinden und sogar für wahr halten könnte. Versucht herauszufinden, ob er etwas von Politik versteht.»

Die Sitzbänke der elektrisch beheizten Sauna bildeten einen Halbkreis, zwischen den Steinen auf dem Ofen lugte ein unfassbar hässlicher Saunawichtel hervor. Der Geruch nach Birkenquast war einem Raumspray zu verdanken. Ich fuhr mit den Fingern über die Unterseite der Bänke, ohne mir den kleinsten Splitter einzuziehen. Der Wassereimer und die Schöpfkelle waren Handarbeit aus Juva. Im Waschraum gab es zwei Duschen und einen Whirlpool, auf einem Regalbrett lagen saubere Handtücher. Henna bevorzugte Seife und Haarpflegeprodukte mit Rosenduft, das Duschgel der Marke Axe benutzten wohl die Männer der Familie. Henna Pasanen-Pulma hätte jederzeit die Reporterin einer Frauenzeitschrift in ihr Haus bitten können; diese hätte weder Leichen im Keller noch Wollmäuse auf den Fußböden gefunden.

Der Sauna-Trakt verfügte über ein separates WC, in den Schränken fand ich mit Beerenextrakt angereicherte Hautpflegeprodukte, Tampons und einen Ladyshaver samt Rasierschaum. Im Ruheraum, der eine Tür zum Garten hatte, stand ein Fernseher. Außerdem gab es hier ein Bücherregal, das mehr Werke zur politischen Geschichte als Belletristik enthielt. *Die*

Sieben Brüder, Der unbekannte Soldat und das *Kalevala* waren allerdings vorhanden, und irgendjemand in der Familie liebte die Krimis von Agatha Christie. Ich schlug einen von ihnen auf und las, wie Hercule Poirot Rubinen nachjagte, die aus einem Zug verschwunden waren. Auch diese Steine schienen Unglück zu bringen.

Weitere Stichproben am Bücherregal waren ebenso erfolglos. Auf dem Fernseher gab es keine Bezahlkanale, und ich fand nur sehr wenige DVDs. Entweder interessierten sich die Bewohner des Hauses nicht für Filme, oder sie hatten Netflix abonniert. Auf die Hülle einer DVD namens «Diamantenfieber» stand mit rotem Filzstift geschrieben: *Jaakko, guck dir wenigstens den an. Betrifft deinen Beruf.* Die mit P beginnende unleserliche Unterschrift stammte wahrscheinlich von Perttu.

In den Schränken des Zimmers standen auch verschiedene Lampen. Sie waren extrem stark: Als ich eine Stehlampe einschaltete, musste ich mir die Hand vor die Augen halten. Auch dies waren also Pulmas Arbeitsgeräte. Warum hatte er zu Hause arbeiten wollen, wäre ein ruhiges Büro außerhalb nicht besser gewesen? Oder hatte er sich in der vertrauten Umgebung sicherer gefühlt?

Ich ging zurück ins Wohnzimmer. Sari Kataja wirkte hochkonzentriert, ich bewegte mich ganz vorsichtig, um sie nicht zu stören, doch sie schien sich völlig abgeschottet zu haben. Koivu nahm das Werkzeug im Hauswirtschaftsraum unter die Lupe, und Joonas hatte sich, wie ich aus dem gedämpft pulsierenden Bass schloss, in sein Zimmer zurückgezogen. Sari holte tief Luft.

«Er scheint nachzugeben!» Ihre Stimme klang ein wenig höher als sonst. «Tja, es war doch ein ganz simpler Fall. Kommt und guckt es euch an! Voilà!»

Lächelnd wie eine Zauberkünstlerin, die anstelle des Taschentuchs, das sie hineingestopft hat, ein Kaninchen aus dem Hut zieht, öffnete Sari Kataja die Tür des Tresors. Ich beugte mich vor, um als Erste hineinzusehen.

Er war leer.

16

«Ich habe keine Ahnung, was da passiert ist», seufzte Henna Pasanen-Pulma, die ich aus der Plenarsitzung des Parlaments ans Telefon hatte rufen lassen. «Im Moment kann ich aber auch nichts tun, hier findet gleich eine Abstimmung statt. Nur eine Routinesache, aber wer zu häufig fehlt, wird vor der nächsten Wahl von der Presse zerrissen.»

«Sie haben einen gewichtigen Grund, zu fehlen.»

«Die Gründe spielen keine Rolle. Ein Kollege von einer anderen Fraktion wurde nicht wiedergewählt, als die Boulevardblätter sich darüber ausließen, dass er häufiger mit dem Taxi gefahren war als irgendein anderer Abgeordneter. Der Grund war aber, dass er regelmäßig zu einer Krebsbehandlung fuhr und dafür ein Taxi nehmen musste. Gesundheitsangelegenheiten gehören sogar bei Politikern zur Privatsphäre, und deshalb wurde dem Wahlvolk diese Erklärung vorenthalten.»

«Uns liegen widersprüchliche Angaben darüber vor, ob Sie die Zahlenkombination des Tresors kannten.»

«Sicher! Ich kannte die vorige Kombination, die Jaakko dann aber änderte, als er Fräulein Manner entlassen musste. Er wollte mir die neue Kombination sagen, hat es aber nicht getan, und ich hatte andere Dinge im Kopf.»

«Haben Sie einen Anwalt? Vielleicht hat Ihr Mann die Kombinationen und die Information zum Bankschließfach bei ihm hinterlegt.»

«Unser Anwalt ist Kimmo Kerminen in Mikkeli. Er war auf einer Skiwanderung in Lappland, ohne Internetverbindung, und hat deshalb erst gestern erfahren, was passiert ist. Ich hatte mich schon gewundert, weil ich ihn nicht erreichen konnte. Er kommt heute Abend zurück nach Mikkeli.»

Nun hatte ich zwei Gründe, nach West-Savo zu fahren: die Eltern der Pasanen-Schwestern und den Anwalt der Pulmas.

Sari nahm sich gerade den Tresor im Schlafzimmer vor, Koivu ging unterdessen den Rest des Zimmers durch.

«Pulma war sicher der Lieblingskunde seines Schneiders. Alle Sakkos und sogar ein paar Hemden und Hosen haben Geheimtaschen», sagte er. «Leider habe ich nur in einer etwas gefunden. Guck mal!» In seinen behandschuhten Händen glänzte ein silbernes Zigarrenetui, in dessen Deckel Blumenornamente graviert waren. «Hergestellt in Paris 1789. Vielleicht hat das jemand zu Ehren der Französischen Revolution anfertigen lassen. Hat Pulma eigentlich geraucht?»

«Meines Wissens nicht. Vielleicht war er einer von diesen Partyrauchern oder hat sich gelegentlich nach einem guten Essen eine Zigarre gegönnt. Ich frage Joonas.»

Ich ging ins Erdgeschoss. Joonas war in seinem Zimmer eingenickt, im Schlaf wirkte sein Gesicht kindlich. Doch sobald er meine Schritte hörte, schlug er die Augen auf. Bei der Armee gewöhnte man sich einen leichten Schlaf an.

«Paps hatte oft Zigarren bei sich, aber die hat er hauptsächlich anderen angeboten. Manchmal hat er auch selbst eine geraucht, um ein gutes Geschäft zu feiern. Als ich dreizehn war, hat er mir eine gegeben. Mutter hat ihn angebrüllt, aber er hat gesagt, der Junge soll ruhig mal probieren. Ein Zug hat mir gereicht.» Joonas setzte sich auf und fuhr sich durch die Haarstoppeln. «Kann die Polizei meiner Mutter nicht verbieten, zur Arbeit zu gehen? Im Internet stehen grauenhafte Sachen über sie. Sie wäre total gefühllos, weil sie ganz normal ins Parlament kommt, als wäre nichts passiert. Manche schreiben, sie wäre eine Psychopathin und hätte bestimmt einen von der Russenmafia bezahlt, um ihren Mann aus dem Weg zu räumen.»

Ich setzte mich neben Joonas und unterdrückte den Impuls, ihm tröstend über den Kopf zu streichen.

«Du solltest diese Sachen gar nicht erst lesen. Sonst regst du dich nur auf, und die Leute, die sich da auslassen, haben doch überhaupt keine Ahnung.»

«Aber es sind schon so viele Tage vergangen! Wieso bringt die Polizei nichts zustande? Vati ist tot, und solange der Täter nicht gefunden wird, müssen alle leiden.»

Joonas hatte recht, aber mir fehlte die Kraft, mich zu verteidigen oder die übliche Litanei über knappe Ressourcen anzustimmen. Also ging ich zurück nach oben. Mein Handy klingelte, Kimmo Kerminen war dran. Ja, er sei morgen wieder in Mikkeli. Von einem Schlüssel zu Jaakko Pulmas Schließfach wisse er nichts, aber Pulmas Testament liege bei ihm. Selbstverständlich sei er jederzeit zu einem Gespräch mit der Polizei bereit, dieser erschütternde Fall habe absolute Priorität. Er habe Jaakko seit der Schulzeit gekannt, Jaakko sei zudem der Patenonkel seiner Tochter. Während ich mir den Wortschwall anhörte, begann ich wirklich zu glauben, dass Kerminen auf seiner Skiwanderung keinerlei Kontakt zur Außenwelt gehabt hatte. Sonst hätte er sich doch wohl sofort mit der Polizei in Verbindung gesetzt, als er vom Tod seines Klienten erfuhr. Es sei denn, er hatte Gründe, die Kontaktaufnahme hinauszuzögern. Dafür, dass er nichts von einem Schlüssel zu Pulmas Schließfach wusste, hatte ich letztlich nur sein Wort.

Wann immer es möglich war, zeichnete ich Vernehmungen auf, denn in der Situation konzentrierte ich mich meist zu sehr auf die Worte des Befragten. Anhand einer Tonaufnahme konnte ich nachträglich analysieren, wie er seine Sache vorbrachte, und auf einem Video kamen noch die Gesten hinzu.

Die alten Tricks – sich die Nase reiben, dem Gegenüber in die Augen blicken – kannte jeder, der sich auch nur gelegentlich Krimiserien im Fernsehen anschaute, aber im Gespräch gab ein Mensch dennoch mehr von sich preis, als er ahnte. Deshalb war es mir wichtig, persönlich mit den Eltern von Henna und Minna Pasanen und mit dem Anwalt Kerminen zu sprechen. Am besten fuhr ich gleich am nächsten Tag hin. Ich las die Wettervorhersage: In Südfinnland heiter und einige Grad über null. Auf der Höhe von Juva Temperaturen um den Gefrierpunkt, aber wolkenlos. Es würde erst nach acht Uhr abends dunkel werden, die Fahrt wäre also nicht allzu anstrengend, vorausgesetzt, ich bekam überhaupt einen Dienstwagen.

Ich ging zurück ins Schlafzimmer und sah vom Fenster aus Jaakkos Schwester Kirsi Pulma-Haukinen auf das Haus zukommen. Sie trug einen schwarzen Mantel, in dem sie fast versank; es sah aus, als hätte sie sich Trauerkleidung von einer größeren und korpulenteren Person geliehen. Die Tasche, die ihr über die Schulter hing, schien schwer zu sein und ein viereckiges Paket zu enthalten. Mein Herz stockte. Kirsi hätte durchaus das Handy ihres Bruders an sich nehmen und die grundlose Bombendrohung verschicken können, um dann, wenn alle glaubten, die Gefahr sei vorbei, tatsächlich zuzuschlagen. Aber warum? Wenn sie wirklich religiöse Wahnvorstellungen hatte, hätte sie doch wohl nicht jahrelang in der Gemeinde arbeiten können, ohne dass irgendjemand etwas davon gemerkt hätte.

Ich wusste von Kollegen bei der Polizei und Mitarbeitern in der Psychiatrie, die Religiosität grundsätzlich als eine Art Geistesstörung betrachteten. Einmal hatte ich mit einem Polizeipsychiater über Pertti Ström gesprochen, den Vater von Jenna, der Selbstmord begangen hatte. Nach Ansicht des Psychiaters hätte eine religiöse Erweckung oder die Liebe einer Frau Pertti vielleicht vom Freitod abhalten können, doch vermutlich habe Pertti jegliche Neigung zur Religiosität gefehlt. Seiner Meinung nach verhielt es sich damit ähnlich wie mit der Musikalität: Man konnte sie weiterentwickeln – genau genommen verwendete er den Ausdruck anfachen –, aber einen zum Zweifel neigenden Menschen zu tiefer Gläubigkeit zu bekehren sei ebenso aussichtslos wie der Versuch, einen Menschen, der mit dem absoluten Gehör geboren war, völlig unempfänglich für Musik zu machen. Der Mann war von seinen Theorien fest überzeugt gewesen, und ich hatte keine Lust gehabt, ihn darauf hinzuweisen, dass ein absolutes Gehör nicht dasselbe war wie Musikalität. Die Gabe, die exakte Tonhöhe zu erkennen, war etwas ganz anderes als die Fähigkeit, Musik zu interpretieren.

Mein Diensthandy meldete den Eingang einer Mail. Sie kam von Kommissar Maciej Nowak von der Polizei in Wrocław. Er hatte Marius Zygmund erreicht, der über den Tod seines Geschäftspartners zutiefst erschüttert war. Zygmund hatte Pulma dafür bezahlt, die Edelsteine, die seiner Familie gehört hatten, zu beschaffen, zu säubern und in ihre ursprüngliche Form zu bringen. Pulma hatte ihm mitgeteilt, die Arbeit werde viel Zeit in Anspruch nehmen, doch Marius Zygmund hatte dem Finnen vertraut, der in internationalen Juwelierkreisen einen hervorragenden Ruf genoss. Nowak hatte Pulmas Kunden nicht darüber informiert, dass die Steine verschwunden waren, das war die Aufgabe der finnischen Polizei und konnte erst geschehen, wenn die Nachlassinventur abgeschlossen war. Zygmund hatte angegeben, er sei nie in Finnland gewesen, sondern habe Pulma in London und Moskau getroffen. Der polnische Kollege hielt seine Aussage für glaubwürdig, und auch Jenna Ström hatte keinen Hinweis darauf gefunden, dass Marius Zygmund in letzter Zeit mit dem Flugzeug nach Finnland gekommen war. Die Passagierlisten der Schiffe musste sie noch überprüfen.

Kirsi klingelte. Ich erwartete, dass Joonas ihr öffnen würde, doch das Fenster in seinem Zimmer lag nicht zur Haustür, und wenn er Kopfhörer aufhatte, konnte er die Klingel nicht hören. Als ich in die Diele ging, um Kirsi einzulassen, war ich auf alles gefasst.

Als sie sah, wer ihr die Tür öffnete, trat Furcht in ihre Augen.

«Was macht die Polizei denn noch hier? Ist wieder etwas passiert?»

«Wir führen eine Haussuchung durch, ein ganz normaler Vorgang bei polizeilichen Ermittlungen.» Ich war nicht verpflichtet, die Maßnahmen der Polizei zu erläutern, nicht einmal gegenüber den nächsten Angehörigen des Opfers, doch ich spürte, dass ich Kirsi zuvorkommend behandeln musste, wenn ich sie zum Reden bringen wollte.

«Ist Joonas zu Hause? Ich habe Hefeteilchen für ihn mitgebracht. Im Mutter-Kind-Kreis war heute Backtag, und Joonas hat Hefegebäck schon immer gern gemocht. Aber Henna hat in den letzten Jahren ja keine Zeit zum Backen gehabt.»

«Und Jaakko?» Die Bemerkung entschlüpfte mir unwillkürlich, doch glücklicherweise schien Kirsi sie nicht gehört zu haben. Als sie versuchte, sich an mir vorbeizudrängen, flitzte Kyösti durch die Tür nach draußen. Ich hatte den Hund völlig vergessen, nachdem er in seinem Körbchen eingeschlafen war. Kirsi versuchte ihn am Halsband zu fassen, doch Kyösti sauste durch den Garten und hob an der Fahnenstange das Bein.

«Hat Henna keine Trauerflagge aufgezogen? Oder macht man das nur am Tag der Beerdigung? Kaarina, unsere Küsterin, wüsste das. Sie trauert sehr über Arvi Honkas Tod, obwohl er doch ganz friedlich gestorben ist. Jetzt ist er bei seiner Frau im Himmel. Ich habe gestern die Oberpfarrerin gefragt, ob Jaakkos Seele unstet herumwandert, bis sein Mörder gefasst wird, aber sie meinte, die Todesumstände hätten keinen Einfluss darauf, ob eine Seele Frieden findet. Heutzutage werden ja auch Selbstmörder bestattet wie alle anderen. Das sind allerdings die schrecklichsten Beerdigungen, und oft sehr still. Die Angehörigen haben Angst, dass man ihnen die Schuld gibt, weil sie nichts getan haben, um den Selbstmord zu verhindern.»

«Ich weiß, das ist sehr belastend.»

«Ach ja, die Polizei hat ja auch mit solchen Fällen zu tun. Kann ich jetzt die Teilchen reinbringen?»

«Warte, ich hole Joonas. Es ist besser, wenn du jetzt nicht ins Haus kommst, wir sind noch nicht fertig mit der Hausuchung.»

Als Kyösti von seinem Ausflug zurückkam, beschnupperte er Kirsis Schuhe, bellte kurz und schlüpfte wieder in die Diele. Joonas kam in den Windfang geschlurft, der für drei Personen zu eng war. Bei seinem Anblick schrie Kirsi kurz auf und fiel ihm um den Hals.

Mein Handy klingelte, und ich zog mich zurück, so gut es ging. Laura Kokko hatte die Steuerabrechnungen und die Buchführung von Jaakko Pulma und seiner Firma Blue Jewel AG geprüft. Außerdem hatte sie mit einem Experten für Datentechnik Pulmas Computer untersucht. Pulma war so unbedacht wie die meisten Finnen: Das Passwort für seinen PC bestand aus den Initialen und Geburtsdaten seiner Frau und seines Sohnes.

«Äußerlich wirkt weiterhin alles sauber. Die Buchführung ist in Ordnung, die Bilanz nachvollziehbar. Aber das Problem ist nach wie vor, dass ich nicht beurteilen kann, ob die

Schmuckstücke zu angemessenen Preisen ge- und verkauft wurden. Ich denke, ich werde mich mit einem Experten von Bukowski in Verbindung setzen, vielleicht kann er mir weiterhelfen. Und über Pulmas Ruf weiß er eventuell auch mehr.»

Pulma hatte seine Dateien zwar nachlässig geschützt, andererseits hatte er aber so gut wie nichts auf seinem Rechner gespeichert. Der Experte grub weiterhin von der Festplatte gelöschte Dateien und Mails aus. Bisher hatte sich nur völlig normale Geschäftskorrespondenz gefunden. An Essi Manner hatte er allerdings noch lange nach der Kündigung Mails geschickt, deren Inhalt jedoch erst noch genauer überprüft werden musste.

Aus den Augenwinkeln beobachtete ich, wie Joonas die Hefeteilchen von seiner Tante in sich hineinstopfte und sie mit Milch hinunterspülte. Kirsi hatte sich nicht davon abhalten lassen, ins Haus zu kommen, nun kochte sie Kaffee und fragte, ob wir auch eine Tasse wollten. Da wir die Küche bereits durchsucht hatten, ließ ich sie gewähren. Tante und Neffe schienen ein gutes Verhältnis zueinander zu haben, Kirsi strich Joonas immer wieder über den Kopf und tätschelte ihm die Schulter. Ich bat Laura, Kopien aller Dateien an die Adresse der Seltsamen zu mailen, zu der außer mir auch Koivu und Puupponen Zugang hatten. Dann ging ich zurück ins Schlafzimmer, wo Koivu gerade seine Durchsuchung abschloss.

«Abgesehen von den Geheimtaschen nichts Besonderes. Nichts, was den Mord und die Bombendrohung erklären würde.»

Sari Kataja sagte, sie sei mit dem zweiten Tresor schon gut vorangekommen, werde aber noch einige Stunden brauchen, um ihn zu öffnen. Der Safe war mit Bolzen an der Wand des Ankleidezimmers befestigt; natürlich ließ er sich abbauen, doch das hielt ich nicht für nötig, wenn er sich auch auf andere Weise öffnen ließ. Koivu und ich durchsuchten noch einen kleinen Nebenraum, der als Gästezimmer diente, sowie Gartenschuppen und Carport. Meine Frustration wuchs, und auch Koivu blickte nicht gerade fröhlich drein. Es hatte wirklich den Anschein, dass das Ehepaar beim Umzug nach Espoo den größten Teil seiner Vergangenheit entsorgt und nur das aufgehoben hatte, was unbedingt gebraucht wurde.

Es gab zweierlei Arten von Haushalten mit wenigen Habseligkeiten; die Pulmas gehörten zu denen, die selbst entscheiden konnten, was sie behielten. Ich kannte aber auch die andere Sorte, Wohnungen, in denen es nur zwei Kaffeetassen, einen Topf und eine Matratze auf dem Fußboden gab, keine Bücher und keinen Fernseher. Dort hatten die Bewohner nicht selbst entschieden, was sie besitzen wollten, sondern die Umstände hatten es für sie getan: Scheidung, Arbeitslosigkeit, Konkurs. Antti lehnte überflüssigen Kram ab, konnte aber nie genug Bücher oder Schallplatten haben, ich trug meine Kleidung, bis sie verschlissen war, und hatte wenig Interesse an Geschirr oder Einrichtungsgegenständen. Iida war sparsam, Taneli dagegen war immer scharf auf neue technische Geräte und hatte seinem Vater zu Weihnachten einen Milchaufschäumer geschenkt. Tanelis Eiskunstlauf schluckte einen spürbaren Teil unseres Einkommens. War der Paarlauf vielleicht billiger, da sich doch die Kosten für das Training auf zwei Personen verteilten? Vermutlich nicht.

Der nächste Anruf kam von Jenna Ström, die sich erkundigte, ob sie bis zum Abend in Taavinkylä bleiben sollte, um die Nachbarn zu befragen, denn momentan seien, wie sie ja vermutet habe, nur wenige zu Hause. Ich bat sie, einen Bericht über ihre bisherigen Befragungen zu schreiben und am Abend ins Casino zu gehen, um Perttu Pulma zu beobachten.

«Die Überstunden kannst du bestimmt abfeiern, ich bespreche das mit Ranto.»

«Muss ich den Einsatz selbst bezahlen, wenn ich spiele?»

«Darfst eben nicht verlieren.» Als Jenna unsicher auflachte, beeilte ich mich, hinzuzufügen, das Geld für den Einsatz bekomme sie aus der Kaffeekasse der Seltsamen. Die existierte zwar nicht, doch Puupponen und Koivu würden meine Lüge sicher nicht aufdecken. Aus irgendeinem Grund bildete ich mir ein, Jenna werde beim Roulette Glück haben.

Wenn Matti Ronkainen häufig in der Kirche von Tapiola saß, kannte Kirsi ihn bestimmt. Ich ging mit Koivu in die Küche und hörte ihn zufrieden seufzen, als Kirsi ihm eine Kaffeetasse in die Hand drückte.

«Ja, ich kenne Matti», nickte Kirsi, «auch wenn ich nicht so viel mit ihm zu tun habe wie die Küsterinnen. Kaarina musste einmal den Krankenwagen rufen, weil der Junge so verwirrt war, dass er sich auf den Altar legte und nicht mehr aufstehen wollte. Er hatte sich die Schuhe ausgezogen und sich Wunden in Hände und Füße geschnitten, wie Stigmata.»

«Warum den Krankenwagen und nicht die Polizei?»

«Danach müsst ihr Kaarina fragen. Wahrscheinlich dachte sie, Matti ist nicht kriminell, sondern krank, und das stimmt ja auch. Mit Gottes Gnade ist der arme Junge nicht gerade überschüttet worden.»

«Ronkainen? So ein Langhaariger, der sechs Kreuze um den Hals trägt und drei in den Ohren?», fragte Joonas. «Der war mit mir zusammen bei der Musterung. Ist bestimmt sofort ausgemustert worden. Hat der etwa meinen Vater umgebracht?» Joonas zerquetschte seine Zimtschnecke in der Faust. Ich schwieg und verfluchte insgeheim meine Gedankenlosigkeit. Ich hätte Kirsi nach Ronkainen fragen sollen, ohne dass Joonas es mitbekam. Aber ich hatte mir nicht vorstellen können, dass die beiden jungen Männer sich kannten, denn ich hatte angenommen, Joonas wäre in Mikkeli und nicht in Espoo gemustert worden.

«Wir befragen alle, die auf den Aufzeichnungen der Überwachungskamera vom Freitag in der Kirche zu sehen waren», sagte Koivu ruhig. «Das bedeutet nicht, dass einer von ihnen unbedingt der Täter ist. Und wenn wir den Täter identifiziert haben, erhält er eine angemessene Strafe.» Koivu zwang Joonas, ihm in die Augen zu sehen. «Diese Strafe wird vom Gericht verhängt, nicht von der Polizei und auch nicht von einem Zivilisten. Für die Polizei bist du ein Zivilist, auch wenn du momentan deinen Wehrdienst ableistest.»

Koivu klang so sehr nach seinem alten, ruhigen Selbst, dass ich schlucken musste. Vielleicht hatte er recht: Es tat ihm gut, sich mit den Problemen anderer Menschen herumzuschlagen.

«Der Kerl war wirklich total wirr im Kopf. Auf unserer Stube ist ein früherer Klassenkamerad von ihm, Alex Voronov. Der ist russisch-orthodox, seine Familie ist schon vor ewigen Zeiten aus Russland hergekommen, und Alex hat mir mal erzählt, der Ronkainen wollte die ganze Zeit mit ihm über Gott und den Himmel diskutieren. Bloß weil Alex orthodox ist, dabei macht er sich auch nicht mehr aus der Kirche als alle anderen. Er hat wegen seiner Jesusgeschichten manchmal sogar was auf die Fresse gekriegt, der Ronkainen.»

Joonas' Stimme klang aufgeregt, er versuchte fieberhaft, seine Gedanken zu ordnen.

«Matti ist nie gewalttätig gewesen, außer gegen sich selbst!», fuhr Kirsi dazwischen. «Unsere Pastoren und die Sozialarbeiterin haben versucht, ihm zu helfen. Der Pfarrer vom Dienst ist nämlich auch dann zu erreichen, wenn das Sozialamt längst Feierabend hat. Die Kirche leistet ihre Dienste vierundzwanzig Stunden am Tag und sieben Tage die Woche.

Daran denkt bloß keiner, wenn man uns abwechselnd als erzkonservativ und dann wieder als einschmeichlerisch abstempelt. Nach dieser Fernsehdiskussion über Homosexuelle bin ich auch gefragt worden, ob ich mich nicht schäme, für die Kirche zu arbeiten. Aber wie viel mehr einsame alte Damen und arbeitslose Alkoholiker gäbe es wohl in unserem Land, wenn nicht jeder zu uns kommen dürfte, der will? Bei uns wird nicht gefragt, ob du zur Gemeinde gehörst. Und manchmal ist Backen einfach die beste Seelsorge.»

Kirsi ließ ihren Mund zuschnappen und errötete über ihren Wutausbruch. Joonas starrte auf den Rest seines Teilchens, dann brach er ein Stück für Kyösti ab. Koivu wollte etwas sagen, verstummte aber im letzten Moment. Die Standuhr schlug drei Uhr, wie sie es schon seit über zweihundert Jahren zweimal täglich tat. Eine Liedzeile ging mir durch den Sinn, *Vergänglich sind wir Menschen all'*. Ich tippte eine Notiz in mein Handy ein: die Küsterin Kaarina Tuomi zu Ronkainen befragen.

«Ronkainen wollte unbedingt zum Wehrdienst», fuhr Joonas fort. «Um das Vaterland gegen Ungläubige zu verteidigen. In unserer Stube ist auch ein Muslim. Bei Biwaks wird das ein bisschen kompliziert, weil er sich an seine Gebetszeiten halten muss. Ich dachte, bei der Armee läuft das nicht, da gelten für ihn dieselben Regeln wie für alle anderen, aber unser Leutnant sagt, in Friedenszeiten sind wir flexibel. Hoffentlich brauchen wir die andere Alternative nicht auszuprobieren.»

«Ich war mit Jaakko und Henna bei Joonas' Fahneneid dabei», sagte Kirsi. «Damals habe ich darüber nachgedacht, wie viele von diesen Jungen überhaupt begreifen, was für einen enormen Schwur sie da ablegen, und ich habe gebetet, dass sie ihn nie zu erfüllen brauchen. Henna hatte den gleichen Gedanken. Unsere Generation ist im Kalten Krieg aufgewachsen, aber ich habe immer geglaubt, unseren Kindern bliebe die Angst erspart, irgendwann an die Front zu müssen. Heutzutage weiß ich nicht mehr, was ich denken soll, die Welt ist so verdreht geworden. Zum Glück habe ich nur eine Tochter.»

Koivu stellte seine Kaffeetasse auf den Tisch und lauschte. «Ich glaube, Sari ruft uns», sagte er. Wir gingen zurück ins Schlafzimmer, wo Sari Kataja noch immer im Lotussitz vor dem Tresor hockte.

«Seht her!», rief sie.

Ich hatte das Gefühl, in eine Seeräubergeschichte geraten zu sein. Aus dem Tresor purzelten Schmuckstücke und Geldscheine. Ich sah genauer hin: Die Schachteln und Umschläge unter dem aufgehäuften Schmuck waren penibel geordnet, doch die oberste Schicht war offenbar in höchster Eile in den Tresor gestopft worden. Sicher ergaben die Hunderter und Fünfhunderter eine Gesamtsumme von mehreren tausend Euro.

Warum hatte Jaakko Pulma solche Summen in bar aufbewahrt? Essi Manners Bemerkungen über Geldwäsche schienen doch keine reine Notlüge gewesen zu sein.

17

Ich traf um achtzehn Uhr im Casino am Bahnhofsplatz in Helsinki ein. Ich hatte mich ausstaffiert wie jemand, der in finanziellen Schwierigkeiten steckt, aber mit allen Mitteln versucht, es zu kaschieren. Ich trug also ein schwarzes Jerseykleid, das vor zwei Jahren in war und am Ausschnitt und an den Ärmeln mit Strasssteinen verziert ist, die sich zum Teil allerdings schon lösen. Dazu eine verschlissene Spitzenstrumpfhose und silberne Pumps, bei denen links der Absatzfleck fehlte. Ich hatte mich übermäßig geschminkt und meine armseligen Haare mit Föhn und Spray so hoch aufgetürmt wie möglich.»

Ich saß in der Raststätte am Einkaufszentrum kurz vor Heinola. Während ich mich mit einem Kaffee stärkte, las ich den Bericht, den Jenna Ström in der vorigen Nacht über ihren Besuch im Casino getippt hatte. Um acht Uhr früh, als ich meinen Dienstlaptop einschaltete, war er bereits eingetroffen, aber ich hatte beschlossen, sofort nach Juva aufzubrechen. Ich würde zuerst Elvi und Viljo Pasanen besuchen und auf dem Rückweg in Mikkeli haltmachen, um mit Kimmo Kerminen zu sprechen.

Ich hatte den Inhalt des Tresors im Obergeschoss der Pasanen-Pulmas vorläufig beschlagnahmt. Joonas hatte vor Ort protestiert, Henna am Telefon, doch das Gesetz stand auf der Seite der Polizei. Laura Kokko würde die Geldsumme mit Pulmas Bilanzen und Steuererklärungen und mit der Glücksspielbuchhaltung des Casinos abgleichen. Vielleicht fand sich für den fünfstelligen Betrag eine harmlose Erklärung, es war schließlich nicht verboten, im eigenen Haus Bargeld aufzubewahren.

«Nach meiner Ankunft im Casino setzte ich fünfzig Euro an dem Roulettetisch, an dem Perttu Pulma arbeitete. Ich hatte auf Anhieb Glück und gewann meinen Einsatz doppelt zurück. Dann ging ich an einen Spielautomaten, von dem aus ich Perttu (ich verwende im Folgenden seinen Vornamen, um eine Verwechslung mit Jaakko Pulma auszuschließen, dem Opfer des von uns untersuchten Verbrechens gegen das Leben) unauffällig beobachten konnte. Anfangs schien er seine Arbeit mit gelassener Routine zu verrichten, doch im Lauf des Abends bemerkte ich Risse in seiner Fassade.

Die Aufgabe des Croupiers besteht darin, die Scheibe zu drehen und die Jetons zu kontrollieren. An Perttus Tätigkeit bemerkte ich an sich nichts Verdächtiges. Im Gegensatz zu den anderen Croupiers im Saal schien er sich jedoch seiner Umgebung äußerst bewusst zu sein. Während die anderen sich nur auf ihren Spieltisch konzentrierten und gelegentlich mit Spielern und Kollegen scherzten, schien Perttu neben seiner Arbeit den ganzen Saal zu beobachten. Sein besonderes Interesse galt dem Pokertisch.

Ich spielte eine Weile am Automaten und verlor zwei Euro. Das Casino war für einen Abend unter der Woche recht gut besucht, unter anderem waren chinesische und litauische Touristengruppen dort. Nachdem ich noch eine zweite Runde Roulette gespielt und meinen Einsatz verloren hatte, beschloss ich, eine Kleinigkeit zu essen und ein kleines Glas Wein zu trinken, was meiner Einschätzung nach meine Handlungsfähigkeit nicht beeinträchtigen würde. Da ich von der Bar aus keinen direkten Blick auf Perttus Tisch hatte, hielt ich die Mahlzeit so kurz wie möglich.»

An dieser Stelle unterbrach ich die Lektüre. Ich hatte nicht erwartet, dass Jenna Ström so viele Worte machen würde, zumal ich sie nur um eine Zusammenfassung gebeten hatte. Offenbar war Puupponen nicht der Einzige unter uns, der literarische Ambitionen besaß. Ich musste weiterfahren, um rechtzeitig nach Juva zu kommen. Dem Navi zufolge würde ich noch anderthalb Stunden brauchen.

Über Juva wusste ich eigentlich nur, dass *Luonteri Surf*, eine meiner Lieblingsbands, von dort stammte. Allerdings war ich als Kind einmal dort gewesen. Wir hatten auf einer Reise nach Südfinnland im Hotel Juva gegessen. Im Restaurant war *Alvin Stardust* im Radio gelaufen, wir durften uns zum Wiener Schnitzel Limonade bestellen, die wir sonst nur nach der Sauna bekamen. Ich hatte Apfelsprudel getrunken, aber Helena bestand auf Coca-Cola, die meine Eltern als imperialistische Brühe boykottierten. Um einen Wutausbruch zu vermeiden, hatten sie Helena schließlich ihren Willen gelassen. Eeva hatte sich wohl mit einer Orangenlimonade begnügt.

Wie hätte ich mich gefühlt, wenn eine meiner Schwestern in unserer Jugend unter ähnlichen Umständen ums Leben gekommen wäre wie Minna Pasanen? Vermutlich hätte ich alles darangesetzt, die Wahrheit zu enthüllen, hätte Detektivin gespielt wie die Kultfigur Nancy Drew. Meine Schwestern waren von meiner Wissbegier genervt. Wieso konnte ich mich angeblich daran erinnern, wer in Arpikylä mit wem verwandt war und in welcher Reihenfolge die *Ramones* ihre Songs aufgenommen hatten? Nach Eevas Ansicht war alles nützliche Wissen in Schulbüchern enthalten, und Helena hielt das meiste für absolut uninteressant. Ironischerweise war sie Lehrerin geworden, und ihre Begeisterung für die englische Sprache war ursprünglich durch *Grease* und *Drei Engel für Charlie* geweckt worden. Da wir drei Mädchen waren, wollte sie die Fernsehserie mit uns nachspielen. Wenn ich gut drauf war, ließ ich mich manchmal darauf ein. Meistens spionierten wir Helenas damaligem Schwarm nach, aber einmal hatten wir auch Johnny Miettinen beschattet, meine erste Liebe.

Ach Johnny, er war nur noch eine schwache Erinnerung, die mich zum Lächeln brachte. Man kommt über alles hinweg, redete ich mir ein, während ich nach Norden fuhr. Auf der Höhe von Mikkeli war der Winter wieder da, die Temperatur war unter den Gefrierpunkt gesunken, und es lag genug Schnee zum Skilaufen. Die Wegweiser nach Kielkallio und Kilpola erinnerten mich wieder an Songs von *Luonteri Surf*. Ich hatte nicht daran gedacht, Musik für unterwegs mitzunehmen. Ob es im Supermarkt in Juva wohl CDs der Lokalmatadoren gab?

Das Navigationsgerät riet mir, schon vor der Kreuzung im Kirchdorf nach links abzubiegen. Der vereiste Schnee leuchtete weiß, am frühen Morgen hätte man auf Skiern hier ein Wahnsinnstempo erreicht. Ich bog auf immer kleinere Straßen ab, bis ich schließlich die letzte erreichte, die Nulppolantie. Den Spuren nach war hier zuletzt ein Traktor gefahren. Der Weg machte einen Bogen nach links in Richtung Ufer, vom Bauernhof aus blickte man auf einen kleinen See. Als ich ausstieg, bestätigte der Geruch, dass auf dem Hof weiterhin Kühe gehalten wurden. Ein angeketteter Spitz kläffte, wedelte dabei aber fröhlich mit dem Schwanz.

Der Mann öffnete die Tür, noch bevor ich anklopfen konnte. Soweit ich wusste, war er schon über siebzig, doch sein dürrer, zäher Körper war straff und sein Händedruck kraftvoll. Ich suchte in seinem zerfurchten Gesicht nach Hennas Zügen, entdeckte sie dann jedoch bei der Frau, die mich an der Küchentür erwartete. Elvi Pasanens Haare waren sicher irgendwann einmal so strohblond gewesen wie die ihrer Tochter, doch jetzt waren sie mit grauen Strähnen durchsetzt. Die

Jahre und die Trauer hatten das Blau ihrer Augen ausbleichen lassen, es glich der Farbe eines bewölkten Himmels, und die Lippen wirkten, als hätten sie seit langem nicht mehr gelächelt. Ich wurde in die gute Stube geführt, mit einem Regal voller Pokale und Medaillen im Stil der frühen 1980er Jahre. Dazwischen entdeckte ich auch einige ältere, die offenbar Viljo Pasanen gehörten. Die Möbel hatten schon mehrere Jahrzehnte gesehen, im vorigen Jahrtausend war man noch in der Lage gewesen, qualitativ hochwertige Ware zu produzieren. Elvi Pasanen hatte auf einem kleinen Tisch mit Spitzendecke Kaffeetassen bereitgestellt. Wann hatte ich zuletzt einen Kaffeewärmer gesehen? Der Hefezopf, der Sandkuchen und die zwei Sorten Plätzchen waren unverkennbar selbstgebacken. Ich fühlte mich in das Elternhaus meines Vaters zurückversetzt, in eine Zeit, als meine Großmutter noch lebte.

«Kaffee für die Kommissarin. Von Helsinki ist es weit bis zu uns.»

Ich verzichtete darauf, die Ortsangabe zu korrigieren. Stattdessen schenkte ich mir Kaffee ein, griff dann zu dem silbernen Kännchen und goss eine helle Flüssigkeit dazu. Zu spät erkannte ich, dass es nicht Milch, sondern Sahne war. Es war mir peinlich, wie ein Ehrengast behandelt zu werden, wo ich doch hergekommen war, um qualvolle Ereignisse aus der Vergangenheit auszugraben.

«Mein Beileid zum Tod Ihres Schwiegersohnes», sagte ich und biss in eine Scheibe Hefezopf. Meine Gastgeber nickten.

«Wir verstehen nicht ganz, wie wir bei der Aufklärung behilflich sein können», erwiderte Elvi Pasanen. «Wir haben Juva seit Dreikönige nicht mehr verlassen und Jaakko kein einziges Mal gesehen. Henna hat uns im März besucht, als sie zu verschiedenen Veranstaltungen in der Gegend war, und

Joonas war vor zwei Wochen mit seiner Freundin hier, aber Jaakko hatte viel zu tun, und wir selbst können wegen unserem Vieh höchstens bis ins Kirchdorf fahren.»

«Wie viele Milchkühe haben Sie?», fragte ich, um das Eis zu brechen.

«Zehn, und außerdem zwei Kälber. Mehr schafft man in unserem Alter nicht. Luumu wird in einigen Tagen kalben, dann bekommen wir wieder Biestmilch. Daraus mache ich immer gebackenen Kase, den mochte Jaakko so gern, vor allem mit Moltebeerenmarmelade.»

Im Regal standen auch Fotos. Die ältesten waren schwarzweiß, sie zeigten eine vierköpfige Familie, der Vater im dunklen Anzug, die Mutter im Kleid, die beiden Mädchen mit straff geflochtenen Zöpfen. Daneben standen die Konfirmationsfotos der Mädchen. Hennas Kleid war aus rosa Spitze, die Rosen, die sie in der Hand hielt, passten farblich genau dazu. Minna war dunkelhaariger gewesen als ihre Schwester, sie wirkte resolut und trug ein aufwendiges Kreuz an einer Kette. Zu beiden Seiten ihres Fotos standen Kerzen. Als Nächstes folgte eine Aufnahme von Henna als Abiturientin, dann ein schwarz-weißes Hochzeitsfoto der Eltern und ein farbiges von Hennas und Jaakkos Trauung. Den Abschluss bildete das Abiturfoto von Joonas. Er lächelte entspannt wie heutzutage die meisten jungen Leute, für die es Routine war, fotografiert zu werden. Selbst beim Polizeifotografen verhielten sich neuerdings manche so, als würde ein Profilbild für Facebook geknipst.

«Es lohnt sich schon seit Jahren kaum noch, Kühe zu halten, obwohl Henna im Parlament für Leute wie uns kämpft. Und Elvi schafft es nicht mehr, immerzu zu backen und Teppiche zu weben. Henna sagt, wir sollten uns endlich zur Ruhe setzen, wir bekommen ja auch schon längst Rente.»

Viljo Pasanen trank einen Schluck Kaffee, seine Frau reichte mir die Kuchenplatte. Ich nahm ein Stück Sandkuchen.

«Seit dem Mord an Ihrem Schwiegersohn fragen wir uns, ob er vielleicht irgendwie mit dem Unfall zusammenhängen könnte, der zum Tod Ihrer Tochter Minna geführt hat. Ich habe die Ermittlungsprotokolle von damals zwar gelesen, aber ich würde gern von Ihnen selbst noch einmal hören, was genau passiert ist. Ist die Unfallstelle leicht zugänglich?»

Ich hatte gefütterte Gummistiefel und einen Goretex-Anzug mitgenommen, nach dem langen Sitzen im Auto würde ein kleiner Waldspaziergang guttun.

«Dorthin führt immer noch derselbe Waldweg. Den Felsen habe ich ausgegraben und in die Brechanlage gebracht, sobald die Polizei damit einverstanden war. So konnte niemand mehr dagegenprallen», sagte der alte Pasanen traurig. «Natürlich sind Bäume gefällt worden, sonst wäre die Loipe ja zugewachsen. In den letzten Jahren haben die jungen Purhonens sie angelegt, meine Knie spielen nicht mehr richtig mit ...»

«Und Henna wollte die Loipe nach Minnas Tod nicht mehr betreten», fügte seine Frau hinzu. «Viljo und der alte Purhonen mussten am Seeufer eine neue Loipe ziehen, aber Henna ist trotzdem immer seltener Skilaufen gegangen. Ohne ihre Schwester war es eben nicht mehr dasselbe.»

«Henna sollte an Minnas Stelle in die Provinzstaffel aufgenommen werden, aber sie wollte nicht an der Meisterschaft teilnehmen. Ich habe mir immer wieder gesagt, ich hätte Minnas Skier an dem Tag griffiger wachsen sollen, sodass sie noch auf dem schlimmsten Eis Halt gehabt hätten, und ich hätte ihr Reservewachs mitgeben sollen. Aber Minna hatte es so eilig, auf die Loipe zu kommen, weil sie seit zwei Tagen fieberfrei war und jeder sah, dass Henna noch nicht wieder Ski laufen konnte.»

«Henna war am Ostermontag zwar in der Kirche gewesen, weil das für die Konfirmanden Pflicht war, aber danach war das Fieber wieder angestiegen. Seltsam, wie genau man sich an das alles erinnert … Minna hatte den Schalkragen an, den ich ihr gestrickt hatte, türkis und orange, eine seltsame Kombination, aber in der Handarbeitszeitschrift stand, das wäre modisch …»

Ich rechnete beinahe damit, dass Elvi Pasanen in Tränen ausbrechen würde, doch sie schüttelte nur den Kopf, wie um die Erinnerungen zu vertreiben.

«Ich kann Ihnen die Stelle zeigen, aber das Gelände ist für Städter sicher ungewohnt.»

«Ich komme auch vom Land, aus Arpikylä.» Ich lächelte ermutigend. «Im Ermittlungsprotokoll der Ortspolizei steht lediglich, man habe nie herausgefunden, wer die Schnur über die Loipe gespannt hat. Hatten Sie damals jemanden in Verdacht? Wer hätte so gedankenlos handeln können, ohne es später wenigstens zuzugeben?»

Die Gesichter der Pasanens erstarrten. Draußen bellte der Hund, als wolle er gegen meine Frage Einspruch erheben. Elvi seufzte schwer und sah Viljo an. Er schwieg.

«Im Dorf wurde allerhand geredet.» Elvi blickte zum Fenster hinaus, die Helligkeit des Schnees reflektierte auf ihr Gesicht und machte es blass. «Aber unsere Henna war es nicht! Natürlich haben die Mädchen sich manchmal gestritten, aber Henna hätte so etwas nie getan. Und wenn doch, dann hätte sie es jedenfalls zugegeben. Ich kenne doch meine Tochter. Wenn Sie glauben, Henna könnte jemanden umbringen, irren Sie sich. Im Gegenteil, sie ist eher viel zu gutmütig. Sie sitzt doch deshalb im Parlament, weil sie gerechtere Gesetze erlassen will!»

Elvi Pasanens Stimme war immer lauter geworden. Plötzlich stand sie auf und verließ die Stube. Sie schlug die Tür zur Toilette hinter sich zu, bald darauf rauschte Wasser.

«Darüber wird Elvi immer noch wütend, obwohl Sie ja gar nicht angedeutet haben, dass Henna es getan haben könnte. Aber Elvi hat allerhand zu hören bekommen, und ich auch. Dass nur Verbrecher und Betrüger ins Parlament gehen, anständige Menschen hätten da nichts verloren. Zu Kekkonens Zeiten war das noch anders, damals hatte man Respekt vor den Ministern und sogar vor dem Gemeinderatsvorsitzenden. Was hat Tella denn nur?»

Der Hund bellte wieder, Viljo Pasanen stand auf und trat ans Fenster. Auf der Ablage unter dem kleinen Tisch lag ein Fotoalbum, auf dem Einband standen zwei Pferde in der Abendsonne am Strand. Ich nahm es zur Hand, als Viljo weitersprach:

«Nur ein Eichhörnchen. Tellas Urgroßmutter Piku hat mich damals zu Minna geführt. Ich hatte sie von der Leine gelassen und ihr befohlen, zu suchen. Ich habe nie ein Tier so erbärmlich winseln hören wie Piku bei Minnas Leiche. Der Hund wollte tagelang nichts fressen. Henna hatte Angst, er würde auch sterben. Und jetzt habe ich Angst um meine Tochter. Sie versucht, tapfer zu sein, wie einst nach Minnas Tod, aber das hat schlimme Folgen. Es wird so kommen wie damals.»

«Was war damals?»

«Sie hat vergessen, wie man atmet. Wäre beinahe erstickt. Und das hat sich auch später wiederholt, wenn von Minna die Rede war. Ich staune, wie sie heute vor Fernsehkameras redet und mit ausländischen Präsidenten und Königen ... Sie lässt sich nicht unterkriegen.»

Ich hörte die Tür klappen, Elvi Pasanen kam zurück in die Stube und rieb sich die Hände, als ob sie sie eincremte.

«Der Täter muss einer von den Nulpponen-Bengels gewesen sein! Es waren fünf Brüder, aber nur einer ist noch am Leben, der Markku, der in Hennas Klasse war. Das heißt, die Zwillinge, Sauli und Pauli, waren auch in der Klasse, weil sie zweimal sitzengeblieben sind. Auf die Hilfsschule hätte man die schicken müssen. Sie haben sich zu Tode gesoffen. Aber sehen Sie selbst.»

Elvi nahm mir das Album ab und blätterte darin. Ihre Miene wurde weich, als sie ein Foto von Minna als Baby betrachtete, dann kehrte die Wut zurück. Sie zeigte mir ein Klassenfoto.

«Das ist unsere Henna, sie hält das Schild mit der Klassennummer in der Hand. Da in der letzten Reihe stehen drei von den Nulpponen-Lümmeln. Sehen die etwa wie anständige Jungs aus? Die haben nicht bloß Äpfel geklaut und Viehzäune eingerissen. Sie sind in einen Kiosk eingebrochen und haben im Buchladen Geld geklaut.»

Henna Pasanens Haare waren für den Fototermin zu festen Locken frisiert. Sie lächelte in die Kamera, als sei es eine große Ehre, das Klassenschild halten zu dürfen. Das kleine Mädchen neben ihr blickte Henna an, statt in die Kamera zu schauen. In der letzten Reihe standen drei Jungen mit flacher Stirn und hohen Wangenknochen. Den beiden Größeren wuchs unter der Nase bereits der erste Flaum. Von den Jungen war zwar nur der Oberkörper zu sehen, doch sie standen offensichtlich breitbeinig da, denn jeder von ihnen nahm so viel Platz ein wie zwei Kinder.

«Die sind alle Säufer geworden. Der Älteste ist zwei Jahre nach Minnas Tod beim Fischen ertrunken. Pauli hat sich erhängt, vorher hatte er in der Bar im Hotel Juva verbreitet, er hätte schreckliche Dinge getan, mit denen er nicht mehr leben könne. Unter dieser Bagage müssen Sie Minnas Mörder suchen. Das hat bloß den Haken, dass Tote nicht auferstehen können, nicht mal in der Kirche. Ich habe versucht, den Nulpponen-Lümmeln zu verzeihen, aber ich bin nicht so sanftmütig wie Henna. Mir nimmt man ein Kind nicht ungestraft.»

Elvi ließ sich so schwungvoll auf den Schaukelstuhl fallen, dass die Kufen gegen die Wand stießen. Ihr Gesicht war versteinert, doch ihre Augen glühten. «Der Herr sucht heim die Missetat der Väter an den Kindern bis ins dritte und vierte Glied, so steht es im Alten Testament. Heute predigt man uns von Gnade und Vergebung. Aber wo soll das hinführen, wenn das Böse nicht bestraft wird? Kann man jemandem vergeben, der seine Sünden nicht bereut?»

«Von den Brüdern lebt also nur noch einer?», vergewisserte ich mich. «Der Weg, der hierherführt, heißt Nulppolantie, liegt das Elternhaus der Jungen vielleicht in der Nähe?»

«Sie haben sicher am Weg das violette Haus gesehen? Ist schon ein bisschen verfallen. Das war das Haus der Nulpponens, aber seit die Bäuerin gestorben ist, sicher vor Kummer über ihre missratene Brut, hat sich praktisch niemand mehr darum gekümmert. Markku kommt manchmal hin, aber seine Frau fühlt sich auf dem Land nicht wohl, sie haben noch ein anderes Sommerhaus nicht weit von ihrem Wohnort. Ich weiß nicht, ob Markku über die Schandtaten seiner Brüder im Bilde war. Aber außer diesen Burschen kann ich mir keinen vorstellen, der fähig wäre, jahrelang mit so einer Schuld zu leben.»

Da mir die Sonne direkt in die Augen schien, rückte ich meinen Stuhl ein wenig zur Seite. Der Hausherr verstand das als Signal für den Aufbruch in den Wald.

«Haben Sie zweckmäßigere Klamotten dabei? Vielleicht passen Ihnen Minnas Stiefel. Wir hatten ihr gerade neue Gummistiefel gekauft, die leiht sich immer mal jemand aus. Zuletzt die Betriebshilfe, die glaubte, unsere Kühe stünden sommers wie winters im Stall.»

Erleichtert erklärte ich, dass ich geeignetes Schuhwerk dabeihatte. Die Vorstellung, in den Stiefeln eines toten Mädchens durch den Wald zu wandern, war mir unangenehm. Ich holte meine Sachen aus dem Wagen und zog mich im Gästezimmer um. Auf dem Ausziehbett lag eine Patchworkdecke aus gehäkelten Quadraten, an der Wand hing ein Farbdruck, der Jesus unter Kindern und Lämmchen zeigte.

Tella bellte hoffnungsvoll, sie wollte mit, und als Pasanen sie von der Kette ließ, wedelte sie wild mit dem Schwanz. Der Hund stürmte auf den Waldrand zu, wir schlitterten hinterher. Die Sohlen meiner Stiefel hatten ein gut haftendes Profil, doch gegen das blanke Eis war es machtlos. Zum Glück tauchten auf dem Weg bald Traktorfurchen auf, in denen man leichter vorwärtskam.

«Ich habe längst aufgehört, darüber zu grübeln, wer die Schnur gespannt hat. Das macht einen nur verrückt, und es bringt Minna nicht zurück. Der Pfarrer hat auf der Beerdigung von Gottes Willen gesprochen, aber das muss doch ein merkwürdiger Gott sein, der ein junges Mädchen zu sich holen will. Henna hat sich Vorwürfe gemacht, sie hätte trotz Fieber mitlaufen sollen, wenn sie auch auf der Loipe gewesen wäre, hätte sie sofort Hilfe holen können. Aber damals gab es keine Handys, und auch wenn sie gerufen hätte, hätten wir es im Haus nicht gehört. Jaakko konnte ja auch nicht gerettet werden, obwohl er in der Kirche gestorben ist.»

Viljo Pasanen schien eher mit sich selbst zu sprechen als mit mir. Wie oft hatte das Ehepaar Menschen zu Besuch, mit denen es reden konnte? Saßen sie meist zu zweit im Haus, als Gefangene ihrer Trauer? Ein Windstoß wehte mir vereiste Fichtennadeln ins Gesicht, Pasanen bog nach rechts in den Waldweg ein und rief nach Tella, die schon fast auf den zugefrorenen See gelaufen war.

«Hier», sagte er, nachdem wir etwa zweihundert Meter gegangen waren. «Ich habe ein Kreuz aufgestellt, obwohl Minna ja nicht hier liegt, sondern auf dem Friedhof in Juva.»

Das schön geschnitzte Holzkreuz am Fuß des Abhangs war von einer Eisschicht überzogen, und am Querholz hingen zehn Zentimeter lange Eiszapfen. Unter dem Schnee ragten einzelne Baumstümpfe hervor, die Bahn, auf der die Loipe verlief, war etwa zwei Meter breit. Ich stellte mir einen Jungen vor, der nur einen dummen Streich im Sinn hat, vielleicht schenken die hübschen Nachbarmädchen ihm und seinen Brüdern keine Aufmerksamkeit, womöglich haben die Mädchen sogar die Frechheit, die Jungen im Langlauf zu besiegen, also muss man ihnen eine Lehre erteilen. Doch die Lehre wird zur Tragödie, und der Junge traut sich nicht, seine Tat zu gestehen. Vielleicht hat er schon einiges auf dem Gewissen und fürchtet, in der Jugendstrafanstalt zu landen.

Oder die Schuldige war doch Henna, die den neuen Fieberanstieg nur vorgetäuscht hatte, um nicht am Trainingslauf teilzunehmen. Die Quecksilberthermometer der achtziger Jahre waren leicht zu manipulieren, man brauchte die Spitze nur kurz an eine Glühlampe zu halten. Vielleicht war sie am Vorabend aus dem Haus geschlichen, während ihre Eltern im Kuhstall beschäftigt waren. War es möglich, dass sie die Tat völlig verdrängt hatte? Hatte sie ihre Erinnerung so lange bearbeitet, bis sie tatsächlich glaubte, die Nulpponen-Brüder seien die Täter?

Die Stelle, an der Minna Pasanen gestorben war, konnte mir keine Antwort geben. Mord verjährte nicht, die Fotos vom Tatort, die verhängnisvolle Schnur und das Material der Voruntersuchung waren immer noch vorhanden. Die Ermittlungen konnten wieder aufgenommen werden, wenn es gewichtige Gründe dafür gab. Aber höchstwahrscheinlich bestand die einzige Verbindung zwischen Minna Pasanens Unfall und dem Mord an Jaakko Pulma darin, dass um beide Opfer dieselben Menschen trauerten.

«Hatte Minna einen Freund, oder gab es jemanden, der gern ihr Freund gewesen wäre? Zum Beispiel ein Mitschüler aus ihrer Klasse oder einer der Nachbarjungen?»

Viljo Pasanen schüttelte den Kopf.

«Mit Schule, Langlauf und Musikunterricht hatte Minna keine Zeit für Jungsgeschichten. Henna hat sie manchmal damit aufgezogen und gesagt, Minna wäre wie eine Nonne und würde noch im Kloster enden. Henna hatte einen Brieffreund in Frankreich, in den war sie ein bisschen verknallt und meinte, wenn sie groß wäre, würde sie ihn heiraten. Aus den hiesigen Jungs haben unsere Mädchen sich nichts gemacht. Minna wollte zur Handelshochschule und dann im Ausland arbeiten. Davon hat sie immer gesprochen, sie wollte raus aus Juva, so weit weg wie möglich. Aber hier ist sie geblieben, auf dem Friedhof.»

Tella sprang auf mich zu, ich streichelte ihr feuchtes Fell. Der Geruch des nassen Hundes würde an mir haften bleiben, und wenn ich nach Hause kam, würden meine Katzen schleunigst ihr Revier neu markieren. Auf dem Rückweg zeigte Pasanen mir noch eine Lichtung, die den Auerhähnen als Balzplatz diente, und einen Felsen, unter dem sich schon seit Jahrzehnten ein Dachsbau befand. Zurück im Haus, zog ich meine Stadtkleidung wieder an und wollte mich gerade von den Pasanens verabschieden, als Elvi noch einmal das Wort ergriff:

«Vielleicht hat mein Hass sich auf die Nulpponens gelegt, und deshalb ist es ihnen so schlecht ergangen. Einer ist ertrunken, einer hat sich aufgehängt, zwei sind am Schnaps gestorben. Ich habe zu Gott gebetet, er als Allwissender solle die

Schuldigen bestrafen. Aber vielleicht stimmt es ja, was man sagt: Wer das Schwert nimmt, der soll durchs Schwert umkommen. Womöglich hat meine Rachsucht sich gegen Henna gekehrt, und deshalb hat sie nach ihrer Schwester auch noch ihren Mann verloren. Sie sind Polizistin und keine Pastorin, aber ich frage Sie trotzdem: Halten Sie das für möglich?»

18

Es war eine Erleichterung, Elvi Pasanens theologischen Fragen zu entkommen. Ich suchte nach anderen Antworten als sie. In Mikkeli parkte ich am Marktplatz, an dem Kimmo Kerminens Kanzlei lag. Viele erinnerten sich noch an das Geiseldrama Ende der achtziger Jahre, das auf dem Marktplatz von Mikkeli sein blutiges Ende fand: Eine der Geiseln und der Entführer starben, und zwei Polizisten wurden schwer verletzt. Zu der Zeit studierte ich Jura und bildete mir ein, ich würde nie mehr durch meinen Beruf in Lebensgefahr geraten. Damals hatte ich nicht geahnt, in welche gefährlichen Situationen das Leben mich noch führen würde. Vielleicht war das eine Gnade.

Kimmo Kerminens Sekretärin erklärte mir, ihr Chef habe eine dringende Besprechung mit einem Mandanten, ich müsse leider warten. Ich schloss daraus, dass Kerminen entweder demonstrieren wollte, wie wenig Gewicht er der Polizei beimaß, oder dass er für die Vorbereitung auf unser Gespräch mehr Zeit brauchte als erwartet. Die Sekretärin führte mich in ein Besprechungszimmer und fragte, ob ich Kaffee wolle. Nach dem Besuch bei den Pasanens hatte ich das Gefühl, der Kaffee käme mir schon zu den Ohren heraus, daher lehnte ich dankend ab. Als ich allein war, vertiefte ich mich wieder in Jenna Ströms Bericht.

«Als ich gerade aufgegessen hatte, fiel mir ein kaum volljährig wirkendes blondes Mädchen auf, das die Treppe zum Casino hinunterlief. Auch die Sicherheitskräfte wurden bei ihrem

Anblick aufmerksam, unternahmen jedoch nichts. Ich spürte, dass sie schon einmal Ärger gemacht hatte, wenn auch nicht in dem Maß, dass man ihr Hausverbot erteilt hätte. Ich merkte, dass Perttu kurz aus dem Konzept kam, als er sie sah. Sie ging zur Kasse und kaufte Spielmarken. Als ich gezahlt hatte, ging ich ebenfalls Jetons kaufen, und setzte dabei die Beobachtung fort. Das blonde Mädchen wartete auf den Beginn der nächsten Runde an Perttus Roulettetisch. Perttus Miene zeigte, dass er sie nicht an seinem Tisch haben wollte, aber nach den Regeln des Casinos konnte er sie natürlich nicht abweisen. Auch ich beteiligte mich an dem Spiel. Ich bemühte mich, gespannt und aufgeregt zu erscheinen, als hinge mein Lebensglück davon ab, dass ich beim Roulette gewann. Das blonde Mädchen dagegen wirkte richtig nervös, sie spreizte immer wieder die Finger wie eine Katze ihre Krallen.»

Spätestens bei diesem Detail war mir klar, dass es sich bei dem blonden Mädchen um Essi Manner handelte. An ihrer Vernehmung hatte Ström nicht teilgenommen, doch sie kannte natürlich den aktuellen Stand der Ermittlungen. Offensichtlich wollte sie ihren Bericht nicht auf Vermutungen, sondern auf Fakten aufbauen. Die Staatsanwälte schätzten unanfechtbares Ermittlungsmaterial.

Die Tür ging auf. Der Mann, der eintrat, stellte sich als Kimmo Kerminen vor. Er war fast kahl, nur am Hinterkopf zog sich ein dünner Streifen hellbrauner Haare von einem Ohr zum anderen. Dichte, ergrauende Augenbrauen und ein buschiger, an beiden Seiten spitz zulaufender Schnurrbart kompensierten dafür den Mangel an Haupthaar. Der dunkelblaue Anzug hatte fünf Kilo vorher gut gesessen, jetzt aber spannte er an den Schultern und Oberschenkeln. Die Krawattennadel trug das Emblem des Finnischen Anwaltsverbandes.

«Es tut mir leid, dass Sie warten mussten. Einer meiner Mandanten steckt in der Klemme. Er wurde zum dritten Mal betrunken am Steuer erwischt. Die Polizei ist doch wohl auch der Ansicht, dass jemand, der eines Verbrechens verdächtigt wird, Anspruch auf eine ordentliche Verteidigung hat?»

«Das ist ja eine der Grundlagen des Rechtsstaates», erwiderte ich und überlegte verwundert, ob Kerminen auch als Strafverteidiger tätig war. Ich hatte angenommen, er sei auf Wirtschaftsrecht spezialisiert.

«Henna, ich meine die Abgeordnete Pasanen-Pulma, hat mich gestern Abend angerufen. Sie war ziemlich aufgebracht. Die Polizei soll Familieneigentum beschlagnahmt haben.»

Kerminen setzte sich und öffnete den untersten Knopf seines Jacketts, um Platz für seinen Bauch zu schaffen. Außer dem Ehering trug er zwei weitere Ringe, einen Anwaltsring und einen dicken Siegelring, der über hundert Jahre alt sein musste. Auch er bot mir Kaffee an. Koivu hätte sich in Mikkeli wohlgefühlt.

«Diese Beschlagnahmung war im Interesse der Ermittlungen unumgänglich, aber sie ist selbstverständlich befristet. Allerdings befand sich in Jaakko Pulmas Safe eine ungewöhnlich große Menge Bargeld, unserer Zählung nach sechsunddreißigtausendvierhundert Euro. Dafür fehlten jedoch die Aktien der Blue Jewel, die Grundbuchbescheinigung für das Haus in Taavinkylä und Jaakko Pulmas Testament sowie nicht zuletzt der Schlüssel zu seinem Bankschließfach. Haben Sie als sein Jurist eine Ahnung, wo er diese Dinge aufbewahrte?»

Kerminen lächelte mitleidig. «Sie scheinen nicht ganz auf der Höhe der Zeit zu sein, Kommissarin Kallio. Die heutigen Schließfächer haben keine altmodischen Schlüssel mehr. Als Jaakko Pulma sein Eigentum mit einem Geldtransporter aus dem Schließfach seiner Bank in Mikkeli nach Helsinki bringen ließ, entschied er sich für das Fingerabdrucksystem. Ein Schlüssel kann in falsche Hände gelangen, wie wir beide wissen. Selbstverständlich gibt es bei der biometrischen Authentifizierung ein Ersatzsystem für den Fall, dass der Besitzer des Schließfaches überraschend stirbt oder sich verletzt.»

Kerminen strich sich über den Schnurrbart. «Ich war natürlich froh, dass Jaakko auch nach seinem Umzug mein Klient bleiben wollte. Wir waren zusammen in der Schule und bei der Armee, wir haben also eine lange gemeinsame Geschichte. Sein gewaltsamer Tod hat mich sehr erschüttert, und ich tue natürlich alles, um der Polizei bei der Aufklärung zu helfen. Aber zu dem Schließfach habe ich keinen Zugang, und ich weiß auch nicht, was es enthält. Das müssen Sie mit der Bank klären und mit Henna, die ja die engste Angehörige und neben Joonas die Haupterbin ist.»

«Enthält Pulmas Testament irgendwelche Besonderheiten, zum Beispiel überraschende Nutznießer?»

Kerminen sah mich durchdringend an. «Ich gehe davon aus, dass Sie die Paragraphen kennen. Ich bin nicht verpflichtet, Ihnen Auskunft über Jaakkos Testament zu geben. Aber wir leben in Finnland, hier ist es juristisch gar nicht möglich, die Leibeserben testamentarisch auszuschließen. Jaakkos Besitz fällt also zur Hälfte an Henna und zur Hälfte an Joonas. Außerdem hat Jaakko seiner Schwester Kirsi Pulma-Haukinen zwei Schmuckstücke vermacht, deren Wert aber kaum zehntausend Euro beträgt. Für solche Summen bringt man niemanden um.»

In diesem Punkt irrte sich Kerminen, ein Mensch konnte wegen weitaus geringerer Beträge das Leben verlieren, unter Umständen sogar, weil er einem Schnorrer keine Zigarette gab. Aber angesichts der Glückssträhne, die der Familie Pulma-Haukinen durch den *Pech*-Hit zuteilgeworden war, schien ein Verdacht gegen Kirsi doch recht weit hergeholt.

«Und Jaakko Pulmas Bruder Perttu? Seine finanzielle Lage scheint nicht besonders rosig zu sein. Hat Jaakko ihm etwas vermacht?»

Kerminen schüttelte den Kopf. «Jaakko war ein Mann vom alten Schlag. Seiner Meinung nach sollte jeder in der Lage sein, seinen Lebensunterhalt selbst zu verdienen, und er fand, auch Perttu müsse das endlich lernen. Ich vermute, in diesem Punkt hatte er politische und moralische Differenzen mit Henna, die gnädige Frau ist ja eine von diesen sozialen Damen. Aber die werden wohl auch gebraucht.»

Mein Handy klingelte. Puupponen berichtete, die Küsterin Kaarina Tuomi habe ihm mitgeteilt, dass Matti Ronkainen wieder in der Kirche von Tapiola saß und so laut betete, dass die anderen Besucher sich gestört fühlten. Die Küsterin hatte gefragt, ob die Polizei behilflich sein könne. Es sei so unangenehm, Männer vom Sicherheitsdienst zu bestellen. Puupponen war bereit, Ronkainen persönlich abzuholen.

«Im Zusammenhang mit diesem Fall bin ich öfter in der Kirche als in den letzten zehn Jahren zusammen. Bis vor kurzem waren Leute wie ich dort nicht mal willkommen», setzte er überraschend hinzu. Es war der erste freiwillige Hinweis auf seine sexuelle Orientierung, den ich in den fast zwanzig Jahren unserer Zusammenarbeit von ihm gehört hatte. Ich erwiderte, vielleicht sei es auch für Ronkainen selbst besser, vom Schauplatz der Bluttat fortgebracht zu werden. Ich verzichtete darauf, Puupponen von meiner Freundin Terhi Pihlaja und den Hunderten anderer Pastorinnen und Pastoren zu erzählen, die der Meinung waren, alle Konfirmierten hätten ein Recht auf kirchliche Trauung, unabhängig vom Geschlecht der Ehepartner. Ich musste über mich selbst lächeln: Wurde ich etwa zur

Fürsprecherin der Kirche? Vielleicht ging es eher darum, dass ich Schubladendenken und Vorurteile kategorisch ablehnte. Es war so einfach, die Kirche als reaktionär, Juristen als verschlagen, Juweliere als Betrüger und Politiker als eigennützig abzustempeln. Bei der Polizeiarbeit musste man solche Schubladen manchmal zertrümmern, um erkennen zu können, was wirklich geschehen war.

«Sind Sie auch Henna Pasanen-Pulmas Jurist?»

Kerminen schien von meiner Frage überrascht zu sein. Sein Gesicht rötete sich.

«Hennas? Nein.» Er zwirbelte die rechte Spitze seines Schnurrbarts. Die sorgsam aufgetragene Bartwichse bröckelte, und die schmale Spitze plusterte sich auf. «Es ist ja oft besser, wenn Ehepartner verschiedene Anwälte haben, zum Beispiel im Fall einer Scheidung. Sonst wird es für den Anwalt schwierig, zu entscheiden, wen er vertreten soll.»

«Scheidung? Hatten Jaakko Pulma und Henna Pasanen-Pulma Scheidungspläne?»

Kerminen schwieg lange, ich konnte förmlich sehen, wie er sich die Worte zurechtlegte.

«Nicht direkt. Aber der Umzug nach Espoo und der Wechsel des Wahlkreises bei Henna waren für beide große Schritte, die wohl zu Unstimmigkeiten führten. Und als Jaakkos Mutter, wegen der sie in den Süden gezogen waren, bald nach dem Umzug starb ...» Nun drehte Kerminen an beiden Enden seines Schnurrbarts. Im Gerichtssaal würde er damit keinen vertrauenerweckenden Eindruck machen.

«Der Umzug geschah also auf Jaakko Pulmas Wunsch?»

«Danach müssen Sie die Abgeordnete Pasanen-Pulma fragen.»

«Hatten die Pulmas einen Ehevertrag?»

«Das würde die Polizei auch ohne meine Hilfe herausfinden, also kann ich es Ihnen ruhig sagen. Nein, sie hatten keinen. Mittellose junge Leute denken bei der Heirat selten an so etwas. Und wenn eine Abgeordnete plötzlich einen Ehevertrag aufsetzen würde, dann gäbe das Anlass zu falschen Schlussfolgerungen.» Kerminen warf einen Blick auf seine Uhr. «In einer Viertelstunde kommt mein nächster Mandant. Wir sollten die Zeit bestmöglich nutzen. Was möchten Sie noch wissen?»

«Warum hatte Jaakko Pulma über dreißigtausend Euro Bargeld in seinem Tresor?»

Kerminen behauptete, da sei er überfragt. «Vielleicht bevorzugten einige seiner Kunden Barzahlung. Und man kann ja auch beim Lotto oder bei anderen Glücksspielen Geld gewinnen. Jaakko hat gern gepokert. Es ist ja nicht illegal, Bargeld im Haus zu haben, und Jaakko hatte einen gut gesicherten Safe. Oder zwei. Ich war sein Anwalt, für seine Buchführung ist eine andere Firma zuständig. Fragen Sie dort nach.»

«Hatte Pulma Feinde?»

«Die Polizei weiß von dem Fall Essi Manner?»

Als ich nickte, fuhr Kerminen fort: «Jaakko war anfangs ganz begeistert vom Lerneifer der jungen Frau. Es hatte ihn traurig gestimmt, dass Joonas sich nicht für die Branche interessierte und die Firma seines Vaters also nicht weiterführen konnte. Er versuchte, auch Perttu, also seinen Bruder, in den Juwelenhandel einzuführen, aber Perttu ist seinem Wesen nach nicht besonders verantwortungsbewusst, sondern ein typisches jüngstes Kind, Mutters Liebling, der selbst mit über dreißig noch nicht gelernt hat, für sich selbst geradezustehen. Das hat Jaakko geärgert. Aber diese Essi Manner, oder Fräulein Manner, wie Jaakko sie ganz korrekt nannte, schien anfangs alle seine Hoffnungen zu erfüllen, auch wenn seine Kunden so ihre Schwierigkeiten damit hatten, eine junge Frau ernst zu nehmen, die wie ein kleines Mädchen aussah. Später stellte sich allerdings heraus, dass Fräulein Manner unredlich war. Für Jaakko war das ein harter Schlag.»

«Ich habe von einem angeblichen Juwelendiebstahl gehört, aber Pulma hat keine Anzeige erstattet. Wissen Sie etwas darüber?»

Wieder errötete Kerminen wie ein Teenager.

«Ich weiß nur, dass Fräulein Manner sich als unzuverlässig erwies», antwortete er, doch mein Instinkt sagte mir, dass er log.

«Essi Manner hat Pulma ihrerseits Geldwäsche vorgeworfen», fuhr ich fort, und Kerminens Hände fuhren wieder an seinen Schnurrbart.

«Leeres Gerede, das Mädchen war sauer über die Kündigung. Jaakko fragte mich, ob er sie wegen Beleidigung anzeigen sollte, aber ich habe ihm geraten, erst einmal abzuwarten. Eine Anzeige hätte ihm unter Umständen mehr geschadet als genützt.»

«Wollen Sie damit sagen, dass bei den Ermittlungen möglicherweise Dinge ans Licht gekommen wären, die Essi Manners Behauptung gestützt hätten?»

«Wie Sie wissen, haben wir keine Anzeige erstattet. Durch Hennas Position als Abgeordnete verringerte sich auch für Jaakko der Schutz der Privatsphäre. Die bloße Anzeige hätte unnötiges Aufsehen erregt, das beiden Ehepartnern hätte schaden können. Und Fräulein Manners Behauptungen waren völlig aus der Luft gegriffen. Jaakko war ein durch und durch redlicher Mann. Fast schon zu redlich.»

«Wie meinen Sie das?»

Kerminen sah auf die Uhr. Obwohl die Viertelstunde, die er mir zugestanden hatte, noch nicht verstrichen war, erhob er sich. Er war nicht verpflichtet, weitere Fragen zu beantworten, und wusste sehr wohl, dass auch ich es wusste, aber seine Ausweichtaktik ärgerte mich so sehr, dass ich fragte:

«Wo waren Sie übrigens am Freitagnachmittag voriger Woche?»

Meine Worte ließen Kerminen erstarren, er sah mich ungläubig an. «Am letzten Freitag? Sie glauben doch nicht etwa, ich hätte Jaakko ermordet? Offenbar tappt die Polizei völlig im Dunkeln, wenn Sie solchen Unsinn reden.»

«Beantworten Sie meine Frage.»

Kerminen starrte mich von oben herab an, ich sah die schlaffe Haut unter seinem Kinn und die Härchen, die aus seiner Nase hervorwuchsen und sich in den Schnurrbart mischten. Dennoch stand ich nicht auf, denn ich wollte ihm zeigen, dass letztlich ich entschied, wie lange unser Gespräch dauerte.

«Ich war in Lappland, hat man Ihnen das noch nicht gesagt? Ich kann Ihnen die Flugtickets und die Hotelrechnung zeigen und mindestens ein Dutzend Zeugen benennen. Mehr kann ich nicht für Sie tun, ich muss jetzt gehen.»

«Sie haben mir noch nicht auf die Frage geantwortet, ob Jaakko Pulma außer Essi Manner noch andere Feinde hatte. Als sein Jurist müssten Sie das doch wissen.»

«Jaakko war kein Mensch, der sich Feinde machte. Natürlich hatte er Konkurrenten in der Edelsteinbranche, aber es wäre verfehlt, sie als Feinde zu bezeichnen. Mag sein, dass sich manche über seine Geschicklichkeit beim Pokern geärgert haben, mehr aber auch nicht.» Kerminen öffnete die Tür und winkte mich hinaus. Ich trödelte so lange wie möglich, ordnete den Inhalt meines Aktenkoffers und strich mir die Haare glatt, bevor ich aufstand und ging.

Ein eiskalter Wind fuhr über den Marktplatz von Mikkeli, das Thermometer zeigte sechs Grad unter null, doch die Luft kam mir wesentlich kälter vor. Im Binnenland war der Frost trockener als am Meer, aber ich hatte das Gefühl, der Wind käme geradewegs aus Sibirien. Ich zog mir die Kapuze über die Ohren und drehte die Heizung im Auto voll auf. Am Stadtrand schlitterte plötzlich ein roter, nicht mehr ganz taufrischer Toyota Corolla vor meinem Wagen über die Straße. Der Besitzer war offenbar so optimistisch gewesen, bereits Sommerreifen aufzuziehen. Ich überlegte, ob ich es wagen konnte, zu überholen, oder ob ich das hin- und herschlingernde Fahrzeug anhalten sollte. Vielleicht stand der Fahrer unter Alkohol oder Drogen. Bei der nächsten Überholspur gab ich Gas und zog vorbei, war aber die ganze Zeit auf Überraschungsmanöver gefasst. Der Fahrer war ein buckliger Opa mit Schirmmütze, der das Lenkrad fest umklammert hielt und starr geradeaus blickte. Als ich wieder auf die rechte Spur einscherte, hoffte ich, dass der alte Mann es nicht weit hatte.

Ich war hundemüde, als ich Espoo erreichte. Bei Hyvinkää hatte Schneeregen eingesetzt, der in Vantaa zu schierem Regen wurde. Ich wollte nur noch nach Hause, mich unter die heiße Dusche stellen, einen dünnen Whiskygrog mixen und zwei Portionen von dem herunterschlingen, was Antti heute auf den Tisch brachte. Stattdessen kaufte ich an der Tankstelle ein Baguette mit Huhn, hängte im Ermittlungszimmer gleich zwei Teebeutel in meine Tasse und las weiter in Jenna Ströms Bericht, während ich darauf wartete, dass Matti Ronkainen sein Abendessen verzehrte und zur Vernehmung geholt werden konnte. Essen und Trinken hält Leib und Seele zusammen, das galt für unsereins ebenso wie für Verdächtige. Ich wollte Ronkainen nicht in unser Ermittlungszimmer bringen lassen, sondern würde zusammen mit Puupponen nach unten in den Vernehmungsraum gehen.

«Das blonde Mädchen gewann zwanzig Euro, ich verlor meinen gesamten Einsatz. Das Mädchen setzte sich auf einen Stuhl, von dem aus sie das Roulette beobachten konnte, interessierte sich aber nicht für das Spiel, sondern nur für den Croupier. Ich spielte noch zwei Runden und räumte einen kleinen Gewinn ab. Dann winkte Perttu einen anderen Mann zu sich, dessen Schicht offenbar gerade begann, und flüsterte ihm etwas ins Ohr. Der andere nahm Perttus Platz am Roulette ein. Ich spielte an einem Automaten weiter, doch als das blonde Mädchen die Treppe hinaufging, beschloss ich, ihr zu folgen. Vielleicht wollte sie zum Rauchen vor die Tür. Wenn man im Freien raucht, haftet der Geruch nicht so stark an den Kleidern. Ich hatte richtig vermutet: Das Mädchen nahm den Mantel von der Garderobe, und ich saß in der Zwickmühle: Sollte ich ihr nach draußen folgen oder drinnen bei Perttu bleiben? Inzwischen war ich zu dem Schluss gekommen, dass es sich bei dem Mädchen um Jaakko Pulmas ehemalige Assistentin Essi Manner handeln musste.

Zu meinem Glück blieb das Mädchen vor der Tür stehen. Ich ging ein paar Meter weiter, steckte mir eine Zigarette an und setzte Kopfhörer auf, ließ aber keine Musik laufen, sondern spielte nur zum Schein an meinem Handy herum. Als Perttu Pulma an der Tür erschien, zog ich mich möglichst weit zurück.

‹Ich hab nur eine Zigarettenlänge Pause›, sagte er zu Essi. ‹Warum treibst du dich hier rum?›

‹Ich will wissen, warum du Jaakko getötet hast. Aus Versehen? Oder hast du es etwa meinetwegen getan? Ich hatte doch vor, die Steine zurückzubringen.› Essi Manner sprach leise, aber zum Glück kam der Wind aus ihrer Richtung, sonst hätte ich die Worte im Verkehrslärm nicht verstanden.

Perttu starrte sie entgeistert an.

‹Was redest du denn da? So einen Unsinn habe ich in meinem ganzen Leben noch nicht gehört. Warum hätte ich Jake umbringen sollen, meinen einzigen Bruder?›

‹Um mich zu schützen. Jaakko wusste, dass ich mit Henri Aalto unter einer Decke steckte. Aber ich hatte doch versprochen, die Steine zurückzubringen. Hat Jaakko dir das denn nicht gesagt?›

Perttu lachte, und das Lachen klang nicht besonders angenehm. Er drückte seine Zigarette aus und zündete sich sofort die nächste an.

‹Versuchst du, der Polizei diesen Quatsch aufs Brot zu schmieren? Am Ende glauben sie dir noch und verfolgen einen Unschuldigen, während Jakes Mörder als freier Mann durch die Gegend spaziert. Mir ist scheißegal, was mit dir passiert.› Perttu sah Essi so böse an, dass sie zurückwich, zum Glück in meine Richtung.

‹Wenn du die Steine der Zygmunds gestohlen hast, gehörst du in den Knast. Oder vielleicht eher in irgendeine andere Einrichtung, in eine, wo Kleptomanen kuriert werden.›

‹Ich bin keine Kleptomanin! Warum hast du Aalto angerufen und ihm gesagt, er soll mich in Ruhe lassen, wenn ich dir scheißegal bin?›

‹Ich wollte, dass er Jake die Steine zurückgibt. Aalto hat behauptet, er weiß nicht, wo sie sind. Aber du wüsstest es.›

An dem Punkt begriff Perttu plötzlich, dass ich ihr Gespräch womöglich mithören konnte. Er beugte sich vor und flüsterte Essi etwas ins Ohr. Statt einer Antwort schlug sie ihm ins Gesicht und rannte in Richtung Bahnhof davon. Perttu fluchte und hielt sich die Wange. Ich überlegte, ob ihm ein Zahn abgebrochen war.

‹Tut es weh?›, fragte ich, denn es hätte verdächtig gewirkt, wenn ich überhaupt nicht reagiert hätte. Perttu Pulmas Miene machte mir klar, dass ich mich nicht in seine Angelegenheiten einmischen sollte.

‹Dir ist doch wohl klar, dass manche Männer es toll finden, geschlagen zu werden? Außerdem hab ich es drauf angelegt›, fauchte er und ging hinein. Ich dachte mir, es würde seltsam aussehen, wenn ich sofort verschwand, also ging ich ins Casino zurück und spielte noch einmal an den Automaten und danach zwei Runden Roulette an dem Tisch neben Perttus. Er sah mich wütend an, seine Wange wurde langsam dick. Dann kam dieser Humppa-Typ Haukinen. *Vom Pech verfolgt* ist der Lieblingsschlager meiner Mutter, sie hat mir einmal einen YouTube-Link geschickt, daher erkannte ich Haukinen. Er sagte etwas zu Perttu, aber ich konnte es nicht hören. Dann verschwand er wieder. Ich spielte noch einige Runden an den Automaten und sah, wie Perttu sich an der Bar einen Eisbeutel holte und ihn an seine Wange drückte. Die Kratzer von Manners Fingernägeln waren deutlich zu sehen. Er merkte, dass ich ihn beobachtete, und ich dachte, er würde mich noch einmal ansprechen, aber er ging zurück zu seinem Roulettetisch.

Da nichts mehr zu passieren schien und ich wieder zwanzig Euro im Plus war, beendete ich die Observation. Ich habe Henri Aalto gegoogelt, er ist ebenfalls Juwelenhändler. Offenbar hat Essi in seinem Auftrag Pulma bestohlen, aber warum?»

Gute Frage, dachte ich noch, dann klingelte mein Handy und ich erhielt die Mitteilung, Matti Ronkainen werde demnächst in den Vernehmungsraum Eins gebracht. Ich fand Puupponen im Ruheraum, wo er sich kurz aufs Ohr gelegt hatte. Auch er hatte Jennas Bericht gelesen und war der Meinung, dass wir Essi Manner einem intensiven Verhör unterziehen sollten.

«Juwelendiebstahl ist ein Eigentumsverbrechen und fällt nicht in unser Ressort», wandte ich ein.

«In diesem Fall doch! Er hängt unmittelbar mit unseren Mordermittlungen zusammen. Außerdem herrscht bei den Eigentumskollegen noch größerer Personalmangel als bei uns. Wohnungseinbrüche und Autodiebstähle werden noch untersucht, sofern der Versicherungswert über zehntausend Euro liegt, aber Fahrraddiebstähle und von der Wäscheleine geklaute Unterhosen werden bis in alle Ewigkeit zurückgestellt. Wer will auch schon auf der Jagd nach Schlüpferdieben in den Pornosammlungen der perversen Nachbarn herumwühlen?» Puupponen schüttelte selbst den Kopf über seinen ungeschickten Versuch, die Stimmung aufzulockern.

«Wie hat Ronkainen auf die Festnahme reagiert?»

«Ich habe zu ihm gesagt, lass uns gehen, damit wir die anderen Besucher nicht stören. Darauf hat er geantwortet, Gott könnte man nicht stören, Gott hätte immer Zeit für Leute wie ihn. Wenn er Pulmas Mörder ist, dann kann man wahrhaftig sagen, dass die Gesellschaft eine Mitschuld trifft. Der arme Kerl gehört mit seinen Wahnvorstellungen in Behandlung. Er wohnt mit seiner Mutter in einer städtischen Mietwohnung in Nord-Tapiola. Die Mutter versäuft anscheinend sowohl ihre eigene Sozialhilfe als auch die des Jungen. Die Küsterin Tuomi hat mir erzählt, dass sie Ronkainen mit übrig gebliebenen Hefeteilchen aus dem Mutter-Kind-Kreis, Sandwichtorten von Beerdigungen und anderen Sachen durchfüttern, die sonst im Mülleimer landen würden. Sie hat mich gebeten, es nicht weiterzusagen. Matti Ronkainen scheint für die Mitarbeiter der Kirche von Tapiola wie ein Igel zu sein, für den man immer Futter bereithält. Aber ich werde nicht schlau aus ihm, seine Geschichten sind so durchgeknallt, dass ich manchmal den Verdacht habe, er verarscht mich. Hör ihn dir selbst an.»

Die Zellenaufsicht führte Ronkainen in den Vernehmungsraum. Als ich ihm zum ersten Mal begegnet war, hatte eine weiße Mütze die fettig herunterhängenden Haare verdeckt. Sein Bartwuchs war unregelmäßig, Ronkainen hatte offenbar versucht, sich zu rasieren, sich dabei aber mehrfach geschnitten. Oder hatte er sich die Wunden absichtlich zugefügt? Der junge Mann roch ungewaschen, die Kleidung schlotterte an seinem Körper. Er war an sich schlank, doch sein Gesicht war von Psychopharmaka aufgedunsen. Puupponens Igelvergleich war treffend: Matti Ronkainen schien sich eingeigelt zu haben und brachte anfangs kein Wort heraus. Um seinen Hals hingen zwei Kreuze, das eine war halb unter dem verfilzten Pullover verborgen. Das Kreuz an seinem rechten Ohr reichte bis zur Schulter und war so schwer, dass sich sein Ohrläppchen dehnte.

«Hat das Essen geschmeckt?», fragte ich mit meiner sanftesten Stimme.

«Karelischer Fleischtopf, lecker. Viel besser als in der Schule. Ist gut, alleine zu essen, dann nimmt einem keiner was weg.» Ronkainen sprach langsam und leise, er schien ständig damit zu rechnen, dass man ihn unterbrach.

«Wer nimmt dir denn das Essen weg?»

«Die anderen Jungs. Fünf Brote und zwei Fische reichen nicht für alle, sagen sie. Die wissen nicht, was Jesus gelehrt hat. Und für Mama verwandelt er Wasser nicht in Schnaps, auch wenn man ihn noch so sehr darum bittet. Die Zeit der Wunder ist vorbei.»

«Hast du dich heute in der Kirche schlecht gefühlt? Musstest du deshalb so laut beten?»

«In der Kirche fühlt man sich immer gut, obwohl es da keine schönen Bilder gibt wie in manchen anderen. In dieser alten Kirche in Espoo haben sie einen einbeinigen Jesus. Extra für uns Kaputte. In Tapiola kann ich mir meine eigenen Bilder ausdenken.»

«Worum hast du heute gebetet?»

«Dass ich das Blut zurückbekomme.» Ronkainen sah mir direkt in die Augen. «Gott mag es, wenn man ihm ein Lamm opfert. Er macht immer Gegengeschenke, wenn man bloß geduldig danach sucht. Ich dachte, ich bringe das Blut in die Kirche, obwohl es nicht von einem Lamm war, sondern nur aus dem Laden. Mama hatte mir Geld gegeben, ich sollte ihr eine Flasche Wermut kaufen, der hat die gleiche Farbe wie Blut. Aber dann hat Gott mir befohlen, Blut in die Kirche zu bringen, damit Jesus das Blut nicht ausgeht, weil er doch am Kreuz so viel davon vergossen hat. Aber ich hatte ihn falsch verstanden. Der Mann lag da, und ich musste das Blut auf ihn gießen, weil das andere schon fest wurde. War Gott zufrieden, dass ich das getan habe?»

19

Nach und nach verstand ich, was Matti Ronkainen meinte. Er war derjenige, der das Rinderblut auf Jaakko Pulmas Leiche gegossen hatte. Puupponen wollte etwas sagen, doch ich brachte ihn mit einem Blick zum Schweigen. Jetzt galt es, sich vorsichtig voranzutasten, wie im Frühjahr auf dem schwarz gefleckten Eis, wo jede unbedachte Bewegung die spröde Fläche zerbrechen konnte.

«Wo hast du das Blut gekauft?», fragte ich so sanft, wie ich nur konnte.

«Im Citymarket im Big Apple. Es war schön, mit dem Bus dahinzufahren, im Bus ist es warm. Und im Apple muss man keine Angst haben, da gibt es Wärter.»

«Hast du die Quittung aufgehoben?»

Matti Ronkainen starrte mich an, als hätte er die Frage nicht verstanden.

«Du hast also bar bezahlt, nicht mit der Karte?»

«Mama hatte mir Geld für Wermut gegeben. Ich habe damit Blut gekauft. Mama war wütend, sie hat mich geschlagen. Ich habe ihr den Rest von dem Geld gegeben, das hat für zwei Flaschen Bier gereicht. Aber von dem Zeug wird sie nicht betrunken. Ich darf nichts trinken, wenn ich Medikamente nehme, und Bier schmeckt eklig.»

«Was hast du mit den Blut-Verpackungen gemacht?»

«Die habe ich in den Müll geworfen. Mama durfte sie nicht sehen. Ist Gott jetzt böse auf mich, weil der Mann sein Blut schon vergossen hatte, als ich zu ihm kam?»

«Warum bist du zur Kindertoilette gegangen?»

«Gott ist der Freund der Kinder. Im Männerklo war jemand. Ich kann nicht pinkeln, wenn jemand zuhört. Mama sagt immer, ich pinkle auf die Brille, und sie stellt sich neben mich und passt auf. Dann geht es nicht.»

«Was hast du auf dem Kinderklo gesehen?»

«Da lag ein Mann, der hat geblutet. Er hat nichts gesagt, nur geguckt. Ich habe ihm noch mehr Blut gegeben, ich dachte, das hilft ihm vielleicht. Henri hat einmal Blut bekommen, als er mit dem Fahrrad gestürzt war und sein Arm ganz doll geblutet hat. Mein Leib und mein Blut, für dich vergossen … Ich wollte Gott Blut zurückgeben, aber dann habe ich es dem Mann gegeben. Ist Gott jetzt wütend?»

Es war schwer zu beurteilen, wie weit wir uns auf Matti Ronkainens Aussage verlassen konnten. Womöglich stellte er sich verrückter, als er war. Wir würden uns mit seinem Arzt oder Psychiater in Verbindung setzen müssen, irgendjemand hatte ihm schließlich die Medikamente verschrieben. Hoffentlich würde sich dieser Jemand nicht hinter seiner Schweigepflicht verschanzen.

«Hattest du den Mann vorher schon einmal in der Kirche gesehen?»

Matti schüttelte den Kopf. «In der Kirche gucke ich mir keine Menschen an. Ich suche Gott. Obwohl ja jeder Mensch das Abbild Gottes ist, sogar ich. Aber Mama ist das Abbild des Teufels, wenn sie mich schlägt.»

Matti Ronkainen war volljährig, er hätte nicht bei seiner Mutter wohnen müssen, und seine Mutter hätte ihn ohne weiteres aus der Wohnung werfen können. Vielleicht zog Matti nicht aus, weil er nicht wusste, wohin, vielleicht schickte seine Mutter ihn nicht fort, weil sie dann niemanden mehr hatte, den sie zusammenstauchen konnte. In meinem Beruf hatte ich mehr als genug Familien gesehen, in denen ein Gleichgewicht des Schreckens herrschte. Menschen, die in einer Zweierbeziehung ausharrten, obwohl ihr Partner ihnen körperliche oder seelische Gewalt antat. Erwachsene Kinder, die bei ihren Eltern festhingen, und Großeltern, die ihre Nachkommen bis ins dritte und vierte Glied terrorisierten. Viele zogen die vertraute Qual der unbekannten Einsamkeit vor. Außerdem wirkte Matti Ronkainen nicht wie ein Mensch, dem viele Wege offenstanden. Vielleicht waren die Behörden sogar zufrieden, wenn ein psychisch gestörter junger Mensch nicht allein lebte. Matti Ronkainen und seine Mutter stellten statistisch gesehen eine normale Familie dar.

«Kann ich Wasser haben? Ich hab so großen Durst.»

Puupponen holte eine Karaffe mit Wasser. Ronkainen leerte sein Glas zwei Mal, dann legte sich eine Art Lächeln auf sein Gesicht.

«Lasset die Dürstenden zu mir kommen, denn ich bin die Quelle des Lebens. Mama schreit immer, hör auf mit dem Bibelgelaber! Kaarina sagt, rede du nur, was du willst, und die anderen Frauen in der Kirche sagen das auch. Sie sind lieb, und sie sagen, Gott ist auch lieb. Meinst du, sie haben recht?», fragte er Puupponen.

«Ich weiß es nicht», wich Puupponen aus.

«Und du?», gab Ronkainen die Frage an mich weiter.

«Die Frauen in der Kirche wissen, was sie sagen. Gott ist nicht böse auf dich, weil du das Blut ausgegossen hast, und wir sind auch froh, dass du uns davon erzählt hast. Du hast also das Blut auf den toten Mann gegossen. Erinnerst du dich, wie sein eigenes Blut aussah, als du in die Toilette gekommen bist? War es noch so flüssig wie Wasser oder schon dicker?»

Ronkainen antwortete, das wisse er nicht. «Aber der Geruch hat mir Angst gemacht. Ich dachte, das neue Blut würde es säubern.»

«Warum bist du bei der Kirche geblieben und hast auf die Polizei gewartet?»

«Ich bin gar nicht dageblieben, ich bin zur Bushaltestelle. Aber dann habe ich gesehen, dass Polizisten zur Kirche gekommen sind, und eine von den Frauen aus der Kirche, die Kirsi, ist auch hingelaufen, und ich wollte Kirsi erzählen, was ich gemacht hab. Kirsi hat eine Katze, sie war mal mit in der Kirche, so eine ganz kleine. Kirsi hat gesagt, man darf auch Haustiere segnen. Ich möchte auch eine Katze oder ein Kaninchen, irgendein kuscheliges Tier, aber Mama sagt, wir haben kein Geld für das Futter.»

Puupponen wirkte genervt, weil Matti Ronkainen immer wieder abschweifte. Er hatte ebenfalls einen langen Tag hinter sich. Auch mir wollten die Augen zufallen. Ich fragte Ronkainen ein zweites Mal, ob er Jaakko Pulma vorher noch lebend gesehen hatte. Ronkainen schüttelte den Kopf, erinnerte sich jedoch, «der alte Mann, der manchmal Orgel spielt», sei in der Kirche gewesen. Das konnte nur Arvi Honka gewesen sein.

Ich machte Puupponen ein Zeichen, mir auf den Flur zu folgen. Sein Magen knurrte, er war blass.

«Was meinst du? Du hast Ronkainen ja schon einmal befragt. Kann man sich auf seine Geschichte verlassen?»

«Er ist in seinem Wahnsinn durchaus logisch, aber das schließt ja nicht aus, dass er als Täter in Frage kommt. Vielleicht verdrängt er die Erinnerung an die Tat und erinnert sich nur an das Blut.»

«Irgendwie ist er ein armes Würstchen.»

«Auch arme Würstchen sind zu schrecklichen Taten fähig, vor allem, wenn sie sich einbilden, dass sie von irgendwem Befehle bekommen. Womöglich dachte Ronkainen, Pulma in seiner schwarzen Kleidung wäre der Teufel. Bei diesen religiösen Fanatikern weiß man nie.»

«Aber Ronkainen betont doch die ganze Zeit, wie lieb sein Gott ist.»

«Weil ein lieber Gott keine falschen Befehle geben kann. Und wenn dieser liebe Gott etwas befiehlt, dann ist auch Matti lieb, weil er den Befehl ausführt. Willst du ihn trotz allem laufenlassen?»

«Vielleicht schläft er in der Zelle ruhiger als unter den Saufkumpanen seiner Mutter, und ein ordentliches Frühstück bekommt er obendrein. Passt doch haargenau zu der Behauptung, Verbrecher würden in unserem Land verhätschelt. Die Polizei ist allerdings kein Sozialamt. Stell mal fest, wer Ronkainen die Medikamente verordnet hat und warum er bei seiner Mutter wohnt. Wir behalten ihn über Nacht hier, und am Morgen befragst du ihn noch mal. Morgen bekommen wir sicher wenigstens einige Laborergebnisse zu seiner Kleidung. Ich telefoniere noch mit einer Bekannten, die sich vielleicht einen Reim auf Ronkainens Seelenleben machen kann.»

«Willst du den Medien mitteilen, dass wir jemanden verhaftet haben?», fragte Puupponen.

«Erst, wenn wir konkrete Beweise gegen Ronkainen haben. Falls es die gibt.» Ich öffnete die Tür. Matti Ronkainen kniete auf dem Boden und murmelte ein Gebet. Ich dankte ihm für seine Unterstützung und behauptete, er habe uns sehr geholfen.

Als die Zellenaufsicht ihn abführte, überlegte ich, wie weit sich unsere Haftzellen letztlich von mittelalterlichen Mönchsklausen unterschieden. Die Zellen hatten die Funktion, den Häftling von seinen Mitmenschen zu isolieren und ihn zu zwingen, sich mit seinen eigenen Gedanken auseinanderzusetzen, während allerdings bei den Mönchen die Reflexion keine Strafe, sondern das Ziel war. Doch hatten seit jeher viele die Einsamkeit der Zelle gewählt, weil sie Zuflucht vor schrecklichen Dingen bot: bei Frauen vor Zwangsehen, bei Männern vor Krieg oder gesellschaftlichem Erfolgszwang. Im besten Fall hatte das Gefängnis dieselbe Wirkung wie ein Kloster: Es zwang den Menschen, sich seinen Fehlern zu stellen, und lehrte ihn, richtig zu leben. In Afghanistan waren mir Frauen begegnet, für die ein nach westlichem Standard geführtes Gefängnis ein klosterähnliches Asyl war, wo sie niemand vergewaltigte oder ihnen Säure ins Gesicht kippte. Die Gefangenschaft bot einigen dieser Frauen mehr Freiheit als die Außenwelt. Antti seufzte manchmal halb im Spaß, er wäre besser Mönch geworden: Im Kloster hätte er sich ungestört auf die Wahrheitssuche konzentrieren können, anders als an der Universität, wo ein großer Teil der Forschungszeit für Sitzungen und das Ausfüllen von Verlaufsprotokollen draufging. In der heutigen Welt hatte sich der Wettbewerb vom Geistigen zum Körperlichen verlagert, und er war nicht mehr privat, sondern öffentlich. Das Ergebnis von Training und supergesunden Diäten wurde im Fitness-Center und in den sozialen Medien präsentiert, der Sieg des Geistes über die Materie war erst dann Wirklichkeit, wenn auch andere davon erfuhren.

Hungrig und erschöpft schlitterte ich nach Hause, aß begeistert den Rest Gemüsesuppe und hörte Iida über die Themen ihrer Geschichtsprüfung ab. Taneli saß mit Jahnukainen auf dem Schoß am Computer und sah sich auf YouTube Videos vom Paarlauf an. Die frischgebackenen Olympiasieger tanzten zu «Jesus Christ Superstar», und ich stellte fest, dass ich für heute genug von religiösen Themen hatte.

Dennoch fragte ich die Pastorin Terhi Pihlaja in einer SMS, bis wann spätestens ich sie noch anrufen dürfe. Als Taneli das Licht gelöscht hatte, ging ich in den Raum mit der besten Schallisolierung, den Ankleideraum der Sauna, und wählte ihre Nummer.

«Maria, wie schön, von dir zu hören! Wenn man den Medien glauben darf, hast du ja reichlich zu tun! Eine schreckliche Sache, vor allem natürlich für die Angehörigen, aber auch für die Kollegen in der Kirche von Tapiola. Ich frage mich, wie sie damit fertig werden.»

«Genau über diesen Fall möchte ich mit dir sprechen. Und zwar nicht so wie beim Nordic Walking, sondern in deiner Eigenschaft als Pastorin.»

«Du willst damit sagen, dieses Gespräch unterliegt der Schweigepflicht, ja?» Es verblüffte mich immer wieder, wie unfehlbar Terhi kleinste Andeutungen verstand. Es gelang mir fast nie, ihren Beruf ganz links liegenzulassen, doch andererseits verband uns genau das. Für eine Polizistin wie für eine Pastorin war es schwierig, ihre Rolle komplett zu vergessen.

«Wir haben einen Verdächtigen, der anscheinend unter religiösen Halluzinationen leidet oder sich zumindest äußerst ungewöhnlich benimmt: Er betet in der Kirche von Tapiola, aber so laut, dass man ihn manchmal sogar an die Luft setzen muss.»

Ich hörte Terhi seufzen. «Ein sogenannter religiöser Wahn? Das wäre der reine Zucker für die sozialen Medien.»

«Ich weiß es nicht, und ich möchte betonen, dass es sich nur um einen Verdacht handelt. Die Person ist in den Fall verwickelt, aber ob sie schuldig ist, steht auf einem anderen Blatt. Was weißt du über religiösen Wahn?»

«Das Thema ist bei uns in Finnland kaum erforscht. Verhält sich die Person aggressiv oder erlebt sie Gott als aggressiv?»

«Nein. Er sagt immer, Gott ist lieb. Für ihn ist die Kirche eine Zuflucht, wo er Gott nah sein kann.»

«Und das gilt als Geistesstörung?» Terhi lachte bekümmert. «Nach dieser Logik wären die meisten Heiligen, die Visionen hatten und Gottes Stimme hörten, wie zum Beispiel

Jeanne d'Arc, verrückt gewesen. Ich weiß allerdings von Fällen, in denen die Stimme Gottes Leuten befohlen hat, Gewalttaten zu verüben, und dann war die Diagnose meistens Schizophrenie, deren Symptome religiöse Formen angenommen hatten. Aber ich kann von hier aus keine Diagnose stellen, dazu müsste ich die Person sehen und als Seelsorgerin mit ihr sprechen. Ihr habt doch eine Polizeipfarrerin?»

«Natürlich.» Die Polizeipfarrerin begleitete uns häufig, wenn wir Angehörigen eine Trauerbotschaft überbrachten. Manchmal baten Verhaftete auch darum, mit einem Pfarrer sprechen zu dürfen, um ihr Gewissen zu erleichtern.

«Kannst du mir wenigstens sagen, wie alt dieser Mensch ist?»

«Ein junger Erwachsener mit einem sehr zerrütteten Hintergrund. Er wohnt bei seiner alkoholabhängigen Mutter.»

«Ist er streng religiös erzogen worden?»

«Wenn ich es richtig verstehe, hat er seinen Weg ganz allein gewählt.»

Antti klopfte an und brachte mir eine Tasse Tee mit einem Schuss Whisky. Ich warf ihm zum Dank eine Kusshand zu. Auch Venjamin schlüpfte herein, er schlief gern in der hintersten Ecke der Sauna. Noch schaffte er es, in zwei Sätzen auf die oberste Saunabank zu springen, obwohl er kein junges Kätzchen mehr war.

«Ich bin Pastorin, keine Psychiaterin. Du weißt so gut wie ich, wie kompliziert die menschliche Psyche ist. Es verblüfft mich immer wieder, dass viele Menschen sich selbst für schlecht halten. Sie sind schon als Kinder immer gemobbt und eingeschüchtert worden, und solche Wunden verheilen nicht so leicht. Gott ist der Einzige, von dem sie sich akzeptiert fühlen. Wenn man ihnen auch diese Zuflucht nimmt, können die Folgen verheerend sein. Häufig kehren diese Menschen aber ihre Zerstörungswut gegen sich selbst und nicht nach außen. Wenn jemand zu deinem Verdächtigen gesagt hat, sein Glaube sei ein Wahn, ist eine aggressive Reaktion durchaus denkbar.»

Terhi berichtete mir von einigen Fällen dieser Art. Jahnukainen maunzte an der Tür, er suchte Venjamin. Ich ließ ihn herein und wollte das Gespräch gerade beenden, als Terhi fragte:

«Und wie geht es dir? Als wir uns zuletzt gesehen haben, hast du erzählt, dass du ab Ende Juni keine Stelle mehr hast. Hat sich die Situation geklärt?»

Ich verneinte. «Wir landen nicht gleich am Bettelstab, wenn ich arbeitslos werde, aber auch Anttis Forschungsprojekt ist befristet. Am meisten stinkt mir, dass Menschen ausschließlich als Kostenfaktor betrachtet werden, aber so ist es ja überall. Eine Umschulung zur Hebamme würde sich auch nicht lohnen, weil eine Entbindungsstation nach der anderen geschlossen wird. Vielleicht sollte ich mich auf Unterwegsgeburten spezialisieren. Die Multitaskerin Maria Kallio fährt den Krankenwagen und leistet gleichzeitig Geburtshilfe.»

Nun lachte Terhi lauthals. Ich schlug ihr vor, sich zum Nordic Walking zu treffen oder ins Kino zu gehen, sobald ich unseren Fall gelöst hatte. Vielleicht würde im Juli Zeit das Einzige sein, was ich noch hatte. Nur fünf Prozent von mir fanden diese Vorstellung erfreulich.

Ich war noch nicht einmal angezogen, als mein Diensthandy klingelte. Die Nummer war mir unbekannt, und ich machte mich darauf gefasst, Fragen zu Matti Ronkainen beantworten zu müssen. Vielleicht war die Nachricht von der Verhaftung über die verworrenen Fangarme der sozialen Medien an die Presse gelangt.

«Kallio.»

«Kirsi Pulma-Haukinen hier, guten Morgen! Ich muss mit der Polizei sprechen. Jaakko hat etwas in unsere Diana gesteckt.»

«Wie bitte?»

«Diana! Unsere Katze. Unter der Haut am Nacken kann man außer dem Sicherheitschip noch etwas anderes fühlen.»

Jahnukainen stupste den Kopf gegen meine Beine, als hätte er verstanden, dass von Katzen die Rede war. Bei der letzten Impfung hatten wir ihm und Venjamin Sicherheitschips implantieren lassen. Wenn ein Tier verschwand oder verletzt wurde, konnte der Tierarzt es anhand des Codes identifizieren und seinem Besitzer zurückbringen. Iida hatte so lange gequengelt, bis Antti und ich der Maßnahme zugestimmt hatten.

«Am Nacken sind zwei Erhöhungen zu fühlen.» Kirsis Stimme war schrill geworden. «Was in aller Welt hat Jaakko da einnähen lassen?»

«Moment mal ... Was hatte dein Bruder mit deiner Katze zu tun?»

«Im Prinzip nichts, aber als Diana den Chip bekommen sollte, hatte ich eine schlimme Darmgrippe, und Sakke war auf Tournee in Ostbottnien. Ich wollte den Termin beim Tierarzt schon absagen, aber Jaakko meinte, er könnte Diana doch hinbringen. Er hat sie abgeholt, eine knappe Stunde später wieder zurückgebracht und mir den Code gegeben. Er sagte, er habe die Operation bezahlt, das sei ein Geschenk an Diana. Jaakko hatte ein paar Tage vorher Glück beim Pokern gehabt, sozusagen auf Sakkes Kosten. Er fand, es wäre nur fair, dass er die Rechnung übernahm, zumal mir auch aus dem Nachlass unserer Mutter noch etwas zustand. Damals habe ich nicht weiter darüber nachgedacht, aber jetzt ist mir aufgefallen, dass unter Dianas Haut noch etwas anderes steckt. Ich habe unsere Tierärztin bei Univet angerufen, aber dort ist im Register nicht vermerkt, dass Diana ein Chip eingesetzt worden wäre. Jaakko hat den Code selbst in die Sicherheitsdatei eingegeben. Hat das arme Tier überhaupt einen Chip bekommen? Was hat Jaakko bloß in unserer kleinen Mieze versteckt?»

Unter Jaakko Pulmas Haut hatte ein Rubin gesteckt. Wusste Kirsi davon? Ich zog mir das Nachthemd über den Kopf und sprühte mir Deo unter die Achseln.

«Ist das nicht eher eine Sache für den Tierarzt als für die Polizei? Setz dich mit dem Veterinär in Verbindung, der den Chip eingepflanzt hat, der wird dir sagen können, ob dein Bruder bei der Gelegenheit noch etwas anderes hat einnähen lassen.» Ich versuchte, mir einhändig den Slip anzuziehen, und schaffte es auch irgendwie, aber beim BH klappte es nicht.

«Aber ich weiß doch nicht, wer den Chip eingesetzt hat! Jaakko hat mir keine Quittung gegeben, nur den Beleg über die Registrierung auf der Website Sicherheitschip Punkt fi.»

«Im Hauptstadtgebiet gibt es doch Tierärzte genug. Einer von denen kann dir sicher weiterhelfen.»

«Außerdem treibt sich hier in unserer Gegend ein Fremder herum, der sich nach den Haustieren der Leute erkundigt. Er behauptet, Versicherungen für Tiere zu verkaufen. Als ich gestern Diana ausgeführt habe, hat er mich angesprochen. Er wollte Diana auf den Arm nehmen und meinte, sie wäre wunderschön. Die anderen Haustiere hier hat er nicht mal berührt, und die Nachbarn sagen, er hätte offenbar Angst vor Hunden. Vielleicht war das Jaakkos Mörder.»

«Wie sah der Mann aus?» Es war idiotisch, nur mit Strümpfen und Slip bekleidet ein derartiges Gespräch zu führen, außerdem wurde mir langsam kalt. Konnte es sein, dass Jaakko Pulma Diamanten unter Dianas Haut versteckt hatte? Oder etwas, das auf das eigentliche Versteck hinwies? Aber die Steine der Zygmunds waren ihm doch gestohlen worden. Hatte er den Diebstahl etwa erfunden?

«Er hatte die Mütze tief in die Stirn gezogen und trug eine Sonnenbrille. Schwarze Bartstoppeln und Schnurrbart, ein nettes Lächeln. Er hatte eine elegante Tasche mit Papieren dabei, aber er trug Sportklamotten, so eine Art Skianzug.»

Ich versprach Kirsi Pulma-Haukinen, mich im Lauf des Tages bei ihr zu melden. Wenn sie sich Sorgen um ihre Katze machte, musste sie zum Tierarzt gehen. Bei der Geschichte vom Mützenmann, der von Tür zu Tür ging, um Tierversicherungen zu verkaufen, war ich hellhörig geworden, aber ich wollte Kirsi, die ohnehin labil wirkte, nicht hysterisch machen. Allerdings erinnerte ich mich sehr gut an die Aussage von Minja Laakso, der Hundesitterin der Pulmas: Ein Mann mit Wollmütze, ungefähr im Alter von Minjas Vater, war rund zwei Wochen vor Jaakko Pulmas Tod aufgekreuzt, hatte Kyösti gestreichelt und gefragt, ob das der Hund der Abgeordneten sei. Auch er hatte Scheu vor Hunden gehabt. Es konnte sich nicht um einen Zufall handeln.

Ich zog mich an, küsste Antti, half Iida, sich Zöpfe zu flechten, und brachte Taneli zum Frühtraining, bevor ich mit unserem eigenen Wagen zur Arbeit fuhr. Der neue Trainer Janne Kivi würde seine Arbeit am Wochenende aufnehmen, bei einem Trainingslager im Sportinstitut in Vierumäki, an dem auch Taneli teilnehmen würde. Wenn ich am Wochenende wieder arbeiten musste, brauchte ich zumindest seinetwegen kein schlechtes Gewissen zu haben.

Koivu war bereits im Ermittlungszimmer und machte sich wie gewohnt an der Kaffeemaschine zu schaffen. Ich fragte ihn, ob es Neuigkeiten von Sennu gab.

«Die Behandlung wird fortgesetzt. Es geht ihr zeitweise sehr schlecht, sie muss intravenös ernährt werden, weil sie nichts bei sich behält. Sie hat solche Angst vor dem Erbrechen, dass sie sich nicht traut, etwas zu essen.» Koivus Stimme klang gewollt ruhig, doch seine Augen verrieten, wie ihm zumute war. Auch Puupponen erschien und erzählte von seinem Abstecher in den Zellentrakt.

«Ronkainen hatte eine ruhige Nacht und ist nach dem Frühstück wieder eingeschlafen.»

«Es heißt ja, ein gutes Gewissen ist ein sanftes Ruhekissen.» Koivu schwenkte fragend die Kaffeekanne, doch Puupponen schüttelte den Kopf.

«Die Logik gilt wohl nicht für alle. Wir müssen jedenfalls entscheiden, ob wir einen Haftbefehl beantragen. Ich habe seinen Psychiater um Rückruf gebeten.»

Es klopfte, und Laura Kokko trat mit ihrem Laptop ein. Sie sah aus, als habe sie gerade geduscht: Sie roch nach Seife, und ihre Haare lagen noch feucht am Kopf an.

«Guten Morgen. Ich hätte hier weitere Analysen zu Jaakko Pulmas Finanzen. Habt ihr nicht um diese Zeit immer euer Morgenmeeting? Oder soll ich später wiederkommen?»

«Setz dich. Den Kaffee von Koivu brauchen wir dir wohl gar nicht erst anzubieten?»

Laura lachte und holte ihren üblichen Halbliter-Smoothiebecher aus der Schultertasche. Sie setzte sich neben Puupponen und entsperrte ihren Laptop.

«Nach außen hin ist Pulma weiterhin sauber. Weder in der Buchführung noch in der Steuererklärung seiner Firma finden sich verdächtige Momente.» Laura trank von ihrem Smoothie und leckte sich die Mundwinkel. Smoothies waren offenbar ihr Lebenselixier.

«Aber», kommentierte Puupponen, als Laura nicht weitersprach.

«Aber was?»

«Du hast gesagt, nach außen hin.»

Laura lächelte Puupponen an wie einen Schüler, der eine Aufgabe für die nächste Klassenstufe gelöst hat.

«Wie gesagt, Pulma handelte mit Waren, deren exakter Wert schwer zu bestimmen ist. Auktionsware. Wenn er Geldwäsche betrieben hat, bot ihm die Blue Jewel AG den perfekten Rahmen. Ich habe mich umgehört, Pulma hatte einen guten Ruf. Der einzige Fleck auf seiner Weste ist die Entlassung von Essi Manner. Sie hatten einen schriftlichen Arbeitsvertrag, der beiderseits eine Kündigungsfrist von drei Monaten vorsah, aber Manner war noch in ihrer halbjährigen Probezeit, die am Montag nach der Kündigung abgelaufen wäre. Dem Arbeitsamt zufolge war der Kündigungsgrund mangelnde Eignung. Alles andere, wie etwa der Vorwurf des Juwelendiebstahls, beruht nur auf Hörensagen. Essi hat ja inzwischen zugegeben, dass der Vorwurf der Geldwäsche aus der Luft gegriffen war.»

Ich erzählte meinem Team von Jenna Ströms Bericht. Sowohl Essi Manner als auch Henri Aalto mussten so bald wie möglich vernommen werden. «Bestell sie her, Koivu. Einzeln. Ohne Angabe von Gründen. Aalto soll von mir aus denken, es ginge immer noch um Amanda.»

Laura hob die Hand. «Ich wollte gerade zu diesem Aalto kommen. Bei dem handelt es sich nun keineswegs um ein Unschuldslamm. Bisher hat man ihm noch nichts nachweisen können, aber es gibt mehrere Ermittlungsanträge und Verdachtsmomente, und im Verband der finnischen Juwelenhändler spucken die Leute geradezu aus, wenn sein Name fällt. Er taxiert die Steine oft fehlerhaft und verdirbt damit den Ruf der ganzen Branche. Aalto und Pulma haben beide an einer Edelsteinauktion in Moskau teilgenommen, bei der die Steine der Zygmunds angeboten wurden. Einer der Erben der Familie hatte Aalto beauftragt, sie für ihn zu ersteigern, und er soll sehr enttäuscht gewesen sein, als der Zuschlag an den anderen Zweig der Familie ging, der von Pulma vertreten wurde.»

«Und dann hat Aalto Essi Manner angeheuert, um die Steine für ihn zu stehlen ... Zumindest sieht es jetzt danach aus. Meint ihr, ein Schlitzohr wie Aalto würde nicht nur einen Dieb, sondern auch einen Killer engagieren?»

Koivus Laptop meldete den Eingang einer neuen Mail.

«Maria, die Nachricht ist sicher auch an dich und Ville gegangen! Das Medikamentenscreening zu Jaakko Pulmas Leiche.» Koivu rückte seine Brille zurecht. «Hier steht, dass Pulma ein Mittel zur Blutverdünnung genommen hat. Wegen Herzrhythmusstörungen. Und soweit ich weiß, muss man bei der Dosierung sehr genau sein. Außerdem wurde Aspirin nachgewiesen, in dreifach erhöhter Dosis. Das erklärt die extrem starke Blutung. Pulmas Blut konnte nicht normal gerinnen.»

«Wusste Pulma denn nicht, dass man mit Warfarin vorsichtig sein muss? Seit wann hat er das genommen?»

«Seit letzten Herbst. Ungefähr seit er Essi Manner entlassen hatte. Anscheinend hat der Stress die Herzrhythmusstörungen ausgelöst.»

«Vielleicht hat Aalto jemanden beauftragt, Pulma nur ein bisschen einzuschüchtern, und dieser Jemand wusste nichts von Pulmas Medikamenten», begann Puupponen zu spekulieren. Da klingelte sein Handy. Er zeigte mir das Display, der Anruf kam von Matti Ronkainens Psychiater. Puupponen ging zum Sprechen ins Nebenzimmer.

«Wo waren denn die Medikamente? Ich habe doch das Arzneischränkchen der Pulmas selbst durchsucht, da war kein Warfarin. Außerdem sollte man meinen, Henna Pasanen-Pulma hätte gewusst, dass ihr Mann wegen Herzrhythmusstörungen in Behandlung war.»

Koivu schnaubte. «Anscheinend weißt du nicht viel über das Seelenleben von Männern mittleren Alters. Herzrhythmusstörungen sind ein Zeichen von Schwäche. Vielleicht wollte Jaakko Pulma seine Frau nicht beunruhigen, es ging doch schließlich nur um ein Stresssymptom, das behandelt werden konnte.»

«In der Hausapotheke war allerdings reichlich Aspirin vorrätig. Vielleicht hat Henna es Jaakko gegeben, zum Beispiel gegen Kopfschmerzen, und er hat sich nicht getraut, es abzulehnen, weil er Angst hatte, aufzufliegen», fügte Laura hinzu.

«Verhalten Menschen sich wirklich so?», fragte ich.

«Am besten geht man immer davon aus, dass die Menschen nicht logisch handeln», seufzte Koivu. Mir lag die Bemerkung auf der Zunge, ausgerechnet er müsse es ja wissen, doch in dem Moment kam Puupponen zurück und breitete ratlos die Arme aus.

«Dem Psychiater zufolge ist Ronkainen so umnachtet, wie er wirkt. Er leidet sowohl unter den Folgen des Fetalen Alkoholsyndroms als auch unter einer leichten Schizophrenie. Der Psychiater meint, Ronkainens Frömmigkeit sei keine Geistesstörung, sondern ein Weg, mit seinem Leben fertig zu werden. Gott ist der Einzige, der gut zu ihm ist. Der Psychiater hält es zu 97 Prozent für unwahrscheinlich, dass Ronkainen blindwütige Gewalt verübt hat. Ich musste ihn unterbrechen, als er zu einem Vortrag darüber ansetzte, dass die Medien ein völlig falsches Bild von Schizophrenen zeichnen. Seiner Meinung nach müssen wir Ronkainen freilassen, sofern wir keine stichhaltigen Beweise für seine Schuld haben. Die Haft könnte im schlimmsten Fall eine Psychose auslösen. Was machen wir jetzt, Maria?» Puupponen schob sich einen Kaugummi in den Mund.

«Sprich noch einmal mit Ronkainen und lass mich wissen, was er sagt. Hattest du noch was, Laura? Wenn nicht, mache ich mich jetzt auf den Weg zum Tierarzt. Koivu, treib ein Foto von Henri Aalto auf und schick es mir per Mail. Wenn ich zurückkomme, möchte ich sowohl ihn als auch Manner hier sehen. Ist das klar?», ordnete ich in bester Chefinnenmanier an. Ich musste meine Stellung als Kommissarin genießen, solange ich sie noch hatte.

20

Per Telefon erreichte ich Kirsi Pulma-Haukinen im Wartezimmer der Tierklinik Univet. Ich sagte ihr, ich würde sofort kommen, denn ich wollte mit eigenen Augen sehen, was es mit dem Gegenstand unter dem Fell ihrer Diana auf sich hatte. Ich fühlte mich komisch, als ich die Tierklinik betrat. Der Geruch weckte traurige Erinnerungen: Hier hatte unsere alte Katze Einstein die Spritze bekommen, die sie in den Katzenhimmel gebracht hatte. Obwohl die Entscheidung damals richtig gewesen war, fiel es mir schwer, die Wehmut zu vertreiben.

Die kleine Diana maunzte in ihrem Tragekorb und kratzte mit den Krallen am Gitter. Kirsi redete beruhigend auf sie ein.

«Ach, mein klitzekleines Kätzchen. Du süßes feines Mätzchen. Onkel Jaakko hat dir doch nichts Schlimmes eingesetzt? Ich habe mich schon gewundert, dass er plötzlich so hilfsbereit war, obwohl er sich eigentlich nichts aus Katzen gemacht hat. Du mein armes Schnurrchen, du.»

Als hinter der Tür zum Behandlungsraum wildes Gebell erklang, sträubte Diana den Schwanz. Kirsi steckte den Zeigefinger durch das Gitter des Tragekorbs, um ihre Katze zu kraulen. Ich versuchte meine Gedanken zu ordnen. Essi Manner hatte also in Henri Aaltos Auftrag die Steine der Zygmunds gestohlen, doch Aalto hatte sie nicht bekommen. Hatte Pulma sie sich etwa zurückgeholt? War er wegen der Juwelen ermordet worden? Ich lachte leise auf, als ich an Essis Worte dachte, auf den Steinen solle ein Fluch liegen. Selbst mit solchen Geschichten konnte man den Verkaufswert in die Höhe treiben.

«Ich habe den Eindruck gewonnen, dass dein Bruder ein sehr besonnener Mensch war. Warum hätte er Edelsteine unter der Haut deiner Katze verstecken sollen? Wäre sein eigener Hund nicht die bessere Wahl gewesen?»

«Das wäre zu naheliegend. Vielleicht hatte Jaakko etwas, was ihm eigentlich nicht gehörte, und Kyösti würden sie sich doch sofort schnappen, wenn klar wäre, dass unter seinem Fell etwas versteckt sein könnte. Ich fand die Idee, der Katze einen Chip einzupflanzen, anfangs ganz furchtbar, aber die Tierärztin hat mich davon überzeugt, dass es Diana nicht wehtut und ihr unter Umständen das Leben retten kann.»

Als das Kätzchen seinen Namen hörte, miaute es, als hätte es ihn erkannt. Im selben Moment wurde die Tür zum Behandlungsraum geöffnet und ein großer Mischlingshund tapste heraus. Er roch die Katze und wollte sich auf den Tragekorb stürzen. Die alte Dame, der er gehörte, konnte ihn nur mit Mühe zurückhalten. Diana knurrte und fauchte. Als Pulma-Haukinen aufgerufen wurde, ging ich mit in den Behandlungsraum, ohne Kirsi zu fragen, ob sie einverstanden war. Die Tierärztin war ungefähr in meinem Alter, ein kerniger, zupackender Typ.

«Diana versucht also, sich an der Stelle zu lecken, wo der Sicherheitschip sitzt?», fragte die Tierärztin leicht verwundert. «Wie kann das sein? Der Chip wird ja am Nacken eingesetzt, wo die Katze kaum mit den Pfoten hinkommt, geschweige denn mit der Zunge. Haben Sie noch mehr Katzen?»

Kirsi schüttelte den Kopf. Diana setzte sich wütend zur Wehr, als die Tierärztin sie aus dem Korb heraushob und auf den Untersuchungstisch setzte. Sie kratzte und wand sich, sodass auch die Helferin mit anpacken musste, doch die Katze beruhigte sich immer noch nicht.

«Tun Sie ihr nicht weh», flehte Kirsi.

«Natürlich nicht. Ist sie immer so widerspenstig?»

«Mich lässt sie ... Bei Sakke scheut sie ein bisschen.» Kirsi zuckte zusammen, als die Katze fauchte und vom Tisch sprang. Die Tierarzthelferin zog sich dicke Handschuhe an, die fast bis zum Ellbogen reichten, bevor sie das Tier wieder hochhob. Nun gelang es ihr und der Ärztin, Diana festzuhalten und ihren Nacken zu untersuchen.

«Eine Infektion ist nicht zu erkennen. Der Chip scheint ganz normal zu sitzen, aber wir können uns natürlich im Ultraschall vergewissern. Bei jungen Katzen, die noch im Wachstum sind, verschiebt sich der Chip manchmal ein wenig, aber das dürfte eigentlich keine Komplikationen verursachen. Schauen wir mal.»

In meiner Tasche vibrierte das Handy, es war Puupponen. Ich ging ins Wartezimmer zurück, um zu sprechen. Puupponen wollte wissen, was mit Matti Ronkainen geschehen sollte. Der junge Mann hatte seine gestrige Aussage wiederholt, Puupponen hatte eine Streife in den Citymarket im Big Apple geschickt, um nachzufragen, ob sich jemand an Ronkainens Einkäufe erinnerte.

«Wir lassen ihn frei, aber er bekommt Ausreiseverbot.»

«Er hat fünf Euro und sechzig Cent auf seinem Konto. Das reicht nicht mal für die billigste Fähre nach Tallinn.»

«Gib ihm etwas Essensgeld, ich zahle es dir zurück. Und dann lass ihn nach Hause bringen, am besten von jemandem, der sich auch ein bisschen um die Mutter kümmern kann.»

«Wir sind doch nicht das Sozialamt ...», murmelte Puupponen, doch ich wusste, dass ihm klar war, was ich meinte. Selbst wenn die Matti Ronkainens dieser Welt im Casino des Lebens einmal Zugang zum Ein-Cent-Automaten hätten, würden sie nach Strich und Faden verlieren. Dennoch hoffte ich, dass Ronkainen sich nicht zu früh auf den Weg in den Himmel machen, sondern die Kraft aufbringen würde, weiter an seinen lieben Gott zu glauben. Und dass dieser Gott keine anderen Opfer von ihm fordern würde als das Blut von Tieren, die bereits geschlachtet waren.

Ich ging zurück in den Behandlungsraum, wo Diana unter dem Ultraschallgerät festgehalten wurde. Die Katze sträubte sich immer noch. Sie trug jetzt einen Maulkorb, ein demütigender Anblick.

«Sieh mal, Kommissarin, hier ist außer dem Chip noch etwas anderes!», rief Kirsi aufgeregt. Bei dem Titel Kommissarin blickte die Sprechstundenhilfe erstaunt auf.

«Handelt es sich um eine Polizeiangelegenheit?» Die Stimme der Tierärztin war eine Spur höher geworden, kehrte aber zur normalen Tonlage zurück, als sie erklärte, Diana müsse für den Eingriff ruhiggestellt werden. Kirsi fragte nicht einmal, was die Prozedur kostete. Vielleicht war die Vorstellung, das Kätzchen könne krank werden oder gar sterben, so kurz nach dem gewaltsamen Tod ihres Bruders einfach zu viel für sie. Es war letztlich ihre Entscheidung. Wenn Jaakko Pulma tatsächlich einen Edelstein in die Katze seiner Schwester hatte einnähen lassen, sagte das einiges über sein Bedürfnis aus, sich nach allen Seiten abzusichern.

«Wann hat die Katze zuletzt gefressen?»

«Vor zwei Stunden.»

Die Tierärztin schüttelte den Kopf. «Im Hinblick auf die Ruhigstellung ist das nicht gut, aber die Katze ist so zappelig, dass eine örtliche Betäubung auf keinen Fall ausreicht. Der Gegenstand scheint sie zwar nicht zu stören, aber früher oder später muss er natürlich entfernt werden. Wir können für morgen früh einen neuen Termin machen, vorher darf die Katze zwölf Stunden keine Nahrung bekommen.»

«Aber dann hat sie doch schrecklichen Hunger …» Kirsi Pulma-Haukinen rang die Hände. Ich führte meine Autorität als Polizistin ins Feld.

«Es geht um die Aufklärung des Mordes an deinem Bruder. Wenn Diana dabei helfen kann, muss sie diese kleine Unannehmlichkeit leider ertragen.»

«Zahlt die Polizei die Rechnung?», fragte die Ärztin. Sie brannte offensichtlich darauf, mehr zu erfahren, doch ich vereinbarte kurzerhand den Termin und sagte, die Frage der Rechnung werde ich klären. Ich hatte den Verdacht, dass ich die Operation aus meiner eigenen Tasche würde bezahlen müssen. Oder konnte ich die Summe aus dem Etat für Informanten abzweigen? Wahrscheinlich mussten wir erst einmal abwarten, was sich im Nacken der Katze verbarg.

Da Kirsi mit dem Taxi zur Tierklinik gekommen war, bot ich ihr an, sie im Dienstwagen nach Hause zu bringen – eine günstige Gelegenheit, sie weiter zu befragen. Mit dem Sicherheitsgurt fixierte ich den Katzentragekorb auf der Rückbank. Diana schien Autos zu verabscheuen, denn sie maunzte während der ganzen Fahrt so herzzerreißend, dass ich Kirsis Stimme zeitweise kaum hören konnte. Ich erinnerte mich an eine Fahrt von Inkoo nach Espoo, bei der unsere erste Katze Einstein mir im Nacken herumgesprungen war; damals hatte ich die Verkehrssicherheit gröblich gefährdet.

«Bist du krankgeschrieben oder hast du heute frei?», fragte ich, als Diana kurz verstummte.

Kirsi wurde rot. «Diana musste doch zur Untersuchung gebracht werden, und Sakke probt mit seiner Band, sie haben morgen Abend einen Auftritt. Zum Glück in Helsinki, da kann er zu Hause übernachten. Es ist natürlich toll, dass *Metsätähti* nach all den Jahren endlich Erfolg hat, aber das ständige Alleinsein ist auch hart. Eins habe ich von Anfang an klargestellt:

Sakkes Kinder kommen nicht zu uns, wenn er auf Tournee ist. Diese Arbeit halse ich mir nicht auf.»

«Deine eigene Tochter ist im Ausland?»

Kirsi verzog das Gesicht. «Es musste unbedingt Australien sein. Da lässt sie sich zur Surflehrerin und Ayurveda-Masseurin ausbilden. Sie hat versprochen, mich im Sommer zu besuchen, also wenn da unten Winter ist. Natürlich kann man nicht über seine Kinder bestimmen, man kann nur beten, dass sie unversehrt bleiben und sich nicht auf Drogen oder anderen Wahnsinn einlassen. Zum Glück gibt es Skype, da sieht man immerhin, ob sie neue Tattoos oder seltsame Haarfarben haben. Aber in die Seele kann man per Skype nicht schauen. Venla ist nicht mal zur Beerdigung ihrer Großmutter gekommen, angeblich war ihr das zu teuer. Darüber haben wir uns so gestritten, dass wir fast zwei Monate nicht mehr miteinander geredet haben. Venlas Vater hat dann gesagt, wir sollen mit dem Unsinn aufhören.»

«Wie war das Verhältnis zwischen Jaakko und dir?»

«Ein ganz normales Geschwisterverhältnis. Ich habe ihn natürlich geliebt, wie ich auch Perttu liebe, aber es ist nicht immer leicht, als Mädchen zwischen zwei willensstarken Brüdern aufzuwachsen. Die beiden sind sich sehr ähnlich, sie setzen ihren Willen immer durch. Henna scheint sich einzubilden, sie hätte in ihrer Ehe das Sagen gehabt, aber eigentlich hat Jaakko bestimmt, wo es langging, auch wenn er nach außen hin nachgiebig und ruhig wirkte. Dafür entscheidet Henna über die Probleme des Landes, und ein wenig auch über die der Kirche, sie sitzt ja neuerdings im Kirchenrat von Espoo. Allerdings muss sie wohl überall nur Sparmaßnahmen durchwinken.»

Ich bog von der Landstraße in Richtung Lintuvaara ab. Diana sprang wie wild in ihrem Korb herum. Von einem

Katzendieb würde sie sich nicht so leicht schnappen lassen. Wenn Pulma tatsächlich einen Edelstein an der Katze seiner Schwester versteckt hatte, lag die Vermutung nahe, dass er mit seinem Hund dasselbe getan hatte. Wie hatte er diese Maßnahmen dem Tierarzt gegenüber wohl begründet? Ich fragte Kirsi, ob Jaakko zur selben Tierklinik gegangen war wie sie, doch darüber wusste sie nichts zu sagen.

Noch einmal versuchte ich, mir Kirsi Pulma-Haukinen als Brudermörderin vorzustellen, doch es gelang mir nicht. Ich glaubte nicht, dass ihre schauspielerischen Fähigkeiten ausreichten, um die Unschuldige zu geben. Und welches Motiv hätte sie gehabt? Zwar waren viele Menschen zu Gewalttaten oder gar Mord fähig, wenn sie lange genug in die Ecke getrieben wurden, doch zum Glück überschritten nur wenige diese Grenze. Wochenlang von einem Baby mit Koliken wach gehalten zu werden und schließlich zu überlegen, ob man es mit einem Kissen zum Schweigen bringen könnte, war eine andere Sache, als es tatsächlich zu tun. Häufig verspürte man schon Erleichterung, wenn man begriff, dass man die Wahl hatte. Ich könnte es tun, aber ich entscheide mich dafür, es nicht zu tun.

«Ich komme kurz mit hinein und zeige dir ein Bild», erklärte ich, als wir vor Kirsis Haus hielten.

Ich schaltete den Laptop ein und vergewisserte mich, ob Koivu mir das Bild von Henri Aalto geschickt hatte. Es handelte sich offenbar um ein Passfoto, denn Aalto blickte ausdruckslos in die Kamera. Ich öffnete das Bildbearbeitungsprogramm, bevor ich Kirsi das Foto zeigte.

«Könnte das der Mann sein, der die Haustierversicherungen verkaufen wollte?»

Kirsi betrachtete das Bild lange und zögerte.

«Dieser hier ist so blond … Unter der Mütze waren seine Haare nicht zu sehen, aber der Bart war schwarz. Und er trug eine Sonnenbrille. Er sprach auch ein bisschen seltsam, als wäre er kein Finne. Oder als wäre Finnisch nicht seine Muttersprache.»

Ich musste eine ganze Weile herumtippen, bevor ich auch nur eine Mütze hinzugefügt bekam. Beim ersten Versuch mit dem Bart entstand eine bräunliche Hippieversion, ich musste mich zusammenreißen, um nicht lauthals über meine technische Unbedarftheit zu fluchen. Puupponen und Jenna hätten die Sache in zwanzig Sekunden erledigt. Endlich brachte ich eine Version zustande, die ich Kirsi Pulma-Haukinen zeigen konnte.

Sofort rief sie:

«Ja, das ist er! Wer ist das, und was will er von unserer Diana?»

Das durfte ich ihr nicht sagen. Ich beschwor Kirsi, mir am nächsten Morgen sofort mitzuteilen, was unter Dianas Haut zum Vorschein kam. Dann streichelte ich das Kätzchen, das sich auf dem Sofa zusammengerollt hatte, und staunte über sein seidiges Fell. Ich verabschiedete mich und fuhr zurück zur Arbeit. Als ich die Kreuzung der Turkuer Autobahn und der Ringstraße 1 erreicht hatte, teilte Koivu mir mit, dass die Teufelsstreife mit Essi Manner gerade auf dem Weg zum Präsidium war. Henri Aalto war bisher nicht zu erreichen gewesen.

«Soll ich nachprüfen, ob er das Land verlassen hat?»

«Ruf lieber seine Tochter an. Amanda.»

«Okay. Ich muss heute übrigens pünktlich gehen, in Juusos Klasse ist Elternabend, und Anu ist natürlich in der Klinik. Geht das?»

«Wie oft soll ich dir noch sagen, dass man Prioritäten setzen muss! Natürlich geht das. Die Befragung von Manner möchte ich übrigens unbedingt mit dir zusammen machen. Wir verhaften sie vorläufig nicht, aber wir bringen sie in ein

Vernehmungszimmer im Zellentrakt, falls eins frei ist. Ich bin diesmal die fiese Kuh, und du bringst deine ganze väterliche Empathie ein.»

«Das ist das Einzige, was ich jungen Frauen noch zu bieten habe», murmelte Koivu. Ich lachte bis zur Kreuzung in Kilo darüber. Als ich ankam, fuhr auch der Streifenwagen Sechssechssechs gerade am Polizeigebäude vor. Montonen führte die zappelnde Essi Manner zum Eingang. Die junge Dame trug Handschellen, hatte sich also keineswegs im gegenseitigen Einvernehmen abholen lassen. Mir kam Dianas wütendes Fauchen in den Sinn. Ich machte einen Abstecher in mein Dienstzimmer und stopfte mir eine Banane und eine Handvoll Nüsse in den Mund. Dann bestieg ich den Aufzug und machte mich bereit, die Rolle des blutrünstigen Drachen einzunehmen. Essi musste zum Reden gebracht werden. Des Mordes verdächtigte ich sie nicht, denn es war höchst unwahrscheinlich, dass sie gemeinsam mit Perttu Pulma eine Farce aufgeführt hatte, in der die beiden sich in Anwesenheit Unbeteiligter gegenseitig beschuldigten. Aber wir mussten Klarheit über die Verbindung zwischen dem Juwelendiebstahl und Jaakko Pulmas Tod gewinnen, auch wenn der Diebstahl ansonsten in die Zuständigkeit des Dezernats für Eigentumsdelikte fiel.

Koivu meldete, das Objekt sei eingetroffen und Amanda Aaltos Handy sei während der Schulstunden ganz offenbar ausgeschaltet. Ich trug Jenna Ström auf, in einer Viertelstunde einen Blick in den Vernehmungsraum Eins zu werfen, um definitiv bestätigen zu können, dass Essi Manner die junge Frau war, die sie vor dem Casino mit Perttu gesehen hatte.

Koivu hatte das Licht in dem fensterlosen Raum gedimmt und machte die Videokamera bereit. Essi saß mit untergeschlagenen Beinen auf ihrem Stuhl. Sie hatte die Kapuze ihrer rosa Jacke über den Kopf gezogen und die Hände in die Ärmel gesteckt. Katzen neigten dazu, sich vor einem Feind möglichst groß zu machen: den Rücken zu krümmen, den Schwanz aufzuplustern, die Zähne zu fletschen. Essi dagegen hatte sich eingerollt wie ein Igel, doch wenn ich ihr zu nahe kam, würde ich sicher ihre Krallen zu spüren bekommen.

«Was soll der Scheiß? Zuerst lasst ihr mich stundenlang warten und fragt dann doch nichts, und jetzt werde ich mit so viel Tamtam in ein Bullenauto gezerrt, dass die Weiber in der Nachbarschaft sich monatelang das Maul zerreißen! Ihr schafft es noch, dass ich aus der Wohnung fliege, obwohl ich nichts getan habe.»

«Juwelen im Wert von mehreren hunderttausend Euro zu stehlen ist also nichts?» Ich setzte mich hinter den Tisch und drehte die Tischlampe so, dass ihr Licht Essi blendete, während mein Gesicht im Schatten blieb. Es war ein fieser Trick; Essi kniff die Augen zusammen.

«Ich hab die nicht geklaut», ächzte sie und hielt sich die Hände vor die Augen.

«Technisch gesehen vielleicht nicht. Vielleicht hast du Henri Aalto in das Haus der Pasanen-Pulmas gelassen, und er hat die Steine an sich genommen. Als was hatte er sich diesmal verkleidet? Als Stromableser? Als Pizzabote? Dann wäre er nicht aufgefallen, selbst wenn man die Aufnahmen der Überwachungskamera überprüft hätte. Womit hat er dich erpresst, bei einem Verbrechen mitzumachen?»

Essis Fäuste öffneten und schlossen sich, sie betrachtete sie abwesend. Die Stille dauerte Minuten.

«Du kannst auch in einer Zelle darüber nachdenken, wie es dazu kam», schlug ich schließlich vor.

«Verhaftet ihr mich etwa? Dazu habt ihr kein Recht», fauchte Essi.

«Bei einer Mordermittlung hat die Polizei alle möglichen Rechte.»

«Aber wer kümmert sich dann um Topas? Ihr Futter reicht nur für einen halben Tag, und sie ist sehr penibel mit ihrem Katzenklo.»

«Dann musst du wohl Freunde um Hilfe bitten. Natürlich können wir deine Katze auch dem Tierheim übergeben», antwortete ich kühl, obwohl ich Essis Besorgnis ganz und gar verstehen konnte.

«Man darf sie nicht in einen Käfig sperren! Da wird sie verrückt, sie liebt ihre Freiheit ...»

«Wie du offenbar auch», sagte Koivu sanft. «Wenn du unschuldig und kooperativ bist, kommst du bald hier raus. Es hängt allein von dir ab. Möchtest du übrigens etwas zu trinken? Kaffee, Saft, Wasser?»

«Ich will einfach nur hier weg.»

Ich sah, wie Koivu in seiner Hosentasche herumfingerte, kurz darauf klingelte mein Handy. Ich meldete mich, tat, als würde ich mit einem Kollegen sprechen, und verließ den Raum. Koivus Gespür funktionierte so einwandfrei wie immer: Er rechnete damit, Essi Manner zur Zusammenarbeit überreden zu können, wenn er eine Weile unter vier Augen mit ihr sprach. Koivu hatte die Verbindung sofort unterbrochen, dabei hätte ich natürlich gern gehört, was er zu Essi sagte. Da klingelte mein Handy gleich noch einmal, die Nummer kam mir vage bekannt vor.

«Toni Rask hier. Wie laufen die Ermittlungen?»

«Darüber informiert die Polizei, wenn sie es für begründet hält. Vorläufig hat sich nichts Neues ergeben.» Ich wollte Rask nicht verraten, dass wir in Erfahrung gebracht hatten, weshalb Jaakko Pulmas Leiche mit Tierblut übergossen gewesen war. Zwar glaubte ich nicht, dass er Informationen an die Medien weitergeben würde, doch bestand immer die Gefahr, dass sein Handy oder auch das von Henna Pasanen-Pulma abgehört wurde. Ronkainen als Verdächtiger wäre ein gefundenes Fressen für die Medien, man würde ihn als religiösen Fanatiker und warnendes Beispiel darstellen. Da hätte so mancher wieder einen Grund, aus der Kirche auszutreten.

«Henna war entrüstet, dass Sie ohne ihr Wissen ihre Eltern befragt und die alte Geschichte wieder ausgegraben haben.»

«Wie geht es ihr?»

«Sie will unbedingt arbeiten, sie meint, durch Nichtstun würde sie sich nur verrückt machen. Ich finde ja, sie sollte sich Ruhe gönnen. Sie haben vielleicht diese Internetkommentare gesehen, da wird Henna als Psychopathin und als herzlose Nutt…, äh … also, als herzlos verunglimpft, weil sie ihre Trauer nicht öffentlich zeigt. Im Hinblick auf die nächste Wahl kann das äußerst nachteilig sein. Henna steht auf der Liste der Ministerkandidaten für die nächste Regierung weit oben, vorausgesetzt natürlich, wir sind überhaupt an der nächsten Regierung beteiligt, aber jetzt …»

«Wir tun unser Bestes.» In dem kahlen Flur klangen meine Worte hohl.

«Gibt es denn etwas Neues zu der Bombendrohung?»

«Wie gesagt, wir informieren, wenn wir es für begründet halten.»

«Haben Sie auch bestimmt genug Ressourcen für diese Ermittlung? Soll ich jemanden ansprechen, damit Sie zusätzliche Kräfte bekommen? Den Leiter der Polizeiabteilung oder den Innenminister? Ich verspreche Ihnen, alles zu tun, was ich kann, es geht schließlich um ein Verbrechen mit politischer Dimension.» Rask versuchte, Autorität in seine junge Stimme zu legen, aber so ganz gelang es ihm nicht.

«Mehr Ressourcen sind immer gut, und mehr Zeit auch.

Aber wenn Sie mir nichts Neues zu berichten haben, gehe ich jetzt wieder an meine Arbeit. Auf Wiederhören.» Ich unterbrach die Verbindung und überlegte, was Rask wohl am meisten Sorgen machte. Der Job als Assistent eines Abgeordneten diente vielen als Sprungbrett für eine eigene politische Karriere, und speziell junge Männer wurden in allen Parteien gesucht. Der elegante Rask entsprach nicht dem Bild des typischen Zentrumspolitikers, doch in einer Zeit der Wechselwähler würde er vielleicht in der städtischen Wählerschaft Beifall finden. Henna Pasanen-Pulmas größte politische Stärke war ihre Bereitschaft, Menschen zuzuhören und sie zu respektieren, sie war nicht überheblich. Vielleicht fürchtete Rask lediglich, Hennas humanes Image könne Schaden nehmen. Ein paar authentische Tränen vor den Fernsehkameras würden Wunder wirken.

Ich blieb kurz vor der Tür zum Vernehmungsraum stehen und lauschte. Koivus Stimme war nur ein gedämpftes Murmeln, Essis höhere Stimme war deutlicher zu hören.

«Ich beantworte alle eure Fragen, wenn ihr mir nur versprecht, dass Topas nicht in einen Käfig gesperrt wird! Bringt sie meinetwegen hierher, wenn es nicht anders geht. Sie kann bei mir in der Zelle bleiben.»

Koivus Antwort hörte ich nicht. Als ich die Tür öffnete, zuckte Essi zusammen und richtete sich auf. Koivus Blick sagte mir, ich hätte ruhig noch länger draußen bleiben können.

«Fräulein Manner und ich haben uns über Katzen unterhalten. Ich habe ihr erzählt, wie unsere Miisi einmal ein Häschen gefangen und zum Entsetzen meiner Mutter ins Haus gebracht hat.»

Ich wusste, Koivu hatte das Tier frei erfunden und es nach der Katze eines früheren Mordverdächtigen benannt, nickte aber, als hätte ich die Geschichte schon zigmal gehört.

«Fräulein Manner ist bereit, über ihre Zusammenarbeit mit Henri Aalto zu sprechen, wenn ihre Katze nicht ins Tierheim gebracht wird. Vielleicht ist eine Festnahme ja auch gar nicht nötig.» Koivu lächelte Essi an wie ein Kind, das hingefallen ist und sich den Kopf gestoßen hat. Vati pustet, dann tut es nicht mehr weh.

«Na gut, schieß los, dann sehen wir, in welchen Bereich deine Tat fällt», versetzte ich mürrisch, nahm meinen Platz wieder ein, drehte die Lampe aber so, dass sie Essi nicht mehr blendete. Sie blinzelte eine Weile, bevor sie zu sprechen begann.

«Er, also Henri Aalto, hat mir zwei Möglichkeiten angeboten: Entweder helfe ich ihm, die Steine zu stehlen, oder … Na ja, eigentlich waren es drei Möglichkeiten. Die dritte war die, dass er zur Polizei geht. Die zweite Möglichkeit war, dass ich meine Tat in Naturalien gutmache. Also mit ihm ins Bett gehe. Das ist ja nicht kriminell. Um Sex zu betteln, meine ich. Und der Arsch ist ja das Einzige, was arme Frauen besitzen. Aber ich hab auch meinen Stolz. Ich fand es also immer noch anständiger, eine Diebin zu sein als eine Hure. Deshalb habe ich sie geklaut. Ich habe gewartet, bis der Akku bei der Überwachungskamera leer war, und dann hab ich die Steine in meine Handtasche gesteckt.»

«Und wo sind sie jetzt? Hast du sie Aalto gegeben?»

Essi lächelte verschlagen.

«Die sind gut versteckt. Von Aalto, diesem Arschloch, lasse ich mich noch lange nicht rumkommandieren.» Essis Augen verengten sich, als sie weitersprach. «Ich kann es natürlich nicht beweisen, aber ich hatte vor, Jaakko die Steine zurückzugeben. Sie gehörten ja schließlich ihm. Aber bevor ich dazu kam, wurde er ermordet. Ich kann diesen Aalto nicht ausstehen. Er ist ein richtiger Schnüffler, es macht ihm Spaß, anderen was anzuhängen. Trotzdem kapier ich nicht, wie er mich dazu gekriegt hat, das zu tun, was er wollte. Natürlich war ich die Erste, die wegen dem Diebstahl verdächtigt wurde, und dann auch noch wegen dem Mord. Vielleicht liegt auf den Steinen wirklich ein Fluch. Aalto würde es verdienen, dass sie ihn vernichten.»

«Womit hat Aalto dich erpresst?» Koivus freundliche Stimme und sein verständnisvoller Blick signalisierten, dass er völlig auf Essis Seite stand. Gleich würde er ihr noch verständnisvoll die Schulter tätscheln.

Essi schob die Hände tiefer in die Ärmel ihrer Kapuzenjacke. Sie starrte lange schweigend auf die Tischplatte, bevor sie schließlich sagte:

«Wahrscheinlich grabt ihr das sowieso aus, obwohl es im Strafregister längst gelöscht ist. Als ich siebzehn war, hab ich eine Geldstrafe wegen Ladendiebstahl gekriegt. Ich hab im Supermarkt Essen und Unterwäsche geklaut, weil ich keine andere Möglichkeit hatte. Auf dem Flohmarkt gab's keinen BH in meiner Größe, jedenfalls nicht in Pihtipudas. Und beim Juwelier hab ich sogar ein Paar Ohrringe gemopst. Die einzigen hübschen in dem ganzen Kaff. Ich wollte sehen, wie die Steine geschliffen und eingefasst waren. Die hab ich sogar zurückgegeben.»

«Wie hat Aalto davon erfahren?»

Bei Koivus Frage hob Essi endlich den Blick.

«Das war verdammtes Pech! Er hat diesen Juwelier aus Pihtipudas auf irgendeiner Tagung getroffen. Aalto weiß ganz genau, wie man den Leuten Informationen aus der Nase zieht. Wahrscheinlich hatte er irgendwo gelesen, dass ich aus Pihtipudas komme. Wer weiß, in welche Register er sich eingeschlichen hat. Er hat mir gedroht, Pulma davon zu erzählen. Damit wäre ich vielleicht noch fertig geworden, wenn Henna nicht gewesen wäre. Die hätte mich als schlimmste Verbrecherin der Welt hingestellt. Die alte Hexe biegt sich die Dinge so zurecht, wie es ihr in den Kram passt, so wie alle Politiker. Wenn sie sagt, die Stadt Espoo steckt mehr Geld in die städtische Familienberatung, dann heißt das im Klartext, dass die Stadt die Eheberatung der Kirche nicht mehr fördert. Und so weiter, Perttu hat mir viele Beispiele genannt. Das heißt, das mit der Eheberatung hatte er wohl von Kirsi. Kirsi fand es überhaupt nicht gut, dass ihre Schwägerin gegen alle Prinzipien handelte, die sie angeblich vertrat. Scheinheilig, so haben Kirsi und Perttu Henna immer genannt, wenn Jaakko nicht dabei war. Mit Kirsi habe ich allerdings gar nicht gesprochen, Perttu hat dafür umso mehr erzählt.»

Im selben Moment klopfte es, und Jenna Ström spähte durch den Türspalt. Sie war schlau genug, sich im Schatten zu halten, sodass Essi ihr Gesicht nicht genau sehen konnte, zudem trug sie eine Brille und hatte sich eine Schirmmütze der Ordnungspolizei aufgesetzt. «Ich wollte nur rasch Bescheid geben, dass ich Markku Nulpponen erreicht habe. Er ist auf Dienstreise in der Mongolei, sein Handy hat nur sporadisch Empfang, aber er hat versprochen, dass er morgen um halb zehn finnischer Zeit über Skype erreichbar ist.» Jenna betrachtete Essi und sagte dann, als spräche sie immer noch von Markku Nulpponen: «Ja. Das ist die Person, die wir gesucht haben.» Dann salutierte sie und wollte gehen. Doch ich trat rasch hinter ihr auf den Flur und fragte, ob sie Nulpponen mitgeteilt hatte, warum die Polizei von West-Uusimaa ihn sprechen wollte. Jenna erwiderte, Nulpponen habe es sich denken können, er verfolge die Nachrichten aus Finnland. Er hatte gesagt, er erinnere sich nicht besonders gut an die alten Geschichten, sei aber selbstverständlich bereit, der Polizei zu helfen. Er sei aus anderem Holz geschnitzt als seine Brüder.

«Warum glaubst du eigentlich immer noch, dass Perttu Pulma seinen Bruder getötet hat?», fragte ich Essi, als ich wieder im Vernehmungszimmer saß. Das Verhältnis zwischen Essi und Perttu erschien mir, gelinde gesagt, merkwürdig.

«Na, weil er ... Ich weiß doch nicht, wie Jaakko gestorben ist! Die beiden haben sich oft gestritten, und hin und wieder ist es dabei sogar zu Handgreiflichkeiten gekommen, das hat Perttu jedenfalls erzählt. Und Jaakko hat viel zu viel von diesem Omega Drei genommen. Einmal hatte er Nasenbluten, das wollte gar nicht mehr aufhören. Er hat mir eingeschärft, ich dürfte Henna nichts davon sagen, damit sie sich keine Sorgen macht. Jaakkos Eltern sind beide am Schlaganfall gestorben, und er hatte Angst, dass ihm das Gleiche droht, deshalb hat er alles Mögliche eingenommen, was das Blut verdünnt, viel mehr, als ihm die Ärzte verschrieben haben. Und ich dachte, dass ... Dass Perttu seinem Bruder vielleicht die Faust auf die Nase gedonnert hat, ohne ihm wirklich was antun zu wollen, und dass es dann nicht aufgehört hat zu bluten. Wenn er das meinetwegen getan hat ... Dann bin ich ja mitschuldig.»

21

Als wir Essi Manner endlich zum Reden gebracht hatten, war sie nicht mehr zu bremsen. Koivu nickte, als sie von ihrer armseligen Jugend erzählte und von den häufig wechselnden Freunden ihrer Mutter, von denen manche versucht hatten, auch Essi ins Bett zu bekommen.

«Ich habe mir die Nägel immer lang wachsen lassen. Wenn der Typ Kratzer im Gesicht hatte, konnte er sie schwer erklären, wir hatten ja keine Katze. Angeblich konnten wir uns das Futter nicht leisten. Mir ist bloß nicht klar, warum Mama sich unter diesen Umständen ein Kind nach dem anderen zugelegt hat. Es würde mich überhaupt nicht wundern, wenn das Jugendamt sie inzwischen alle aus der Familie genommen hätte.»

Essi hatte vor, Henri Aalto in eine Falle zu locken, und obwohl Juwelendiebstahl und Erpressung nicht in unser Ressort fielen, handelte ich mit dem Polizeichef aus, dass wir gemeinsam mit Laura Kokko von der Wirtschaftskriminalität aktiv werden durften. Ich glaubte nicht, dass Henri Aalto Jaakko Pulma eigenhändig ermordet hatte, doch er konnte durchaus einen Killer beauftragt haben.

«Pulma war nicht dumm», fuhr Essi Manner fort. «Er hatte die Steine der Zygmunds in drei Partien aufgeteilt, die in zwei verschiedenen Safes lagen, und außerdem hat er zwei Einzelstücke woanders versteckt. Ich habe also gar nicht alle Steine. Zwei fehlen.»

«Was für welche?»

«Der eine ist ein Rubin, er war der mittlere Stein an einer

Tiara, der andere ist ein eher unauffälliger Diamant von einem halben Zentimeter Durchmesser, aber so geschliffen, dass er in allen Farben des Regenbogens funkelt, wenn man ihn dreht. Er gehörte zuerst zu einem Halsschmuck und war dann in einen Ring eingearbeitet.»

Ich erinnerte mich an den roten Stein, der in Jaakko Pulmas Arm gefunden worden war. Er war bereits zur Taxierung an einen Experten gegangen. Essi Manner würde ihn natürlich auch erkennen, sofern es sich um einen der beiden fehlenden Steine handelte. Ob der Diamant in der Nackenhaut des Kätzchens Diana steckte, würde sich am nächsten Tag herausstellen.

«Weiß Henri Aalto, dass du eine Katze hast?»

«Nein! Von Topas erzähle ich keinem, dem ich nicht vertraue, schon gar nicht einem Erpresser wie Aalto. Wenn er das wüsste …» Essi zog die Handkante quer über ihren Hals.

Der unbekannte Versicherungsvertreter, bei dem es sich aller Wahrscheinlichkeit nach um Henri Aalto handelte, hatte sich also deshalb für die Katze von Jaakko Pulmas Schwester interessiert, weil er von Topas nichts wusste. Essi Manner würde bald nach Hause gehen, die Techniker würden ihr folgen und sicherstellen, dass ihre Wohnung nicht verwanzt war. Dann würden sie eine Abhöranlage installieren und sowohl Essi selbst als auch das Halsband ihrer Katze mit einem Ortungsgerät ausstatten. Essi platzte vor Rachsucht, was sie zu einer unberechenbaren Verbündeten machte, aber manchmal musste man Risiken eingehen. Ich verließ den Vernehmungsraum und rief die Rechtsmedizinerin Kirsti Grotenfelt an. Sie bestätigte mir, dass der übermäßige Konsum von Omega-Drei-Fettsäuren zur mangelnden Gerinnungsfähigkeit von Jaakko Pulmas Blut beigetragen haben konnte. Hatte der Täter es von Anfang an gewusst? Und waren die Angehörigen über die Medikamente im Bilde gewesen? Es wunderte mich, dass ich in Pulmas Hausapotheke weder Warfarin noch Omega-Drei-Präparate gefunden hatte. Entweder waren die Medikamente nachträglich entfernt worden, oder Pulma hatte sie nicht zu Hause aufbewahrt. Als ich in den Vernehmungsraum zurückkehrte, fragte ich Essi danach.

«Er hatte so ein Stoffetui mit vielen Fächern. Ein bisschen größer als ein Zigarettenetui, es ließ sich gut in einer Tasche unterbringen. Und Taschen hatten seine Jacken ja genug. Da hat er seine Pillen verstaut, er hat sie nur genommen, wenn Henna es nicht merkte. Als hätte er irgendwie gesündigt.»

Es war jedoch kein Pillenbehälter gefunden worden, weder unter Pulmas Sachen noch in seinem Wagen. Was hatte Matti Ronkainen von den Gegengeschenken Gottes gesagt? War es möglich, dass er das Etui an sich genommen hatte? Essi bestätigte, dass Pulma es oft in einer der Geheimtaschen seines Mantels aufbewahrt hatte. Ich beauftragte die Streifen mit der Suche nach Ronkainen, betonte aber, dass die Angelegenheit nicht dringend war und der junge Mann behutsam behandelt werden musste. Nachdem das erledigt war, arbeitete ich mit Essi weiter an der Planung. Koivu hatte sich als Löwenbändiger betätigt, und nun stimmte Essi allen meinen Vorschlägen zu. Als sie ging, blickte Koivu ihr kopfschüttelnd nach.

«Ein merkwürdiger Charakter. Hoffentlich besinnt sie sich nicht wieder anders. Aber vielleicht sind Leute, die nur ihren eigenen Vorteil im Sinn haben, am zuverlässigsten. Und wer in solchen Verhältnissen aufgewachsen ist, hätte längst vor die Hunde gehen können. Manner ist immerhin tough.»

«Ich hatte dir ja aufgetragen, ihr zu schmeicheln», sagte ich, und das Lächeln, das Koivu mir statt einer Antwort schenkte, war noch herzerwärmender als sonst.

Henna Pasanen-Pulma meldete sich an keinem ihrer Handys. Ich rief Toni Rask an und fragte, wie ich sie erreichen könne. Rask riet mir, es per Mail zu versuchen, die Handys der Abgeordneten seien vorläufig ausgeschaltet. Henna hatte ihren geplanten Besuch im Gymnasium und der Kirchengemeinde von Mäntyharju aus familiären Gründen abgesagt, wollte aber so bald wie möglich wieder voll arbeiten. Es sei wichtig, erklärte Rask, die Beurlaubung so zu bemessen, dass die Wähler zufrieden waren. Eine zu frühe Rückkehr an den Arbeitsplatz wurde als Herzlosigkeit gedeutet, ein zu langer Urlaub als Faulheit und Flucht vor der Verantwortung.

Ich hatte es gerade geschafft, mit Koivu zu Mittag zu essen, als mein Handy klingelte. Die Nummer war mir unbekannt, offenbar ein Privatanschluss.

«Hier ist Amanda», sagte eine Mädchenstimme. «Amanda Aalto. Ein Polizist hat mir eine Nachricht hinterlassen, aber Vati hat mir eingeschärft, nie auf Mitteilungen von Männern zu reagieren. Manche tun vielleicht nur so, als ob sie Polizisten wären. Deshalb rufe ich dich an, ich wusste deinen Namen noch.»

«Gut, dass du dich meldest, Amanda. Wir haben versucht, deinen Vater zu erreichen, weil wir ihn bitten möchten, noch einmal zu uns zu kommen.»

«Wegen der Sache mit Teemu? Aber der … Vati hat das alles völlig falsch verstanden!» Die Stimme des Mädchens klang weinerlich.

«Wie meinst du das?»

«Das ist alles total blöd. Die ganze Geschichte.»

«Möchtest du noch einmal mit mir darüber reden? Oder mit einer anderen Erwachsenen?»

«Ja!» Amanda schniefte und erklärte, ihr Vater sei geschäftlich in Stockholm und sein Flieger lande erst nach Mitternacht, deshalb verbringe sie die Nacht bei ihrer Freundin

Vanessa. «Vanessa wohnt ganz in unserer Nähe, nur ein paar Straßen weiter. Aber bei denen mag ich nicht darüber reden. Können wir uns irgendwo zum Kaffee treffen?», fragte sie wie eine Erwachsene. Ich verabredete mich mit ihr in einer halben Stunde im Café beim Supermarkt an der Finnoontie.

«Ich habe ja gleich gesagt, dass Teemu Luotonen sie nicht angerührt hat», erklärte Koivu, als ich ihm von Amandas Anruf erzählte. «Aber die Vorermittlungen sind doch schon abgeschlossen, und die Staatsanwaltschaft wird höchstwahrscheinlich keine Anklage erheben.»

«Aber Aalto wird die Sache kaum auf sich beruhen lassen. Er kann seine Kampagne in den sozialen Medien wer weiß wie lange fortführen, auch wenn Amanda bald in die Mittelstufe kommt. Ich habe das Gefühl, der Mann fürchtet vor allem, das Gesicht zu verlieren. Deshalb wollte er unbedingt an die Steine der Zygmunds. Er brachte es nicht über sich, seinen Auftraggebern zu gestehen, dass er bei der Auktion verloren hatte.»

«Wahrscheinlich. Und er ist bereit, viel zu riskieren. Trotzdem sehe ich bei ihm immer noch kein Motiv, Jaakko Pulma zu ermorden. Es sei denn, es handelt sich um einen Einschüchterungsversuch, der aus dem Ruder gelaufen ist.»

«Ein Profikiller würde sich dafür allerdings einen weniger öffentlichen Ort aussuchen. Vielleicht war es doch Matti Ronkainen. Puupponen glaubt das jedenfalls wohl immer noch.»

«Was hast du eigentlich nach dem Juni vor?», wechselte Koivu plötzlich das Thema.

Ich schüttelte den Kopf und sagte nur, ich würde mir zuerst einen langen Urlaub gönnen. Natürlich hatte ich über diverse Alternativen nachgedacht, sowohl in Finnland als auch im Ausland. Eine Stelle bei Eupol würde mich interessieren, Beamtin im Innenministerium wollte ich dagegen nicht mehr unbedingt werden. Vielleicht könnte ich an der Polizeihochschule unterrichten, aber würde das für den Lebensunterhalt unserer Familie ausreichen? Zudem wäre es anstrengend, zwischen Tampere und Espoo zu pendeln. Andererseits wunderte ich mich selbst darüber, dass ich mir kaum Sorgen um die Zukunft machte. Vielleicht hatte mein Beruf mich gelehrt, dass alle Pläne im Nu zunichtegemacht werden konnten, sei es, weil ein betrunkener Fahrer Gas gab oder weil ein Haufen Eis vom Dach fiel.

In dem unpersönlich ausstaffierten Supermarkt-Café erwartete mich Amanda bei einem Caffè Latte. Sie trug silbern schimmernde Jeggings, rosa Sneakers, die für das Frostwetter zu leicht aussahen, und eine Steppjacke in Pink mit Goldstickerei. Ihre Fingernägel zierte ein Blümchenmuster. Mit der richtigen Begleitung hätte sie es womöglich geschafft, in eine Kneipe eingelassen zu werden, aber als sie zu sprechen begann, verriet ihre Ausdrucksweise, dass sie noch ein Kind war.

«Papa bringt mich um, wenn er hört, dass ich ohne ihn mit der Polizei rede», seufzte sie und verdrehte theatralisch die Augen. Ich sagte ihr lieber nicht, dass auch ich Schwierigkeiten bekäme, denn Minderjährige durften nicht ohne die Anwesenheit eines Sorgeberechtigten oder Sozialarbeiters befragt werden, wenn nicht gerade Not am Mann war, und das war hier ja nicht der Fall. Aber meine Stelle würde ohnehin dem Rotstift zum Opfer fallen, warum sollte ich es also mit den Regeln so genau nehmen?

«Also, die Sache mit Teemu ... Ich hab diese schrecklichen Storys im Internet gelesen und mich bei Instagram mit ein paar Leuten ausgetauscht. Da hab ich so ein Foto reingestellt, auf dem Alsu dasselbe macht wie Teemu, und die Leute meinten, dass es auch ein Versehen gewesen sein könnte. Dass es wirklich so war, wie er behauptet. Und das Ganze ekelt mich so an. Ich finde diese Erwachsenen widerlich, diese Fünfundzwanzigjährigen oder diese ganzen alten Knacker, die einem im Einkaufszentrum hinterherrufen und einem Geld anbieten. Aber wenn ich Papa von denen erzählen würde, dürfte ich nirgendwo mehr hin. Er würde mich gefangen halten, ich wäre nur zu Hause, so wie Samira und Mira aus unserer Klasse. Also, die sind muslimisch. Ich meine, dass die nicht dürfen, was wir dürfen, und gleich wenn sie zum ersten Mal ihre Tage kriegen, müssen sie ein Kopftuch tragen. Aber so ganz kapier ich das nicht, dass Papa es gut findet, wenn alle sagen, ich wäre schön und sähe mindestens wie sechzehn aus, und andererseits warnt er mich die ganze Zeit vor den Männern.» Amanda seufzte wieder und nahm einen Schluck aus ihrem Pappbecher. Ihre Wimpern waren unglaublich lang und dicht, vielleicht gehörte sie zu der kleinen Schar derjenigen, bei denen die teuren Mascaras tatsächlich Wunder vollbrachten.

«Hat dein Vater dich aufgefordert, zu sagen, der Lehrer hätte deine Brust berührt?» Theoretisch konnte Luotonen wegen übler Nachrede Anzeige erstatten, doch ich nahm an, dass er die ganze Episode am liebsten einfach vergessen wollte.

«Nein, das nicht. Er hat nur gesagt, ich soll die Wahrheit sagen. Und ich …» Amanda schniefte wieder. «Weil er doch nie zu Hause ist, und Mama ist in Singapur. Wir skypen fast jeden Tag, aber das ist nicht dasselbe, wie wenn sie zu Hause ist … Mama will sehen, was ich zur Schule anziehe und ob ich mich nicht zu stark schminke, aber sie sieht ja nicht, was ich dann wirklich anziehe. Nach der Geschichte mit Teemu hat Papa gesagt, er müsste besser auf mich aufpassen, aber jetzt ist er schon wieder in Stockholm …»

Vielleicht sollte ich mich tatsächlich mit dem Jugendamt in Verbindung setzen und sie darum bitten, Amandas Situation zu überprüfen. Das Mädchen hatte Geld und genug zu essen, eine Halbtagskraft kümmerte sich um den Haushalt, doch all das konnte die Anwesenheit der Eltern nicht ersetzen, und Amanda war noch nicht einmal zwölf. Selbst ein frühreifes Kind brauchte in diesem Alter noch seine Eltern. Ich verspürte Gewissensbisse, als ich daran dachte, wie oft mein Beruf mich gezwungen hatte, Überstunden zu machen und auch am Wochenende zu arbeiten. Vielleicht würde die anstehende berufliche Veränderung wenigstens meinem Familienleben gut bekommen.

«Ist dein Vater auch über Nacht außer Haus?» Ich trank einen Schluck von meinem Tee mit dem unvergleichlichen Aroma eines fünf Jahre im Regal vergammelten Teebeutels. Auch das Tütchen Zucker, das ich in die Brühe kippte, half nicht viel.

«Nachts ist er meistens zu Hause, und wenn nicht, dann übernachtet unsere Haushälterin Maikku bei uns, oder ich gehe zu einer Freundin. Aber er hat einen wichtigen Job, deswegen muss er so oft reisen. Er sagt, er tut das alles nur für seine Prinzessin. Als ich klein war, fand ich es toll, dass er mich Prinzessin genannt hat, aber jetzt nicht mehr. Alle rufen mir Prinzessin hinterher, aber die meinen das nicht nett. Komisch, wie die Wörter ihre Bedeutung ändern, wenn man größer wird. Mama sagt auf Skype, ich soll mir nichts daraus machen, und Papa sagt, ich wäre doch seine Prinzessin. Aber das bin ich doch nicht, wenn ich es nicht sein will und wenn die anderen mich bloß damit aufziehen, oder?» Amanda riss ihre dunklen Augen weit auf, und ich bemerkte, wie die größeren Jungen am Nachbartisch sie anschmachteten.

«Und natürlich sagen die dummen Kühe aus der Sechsten und ihre älteren Schwestern, ich wäre eine Nutte und ich würde mir in Wahrheit sogar wünschen, dass Teemu meine

Brüste anfasst, obwohl die nicht mal echt wären, sondern bloß Silikon, dabei ist das totaler Quatsch! Aber davon darfst du Papa nichts erzählen, sonst knöpft er sie sich vor ... Und dann wird alles noch schlimmer.»

Ich bat Amanda um die Skype-Daten ihrer Mutter. Mit ihr wollte ich als Erstes sprechen. Dass ihre Eltern sich zu wenig um sie kümmerten, machte sie empfänglich für die Schmeicheleien von Männern. Ein Zwanzigjähriger, der die richtigen Worte fand, würde Amanda mühelos in seinen Bann schlagen, und er konnte notfalls behaupten, er hätte sie für sechzehn gehalten. Sie würde sich sogar geschmeichelt fühlen, weil man sie älter schätzte, als sie war. Amandas Los machte mich traurig und wütend. Ich brachte sie zurück zu Vanessa. Wahrscheinlich würde sie ihren Eltern von unserem Treffen erzählen, und dann würde Henri Aalto mir die Hölle heißmachen. Für den Plan, den wir mit Essi ausgeheckt hatten, konnte das nur von Vorteil sein.

Ich war kaum auf die Finnoontie abgebogen, als der diensthabende Beamte vom Empfangsschalter des Polizeipräsidiums mich anrief.

«Wo steckst du denn? Du hast Besuch.»

«Besuch?» Ich war mit niemandem verabredet, an sich hatte ich geplant, den Rest des Nachmittags zu nutzen, um eine Zusammenfassung unserer bisherigen Ergebnisse zu schreiben und mit Laura Kokko zu sprechen.

«Die Abgeordnete Pasanen-Pulma und ihr Assistent Rask warten auf dich», erklärte der Diensthabende. «Sie haben ein dringendes Anliegen. Wie weit hast du es hierher? Die Abgeordnete besteht darauf, in einen geschützten Raum gebracht zu werden, weil sie von den Leuten im Wartebereich ständig fotografiert wird.»

«Ruf Koivu oder Puupponen an, die wissen, was zu tun ist.

Ich bin in zehn Minuten da.» Ich trat aufs Gas, merkte aber, dass die abschüssige Fahrbahn vereist war und die Winterreifen kaum Halt fanden. Offenbar wurde auch beim Reifenwechsel gespart.

Koivu und Puupponen hatten die unerwarteten Besucher ins Ermittlungszimmer gebracht. Allerdings wollte Pasanen-Pulma mit ihrem Anliegen offenbar warten, bis ich dabei war.

Die Abgeordnete wirkte völlig gebrochen. Ihr Händedruck war kaum zu spüren, ihr Blick wie vernebelt. Toni Rask stand hinter ihrem Stuhl wie ein Leibwächter. Seine sonst so sorgfältig gestriegelten Haare waren durcheinander, seine Hände zitterten. Dennoch ergriff er als Erster das Wort.

«Wir haben erfahren, dass die Polizei einen Verdächtigen gefunden hat, der ganz offensichtlich als Täter gelten kann, der aber nicht verhaftet wurde. Warum nicht? Der Mann könnte doch auch Henna gefährlich werden oder jedem anderen Unbeteiligten.»

«Woher haben Sie die Information?» Ich bemühte mich, ruhig zu bleiben. Puupponen starrte an die Decke, und Koivu putzte seine Brille.

«In der Kirche von Tapiola sprechen alle davon, dass Matti Ronkainen der Mörder ist. Er hat zuerst Jaakko getötet und dann auch noch den armen Arvi Honka, weil der ihn in der Kirche gesehen hatte. Die Polizei hatte ihn angeblich abgeholt, aber dann hat eine der Küsterinnen gesehen, wie er doch wieder frei herumlief. Kirsi hat ihn gestern vor dem Altar angetroffen.» Henna Pasanen-Pulma sprach mit monotoner Stimme, doch ihre Furcht war nicht zu überhören.

«Wir haben erfahren, dass dieser Ronkainen früher schon für Unruhe gesorgt hat. Er ist natürlich ein trauriges Beispiel dafür, dass die psychiatrischen Dienste nicht alle Patienten erreichen, aber ist er nicht trotzdem verantwortlich für seine Taten, so wie alle anderen? Selbstverständlich ist es eine furchtbare Tragödie, und so sinnlos. Wir müssen wirklich alles daransetzen, um die Beratungsdienste finanziell besser auszustatten», erklärte Rask mit unnatürlich tiefer Politikerstimme.

«Sie glauben also lieber Gerüchten und Missverständnissen als der Polizei?» Auch ich konnte meine Autorität ins Feld führen. Ich sah Rask von oben herab an, was nur möglich war, weil ich zufällig Schuhe mit sechs Zentimeter hohen Absätzen trug, sodass meine Augen einige Millimeter über den seinen waren. «Würden Sie es vorziehen, dass wir einen Unschuldigen verhaften und der wahre Täter auf freiem Fuß bleibt? Wir haben Ronkainen natürlich vernommen, mehr kann ich Ihnen über den Verlauf der Ermittlungen nicht sagen. Dagegen wüsste ich gern, welche Medikamente Jaakko Pulma genommen hat. Über seine Selbstmedikation scheint selbst sein Arzt nicht im Bilde zu sein.»

«Jaakko hatte Herzprobleme, aber die waren unter Kontrolle. Das hat er selbst gesagt. Er brauchte nur irgendwas zur Blutverdünnung einzunehmen. Und an einem Herzinfarkt ist er ja nicht gestorben, dabei blutet man schließlich nicht ... Oder hatte er einen Blutsturz? Aber dann wäre es ja gar kein Mord? Oder kann jemand anders einen Blutsturz absichtlich herbeiführen?» Henna Pasanen-Pulma sah mich verwirrt an. «Ich dachte immer, nur weil die Nulpponens so geschickte Lügner waren, hat die Polizei nie geklärt, wer die Schnur über unsere Loipe gespannt hat. Nicht weil die Polizei von Juva irgendwie unfähig gewesen wäre. Ich war immer überzeugt, dass die finnischen Beamten ihr Fach verstehen. Ich habe die Nulpponen-Brüder manchmal ausgelacht, die waren so dumm, dass sie gerade mal lesen lernten, und Fremdsprachen gingen weit über ihren Horizont, sie konnten einfach nicht begreifen, dass man Schwedisch und Englisch anders ausspricht als Finnisch. Ich fand es schlimm, solche Idioten als Nachbarn zu haben. Minna sagte immer, sie können nichts dafür, nicht alle sind lernfähig, und zur Erinnerung an Minna habe ich mich bemüht, auch in der Politik so zu denken. Dass alle gleichermaßen wertvoll sind. Aber den Mörder meines Mannes will ich gar nicht verstehen, ich will nur, dass er gefasst wird und die Höchststrafe erhält oder meinetwegen für den Rest seines Lebens in eine geschlossene Anstalt kommt, wenn es dieser Ronkainen war. Das bringt Jaakko nicht zurück, aber der Gerechtigkeit muss Genüge geschehen. Sonst haben bald diejenigen das Sagen, die für Lynchjustiz eintreten.»

Hennas Blick hatte große Ähnlichkeit mit dem ihrer Mutter. Elvi Pasanen hatte zwar behauptet, ihre Tochter sei zu sanftmütig, doch im Zweifelsfall konnte sie offenbar auch recht hitzig werden.

«Sie kannten also Arvi Honka?»

«Jaakkos Mutter hat früher in dem Kirchenchor gesungen, den er leitete. Bei der Beerdigung meiner Schwiegermutter hat Arvi Bachs *Air* gespielt. Das hatte sie sich gewünscht. Jaakko hat keine Anweisungen für seine Beerdigung hinterlassen. Ich kann nur vermuten, was er gewollt hätte. Bei Minnas Gedenkfeier hat der Schulchor *So schön ist die Erde* gesungen. Seitdem hasse ich das Lied. Ich schalte sofort um, wenn es im Radio läuft.»

Toni Rask legte seiner Chefin beschwichtigend die Hand auf die Schulter.

«Wo ist mein Schmuck? Joonas behauptet, der Safe im Erdgeschoss sei leer gewesen. Dort lagen der Ring von meiner Großmutter und alle Schmuckstücke, die Jaakko mir geschenkt hat.»

«Die Polizei hat eine Liste aller Gegenstände, die in dem

Tresor in der oberen Etage sichergestellt wurden. Ist Ihnen die nicht zugegangen? Laut Aussage von Anwalt Kerminen liegt ein Teil des Eigentums Ihres Mannes in einem Bankschließfach. Bis zur Nachlassinventur haben Sie natürlich die Verfügungsgewalt darüber.»

«Und wann findet die statt?»

«Juristische Vorgänge sind oft langwierig. Wir müssen uns schließlich an das Gesetz halten.»

Puupponens Handy klingelte, er ging zum Sprechen auf den Flur. Toni Rasks Hand lag immer noch auf Hennas Schulter, sie schien es nicht zu bemerken. Ich spürte, wie sich in meinen Schläfen Kopfschmerzen ankündigten, meine Schultern waren von der langen Fahrt am Vortag immer noch verspannt. Vielleicht hätte ich ja noch genug Zeit, um in den Fitnessraum zu gehen.

«Der Innenminister behauptet, je länger polizeiliche Ermittlungen dauern, desto größer ist die Wahrscheinlichkeit, dass sie im Sande verlaufen. Der Täter hat dann Gelegenheit, Beweise zu vernichten und Zeugen zu manipulieren. Das ist ja in den letzten Jahren immer wieder vorgekommen.»

Der Widerspruch zwischen Henna Pasanen-Pulmas gewichtigen Worten und ihrer sorgenvollen Erscheinung war so frappant, dass ich mir jeden Protest verkniff. Ich ließ sie reden, vielleicht würde ich in der Redeflut irgendeinen Anhaltspunkt entdecken, der ihr selbst gar nicht bewusst war.

«Glauben Sie allen Ernstes, die uralte Sache mit Minna hätte etwas mit dem zu tun, was Jaakko passiert ist? Außer den engsten Familienangehörigen haben doch längst alle das Unglück vergessen. Vielleicht denken Minnas frühere Mitschüler bei Klassentreffen noch an sie, aber die Erinnerungen sind sicher verblasst.»

«Ihr Vater sagt, Minna habe keine Zeit für Beziehungen

zu Jungen gehabt, aber Eltern wissen nicht immer alles von ihren Kindern. Jüngere Schwestern sind oft besser informiert. Gab es vielleicht irgendeinen Jungen, der ein Auge auf Minna geworfen hatte und von ihr zurückgewiesen wurde? Und wie war es mit Ihnen?»

«An so was kann ich mich nicht mehr erinnern. Minnas Tod war ein derartiger Schock, dass vieles einfach ausradiert ist. Andererseits sehe ich immer noch vor mir, wie Piku mit Vater aus dem Wald geschlichen kam, mit eingekniffenem Schwanz. In ihrem Fell hingen Eisklumpen und ihre Augen ... Ich weiß überhaupt nicht mehr, wie mein Vater damals aussah. Das Allerschlimmste ist aber, dass ich mir Minnas Gesicht nicht mehr ins Gedächtnis rufen kann, sondern mir Fotos ansehen muss, um mich an sie zu erinnern. Wäre sie mit zunehmendem Alter Vater oder Mutter ähnlicher geworden? Ich werde älter, aber Minna bleibt für immer achtzehn. Und eines Tages wird Joonas feststellen, dass er länger gelebt hat als sein Vater.»

Die Tränen liefen Henna über das Gesicht, ich machte mich wieder auf einen Anfall von Hyperventilation gefasst, aber er blieb aus. Toni Rask meldete sich zu Wort.

«Ich habe letzte Nacht die gesamte Hasspost gelesen, die Henna bekommen hat, seit ich für sie arbeite. Es hat mir einfach keine Ruhe gelassen.»

Bei diesen Worten zuckte Henna so heftig zusammen, dass Tonis Hand von ihrer Schulter glitt.

«Hast du etwa alles aufbewahrt?»

«Nicht ich, sondern das Sicherheitssystem des Parlaments. Es sind nicht viele, dein Archiv ist eins der kleinsten im Haus. Teilweise natürlich deshalb, weil es für dich erst die zweite Wahlperiode ist. Nach Jaakkos Tod und der Bombendrohung sind ausschließlich Beileidsbekundungen gekommen.

Ich habe nach wiederkehrenden Mustern gesucht, natürlich kenne ich mich damit nicht so gut aus wie die Polizei, aber jedenfalls habe ich nichts entdeckt. Fast alle Hassmails, die du bekommen hast, sind gleichzeitig auch an andere Abgeordnete gegangen. Ich habe inzwischen wirklich den Eindruck, dass es hier überhaupt nicht um Henna geht. Die Bombendrohung war nur ein schlechter Scherz, den sich der Mörder erlaubt hat, nachdem er Jaakkos Handy in die Finger bekommen hatte.»

Rask lief mit langen Schritten auf und ab und wäre beinahe mit Puupponen kollidiert, der ins Ermittlungszimmer zurückkam. Aus seinem Gesichtsausdruck schloss ich, dass er Koivu und mir etwas zu erzählen hatte, was Pasanen-Pulma und Rask nicht hören durften.

«Hauptmeister Puupponen könnte sich die Hassmails ansehen. Er ist auf Drohungen im Netz spezialisiert und versteht sich darauf, gerade nach solchen Informationen zu suchen. Können Sie ihm das Material schicken? Warum haben wir nicht früher erfahren, dass es archiviert wird?»

«Darüber wird im Allgemeinen nicht gesprochen. Die Absender würden sich nur wichtig fühlen, wenn sie wüssten, dass ihre Gemeinheiten nicht sofort gelöscht werden. Henna, versuch es gar nicht erst! Du bekommst sie nicht zu sehen. Ich bin doch dazu da, dich vor diesem Mist zu schützen, damit du dich auf deine Arbeit konzentrieren kannst.»

«Jaakko war ein guter Mensch. Er hatte feste ethische Grundsätze. Deshalb habe ich ihn geliebt. Es war nicht Jaakkos Schuld, dass er ermordet wurde. Die Schuld liegt immer beim Täter.»

Henna stand auf. Ihre Beine zitterten derart, dass Toni Rask sie rasch am Arm fasste. «In den Interviews sagen alle Nachbarn und auch Jaakkos Kunden dasselbe: Jaakko war ein guter

Mann, und sein gewaltsamer Tod hat alle erschüttert. Die Einzige, die etwas anderes behauptet, ist diese Essi Manner, aber Perttu schwört Stein und Bein, sie hätte Jaakko nicht umgebracht. Woher will er das eigentlich wissen? Ein Mörder, der ungesehen aus einem öffentlichen Gebäude verschwindet ... so etwas kann doch im 21. Jahrhundert in Finnland gar nicht passieren. Wenn nicht bald Ergebnisse vorliegen, muss ich noch einmal mit dem Innenminister und dem Leiter der Polizeiabteilung sprechen. Toni, nimmst du meine Aktentasche? Wir gehen.»

Koivu beeilte sich, die Tür zu öffnen und die Abgeordnete mit ihrem Assistenten nach unten zu begleiten. Mir fiel keine einzige Frage ein, die ich Henna Pasanen-Pulma noch hätte stellen können. Als sich die Tür hinter den dreien geschlossen hatte, sah ich Puupponen an.

«Du hast wohl etwas zu berichten?»

«Ja. Ich habe telefonisch die ersten Laborergebnisse zu Matti Ronkainens Kleidung bekommen. Sie weisen ganz klare Spuren von Rinderblut auf, aber Jaakko Pulmas Blut konnte ausschließlich an seinen Schuhsohlen festgestellt werden. Da der Täter mehr als zehn Mal auf Pulma eingestochen hat, muss er selbst mit Blut bespritzt gewesen sein. Wenn Ronkainen also nicht nackt war oder Kleidung zum Wechseln dabeihatte, kann er Pulma nicht ermordet haben.»

22

«Vielleicht ist sauber wirklich sauber, und etwas, das zu schön ist, um wahr zu sein, ist manchmal trotzdem wahr», keuchte Laura Kokko, während sie an der Latzugmaschine dreißig Kilo in regelmäßigem Takt hochzog, zwanzig Mal in Folge. Ich machte mich an einer Langhantel mit mickrigen zehn Kilo zu schaffen. Ich musste es vorsichtig angehen lassen und darauf achten, dass das Training meine Muskeln lockerte, statt sie noch mehr zu verspannen. Puupponen war im Ermittlungszimmer geblieben, um sich die Aufzeichnungen der Überwachungskameras in der Kirche von Tapiola noch einmal in Vergrößerung und extremer Zeitlupe anzusehen. Koivu hatte die Aussagen aller Augenzeugen, die sich am Freitag nachweislich am Tatort aufgehalten hatten, mit nach Hause genommen.

«Zu schade, dass Henri Aalto ausgerechnet zur Tatzeit im Präsidium war. Was ist mit dem Mädchen, das er erpresst hat, Essi Manner? Hätte er sie dazu bringen können, die Tat zu begehen?»

«Nein, Essi wollte Pulma die Steine zurückgeben. Aalto hat sie gar nicht erst bekommen. Und jetzt will Essi ihn zu dem Versteck mit den Steinen locken, damit wir mit eigenen Ohren hören, dass er sie zu dem Diebstahl angestiftet hat. Manner wird sich auf jeden Fall für ihre Tat verantworten müssen, aber die Richter halten ihr möglicherweise zugute, dass sie erpresst wurde und mit der Polizei kooperiert hat.»

Ich legte die Hantel auf den Ständer und nahm mir ein Gymnastikband, mit dem ich meine Schultermuskulatur dehnte.

Im Kraftraum hielt sich außer uns nur ein junger Bursche von der Schupo auf, der wie ein professioneller Bodybuilder aussah und auch die entsprechenden Gewichte stemmte. Er konzentrierte sich voll und ganz auf seine Leistung und scherte sich kein bisschen um unser Frauengespräch.

«Du hattest also ein Date mit Henri Aalto?»

«Ja, ein einziges. Mein Interesse ist schlagartig gesunken, als sich herausstellte, dass er noch verheiratet war.»

«Du hast doch nicht etwa illegal seine Personendaten überprüft?»

Laura verzog das Gesicht. «Ich weiß, wie schnell man heutzutage bei so was erwischt wird. Nein, er hat mir selbst erzählt, er würde sich angeblich trennen. Er trug auch keinen Ehering. An dem Punkt habe ich ihm eröffnet, dass ich Polizistin bin und mich von solchen Geschichten nicht hinters Licht führen lasse. Das Date endete nicht gerade freundschaftlich. Eine weniger erfahrene Frau hätte bei Aaltos Reaktion vielleicht sogar Angst bekommen. Er hat herumgetobt, ich würde ihn als Lügner hinstellen. Da habe ich meinen Rechnungsanteil auf den Tisch gelegt und bin gegangen. Schon allein, wie der Typ mich von Anfang an angeschaut hat, war gruselig: Er hat mich taxiert wie einen Gegenstand, es hätte nur noch gefehlt, dass er meinen Busen mit der Lupe inspiziert.»

Laura verließ die Latzugmaschine und begann ihre Beinadduktoren zu trainieren, die von den Frauen im Polizeipräsidium nur Zangenmuskeln genannt wurden. «Wie war es mit den Männern vor deiner Heirat? Hat dein Beruf die Typen eher abgeschreckt oder angezogen? Ich treffe meistens auf Männer, die enttäuscht sind, weil eine Ermittlerin vom Wirtschaftsdezernat keine Uniform trägt und auch keine Handschellen am Gürtel hängen hat. Als wollte ich auch in der Freizeit Räuber und Gendarm spielen.» Laura grinste und legte eine Trainingspause ein. «Ich habe immer gedacht, es ist nicht unbedingt ratsam, mit einem Kollegen anzubandeln. Macht dein Mann nicht auch etwas ganz anderes? Aber manchmal frage ich mich doch, ob vielleicht nur ein Polizist eine Polizistin verstehen kann. Was meinst du?»

«Der Job selber spielt eigentlich keine Rolle, solange der Partner Verständnis für die besonderen Anforderungen deines Berufs hat. Nimm auf keinen Fall einen Humorlosen. Schwermütige Männer können eine Zeitlang romantisch wirken, aber früher oder später werden sie langweilig.» Meine Schultermuskeln brannten verheißungsvoll, die Durchblutung kam wieder in Gang. Als Nächstes trainierte ich Kreuz und Gesäß und quälte zum Schluss meine Bauchmuskeln, bis ich vor Schmerz stöhnte.

Nach dem Training ging ich zu Fuß nach Hause. Dort half ich Antti, Wurzelgemüse für den Borschtsch klein zu schneiden. Jahnukainen stibitzte ein Stück Sellerie und spielte damit, als sei er plötzlich wieder jung geworden, während Venjamin auf der Sofalehne lag und ihm verwundert zuschaute. Taneli kam vom Training nach Hause und erklärte, er brauche demnächst neue Schlittschuhe. Iida übte für ihren Test in Französisch. Der Alltag hüllte mich wenigstens für einen Abend ein wie eine weiche Wolldecke, und ich genoss ihn, denn ich wusste, wie vergänglich dieses Gewebe war. Ich hatte bei so vielen Menschen gesehen, wie es sich endgültig auflöste, und war umso dankbarer für die kurze Atempause.

Am Freitagmorgen fasste ich mit Puupponen und Koivu die Beobachtungen zu den Vernehmungsprotokollen und Kameraaufzeichnungen zusammen. Alles wirkte lückenlos und logisch: Jede Person, die die Kamera erfasst hatte, war identifiziert, erreicht und befragt worden, einige von ihnen hatten

Jaakko Pulma gesehen, einige Arvi Honka, viele erinnerten sich an Matti Ronkainen. Der Junge, der neben Ronkainen an der Absperrung gestanden und Handyfotos gemacht hatte, hatte ausgesagt, Ronkainen habe aufgewühlt und ein wenig seltsam gewirkt, er hatte sich aber deutlich daran erinnert, dass an Ronkainens Kleidung keine Blutspritzer zu sehen gewesen waren. Die Bilder der Überwachungskameras sprachen ebenfalls für Ronkainen: Sowohl beim Betreten als auch beim Verlassen der Kirche trug er dieselbe Kleidung. Auf den Aufnahmen von seiner Ankunft war sein Mantel vorne etwas ausgebeult, vermutlich steckten dort die Beutel mit dem Blut.

«Sorry, Maria, was Ronkainen betrifft, hattest du von Anfang an recht», seufzte Puupponen.

«Neun von zehn Ermittlern hätten denselben Schluss gezogen wie du. Und der arme Ronkainen ist genau der Typ, der ohne richtige Medikation und Therapie tatsächlich zum Mörder werden könnte. Offenbar ist er bisher keiner einzigen Streife ins Netz gegangen. Ich habe das Personal der Kirche gebeten, uns Bescheid zu sagen, falls er wieder dort auftaucht.»

«War der Mörder ein Engel?», warf Puupponen überraschend ein. Koivu und ich sahen ihn verdattert an.

«So heißt ein alter Krimi aus den sechziger Jahren. Der Titel ist mir aus irgendeinem Buchkatalog im Gedächtnis geblieben. Honka und die Küsterin Hilkka Häkkinen haben beide ausgesagt, dass sie auf der Treppe über der Orgel etwas Weißes gesehen haben. Häkkinen meinte später allerdings, es wäre vielleicht nur eine vergessene Albe gewesen. Aber wenn es doch ein Engel war?»

«Dürfte vor Gericht nicht durchgehen», brummte Koivu. «Der Bericht über die Obduktion von Arvi Honka ist gerade gekommen. Todesursache Herzinfarkt, der Mann ist wahrscheinlich im Schlaf gestorben. Der Schock durch den Leichenfund könnte natürlich als Auslöser in Frage kommen. Honkas Sohn hat mich gestern angerufen und wollte Genaueres über den Tod seines Vaters wissen, die Angehörigen möchten ihn verständlicherweise so bald wie möglich beerdigen. Können wir die Leiche freigeben?»

«Ja, nachdem die Obduktion nichts Auffälliges ergeben hat.»

Koivus Handy piepte, eine SMS. Ich sah, wie sein Gesicht weiß wurde, als er sie las. Puupponen und ich wagten kein Wort zu sagen.

«Vom Krankenhaus.» Koivus Stimme klang belegt. «Sennu hat hohes Fieber, die Blutwerte sind abgesackt. Aus irgendeinem Grund schlägt die Behandlung immer weniger an. Die Ärzte wissen nicht, warum.»

«Willst du hinfahren?»

«Sie liegt noch nicht im Sterben!» Koivu schlug mit der Faust auf den Tisch, als wolle er sich einen anderen Schmerz zufügen als den, der in ihm tobte.

«Ach, und bis dahin willst du dich damit quälen, deine beruflichen Pflichten zu erfüllen? Was bist du für ein verdammter Idiot, Koivu! Du selber würdest doch zu jedem sagen, los jetzt, geh zu deiner Familie!» Puupponen stand auf, einen Moment lang fürchtete ich, er würde sich auf Koivu stürzen. Stattdessen marschierte er zur Pinnwand und starrte auf die Fotos von Jaakko Pulmas Leiche. «Schau her. Dieser Mann hier ist tot. Seine Frau und sein Sohn hätten sich gewünscht, den Abschluss von Joonas' Militärdienst mit ihm feiern zu können. Sein Schwager und Kumpel hätte gern noch oft mit ihm gepokert, auch wenn er verloren hätte. Sein Bruder würde mit Vergnügen noch eine Moralpredigt über sich ergehen lassen und seine Schwester noch einen hässlichen Schal stricken, wenn der Mann nur am Leben wäre. Aber die Möglichkeit haben sie nicht mehr. Ja natürlich, wir sind es den Toten schuldig, herauszufinden, wer ihnen was angetan hat, das ist ja unser Job. Und ich werde die Arbeit mit dir vermissen, auch wenn du verflucht schlechten Kaffee kochst. Aber jetzt gehst du verdammt noch mal in die Klinik zu deinen Lebenden! Maria, befiehl es ihm!»

«Wenn du jetzt nicht gehst, bitte ich Ranto, dich von dem Fall abzuziehen», unterstützte ich Puupponen. «So einen Fleck in deinen Papieren kannst du nicht gebrauchen, wenn dir eine Karriere bei der Drogenfahndung in Helsinki vorschwebt. Schau wenigstens kurz in der Klinik vorbei. Und wenn du zurückkommst, bringst du uns was Leckeres zum Kaffee mit.»

Koivu brummte etwas und stand auf. Wir hörten, wie er seinen Mantel holte. Als er gegangen war, zuckte Puupponen ratlos mit den Schultern.

«Ich habe gleich das Skype-Gespräch mit Nulpponen», erklärte ich. «Geh du mit Laura die Unterlagen über Aalto durch, im Lauf des Tages werden wir ihn wohl zu fassen bekommen. Mit etwas Glück wird sein Wagen irgendwo geblitzt, die Verkehrspolizei weiß, dass wir ihn suchen. An seinem Haus ist eine Streife postiert. Die Nacht hat er nicht dort verbracht, aber laut Auskunft der Fluggesellschaft saß er im letzten Flieger aus Stockholm. Oder um genau zu sein, ist jemand mit seinem Ticket geflogen.»

Die letzten Einzelheiten der Falle, in die wir Aalto locken wollten, mussten noch ausgearbeitet werden. An die Hoffnung, ihn zu überführen, klammerte ich mich wie an den sprichwörtlichen rettenden Strohhalm. Auch einen Mordauftrag zu erteilen, war ein schweres Verbrechen, doch der gerissene Aalto würde womöglich behaupten, er habe den Täter lediglich beauftragt, Jaakko Pulma einzuschüchtern, und ein gewiefter Anwalt konnte die schlechte Blutgerinnung zugunsten seines Mandanten ausnutzen.

Etwa zehn Minuten vor dem vereinbarten Skype-Gespräch klingelte mein Privathandy. Ich meldete mich, in der Absicht, das Gespräch gleich wieder zu beenden.

«Jyrki hier, hallo. Wie geht's?»

Ich brauchte einige Sekunden, um zu begreifen, wer der Anrufer war. Mein pensionierter ehemaliger Chef Jyrki Taskinen. Warum rief er mich am Privathandy an?

«Ziemlich hektisch. Aber es ist schön, deine Stimme zu hören.» Ich schluckte, als mir klarwurde, wie sehr ich Taskinen vermisste. Allerdings war es mir unmöglich, ihn auch nur in Gedanken beim Vornamen zu nennen, vielleicht hätte das zu viele Erinnerungen geweckt. Zeitweise hatten wir uns stark zueinander hingezogen gefühlt, doch wir hatten beide kein Techtelmechtel am Arbeitsplatz gewollt, und ich wusste auch, dass Taskinen seine Frau sehr liebte.

«Versteh mich nicht falsch, Maria. Ich weiß, dass du dein Metier beherrschst. Aber falls du dich mal austauschen willst, stehe ich zur Verfügung.»

«Sehnst du dich jetzt schon nach der Arbeit zurück?», erwiderte ich leichthin. «Ich rede gern mit dir, aber kann ich dich später zurückrufen? Ich habe gleich ein Skype-Gespräch in die Mongolei.»

Taskinen versicherte, das sei völlig in Ordnung. Dennoch glaubte ich, Enttäuschung in seiner Stimme zu hören, als wir uns verabschiedeten. Mir blieb jedoch keine Zeit, darüber nachzudenken, denn Markku Nulpponen meldete sich pünktlich. Aufgrund des Klassenfotos erkannte ich ihn gleich in dem Bild, das auf meinem Rechner erschien; allerdings trug er nun ordentliche Kleidung, und sein dünnes Haar war akkurat gekämmt. Die blassblauen Augen hinter der starken Brille blickten mich bekümmert an.

«Ich tue natürlich alles, um der Polizei zu helfen, aber ich muss gleich von vornherein sagen, dass ich nicht glaube, dass einer meiner Brüder Schuld an Minna Pasanens Tod hat.»

«Warum nicht?»

«Wir Brüder konkurrierten ständig darum, wer von uns der Mutigste war. Immer gab es Action und Rabatz. Wenn einer von uns auf die Idee gekommen wäre, den nervigen Nachbarsmädchen eine Falle zu stellen, hätte er garantiert damit geprahlt.»

«Und wenn er vor dem Unfall nicht mehr dazu gekommen ist?»

«Der Polizei zufolge war die Schnur mehrere Tage im Wald gewesen. Ich erinnere mich, wie wir alle vernommen wurden. Es wurde genauestens abgeklopft, was wir wann während der Ostertage gemacht hatten. Als hätte in den Ferien irgendwer auf die Uhr geschaut.»

«Sie haben von den ‹nervigen Nachbarsmädchen› gesprochen. Offenbar waren Sie nicht besonders gut auf Henna und Minna zu sprechen?»

Markku Nulpponen wirkte plötzlich verwirrt.

«Entschuldigen Sie bitte, könnten Sie das wiederholen? Die Verbindung ist schlecht, und auf dem einen Ohr bin ich fast taub. Gerade war am guten Ohr der Ton weg. Der Hörschaden wurde erst bei der Musterung entdeckt, bis dahin hatten mich alle für dumm gehalten, weil ich immerzu fragte, was, was? Ich hätte schon verstanden, was die Lehrer sagten, wenn ich sie nur richtig gehört hätte. Also, was haben Sie gesagt?»

Als ich meine Frage wiederholte, schüttelte Nulpponen den Kopf.

«Wir hatten es faustdick hinter den Ohren, das stimmt, aber die Pasanen-Mädchen haben uns total fertiggemacht, vor allem Henna. Wenn man sich im Schulbus neben sie setzte, wollte sie sofort den Platz wechseln, weil wir angeblich stanken. Sie hatte für jeden von uns einen eigenen Schimpfnamen, ich hieß bei ihr Schimmelpilz, wenn ich mich richtig erinnere. Pauli nannte sie Alte Socke und Sauli Eau de Klo. Der Name klang so vornehm, dass man ihn auf Anhieb gar nicht kapierte. Es hat uns geärgert, dass Henna keine Angst vor uns hatte. Minna hat zu ihr gesagt, lass das doch, du stachelst sie nur auf, aber Henna wollte immer demonstrieren, dass sie in jeder Hinsicht besser war als wir. Und das war sie ja auch. In jeder Klassenarbeit eine Eins, im Langlauf jede Menge Medaillen, und Geige spielte sie auch, von dem Gejaule haben wir Jungs ja nichts verstanden. Manchmal haben wir an ihren Fenstern Teufelsgeigen gemacht, einen Draht über die Scheibe gespannt und ihn mit einem Zweig aufheulen lassen. Aber wenn einer von uns der Schuldige gewesen wäre, hätte er es zugegeben! Wir waren ganz einfach so dumm, dass die Polizei uns garantiert auf die Schliche gekommen wäre. Und so eine Schnur hat man bei uns auch nicht gefunden. Trotzdem wurden wir im Dorf als Schuldige gebrandmarkt. Das hat bestimmt auch zum Schicksal meiner Brüder beigetragen.»

Markku Nulpponen trug ein hellblaues Hemd und darüber einen dunkleren Pullover. Seine goldene Halskette wurde größtenteils vom Pullover verborgen, doch wenn man genau hinsah, erkannte man die Umrisse eines Kreuzes.

«Ich weiß, dass die Polizei von Juva den Fall gründlich untersucht hat, ich habe die Vernehmungsprotokolle gelesen. Aber kommt Ihnen irgendjemand anders in den Sinn, der für die Tat in Frage käme? Hatten Sie in der Osterzeit Besuch von Freunden? War einer von denen vielleicht in Henna oder Minna verknallt?»

«Nein, wir hatten keinen Besuch. Wir waren unter uns und aßen Schokoladeneier, die wir im Genossenschaftsladen geklaut hatten. Als die Polizei kam, dachten wir, man hätte uns bei dem Diebstahl beobachtet. Erst da haben wir von Minnas Tod erfahren, denn unser Telefon war abgestellt, weil wir die Rechnungen nicht bezahlt hatten. Bei der Beerdigung wollte man uns auch nicht sehen. Im Dorf haben sie uns ‹Mörder› nachgerufen. Sie kennen doch die menschliche Natur, Kommissarin Kallio.»

«Ja, sie überrascht einen immer wieder.»

«Wie dem auch sei, wir waren ungezogene Flegel. Teils aus Unwissenheit, teils aus purer Schlechtigkeit. Aber wir waren auch dumm und schwach. Burschen, die Schokoladeneier und Zigaretten klauen. Sauli und Timo haben zwar im Knast gesessen, aber wirklich gewalttätig war keiner von uns, auch wenn wir uns oft miteinander geprügelt haben. Andere haben wir aber nie geschlagen, höchstens zur Selbstverteidigung. Bengel wie wir wären mit so einem Verbrechen seelisch nicht fertig geworden.»

«Wie lange bleiben Sie in der Mongolei?»

«Das Projekt dauert bis Ende Juni. Wir bauen hier zusammen mit den Deutschen ein Wasserkraftwerk. Allerdings treten ständig Verzögerungen auf, kann auch sein, dass wir erst im Herbst fertig werden.»

«Danke.» Ich bat Markku Nulpponen, anzurufen oder zu mailen, falls ihm noch etwas einfiel. Nachdem ich das Gespräch beendet hatte, überlegte ich, wie weit ich seinen Worten trauen konnte. Die anderen Brüder konnten ihre Version der Ereignisse nicht mehr erzählen, und es bestand immerhin die Möglichkeit, dass Markku selbst der Schuldige war. Er hatte zwar einen offenen Blick gehabt, doch er war viele tausend Kilometer von mir entfernt. Allerdings stimmte seine Aussage mit den Vernehmungsprotokollen überein.

Als ich ins Ermittlungszimmer zurückkehrte, starrte Puupponen immer noch auf die Fotos von Jaakko Pulmas Leiche. «Laura musste kurz zum Gericht, sie kommt her, sobald sie es schafft. Ich zerbreche mir gerade den Kopf über die Fußspuren. Die Techniker haben in der Toilette dreierlei blutige Schuhabdrücke gefunden: die von Pulma, Abdrücke von Turnschuhen, die wir inzwischen Ronkainen zuordnen konnten, und die von Arvi Honka, der rückwärts aus dem Raum ging. Aber nicht die des Mörders. Trug er keine Schuhe? Aber irgendwelche Fußabdrücke muss er doch hinterlassen haben.»

«Entwickelst du deine Engeltheorie weiter?», frotzelte ich, als mein Handy wieder einmal klingelte. Der Anruf kam von Kirsi Pulma.

«Kannst du dir das vorstellen?», rief sie. «Unter Dianas Haut steckte ein kleiner funkelnder Stein. Was in aller Welt hat Jaakko sich dabei gedacht? Die arme Mieze, sie hätte eine Entzündung bekommen können!»

«Wo ist der Stein jetzt?»

«Hier bei uns. Ich habe ihn in einen Plastikbeutel gelegt und im Arzneischrank versteckt. Der ist abschließbar, und der Schlüssel hängt an einem Ring an meiner Gürtelschlaufe», berichtete Kirsi aufgeregt, als spiele sie in einem Kriminalfilm mit.

«Gut. Ich lasse ihn abholen und von einem Gemmologen prüfen. Lasst die Katze vorläufig im Haus.»

«Aber natürlich, sie ist ja noch nicht mal sterilisiert. Unser armes Schnuckelchen.»

Ich hätte Kirsi gern weiter beruhigt, doch dafür reichte die

Zeit nicht. So bat ich sie nur, Diana in meinem Namen zu streicheln. Dann erinnerte ich mich an Taskinen und rief ihn zurück. Er meldete sich sofort.

«War es ein gutes Gespräch? Aber das geht mich ja nichts mehr an. Ich muss mich immer wieder selbst daran erinnern, dass ich jetzt im Ruhestand bin.» In Taskinens Stimme lag jetzt unverkennbar Selbstmitleid. Mir wurde klar, dass ich ihm tatsächlich nicht mehr über den Fall erzählen durfte als jedem anderen Außenstehenden. Nun bereute ich fast, zurückgerufen zu haben.

«Es geht voran. Glaub mir, Jyrki. Lass uns mal zusammen joggen, wenn ich den Fall unter Dach und Fach habe. Allerdings kann ich bei deinem Tempo wohl kaum mithalten.»

«Mein alter Ermüdungsbruch macht mir wieder zu schaffen. Und alt bin ich ja selber auch schon. Aber ich will dich nicht länger bei der Arbeit stören. Ich wollte dir nur sagen, dass ich an dich denke, und natürlich an das ganze Team. An alle, die sich bemühen, den Fall Pulma zu lösen. Ich wünsche euch Kraft und schicke dir per Telefon eine Umarmung.» Taskinen lachte verlegen, als wäre eine virtuelle Umarmung etwas Anrüchiges.

«Danke. Ich melde mich bald wieder.» Als ich auflegte, merkte ich, dass ich lächelte. Nach dem Gespräch mit Jyrki fühlte ich mich stärker, obwohl er gar nichts gesagt hatte, was die Ermittlungen vorangebracht hätte. Er hatte mir nur eine Umarmung geschickt. Offensichtlich hatte ich die gebraucht.

Mein Diensthandy klingelte, die Teufelsstreife hatte Henri Aalto ausfindig gemacht. Er hatte seinen Wagen in der Tiefgarage des Big Apple abgestellt und war zum Schuhschnelldienst gegangen, dorthin war Montonen ihm gefolgt. Der Streifenkollege Pellinen war bei Aaltos Auto geblieben.

«Na, dann nehmt ihn fest! Ich will ihn unverzüglich hier

sehen. Er weiß genau, dass die Polizei ihn sucht, nach all den Rückrufbitten, SMS und E-Mails, die er von uns bekommen hat. Er versucht doch nur, Zeit zu schinden.»

«Verstanden», bestätigte Montonen. Ich musste mich bremsen, um nicht Hals über Kopf zum Apple zu fahren; übereilte Aktionen waren jetzt fehl am Platz. Wir mussten Aalto einen Schreck einjagen und ihn anschließend in falscher Sicherheit wiegen. Bevor Henri Aalto eintraf, stärkte ich mich noch schnell mit einem Erdnussbutterbrot. Ich kam mir vor wie eine Schauspielerin, die sich auf die größte Rolle ihrer Karriere vorbereitet.

«Er hat darauf bestanden, mit dem eigenen Wagen zu fahren. Wir folgen ihm», meldete Montonen.

«Hat er nicht protestiert?»

«Im Gegenteil, er brennt geradezu darauf, mit der Polizei zu reden. Scheint allerdings nicht in bester Laune zu sein.»

Das konnte nur eins bedeuten: Aalto glaubte, es ginge immer noch um Amanda. Meine Vermutung bestätigte sich, als Montonen Aalto ins Ermittlungszimmer brachte. Bei meinem Anblick sprühten seine Augen vor Wut.

«Mit welchem Recht haben Sie meine Tochter in Abwesenheit ihrer Eltern vernommen? Das ist ein eindeutiges Dienstvergehen, das ich Ihrem Vorgesetzten melden werde.»

«Die Sorgeberechtigten waren leider nicht zu erreichen. Beide hielten sich im Ausland auf. Ich habe vor, mich mit dem Jugendamt in Verbindung zu setzen. Amanda wird offenbar vernachlässigt.»

«Was reden Sie denn da? Amanda hat alles, was ein Mädchen in ihrem Alter sich nur wünschen kann.»

Montonen und Puupponen machten sich bereit, Aalto zu packen, falls er gewalttätig wurde. Ich signalisierte ihnen mit den Augen, Ruhe zu bewahren.

«Nehmen Sie Platz, Herr Aalto. Sie haben da etwas falsch verstanden. Es geht nicht um Amanda … Das heißt, Amanda ist natürlich auch betroffen, wenn Sie festgenommen werden und sich kein Erwachsener um sie kümmern kann. Wir vernehmen Sie als Verdächtigen im Mordfall Jaakko Pulma. Sie haben das Recht, einen Anwalt herzubitten, bevor wir mit der Vernehmung beginnen.»

Vielleicht übte Henri Aalto regelmäßig Entspannungstechniken, denn er wandte mir eine Weile den Rücken zu und seine Atemzüge wurden immer ruhiger. Als er sich schließlich wieder umdrehte, waren seine Miene gelassen und seine Hände reglos. Wenn man bei einer Auktion das bekommen wollte, worauf man es abgesehen hatte, durfte man seine Gefühle nicht zeigen. Das Gleiche galt wohl auch für eine polizeiliche Vernehmung.

«Fangen wir noch einmal von vorn an. Ich verstehe nicht, was Sie da reden. Nach dem, was in der Zeitung stand, wurde Pulma um die Zeit getötet, als ich hier in diesem Raum mit Ihnen gesprochen habe. Soweit ich mich erinnere, sind die genauen Uhrzeiten im Protokoll vermerkt.»

Aalto setzte sich, lehnte sich auf seinem Stuhl zurück, streckte die Beine aus und verschränkte die Arme vor der Brust. Ich nickte Puupponen zu, der seinen Computer einschaltete und die eingebaute Kamera auf den Juwelenhändler richtete.

«Sie wollen also keinen juristischen Beistand?»

«Wozu brauche ich den denn? Ich bin schließlich unschuldig! Die Sache wird ja jetzt richtig interessant. Wie stellt sich die Polizei das vor, dass ich zur selben Zeit an zwei Orten war?»

«Einen Mord kann man auf vielerlei Weise begehen, zum Beispiel, indem man jemanden beauftragt, ihn auszuführen.

Es gibt sogar ein Überangebot an Auftragskillern, auch diese Branche leidet unter Arbeitslosigkeit. Wen haben Sie beauftragt, Jaakko Pulma die Steine der Zygmunds zu stehlen? Ich möchte Sie in diesem Zusammenhang darauf hinweisen, dass Kooperationsbereitschaft oft auf eine Strafmilderung hinausläuft.»

Ich setzte mich Aalto gegenüber und starrte ihn durchdringend an. Diesmal brauchte ich den Drachen nicht einmal zu spielen, denn Aalto weckte einen derartigen Abscheu in mir, dass meine polizeiliche Objektivität gefährdet war. Aalto dagegen wahrte seine Gelassenheit. Er zog die Augenbrauen hoch wie ein britischer Adliger, der einen ungehobelten Bauerntrampel mustert. Vielleicht färbte der Kauf von Prinzessin Margarets Juwelen das Blut automatisch blau?

«Angenommen, es war ein Auftragsmord – wieso sollte dann ich der Auftraggeber sein? Ich habe völlig legal versucht, Pulma die Steine der Zygmunds abzukaufen, bevor sie gestohlen wurden. Gestohlen hat sie meines Wissens Pulmas Assistentin, aber die Sache wurde aus irgendeinem Grund vertuscht. Natürlich wissen alle in unserer Branche, dass die Steine heiße Ware sind. Behaupten Sie etwa, dass Pulma die Steine zurückbekommen hat? Sollte die Diebin etwa von Reue gepackt worden sein?»

«Oder ist da ein Einschüchterungsversuch aus dem Ruder gelaufen? Vielleicht hatten Sie gar keinen Killer angeheuert, sondern einen, der Pulma nur Angst einjagen sollte. Aus lauter Geiz haben Sie den billigsten Ganoven genommen, und so lief die Sache prompt schief. Eigentlich muss ich Sie direkt bewundern, Sie haben sich ein ganz besonderes Alibi verschafft, mit einer Kriminalkommissarin als Zeugin.»

Henri Aalto musste kämpfen, um die Ruhe zu bewahren. Ich war sicher, dass er fieberhaft über zwei Dinge nachdachte:

Hatte Essi Manner die Steine der Zygmunds tatsächlich an Pulma zurückgegeben, sodass er selbst keine Chance mehr darauf hatte? Und wer hatte den Killer engagiert, von dem ich sprach? Henri Aalto war über Pulmas Feinde wesentlich besser im Bilde als die Polizei. In seinem eigenen Interesse würde er mir wahrscheinlich irgendeinen Namen servieren.

«Wenn irgendein Killer oder Schläger behauptet, in meinem Auftrag gehandelt zu haben, dann lügt er, um seine eigene Haut zu retten. Ich würde ihm gern einmal gegenübertreten. Wie gesagt, in unseren Kreisen spricht sich so manches herum, alle wussten, dass Pulma und ich beide die Steine kaufen wollten. Vielleicht hat eine dritte Partei die Gelegenheit genutzt. Diese Steine haben eine lange Geschichte. Ihr Wert ist nicht in Geld zu messen.» Henri Aalto schluckte. «Es ist nicht meine Sache, zu entscheiden, welcher Zweig der Familie das größere Recht hat, sie zu besitzen. Ich habe nur für meinen eigenen Auftraggeber gehandelt, wie es sich für einen Profi gehört.»

«Und Ihr Auftraggeber … Könnte er jemanden beauftragt haben, Pulma weichzuklopfen?»

Ich sah, wie die Maschinerie in Aaltos Kopf ratterte und die Rädchen sich verschoben. *Das ist die Gelegenheit, meine Haut zu retten. Wie stelle ich es so an, dass ich meinen Ruf in der Branche nicht endgültig ruiniere?*

«Ich verstehe immer noch nicht. Hat Pulma die Steine zurückbekommen? Dann hätte mein Auftraggeber mich natürlich gebeten, Pulma ein neues Angebot zu unterbreiten.»

«Vielleicht hat er das Vertrauen in Ihre Fähigkeiten verloren.» Ich bemühte mich um einen eiskalten Ton. «Sie hatten Ihren Kunden ja schon einmal enttäuscht. Vielleicht wollte er sich rächen und Ihnen die Schuld an Pulmas Tod in die Schuhe schieben. Wir brauchen unbedingt die Kontaktdaten Ihres Auftraggebers. Wenn Sie tatsächlich keine Schuld an Pulmas Tod tragen, haben Sie keinen Grund, sie zu verheimlichen.»

Aalto richtete sich auf, die Finger seiner rechten Hand fummelten an seinem Ehering. Heute hatte er also nicht versucht, eine Internetbekanntschaft zu verführen.

«Ein Mord ist in der Tat ein schweres Verbrechen», sagte er schließlich wie ein Minister, der sich in der Fragestunde des Parlaments nach Kräften bemüht, den Fallstricken der Opposition auszuweichen. «Und da das Opfer ein Kollege aus dem Juwelenhandel ist, muss man gewissermaßen davon ausgehen, dass unser aller Sicherheit bedroht ist. Vielleicht kann ich unter diesen Umständen den Namen meines Kunden preisgeben. Einen Moment.» Aalto holte sein Smartphone und einen vergoldeten Stift aus der Brusttasche und bat Puupponen um ein Stück Papier, auf das er eine Adresse in Wrocław, eine Telefonnummer und eine Mailadresse schrieb. Seufzend reichte er mir den Zettel.

«Vielleicht könnten Sie mir so weit entgegenkommen, dass Sie behaupten, Sie hätten die Information von Jaakko Pulmas Auftraggeber bekommen. Der andere Zweig der Familie weiß natürlich, wer ebenfalls ein Interesse an den Steinen hat. Es wäre nur natürlich, den Konkurrenten bloßzustellen. Offenbar hat Pulmas Auftraggeber noch nichts von dem Diebstahl erfahren. Ich frage mich, wie Pulma ihm erklärt hat, dass die Steine nicht sofort geliefert wurden.»

«Das ist eine gute Frage. Ich danke Ihnen, Herr Aalto. Gehen Sie jetzt nach Hause zu Ihrer Tochter. Amanda vermisst Sie wirklich.»

Bei meinem süßlichen Tonfall hüstelte Puupponen. Er stand auf, um Aalto nach unten zu begleiten. Als sich die Tür hinter den beiden geschlossen hatte, sprang ich auf und riss triumphierend die Arme hoch. Zwar waren wir der Lösung des Mordfalles kein Stück näher, doch Henri Aalto hatte den Köder ganz offensichtlich angenommen. Sobald er ihn ganz geschluckt hatte, würde sich die Falle um ihn schließen.

23

Ich fühlte mich wie ausgehöhlt, als ich mich auf dem Weg zum Casino durch das Freitagabendgedränge im Hauptbahnhof schlängelte. Meine Schwestern und ich wollten uns in der Sport-Bar treffen, bevor wir in den Festsaal zur Geburtstagsfeier gingen. Ich hatte zu Hause gegen meine Nervosität einen kräftigen Anisschnaps getrunken und mir danach sorgfältig die Zähne geputzt, wie ein Teenager, der befürchtet, die Eltern würden beim Nachhausekommen seine Fahne riechen.

Meine Schwestern und ich sahen uns nicht oft. Meist trafen wir uns einmal im Jahr bei meinen Eltern in Arpikylä oder in ihrem Sommerhaus. Dagegen verreisten Eevas und Helenas Familien oft gemeinsam: Sie mieteten sich für den Sommer ein Haus in der Provence oder in Umbrien oder fuhren zum Skilaufen in die Dolomiten.

Warum in aller Welt machte mich die Begegnung mit den Menschen, die mir eigentlich am allernächsten stehen müssten, bloß so nervös? Wir teilten Kindheits- und Jugenderinnerungen, meine Schwestern wussten manches über mich, das ich nicht einmal Antti erzählt hatte. Wenn es nach mir gegangen wäre, wären einige dieser Geschichten längst in der Versenkung verschwunden, etwa meine Teenie-Schwärmerei für Johnny Miettinen oder mein hoffnungsloser Versuch aus der Grundschulzeit, im Familienurlaub einen Jungen zu spielen. Es war sinnlos, vor meinen Schwestern den kompetenten Profi herauszukehren, sie erinnerten sich immer noch daran, wie ich als Sechzehnjährige meinen Personalausweis gefälscht hatte, um in Joensuu in die Kneipen gehen zu können.

Ich gab meinen Mantel an der Garderobe ab und ging über die durchsichtige Treppe ins Untergeschoss. Meine Schwestern und Eevas Mann Jarmo waren noch nicht da, aber ich sah Perttu Pulma am Roulettetisch. Ich ging zur Bar und bestellte eine Cola mit Anisschnaps. Das Getränk hatte einen beißenden Geschmack, sorgte jedoch für angenehme Wärme im Magen. War es eine Erleichterung für Henna Pasanen-Pulma, dass ihre Schwester nicht über jeden Blödsinn reden konnte, den Henna sich als Jugendliche geleistet hatte? Oder vermisste sie ihre Schwester tagtäglich, wie beim Phantomschmerz nach einer Amputation?

Ich hörte Helenas Lachen, noch bevor ich ihre glitzernd bestrumpften Beine auf der Treppe sah. Ihre pinkfarbenen Pumps hatten so hohe Absätze, dass sie zwangsläufig leicht vorderlastig ging. Helena war immer die Blondine der Familie gewesen; ihre neueste Haarfarbe war noch platinblonder als die vorige, und sie hatte sich Locken im Stil der achtziger Jahre gemacht. Es war ihr immer wichtig gewesen, jung zu wirken; Eeva für ihre jüngere Schwester zu halten, wäre die schlimmste Kränkung gewesen, die man Helena zufügen konnte. Eeva hatte den geschmeidigen Körper eines Menschen, der sich viel bewegt, man hätte glauben können, statt Sprachen unterrichte sie Sport. Sie gab sich keine Mühe, die ersten grauen Strähnen in ihrem braunen Haar zu verbergen, und auch ihr Make-up beschränkte sich auf ein Viertel dessen, womit Helena sich aufgedonnert hatte. Natürlich hatte ich nicht erwartet, dass Helena wegen ihrer Scheidung in Sack und Asche ging, aber ihre überschäumende Lebenslust überraschte mich doch. Sie umarmte mich so stürmisch, dass mein Glas beinahe umgekippt wäre, und hinterließ pinkfarbenen Lipgloss auf meiner Wange.

«Hast du da einen Spezialdrink? Was war das noch, was

wir früher immer getrunken haben, Weißer Russe und Blauer Engel? Erinnerst du dich, Eeva? Maria hat natürlich Bier und Aperita getrunken, wie alle Punks.»

«Nee, Apfelwein von Marli», murmelte ich, doch Helena hatte bereits der Kellnerin gewinkt, die ihr die Getränkekarte reichte. Nun begrüßten mich auch Eeva und Jarmo. Ihre Umarmungen fielen weniger stürmisch aus.

«Wir trinken ein Gläschen, bevor wir nach oben gehen. Da gibt es ein Buffet und ein Begrüßungsgetränk. Mein Freund Hessu investiert sein Geld lieber in Musik als in Speis und Trank. Wie geht es dir? Mal wieder mit Morden beschäftigt?», fragte Jarmo. Zu meinen Schwägern hatte ich immer ein freundschaftliches Verhältnis gehabt. Antti fand Jarmo und Petri ganz nett, zumindest dann, wenn sie gemeinsam etwas Praktisches tun konnten, statt nur Bier zu trinken und zu plaudern. Im letzten Sommer hatten die drei Männer und Eevas Sohn Saku das Sommerhaus meiner Eltern frisch gestrichen und den Bootssteg repariert. Mutter hatte erfreut festgestellt, sie sei gleich mit drei idealen Schwiegersöhnen gesegnet. Doch Helenas und Petris Ehe hatte wahrscheinlich schon damals vor dem Aus gestanden.

«Du weißt doch, dass Maria nicht über ihre Arbeit reden darf. Aber wir haben ja in der Zeitung gelesen, womit du dich beschäftigst. Mit dem Mord an dem Mann dieser Abgeordneten», stellte Eeva fest und nahm das Weißweinglas entgegen, das die Kellnerin ihr brachte.

«Hach, was für ein tolles Cocktailschirmchen», lachte Helena. «Die Dinger habe ich in meinen ersten Semestern immer gesammelt! Aus Ibiza habe ich fast zwanzig Stück mitgebracht. Soll ich das wieder aufleben lassen, wie so manches andere? Hey, Schwestern, ein Toast! Es lebe die Freiheit!»

Helenas Blick wanderte durch die Bar und den Saal, auf der

Suche nach interessanten Männern. Das Angebot an Vertretern des anderen Geschlechts war groß, etwa drei Viertel der Gäste waren Männer. Ich verstand sehr gut, dass ein Abend in Helsinki für Helena Freiheit bedeutete, denn in den Lokalen in Joensuu wussten viele, dass sie eine frisch geschiedene Lehrerin war.

Während wir an unseren Drinks nippten, tauschten wir Neuigkeiten über unsere Kinder aus und sprachen darüber, ob wir unseren Eltern neben der Putzkraft, die einmal wöchentlich kam, auch einen Gärtner besorgen sollten, der die Frühjahrsarbeiten erledigte. Helena hatte von uns allen zwar den kürzesten Weg nach Arpikylä, doch sie verkündete, nach ihrer Scheidung werde sie sich keinen Deut mehr um unsere Eltern kümmern als Eeva oder ich.

«Ich bin endlich so weit, dass ich nur für mich selbst leben darf», sagte sie, nahm den Papierschirm aus ihrem Glas und steckte ihn sich in die Haare. «Spielen wir ein bisschen. Jarmo? Maria? Eine Runde Roulette? Wenigstens mit dem Mindesteinsatz?»

Natürlich lotste Helena uns an Perttu Pulmas Tisch. Zu meiner Erleichterung sah der junge Mann durch mich hindurch, als würde er mich nicht kennen. Neben mir tauchte ein Mann auf, der überheblich zwei Fünfzig-Euro-Scheine auf den Tisch warf und in aller Eile seine Jetons platzierte, bevor Helena zum Zug kam.

«He, nicht vordrängeln», fuhr meine Schwester auf, doch der Mann verstand offenbar kein Finnisch.

«Pardon», sagte Perttu, «er war schon vor Ihnen hier, er hat nur am Automaten Geld abgehoben. Wie viel möchten Sie setzen?»

Eeva und ich begnügten uns mit dem Minimum, während Helena fünfundzwanzig Euro riskierte und sich genau überlegte, wie sie ihre Jetons platzierte. Zusätzlich zu den Croupiers überwachte eine Frau von einem hohen Stuhl aus die Spieltische. Offenbar hatte sie darauf zu achten, dass die Croupiers das Geld der Kunden nicht in ihre eigene Tasche steckten. Mein Berufs-Ich merkte an, dass ein Betrug trotzdem möglich war, nämlich wenn es dem Croupier gelang, die Oberaufseherin zu bestechen.

Perttu drehte die Roulettescheibe. Am rechten Zeigefinger trug er einen Totenkopfring, der eindeutig nach Modeschmuck aussah. Am linken Ohr hing etwas Ähnliches. Am rechten Arm lugte unter dem türkisfarbenen Ärmel ein Tattoo hervor, offenbar der Schwanz eines Drachen. Helena hielt den Atem an, als das Roulette langsamer wurde. Der ungeduldige Mann steckte die Hände in seine Jackentaschen. Ob er gerade sein letztes Geld verspielte? Bei mir dagegen kam keine rechte Spannung auf. Spiele, bei denen es nur auf Glück ankam, brachten mir selten etwas ein. Wenn wir allerdings im Kollegenkreis eine Runde Poker spielten, schlug ich mich ganz gut.

Auch jetzt verlor ich wieder alles, ebenso wie Eeva. Helena schrie vor Freude auf, als sie ihren Einsatz zurückgewann. Der eilige Mann gewann zehn Euro und verschwand im Raucherzimmer, um seine Nerven zu kurieren. Nach einem Blick auf die Uhr verkündete Jarmo, es sei Zeit, sich nach oben in den Festsaal zu begeben. Ich sagte, ich wolle noch zur Toilette gehen und dann nachkommen. Jarmo gab mir eine Einladungskarte, damit ich eingelassen wurde.

Die Damentoilette war geräumig, es gab sogar zwei Sessel, in denen Freundinnen Geheimnisse austauschen konnten, ohne dass ihre männliche Begleitung sie hörte. Als ich mir vor dem Spiegel die Lippen nachzog, stellte ich fest, wie müde ich aussah. Dagegen würde wahrscheinlich auch der Highlighter nichts ausrichten. Ich probierte es dennoch, konnte aber keinen Unterschied feststellen. Als ich an Perttus leerem Tisch vorbeiging, grüßte er mich. Ich blieb stehen.

«Hat die Kommissarin einen freien Abend, obwohl der Fall noch immer nicht geklärt ist?»

«Vielleicht bin ich hier, um dich zu beobachten. Vielleicht bist du unser Hauptverdächtiger. Essi Manner traut dir jedenfalls zu, dass du deinen Bruder getötet haben könntest.»

Als ich Essis Namen erwähnte, zuckte Perttu zusammen.

«Auf ihre Worte solltet ihr nichts geben. Sie hasst mich und würde die Polizei jederzeit belügen, um mir eins auszuwischen. Aber ich kann jetzt nicht reden. In einer halben Stunde habe ich Zigarettenpause. Treffen wir uns draußen. Wie viel möchten Sie setzen? Kennen Sie die Regeln?» Perttu wandte sich an ein älteres Paar und führte die beiden routiniert in die Geheimnisse des Roulettes ein. Ich machte mich auf den Weg ins Obergeschoss, vorbei an Menschen, die manisch auf einarmige Banditen starrten, und an einer Frau, die laut aufschrie, als sie zehn Euro und zwanzig Cent gewann. Auf der Treppe überholte mich eine Gruppe aus Russland, die Absätze der Frauen waren so hoch, dass selbst Helenas Schuhe im Vergleich dazu wie Ballerinas wirkten.

Die Stimmung im Festsaal war noch förmlich. Das Geburtstagskind stand am Gabentisch und nahm Gratulationen entgegen. Ich ging direkt zu meinen Schwestern. Helena hatte eine Flasche Prosecco gekauft und bot auch mir davon an.

«Jarmo, wie gut kennst du die Leute? Sind unter den Männern viele Singles?», erkundigte sie sich und fügte hinzu, flirten könne sie ja auch mit den Gebundenen. Ihr Blick verriet, dass sie entsetzte Proteste von Eeva und mir erwartete, doch den Gefallen taten wir ihr nicht.

«Hat sich der Sänger von *Metsätähti* nicht erst neulich von seiner Frau getrennt? Ich habe irgendwo ein Interview gelesen, wo er erzählt hat, wie schwierig es ist, Beruf und Familie zu vereinbaren. Der Bassist, dieser Sakke Haukinen, war ja auf derselben Schule wie wir. War er nicht ein paar Klassen über Maria? Der hat doch ihren größten Hit geschrieben.» Helena begann das Lied zu trällern. Sie hatte schon immer eine schöne Sopranstimme gehabt und im Schulchor oft die Solopartien gesungen. Jetzt glühte sie vor lauter Hunger nach Aufmerksamkeit, sie zappelte unruhig, als wolle sie so schnell wie möglich fort von uns, zu irgendeinem interessanten Mann. Als das Geburtstagskind und seine Angehörigen sich die Teller gefüllt hatten, gingen wir zum Buffet. Ich schaffte es gerade noch, einen Happen zu essen, bevor ich zu dem Treffen mit Perttu Pulma musste.

Ich hatte mir keine Fragen zurechtgelegt, eigentlich war ich nur neugierig, warum Perttu trotz seiner Vorbehalte mit mir sprechen wollte. Sobald ich auf die Straße trat, bereute ich, dass ich meinen Mantel an der Garderobe gelassen hatte. Ein eisiger Wind blies, Schneeregen hatte eingesetzt.

Perttu kam zu einer anderen Tür heraus und bat mich, ihm Windschutz zu geben, während er sich eine Zigarette anzündete. Es klappte erst beim dritten Versuch.

«Möchtest du auch eine?», fragte er nach dem ersten Zug.

«Nein danke.»

«Kommt ihr überhaupt voran? Im Internet steht ja nur, die Polizei schweigt aus ermittlungstechnischen Gründen. Was war denn eigentlich mit dieser Bombe?»

«Eine leere Drohung, die vielleicht gar nichts mit dem Tod deines Bruders zu tun hat. Da hat nur jemand die Situation ausgenutzt, um Henna einen Schrecken einzujagen.»

Wir hatten nicht publik gemacht, dass die Drohung über Jaakko Pulmas Handy geschickt worden war, und anscheinend hatten Henna und Toni Rask es nicht einmal den Verwandten erzählt. Offenbar trauten sie Perttu nicht.

«Henna hat doch keine Feinde. Sie ist das strahlende blonde Mädchen der finnischen Politik, das sich für alle guten Dinge einsetzt. Behauptet sie jedenfalls. Familie, Respekt für Senioren, die richtige Balance zwischen Umweltschutz und Nutzung der natürlichen Ressourcen ... Die optimale Politikerin für alle, die den goldenen Mittelweg lieben, maßvoll Steuern zahlen wollen, weil das gerecht ist, und einmal wöchentlich ihren Rasen mähen. Würdest du sie wählen? Oder seid ihr Polizisten vielleicht Anhänger der Konservativen oder der Wahren Finnen?»

Ich ging davon aus, dass Perttus Frage rhetorisch war, und ließ sie unbeantwortet.

«Essi Manners Äußerungen über dich sind ziemlich widersprüchlich», sagte ich, hatte allerdings das Gefühl, dass der Wind meine Worte davontrug. «Einerseits behauptet sie, du würdest sie verabscheuen, weil sie nicht mit dir ausgehen wollte, andererseits hält sie es für möglich, dass du Jaakko getötet hast, um sie zu schützen. In welcher Beziehung steht ihr eigentlich zueinander?»

«Es gibt keine Beziehung!» Perttu drückte seine Zigarette aus und zündete sich sofort die nächste an. «Ich habe Jake nicht umgebracht. Ich muss zugeben, dass ich irgendwann ein bisschen in Essi verknallt war, aber so etwas würde ich für keine Frau tun, nie im Leben. Anscheinend überschätzt Essi meine Gefühle für sie ziemlich, oder sie versucht, den Verdacht von sich selbst auf jemand anderen zu lenken. Diese Frau ist total unlogisch. Heute ist sie dieser Meinung, morgen jener, und übermorgen denkt sie wieder ganz anders. Am besten lässt man die Finger von ihr. Mit Joonas hat sie geflirtet, was das Zeug hält, und ihn so richtig heißgemacht. Henna hätte Essi was gehustet, wenn sie es gewusst hätte, Joonas hat ja immerhin in Mikkeli eine Freundin.»

Perttu grinste, wurde jedoch rasch wieder ernst. «Ehrlich, tut endlich was. Jake war mein Bruder. Er hat gern Moralpredigten gehalten, aber er war trotzdem ein guter Kerl. Wenn ich wirklich in der Patsche saß, hat er mir immer geholfen. Kirsi ist auch am Boden zerstört. Unsere Mutter ist ja erst vor drei Monaten gestorben. Aber sie war nach einer Gehirnblutung jahrelang krank gewesen, da war der Tod zum Teil eine Erlösung. Jetzt ist Jake auch tot, und keiner weiß, warum. Richtig trauern können wir doch erst, wenn der Fall geklärt ist. Vorher dürfen wir Jake ja nicht mal beerdigen.»

Die braunen Augen blickten mich flehend an, als könnte ich mal eben aus dem Handgelenk Jaakko Pulmas Mörder benennen, wenn ich es nur wollte. Bei der dritten Zigarette fragte ich Perttu nach den Freunden seines Bruders. Ziemlich viele hatte er in Mikkeli zurückgelassen, in Helsinki und Umgebung wohnten außer Sakke Haukinen hauptsächlich Bekannte aus der Pokerrunde. Sie hatten wir bereits befragt, mit magerem Ergebnis. Jaakko Pulma war ihren Aussagen zufolge ein anständiger Mann und ein ehrlicher Spieler, dem niemand Böses wollte.

Als ich mit regenfeuchten Haaren und vor Kälte zitternd ins Casino zurückkehrte, stimmte die Band im Festsaal bereits ihre Instrumente. Eeva und Jarmo standen an der Seite der Bühne, während Helena sich in die erste Reihe gedrängt hatte, wo auch andere Frauen mittleren Alters sehnsüchtig auf die Band warteten. Saku Rinne, der Sänger von *Metsätähti*, war zweifellos attraktiv, und Helena hatte bereits das Stadium der schmachtenden Blicke erreicht. Vermutlich hatte ich Johnny vor Jahrzehnten genauso angehimmelt.

Obwohl ich keine Schlagerfreundin bin, musste ich zugeben, dass die Band ihr Metier, die Unterhaltungsmusik, ordentlich beherrschte. Die eigenen Songs von *Metsätähti* waren nur mittelmäßig, die Coverstücke liefen besser. Aus dem Schlager *Dreißig* von Frederik wurde aus gegebenem Anlass *Fünfzig*, Mikko Alatalos *Die Sehnsucht nach dem anderen* kam in einer Reggaeversion zu Gehör. In der Pause ging ich an die Bar, um mir ein Wasser zu holen, ertappte mich aber dabei, wie ich noch eine Anis-Cola bestellte. Ich sah mich nach Helena um, konnte sie aber nirgends entdecken. Plötzlich tippte mir jemand auf die Schulter, und als ich mich umdrehte, stand da Sakke Haukinen.

«Kallio, schau an! Was machst du denn hier?» Sein Tonfall war heiter, doch in seinen Augen lag kaum verborgene Verwunderung.

«Mein Schwager ist gut mit dem Geburtstagskind befreundet. Eigentlich bin ich mitgekommen, um euch zu hören. Für einen alten Punk kriegst du den Humppa ganz gut hin.»

Sakke trug dunkelblaue Jeans und ein schwarzes Leinenhemd. Er pustete sich den Schweiß von der Stirn.

«Kirsi war eigentlich dagegen, dass ich so kurz nach Jaakkos Tod wieder auftrete. Aber ich habe gesagt, wir spielen doch an einem von Jaakkos Lieblingsorten, irgendwie also auch zu seinem Gedächtnis. Ich konnte die Freunde in der Band doch nicht im Stich lassen. Daraufhin ist Kirsi zu Henna gefahren, um sich Trost zu holen.»

«Stehen Kirsi und Henna sich nahe?»

«Henna lässt niemanden richtig an sich heran. Kirsi meint, das liegt daran, dass ihre Schwester so früh gestorben ist. Von diesen Dingen verstehe ich nichts. Das Grübeln über zwischenmenschliche Beziehungen überlasse ich lieber den Frauen.» Sakke Haukinen zog ein Taschentuch hervor, drehte sich kurz um und putzte sich die Nase. Dann wechselte er das Thema.

«Du hast hoffentlich gemerkt, dass ich mit meinem Bass nicht bloß stupides Gedröhne hinkriege?»

«Bisweilen lieferst du geradezu Jazzrhythmen ab», gab ich zurück und brachte Sakke zum Lächeln.

«Bei den *Biertrinkern* haben wir ja gelegentlich auch Siebziger-Jahre-Cover gespielt, *Pink Floyd* und so, aber meistens die eigenen Songs von Ken. Der spielt immer noch Punk in einer Band mit anderen alten Knackern, und jedes Mal, wenn wir uns sehen, kann er es nicht lassen, mir dumm zu kommen. Aus dem ist auch kein großer Star geworden, dabei haben wir damals alle davon geträumt, eines Tages im rappelvollen Tavastia-Club aufzutreten. Tja, wenn man jung ist, hält man alles für möglich.»

«Nach allem, was ich gehört habe, hat *Metsätähti* doch ganz schön Zulauf. Die Leute hier sind auch begeistert.»

«Die warten bloß auf den einen Hit. Ich bin fast so weit, *Vom Pech verfolgt* zu hassen. Ich müsste bald mal einen neuen Volltreffer landen, aber so leicht entstehen die Songs nicht. Schreibst du selbst welche?»

«Nein. Ich bin eine typische Bassgitarristin, die nur das spielt, was andere komponieren.» Ich nippte an meiner Anis-Cola und überlegte, warum in aller Welt ich dieses Gesöff trank. Sakke fragte mich nach meinem Bass, ich erzählte ihm, dass es das mittlerweile an die dreißig Jahre alte Instrument war, auf dem ich schon in meiner Band *Rattengift* gespielt hatte. Wir plauderten über gemeinsame Bekannte von damals, bis Helena uns unterbrach.

«Hallo, Sakke!», kreischte sie und sprang Haukinen in die Arme, sodass ihm keine andere Wahl blieb, als sie hochzuheben. «Du erinnerst dich doch an mich, ich bin Helena, Marias jüngste Schwester. Ihr seid einfach phantastisch! Und der beste Song kommt erst noch, *Vom Pech verfolgt*! Ich hab allen erzählt, dass du auf dieselbe Schule gegangen bist wie wir und dass wir schon Anfang der Achtziger zu eurer Musik Pogo getanzt haben. Hey, kann ich ein Autogramm von dir bekommen, und von den anderen auch?» Helena löste sich aus Sakkes Armen und lachte fröhlich. «Ich kann nach dem Auftritt in eure Garderobe kommen, wenn ihr nichts dagegen habt. Aber da stehen wahrscheinlich schon die Groupies Schlange.»

Helena lächelte übertrieben strahlend und wiegte ihren Kopf wie ein Vogel. Nahm sie etwa Antidepressiva, die sie in Kombination mit Alkohol in eine manische Stimmung versetzten, oder bedeutete die Scheidung eine so große Erleichterung für sie, dass allein das Freiheitsgefühl sie derart schweben ließ? Ich hatte geglaubt, in meinem Beruf hätte ich gelernt, Menschen zu durchschauen, doch in Wahrheit kannte ich nicht einmal meine jüngste Schwester.

«Also, die stehen nicht unbedingt Schlange», lachte Sakke und warf einen Blick auf seine Uhr, die nicht nur durch ihre Größe, sondern auch durch das glänzende Metall eindrucksvoll aussah. Essi Manner hätte mir sicher sagen können, ob sie aus Gold war.

«Ich muss gehen. Bis später», sagte Sakke und grinste Helena an.

«Sag nichts», fauchte Helena, als Sakke außer Hörweite war.

«Ich wollte gar nichts sagen.»

«Doch! Du machst genau das ‹Ich bin deine große Schwester, und deshalb weiß ich alles besser›-Gesicht, das ich schon mit zwölf gehasst habe. Ich habe vor, meine Freiheit zu genießen, spar dir also deine Moralpredigt!»

Helena schüttelte ihre Mähne und ging. Sie wusste nicht, dass ausgerechnet ich mir nicht anmaßen durfte, ihr Flirten zu verurteilen, und dass ich das im Übrigen auch gar nicht wollte. Aber sie hatte doch wohl in der Zeitung gelesen, dass Sakke Haukinen der Schwager des ermordeten Mannes war und dass ich in dem Fall ermittelte? Dann fiel mir ein, dass Helena vor Jahren gesagt hatte, sie sei zu empfindsam, um Berichte über echte Kriminalfälle zu lesen, die seien zu beklemmend.

«Wir sind so verschieden. Wie bringst du es nur fertig, diesen Job zu machen? Aber du hattest ja immer schon ein dickes Fell, du bist eben der Junge in unserer Familie.»

Ich zuckte mit den Schultern, als wolle ich Helenas Worte abschütteln, und malte mir aus, was Iida ihrer Tante geantwortet hätte: Können Jungen etwa nicht empfindsam sein? Ist Empfindsamkeit eine gute oder schlechte Eigenschaft, oder vielleicht beides? Bringst du den Jungen im Unterricht bei, dass sie keine Gefühle zeigen dürfen? Iida liebte Debatten, sie konnte messerscharf argumentieren und verstand auch, dass man in der Sache unterschiedlicher Meinung sein konnte, ohne persönlichen Groll gegeneinander zu hegen. Inzwischen redete sie außer ihren Mitschülerinnen und Taneli meist auch ihre Eltern in Grund und Boden.

Außerdem war Helena von jeher empfindsam und hatte als Kind darunter gelitten. In der Schule war sie das ideale Mobbingopfer gewesen, weil es so leicht war, sie zum Weinen zu bringen. Ich hatte ihr oft geraten, ihre Verletzlichkeit nicht zu zeigen, und ebenso oft hatte ich den schlimmsten Nervensägen eins auf die Schnauze gehauen oder sie zumindest vertrieben. Mitunter hatte ich das Gefühl, Helena merkte gar nicht, dass sie auf ihre Weise ebenfalls fähig war, andere zu verletzen. Deshalb hatte ich gelernt, nichts von mir preiszugeben, was sie gegen mich verwenden konnte. Das war so lächerlich, dass es schon wieder traurig war. Konnten wir uns nicht endlich von den alten Mustern lösen?

Als *Metsätähti* auf die Bühne zurückkehrte, ging ich zurück auf meinen Beobachtungsposten. Auch Helena hatte ihren Platz in der ersten Reihe wieder eingenommen, Jarmo und Eeva tanzten eng umschlungen mitten im Saal. Ihr Anblick wärmte mein Herz. Ich konzentrierte mich auf Sakkes Basspartien, die tatsächlich Haken schlugen, und beobachtete das Publikum, als gehöre ich zum Sicherheitsdienst, stets bereit, bei Störungen einzugreifen. Als die Band ihren letzten Song ankündigte, sah ich eine vertraute zierliche Gestalt sich den Weg zur Bühne bahnen.

Toni Rask trug einen gut geschnittenen weinroten Anzug. Sein Brillengestell war violett, die Stirnhaare hatte er zu einer Tolle hochgekämmt. Zählte auch er zu den Geburtstagsgästen, oder hatte Sakke Haukinen dem Assistenten seiner Schwägerin den Zutritt ermöglicht? Für einen Fan von *Metsätähti* hätte ich Rask eigentlich nicht gehalten, ich hätte eher auf etwas Hipperes oder auf klassische Musik getippt.

Die Neugier trieb mich zu Rask, doch es war schwierig, zu ihm vorzudringen, da auch der Rest des Publikums sich immer weiter an die Bühne heranschob. Ich schlängelte mich durch die Menge, jemand, der mich um einiges überragte, spritzte mir Bier auf die Haare. Ich blieb hinter Rask stehen, während die Band die letzten Takte des Songs *Diamond for my girl* spielte. Danach dankte der Leadsänger dem Publikum, das augenblicklich eine Zugabe verlangte. Als die Band die Bühne verließ, wurden die Rufe immer fordernder. «Vom Pech verfolgt» und rhythmisches Klatschen wie auf einer Sporttribüne. Man konnte die Leute doch nicht enttäuschen und den Hit einfach unterschlagen.

Als ich mich auf die Zehenspitzen stellte, sah ich Helena, die zusammen mit den anderen in der ersten Reihe schrie und in die Hände klatschte wie in Ekstase. Sie hüpfte begeistert auf und ab, als zuerst Sakke Haukinen auf die Bühne zurückkam, und dann der Rest der Band.

«Tja ...» Sakke griff nach dem Mikrophon. «Diesen Song können wir wohl nicht auslassen. Heute Abend spielen wir ihn zum Andenken an Jaakko.»

Im Publikum kam verwundertes Geflüster auf, der eine oder andere schien zu verstehen, auf wen sich Sakkes Ansage bezog. Als der Humppa-Akkord ertönte, sang das Publikum schon bei den ersten Worten mit. Toni Rask schob sich näher an die Bühne heran, ich bemühte mich, ihn im Blick zu behalten, was am besten gelang, indem ich mich zum seitlichen Rand schlängelte. Der Refrain von *Vom Pech verfolgt* hatte zwei verschiedene Texte, und der deutlich langsamere C-Teil modulierte zu Moll. Feuerzeuge blitzten auf, als Saku Rinne und Sakke Haukinen zweistimmig sangen:

Kann Trauer tödlich sein
wer leckt die Wunden mein
ich suchte Glück und Freud
doch nun umschlingt mich Leid
in alle Ewigkeit ...

Ich biss mir auf die Lippen, um nicht laut zu lachen, obwohl ich annahm, dass auch die meisten anderen im Publikum den Song als Parodie auf wehleidige Jammerlieder auffassten. Toni Rask wirkte allerdings nicht amüsiert, er hatte die Arme vor der Brust verschränkt und sah so aufgebracht aus, dass sich niemand in seine Nähe wagte. Als das Lied verklungen war, applaudierte er nicht, sondern starrte Sakke Haukinen unverwandt an. Sakke wischte sich den Schweiß aus dem Gesicht und bemühte sich sichtlich, Helenas erwartungsvollem Blick auszuweichen. Während das Publikum sich allmählich zur

Bar, zu den Toiletten und zum Ausgang bewegte, kletterte meine jüngste Schwester auf die Bühne und redete auf den Mann vom Sicherheitsdienst ein. Er schien zu zögern, ließ Helena jedoch passieren. Ich blickte mich gerade nach Eeva und Jarmo um, als Toni Rask vor mir auftauchte.

«Die Polizei ist offenbar zu demselben Schluss gekommen wie ich», sagte er.

«Zu welchem Schluss sind Sie denn gekommen?» Mein Gehirn, durch den Mangel an Freizeit ohnehin erschöpft, war jetzt zusätzlich von Anis-Cola und Prosecco vernebelt.

«Dass das Geld, das in Pulmas Tresor gefunden wurde, von Haukinen stammt. Jaakko forderte seinen Anteil an den Tantiemen für *Vom Pech verfolgt,* was natürlich angemessen war, weil die Idee von ihm stammte. Haukinen hat einen hohen Kredit für die Wohnung aufgenommen und muss für die Kinder aus seiner vorigen Ehe Unterhalt zahlen. Natürlich wusste er, dass seine Frau und Jaakko Pulma sich in der Kirche von Tapiola treffen wollten. Sakke Haukinen hatte einen triftigen Grund, Jaakko zu töten. Was er auf der Bühne gesagt hat, war nur widerwärtiges Theater. Nun machen Sie schon, verhaften Sie ihn.»

Ich lächelte Toni Rask mitleidig an, wie eine Lehrerin ein Kind anschaut, das wieder einmal eine simple Rechenaufgabe falsch gelöst hat.

«Danke für die Hilfsbereitschaft, aber Sie sollten die Polizeiarbeit den Profis überlassen. Was machen Sie übrigens bei einer Privatveranstaltung?»

Rask ließ sich nicht aus der Fassung bringen. «Haukinen hat mir eine Einladung besorgt.»

«Damit Sie herkommen und ihn als Mörder beschuldigen können? Gestern waren Sie fest davon überzeugt, dass Matti Ronkainen Pulma getötet hat. Ich habe allmählich das Gefühl, dass Sie panisch nach einer Alternative zu der Möglichkeit suchen, die Sie am allermeisten fürchten. Warum hegen Sie eigentlich den Verdacht, Henna Pasanen-Pulma könnte doch die Mörderin ihres Mannes sein?»

Toni Rask riss die Augen auf und öffnete den Mund, brachte aber kein Wort heraus. Dann eilte er mit langen Schritten zum Ausgang. Dass er auf dem Weg dorthin mit einem Mann zusammenstieß und ihm Bier über das Hemd schwappte, scherte ihn nicht im Geringsten. Ich ging ihm nicht hinterher. Rask sollte mit seinen Albträumen ungestört sein.

24

Ist das Vorgehen allen klar?», fragte ich und nestelte an den Ohrhörern unter meiner Mütze. Die Motorschlittenstreife Eins nickte, Himanen von der Fünfzwofünf bestätigte ebenfalls. Essi Manner sagte nichts, wirkte aber entschlossen. Laura Kokko, die sich bereits die Skier untergeschnallt hatte, um durch den Wald zum Treffpunkt zu laufen, winkte. Dann glitt sie mit kräftigen Stößen über die vereiste Loipe davon.

Ein paar Stunden nach unserer Begegnung hatte Henri Aalto Essi angerufen und verlangt, sie solle ihm die Steine der Zygmunds aushändigen. Ich hatte mir die Aufzeichnung des Gesprächs noch in der Nacht nach meiner Rückkehr aus dem Casino angehört. Essi Manner hatte Aalto eine Viertelstunde lang hingehalten, dann aber zugegeben, dass sie immer noch im Besitz der Steine war und sie loswerden wollte.

«Ich hab Jaakko Pulma nicht umgebracht, aber die Polizei verdächtigt mich, deshalb sind mir die Juwelen zu riskant», fauchte Manner. «Ich bin mit zwanzigtausend zufrieden, für eine Arbeitslose ist das eine Menge Knete. Du kriegst die Koordinaten des Verstecks morgen um vierzehn Uhr in Nuuksio, auf dem Parkplatz bei der Haukkalampi-Hütte.»

«Brauche ich irgendeine Ausrüstung, Skier zum Beispiel?», fragte Aalto.

«Das musst du selbst wissen. Die Steine sind im Wald. Mir egal, wie du sie da rausholst. Das Geld bringst du in bar mit, in kleinen Scheinen, höchstens Fünfziger.»

«Wie soll ich am Samstag so eine Summe auftreiben, die Banken sind doch geschlossen!»

«Auch das ist dein Problem. Wenn du die Steine willst, kommst du mit dem Geld.»

Wir hatten die Informationshütte Haukkalampi im Nationalpark Nuuksio gewählt, weil dort einerseits immer Betrieb war, um diese Jahreszeit aber kein allzu großer Andrang herrschte. Die Skisaison neigte sich dem Ende zu, doch der Vogelzug hatte sich durch die Kälte verzögert. Die beiden Motorschlittenstreifen und der Streifenwagen waren frühzeitig eingetroffen, schon gegen Mittag. Unsere Befehlszentrale befand sich in einem weißen Kleintransporter, auf dem diesmal «Forstmaschinen Mynttinen» stand, dazu eine Telefonnummer, unter der sich der Anrufbeantworter der fiktiven Firma meldete. Den wechselnden Aufklebern nach hatte der Wagen im Lauf der Jahre unter anderem einem Computerservice und einer Putzfirma gehört. Ausgekochte Berufsverbrecher hüteten sich vor Lieferwagen obskurer Firmen, doch Henri Aalto hatte dieses Niveau wohl noch nicht erreicht. Er wollte seinen Auftraggebern endlich die Steine der Zygmunds liefern.

Nicht nur Essi Manners Wohnung, sondern auch sie selbst war mit einem Abhörmikrophon und zusätzlich einem Transponder zur Ortsbestimmung ausgestattet. Wir wollten sie nicht in Gefahr bringen, deshalb sollte sie Aalto lediglich die Koordinaten übergeben und den Nationalpark dann verlassen. Das Geld würde sie der Polizei aushändigen, um sich nicht eines weiteren Verbrechens schuldig zu machen. Am Morgen hatte ich mit dem Staatsanwalt und dem Polizeichef verhandelt und die Genehmigung für die verdeckte Operation erhalten; allerdings hatte ich die Verbindung zu dem Mord an Jaakko Pulma enger dargestellt, als sie tatsächlich war. Die Steine der Zygmunds waren dem Mordopfer gestohlen worden, und es bestand Grund zu der Annahme, dass der Diebstahl und der Mord zusammenhingen. Da das Eigentumsdelikt nicht angezeigt worden war, bot es sich an, dass unsere Einheit die Ermittlungen über den angeblichen Diebstahl übernahm. Zudem handelte es sich um einen Fall von hohem Öffentlichkeitswert, den alle möglichst schnell gelöst sehen wollten. In der jüngsten Geschichte gab es zu viele Beispiele für Ermittlungen, die jahrelang auf der Stelle traten, und endlose Prozesse, bei denen der Schuldige nicht mit absoluter Sicherheit überführt werden konnte. Über die Konsequenzen, die ein Dienstvergehen für mich haben würde, zerbrach ich mir nicht den Kopf. Ich musste nur dafür sorgen, dass ich meine Kollegen, vor allem Puupponen und Kokko, nicht in Schwierigkeiten brachte. Puupponen hatte auch früher schon halblegale Mittel eingesetzt, wenn die Situation es erforderte, sich aber nie erwischen lassen. Kokko war von Natur aus ein Mensch, der sich strikt an die Regeln hielt, doch falls etwas schiefging, konnte sie sich darauf berufen, dass sie auf meine Anweisung gehandelt hatte.

Und wenn alles so lief, wie ich es geplant hatte, würden wir ohnehin keine unangenehmen Fragen zu beantworten haben. Um zehn vor zwei stieg ich in den hinteren Teil des Lieferwagens und legte das Fernglas griffbereit neben mich. Essi Manner traf sechs Minuten vor der Zeit ein. Da sie kein Auto besaß, hatten wir unter ihrem Namen einen VW Golf für sie gemietet. Falls Aalto das Kennzeichen überprüfte, würde er nichts Verdächtiges finden. Entscheidend war, dass Essi Manner ihren Part so durchzog, wie es unser gemeinsam erarbeiteter Plan vorsah. Dass Henri Aalto bisher nie wegen Gewaltdelikten aktenkundig geworden war, garantierte für gar nichts. Aber Essi war bereit, das Risiko auf sich zu nehmen.

Außer uns waren nur zwei Besucher anwesend, die sich in der Hütte eine Ausstellung über Flughörnchen ansahen. Puupponen hatte die Aufgabe, alle Fremden zu beobachten.

Es bestand die Möglichkeit, dass Aalto einen Komplizen hatte, und schlimmstenfalls handelte es sich dabei um denjenigen, der in seinem Auftrag Jaakko Pulma ermordet hatte.

Als Aalto fünf Minuten nach zwei noch nicht zu sehen war, fragte Essi, ob sie ihn anrufen solle. Ich riet ihr, weiter abzuwarten. Sieben Minuten später wurde unsere Geduld belohnt: Aaltos silbergrauer BMW kurvte auf den Parkplatz. Auf dem Dach war eine Transportbox befestigt. Aalto trug Sportkleidung, aber seine Joggingschuhe schienen keine Spikes zu haben. Kein optimales Schuhwerk für den rutschigen Wald.

Manner und Aalto begrüßten sich betont herzlich, wie Freunde, die zu einem gemeinsamen Skiausflug aufbrechen wollen. Sie entfernten sich ein Stück vom Parkplatz, doch ich konnte ihr Gespräch über die Ohrhörer verfolgen.

«Hast du das Geld?», fragte Essi.

«Zuerst die Koordinaten. Woher soll ich wissen, ob ich dir vertrauen kann? Vielleicht gebe ich dir das Geld doch lieber erst, wenn ich sehe, dass du mich nicht betrogen hast.»

«Ohne Geld kriegst du die Koordinaten nicht, kapier das endlich! Ich will die verfluchten Steine loswerden! Ich glaube fast, dass wirklich ein Fluch auf ihnen liegt, sie haben ja keinem von uns Glück gebracht.»

«Das ist abergläubisches Geschwätz. Aber es wird wirklich Zeit, dass die Steine an ihre wahren Besitzer zurückgehen. Das Geld liegt im Auto. Zuerst die Koordinaten.»

Essis Zögern war geplant. Für uns war es wesentlich, dass Aalto tatsächlich loszog, um die Steine zu holen. Essi Manner hatte sie zwei Tage bei sich behalten, und als sie des Diebstahls verdächtigt wurde, hatte sie das Erstbeste getan, was ihr einfiel: Sie hatte sich Perttu Pulmas Mountainbike geliehen, war nach Nuuksio gefahren und hatte mit einem Campingspaten an einer Stelle, die sie später leicht wiederfinden konnte, ein

Loch gegraben. Dort hatte sie die Steine versteckt. Danach hatte Frost eingesetzt, und Essi hatte sich so intensiv wie möglich bemüht, die Juwelen zu vergessen. Aalto gegenüber hatte sie nicht erwähnt, dass zwei der wichtigsten Steine fehlten.

«Ich war wie ein Strauß, der den Kopf in den Sand steckt und sich für unsichtbar hält. Ich versteh nicht, warum Pulma mich nicht sofort bei der Polizei angezeigt hat. Der Hinweis auf Geldwäsche war Aaltos Idee, das war pure Bosheit. Pulma war ein guter Mensch. Sein Mörder muss bestraft werden, ob es nun Aaltos Auftragskiller war oder jemand ganz anderes.»

Essi zufolge war Aalto ihr gegenüber nie gewalttätig geworden, sondern hatte sie nur psychisch unter Druck gesetzt. An Aaltos Körperhaltung konnte ich ablesen, dass er glaubte, Herr der Lage zu sein. Manner hatte sich endlich bereiterklärt, ihm die Steine auszuhändigen, und die zwanzigtausend Euro, die sie verlangte, waren nur ein winziger Teil der Summe, die er von seinem Auftraggeber erhalten würde. Vielleicht würden die wertvollen Juwelen diesem Auftraggeber eine ähnliche Befriedigung verschaffen wie gestohlene Gemälde: Man konnte sie niemandem zeigen, keine Fotos auf Instagram posten und niemandem auf Facebook erzählen, wie gerne man sie betrachtete. Das Wissen, sie zu besitzen, musste genügen. Natürlich konnte man die Edelsteine neu fassen lassen, dann wäre es schwieriger, sie zu identifizieren. Vielleicht würde ich irgendwann einmal die vollständige Geschichte der Steine hören und erfahren, warum zwei Familienzweige um das Besitzrecht stritten.

«Hier.» Essi Manner reichte Aalto einen Umschlag. «Da drin findest du eine Landkarte, den Längen- und Breitengrad und Fotos von der Stelle, wo ich das Zeug im November versteckt habe. Wenn du auf der Lichtung bist, ist der Steinhaufen leicht zu finden.»

Aalto öffnete den Umschlag und überflog den Inhalt.

«Die Stelle ist also mitten im Wald?»

«Wie es sich für echte Geocacher gehört. Stell dich nicht so an, bist du nicht sogar Reserveoffizier? So ein kleines Rätsel wirst du wohl lösen können. Und nun das Geld, bitte!»

Sowohl Manner als auch Aalto spielten ein gewagtes Spiel, bei dem sie gezwungen waren, dem Gegner zu trauen. Das sollte Aalto jedenfalls denken. Er lachte unangenehm und sagte:

«Auf die Schnelle konnte ich nicht mehr als fünftausendsechshundert Euro zusammenkratzen. Große Summen hat doch keiner auf dem Girokonto liegen. Den Rest bekommst du am Montag – falls denn alle Steine da sind.»

Essi stieß einen Schwall von Verwünschungen und Schimpfwörtern aus, folgte Aalto aber zu seinem Wagen. Aalto reichte ihr einen Lederbeutel mit Reißverschluss und murmelte etwas, das Essis verstecktes Mikrophon nicht auffing.

Essi spähte in den Beutel, ich hörte, wie sie nach Luft schnappte.

«Fang hier nicht an nachzuzählen, in aller Öffentlichkeit», fauchte Aalto und machte sich an der Transportbox zu schaffen, der er Skistiefel, Skier, Stöcke und einen Rucksack entnahm. Er öffnete die hintere Tür seines Wagens, setzte sich und wechselte die Schuhe.

«Das Objekt macht sich bereit, auf Skiern zum Bestimmungsort zu laufen», meldete ich Laura und den Motorschlittenstreifen. Der eine Schlitten startete sofort, er sollte in einem Bogen von Norden her zum Versteck fahren. Der andere würde Aalto in gebührendem Abstand folgen.

«Warte, bis Aalto auf der Loipe ist, und häng dich dann an ihn dran», wies ich Laura Kokko an. Ich brannte darauf, mir selbst Skier unterzuschnallen, doch mein Platz war bei der Einsatzleitung im Lieferwagen, der auf Forstwegen bis auf vierhundert Meter an das Versteck heranfahren konnte.

Essi Manner ließ ihren Wagen an und fuhr davon. Ich hatte ihr aufgetragen, nach Hause zu fahren und dort zu warten, bis wir Aalto verhaftet hatten. Dann sollte sie uns das Geld aushändigen. Ich war vorsichtig genug gewesen, die Grenzübergänge zu alarmieren. Falls Essi versuchte, das Land zu verlassen, würde sie festgenommen werden. Ich konnte nicht hundertprozentig sicher sein, dass Essi nicht versuchen würde, uns auszutricksen. Die Reue, die sie in den letzten Tagen gezeigt hatte, konnte gespielt sein. Sie hatte ja auch Henri Aalto hinters Licht geführt.

Die ersten Kilometer konnte Aalto auf einer gespurten Loipe zurücklegen, danach musste er sich den Weg auf eigene Faust bahnen. Nach der Loipenkarte der Stadt Espoo war die Instandhaltung der Bahnen bereits eingestellt worden, sodass man sich im Wald vorsichtig bewegen musste. Laura Kokko, die schon seit zehn Uhr morgens auf Skiern im Nationalpark unterwegs gewesen war, hatte berichtet, dass die Schneedecke vereist und holprig war. An den südlichen Abhängen waren viele Stellen bereits schneefrei. Wir hatten keine Ahnung, ob Henri Aalto ein erfahrener Skiläufer war. Vielleicht hätte ich Amanda danach fragen sollen.

Dem Register zufolge hatte Aalto keinen Waffenschein, was natürlich nicht garantierte, dass er unbewaffnet war. Manner hatte nie eine Waffe bei ihm gesehen, doch ich konnte mir kaum vorstellen, dass ein Juwelier beispielsweise in Moskau auf die Straße gehen würde, ohne irgendeinen Schutz bei sich zu haben, und sei es nur Pfefferspray.

Wir hatten erwogen, einen Transponder an Essis Umschlag mit den Koordinaten anzubringen, doch das wäre zu riskant gewesen. Wir kannten Aaltos Ziel ja ohnehin. Ihn dort zu überraschen, war unsere einzige Chance, ihm nachzuweisen, dass er in den Juwelendiebstahl verwickelt war. Ich spürte, wie mir Adrenalin ins Blut schoss, als Puupponen den Motor des Lieferwagens anließ. Aus der Ausrüstungskammer im Polizeipräsidium hatten wir uns Schneeschuhe mitgenommen. Ich hatte allerdings noch nie welche benutzt und wusste daher nicht, welchen Halt sie auf vereistem Schnee boten.

Es war ein verblüffend sonniger Tag, der Schnee reflektierte das Licht gnadenlos kalt und hart. Auf dem Monitor sah ich mein Spiegelbild, die Falten um die Augen waren deutlich zu erkennen, und der Haaransatz schimmerte silbern. Der Wind bog die kahlen Bäume, wie er wollte; als unser Lieferwagen auf den Forstweg einbog, trommelten die Äste auf das Dach, als begehrten sie Einlass. Auf dem Monitor sah ich Lauras Position und die der Motorschlitten, doch Essi Manners Transponder lieferte kein Signal mehr. Hatte sie ihn entfernt? Wenn sie sich an meine Anweisungen hielt, spielte das keine Rolle. Doch die Betonung lag auf dem Wörtchen «wenn».

Nach sieben Minuten Fahrt meldeten die Männer der Motorschlittenstreife Eins, sie hätten ihr Ziel in Sichtweite des Verstecks erreicht. Somit blieb ihnen reichlich Zeit, Deckung zu suchen und sich an ihrem Beobachtungsposten einzurichten, bevor Aalto eintraf. Selbst ein trainierter Skiläufer würde für die Strecke rund zwanzig Minuten brauchen. Laura Kokko meldete, sie habe haltmachen müssen, um ihre Neverwax-Skier mit dem Steigwachs zu bestreichen, das sie vorsichtshalber mitgenommen hatte. Wahrscheinlich war der Schnee auch für Aaltos Skier zu glatt.

Von Koivu kam eine SMS. Ich hatte ihn über unsere Operation informiert, und er erkundigte sich, wie es lief. Sennus Fieber war gesunken, Koivu war mit seinen Söhnen zu Hause, doch zum Teil waren seine Gedanken offenbar bei uns in

Nuuksio. Ich dagegen verbot mir, weiter an ihn zu denken: Im Moment musste ich mich darauf konzentrieren, diese Operation erfolgreich zu Ende zu führen. Der Kleintransporter schlingerte auf dem vereisten Weg, Puupponen drosselte das Tempo bis fast zum Stillstand. Ich hielt mich an meinem Sitz fest, um nicht auf den Boden zu rutschen. Da der Wagen für Observationen vorgesehen war, gab es im hinteren Teil keine Sicherheitsgurte; hier nahmen es die Gesetzeshüter selbst mit dem Gesetz nicht so genau.

Der Weg endete an einer kleinen Lichtung. Ich hängte mir das Fernglas um und stieg aus. Im Wipfel einer Kiefer zwitscherte eine Amsel, das Treiben der Menschen kümmerte sie nicht. Puupponen stieg ebenfalls aus und schnallte sein Schulterholster fest. Wir wussten nicht, wie viele Unbeteiligte sich im Wald aufhielten; bisher hatten wir niemanden gesehen, und auch die Streifen hatten keine Zivilisten gemeldet.

Laura meldete, sie sei auf Sichtnähe an Aalto herangekommen. Der Streifenwagen näherte sich dem Objekt aus der entgegengesetzten Richtung, Henri Aalto war praktisch eingekreist. Die Männer der Motorschlittenstreife würden ihn filmen, wenn er zum Versteck kam, und die Aufnahmen der Videokamera wurden direkt in den Lieferwagen übertragen.

«Geh du weiter in Richtung Versteck, ich beobachte von hier aus und gebe euch Anweisungen», trug ich Puupponen auf. Er nickte und zog sich gefütterte Gummistiefel an, über die er die Schneeschuhe band. Es drängte mich, ebenfalls aktiv zu werden, aber jemand musste die Fäden in der Hand halten, und ich war die Kommissarin. Wer weiß, vielleicht würde die Festnahme von Henri Aalto die letzte in meiner Laufbahn werden.

Mit der Bombendrohung gegen Pasanen-Pulma war Aalto und seinem Komplizen ein geschickter Schachzug gelungen, denn sie lenkte den Verdacht auf eine Person, die einen Grund hatte, Henna Pasanen-Pulma zu hassen. Ich versuchte mir einzureden, dass wir nicht nur einen Juwelendieb jagten, sondern zugleich auch den Auftraggeber eines Mordes, doch ich konnte den Zweifel in mir nicht ganz zum Schweigen bringen.

«Das Objekt ist im Bild», meldete die Motorschlittenstreife Eins. Als ich das Video-Symbol auf dem Tablet berührte, sah ich, wie Aalto sich mit schwerfälligen Bewegungen dem Steinhaufen näherte, unter dem Essi die Juwelen versteckt hatte. Aalto musste mit seinen Skiern immer wieder in hohem Bogen über schneefreie Stellen steigen.

«Wir haben das Objekt ebenfalls in Sicht», meldete Montonen. Ich sah, dass Lauras Trackerpunkt etwa dreihundert Meter hinter Aalto zum Stillstand gekommen war.

«Kokko, alles in Ordnung?», fragte ich.

«Ja. Ich suche nach der besten Stelle für die letzte Abfahrt. Hier ist mehr blankes Gestrüpp als Schnee. Aalto musste einen großen Teil der Strecke stapfen, statt zu laufen.»

Ich lachte auf. Aalto dürfte sich schwarzgeärgert haben. Nun meldete auch die zweite Motorschlittenstreife, sie habe den vereinbarten Standort erreicht. Aalto schnallte die Skier ab und warf einen Blick auf die Landkarte in seiner Hand.

«Lasst das Objekt unbehelligt, bis wir eine klare Aufnahme haben, auf der er das Juwelenpäckchen in die Hand nimmt», ordnete ich an.

«Verstanden. Ich habe ihn auch im Blick.» Puupponens Stimme klang gedämpft, vermutlich fürchtete er, Aalto könne ihn hören.

Plötzlich bewegte sich etwas am Bildrand, zwei Menschen näherten sich Aalto.

«Zivilisten. Wartet ab, was er tut.»

Ich hatte die Worte kaum ausgesprochen, als ich Puupponen fluchen hörte. Gleich darauf erkannte auch ich die Ankömmlinge: Essi Manner und Perttu Pulma. Was hatte sich Essi denn jetzt einfallen lassen, stand sie etwa doch auf Aaltos Seite?

Da die Ankömmlinge sich von hinten näherten, bemerkte Aalto sie nicht, sondern ging vor dem Steinhaufen in die Knie und begann darin herumzutasten. Dadurch war es ein Leichtes für Pulma, sich auf ihn zu stürzen und ihn zu Boden zu werfen. Aalto, den der Angriff völlig überrascht hatte, war hoffnungslos unterlegen.

«Alle außer dem Kameramann, los! Eingreifen!», brüllte ich so laut ins Mikrophon, dass die Amsel verstummte und aufflog. Das Handy in meiner Tasche klingelte. Ich warf einen Blick auf die Nummer, erkannte sie aber nicht und drückte den Anruf weg. Da hörte ich Laura aufschreien. Puupponen rannte zum Bildrand, dorthin setzte sich auch die Motorschlittenstreife Zwei in Bewegung, die an den schneefreien Stellen nur langsam vorwärtskam.

«Laura!», rief Puupponen, den Blick nicht auf Pulma und Aalto gerichtet, sondern auf den Waldrand. Als ich Kokko per Funk kontaktierte, reagierte sie nicht.

Ich hielt es für das Beste, auszusteigen. Ohne mir die Schneeschuhe anzuziehen, stürmte ich durch den Kiefernwald auf den Steinhaufen und Aalto zu. Das Tablet wippte in meiner Hand, Lauras Ortungspunkt stand mitten am Abhang still, Puupponen war auf dem Weg zu ihm. Meine Haare verfingen sich in einem herabhängenden Ast, und Kiefernnadeln schlugen mir ins Gesicht, beinahe stolperte ich über einen Baumstumpf und wäre gleich darauf fast auf einem Eisbrocken ausgerutscht. Als ich die Lichtung endlich erreichte, standen die beiden Streithammel wieder aufrecht. Henri Aalto hatte sich einen seiner Skistöcke geschnappt und versuchte,

Perttu Pulmas Schläge damit abzuwehren. Ich hätte beinahe Essi umgerannt, die am Waldrand stand und sich in die weiß behandschuhte Faust biss.

«Was zum Teufel soll das? Was machst du hier?», rief ich im Vorbeilaufen, wartete die Antwort aber nicht ab. Montonen, Pellinen und die Hauptmeister der Motorschlittenstreife Zwei liefen aus verschiedenen Richtungen auf die Streithähne zu.

«Ville, was ist mit Laura?», keuchte ich ins Telefon.

«Sie ist schwer gestürzt und bewegt sich nicht! Ich bin gleich bei ihr. Over.»

Ich wäre beinahe ausgerutscht, konnte mich aber gerade noch durch einen Sprung zur Seite retten, doch durchfuhr es meinen linken Ischiasnerv dabei wie ein Stromstoß. Montonen war als Erster zur Stelle und riss Perttu Pulma von Aalto los. Aaltos Nase blutete, auf Perttus Stirn hatte der Skistock eine böse Schramme hinterlassen.

«Du hast meinen Bruder umgebracht!», tobte Perttu. Aalto versuchte wegzulaufen, doch seine Skistiefel fanden keinen Halt, und er stürzte genau vor meinen Füßen. Er landete mit seinem ganzen Gewicht auf der rechten Hand, das Gelenk knackte unheilvoll.

«Laura ist bewusstlos, wir brauchen Hilfe! Sie ist mit dem Kopf aufgeschlagen», brüllte Puupponens Stimme im Kopfhörer. Aus den Augenwinkeln sah ich Essi Manner im Wald verschwinden. Ich ließ sie gehen. Lauras Leben stand auf dem Spiel.

Ich bat die Männer der Fünfzwofünf und der Motorschlittenstreife, Pulma und Aalto mitzunehmen. Aalto wehrte sich aus Leibeskräften, seine Nase blutete immer heftiger. Perttu dagegen ließ sich ohne Gegenwehr festsetzen, blickte sich aber suchend nach Essi um.

Ich schickte die Motorschlittenstreife Eins zu Laura und befahl den Männern, die Rettungskräfte anzufordern. Dann nahm ich Aalto fest, unter dem Verdacht der Erpressung, der Hehlerei und der Misshandlung von Perttu Pulma. Da es nicht sinnvoll war, die beiden im selben Streifenwagen abzutransportieren, bestellte ich einen zweiten. Ich hatte keine Wahl, ich musste ruhig bleiben, obwohl in meinem Inneren sowohl die Wut auf Essi und Perttu als auch die Sorge um Laura brodelte. Puupponen meldete, Laura scheine nicht zu bluten. Das deutete auf eine Hirnblutung hin. Immerhin atmete sie, und ihre Pupillen reagierten auf Licht.

Die Viertelstunde bis zum Eintreffen der Notrettung erschien mir wie eine Ewigkeit. Pulma und Aalto erkundigten sich abwechselnd, was eigentlich los sei, doch ich befahl ihnen, den Mund zu halten. Unmittelbar nach den Sanitätern traf die Streife Fünffünfnull ein, die vom Freizeitzentrum Serena herbeigeeilt war. Ich übergab ihr Aalto und beauftragte Montonen, Perttu Pulma ins Präsidium zu bringen. Dann teilte ich Koivu telefonisch mit, er werde für Vernehmungen gebraucht, und bat ihn, auch Jenna Ström zu alarmieren.

Als ich einen Moment allein war, fluchte ich laut. Himmelherrgottsakrament noch mal! Ich wiederholte den Fluch drei Mal, ohne Erleichterung zu verspüren. Die Sanitäter transportierten Laura zügig und behutsam mit einem flachen Schlitten ab, Puupponen schlitterte hinterher. Wir warteten, bis wir die Sirene des Krankenwagens hörten. Erst dann waren wir in der Lage, zu sprechen.

«Sie ist nicht unbedingt in Lebensgefahr, selbst wenn sie eine Hirnblutung haben sollte», meinte Puupponen. «Anscheinend ist sie ungebremst auf die blanken Kiefernnadeln gelaufen. Die Sanitäter meinten, ihre Reflexe wären sehr gut. In Jorvi ist der OP schon bereit.»

«Wahrscheinlich lag es an dem Steigwachs», murmelte ich und bemühte mich, die Ruhe zu bewahren. Als die Motorschlittenstreifen um Instruktionen baten, wies ich den Kameramann an, herzukommen und eine letzte Szene aufzunehmen. Sobald er eingetroffen war, versuchte ich, den vordersten Stein von Essi Manners Juwelenversteck beiseitezuschieben. Er war am Boden festgefroren. Ich ließ Puupponen einen dicken Ast holen, und hebelte mit dessen Hilfe den Stein aus dem Boden. Dann schob ich die Hand in den Hohlraum und tastete darin herum, bis meine Finger das Öltuch spürten. Ich packte das Bündel und zog es heraus.

Natürlich hätte ich es erst im Präsidium öffnen sollen, doch ich brachte es nicht über mich, so lange zu warten. Ich erklärte vor der Kamera, wer ich war und was ich tat, dann band ich das Stoffbündel auf. Es enthielt eine Metalldose. Sie war nicht abgeschlossen. Als ich den Deckel hob, fielen die Sonnenstrahlen auf den Inhalt, und die Steine der Zygmunds tanzten in Dutzenden funkelnder Prismen vor meinen Augen.

25

«Esst ruhig ohne mich, ich komme nach Hause, sobald ich kann», sagte ich seufzend am Telefon zu Antti. Da ich gleichzeitig versuchte, den seit der Rutschpartie im Wald schmerzenden Ischiasnerv zu dehnen, hockte ich auf allen vieren auf dem Boden und sprach über Lautsprecher. Am liebsten hätte ich mich lang ausgestreckt und wenigstens für ein paar Sekunden die Augen geschlossen, doch dazu war jetzt keine Zeit. Schlafen konnte ich im Juli.

Die Steine der Zygmunds befanden sich in der Asservatenkammer, Anfang der nächsten Woche würde ein Sachverständiger sie prüfen. Ihr Glanz verwirrte mich: Konnten sie tatsächlich der Grund für einen Mord sein? Entschlossen verscheuchte ich den Gedanken an den Fluch, der auf den Steinen liegen sollte. Laura Kokko war verunglückt, weil sie Pech gehabt hatte, nicht, weil sie einem Juwelendieb auf der Spur war.

Ich hatte Essi Manner zur Fahndung ausgeschrieben, doch bisher war weder sie noch ihr Mietwagen gesehen worden. Hatte sie doch beschlossen, das Geld von Aalto zu nehmen und sich damit abzusetzen? Auch zu ihrer Wohnung hatte ich eine Streife geschickt. Ich war immer noch der festen Überzeugung, dass sie ihre Katze nicht zurücklassen würde.

Perttu Pulma konnte uns auch keinen Aufschluss über Essis Pläne geben.

«Sie hat mich heute früh angerufen», erzählte er bei der Vernehmung, «und mich gebeten, zu ihr zu kommen. Sie meinte, jetzt bekämen wir endlich die Steine zurück, die Jaakko gehört hatten, und könnten den Mörder fassen. Sie brauchte meine Hilfe.»

«Und wenn eine Jungfrau in Nöten ist, eilt der edle Ritter flugs herbei», grinste Puupponen. Perttu warf ihm einen finsteren Blick zu.

«Okay, zugegeben», stöhnte er schließlich. «Ich hab eine Schwäche für das Mädchen, daran kann ich nichts ändern. Und sie wusste das verdammt gut und hat mich da reingezogen. Ich bin kein Actionheld, aber Jake war mein Bruder. Essi hatte mir nicht gesagt, dass sie einen Deal mit der Polizei geschlossen hatte. Die Pläne der Polizei hätte ich doch auf keinen Fall durcheinandergebracht», seufzte Perttu und band sich den Pferdeschwanz fester.

Ich neigte dazu, ihm zu glauben. Er war nicht der Typ, der Risiken einging, es genügte ihm, jeden Tag Leute beim Glücksspiel zu beobachten. Wir ließen ihn gehen, denn Körperverletzung war kein ausreichender Grund für eine Verhaftung. Ich beschwor ihn, sich zu melden, falls er etwas von Essi hörte. Mir war immer noch nicht klar, was sie vorhatte, aber wenn wir sie erwischten, würde ich ihr unter die Nase reiben, welche ernsten Folgen ihr unüberlegtes Verhalten gehabt hatte.

Laura Kokko hatte immerhin mehr Glück gehabt als Minna Pasanen. Die Hirnblutung war so geringfügig, dass vermutlich keine Einschränkung zurückbleiben würde. Laura sollte einige Tage im künstlichen Koma bleiben. Ihre Gliedmaßen bewegten sich und reagierten normal.

«Gott sei Dank», seufzte Puupponen, als er es erfuhr. «Ich habe mich noch nie so hilflos gefühlt wie in der Viertelstunde, bevor die Sanitäter kamen. Weißt du was, Maria, ich habe gebetet, obwohl ich keine Ahnung hatte, zu wem. Gott, Allah, Meister Petz, ganz egal, ich habe ihn angefleht, zu helfen, dass

Laura am Leben bleibt und wieder ganz gesund wird. Durch Aki habe ich gelernt, dass die wenigsten Leute durch Leid zu besseren Menschen werden.» Puupponen verstummte und wurde rot bis an die Ohren. Es war das erste Mal, dass er seinen Exfreund erwähnte.

Erst da fiel mir wieder ein, dass auf meinem Diensthandy eine Nachricht eingetroffen war. Sie kam von Arvi Honkas Tochter Viena Liikanen, die mir mitteilte, sie habe in der Bibel in der Nachttischschublade ihres Vaters einen an Kommissarin Kallio adressierten Brief gefunden. Ich erinnerte mich noch genau, dass ich die Bibel in die Hand genommen hatte. Ich hatte nicht darin geblättert, sondern mich nur vergewissert, dass darunter nichts verborgen lag, was Licht auf Honkas Tod werfen konnte. Als ich die Tochter anrief, erreichte ich nur die Mailbox. Da ich nicht wusste, ob Viena Liikanen sich in der Wohnung ihres verstorbenen Vaters oder zum Beispiel in einem Hotel aufhielt, konnte ich ihr lediglich eine Bitte um Rückruf hinterlassen.

Und ich kam auch nicht dazu, länger über Honkas Brief nachzudenken, denn Henri Aalto und sein Anwalt polterten den Flur entlang. Aalto hatte sich geweigert, ohne juristischen Beistand auszusagen. Wer war bei Amanda? Saß sie allein zu Hause und wartete auf ihren Vater, der ihr gesagt hatte, er wolle nur ein paar Stunden in Nuuksio Ski laufen? Doch in physischer Gefahr war Amanda wohl nicht, und ich wusste, wie knapp die Ressourcen beim Jugendschutz waren.

Ich war nicht einmal überrascht, als ich sah, wer Aaltos Anwalt war. Kristian Ljungberg, mein Studienkollege und kurzzeitiger Freund, vertrat gern Mandanten, deren Angelegenheiten nicht ganz lupenrein waren. Er würde Aaltos Freilassung mühelos durchsetzen, Amanda musste also nicht mehr lange auf ihren Vater warten. Die Aufzeichnung des Telefongesprächs zwischen Aalto und Essi Manner bewies nicht zweifelsfrei, dass Aalto Essi zum Diebstahl gezwungen hatte. Da wir nicht den geringsten Beweis dafür hatten, dass Henri Aalto einen Killer auf Jaakko Pulma angesetzt hatte, mussten wir Kristians Forderung nachkommen.

«Mein Mandant bestreitet nachdrücklich, etwas mit der Bombendrohung gegen Pasanen-Pulma zu tun zu haben. Die Behauptungen der Polizei sind völlig absurd, und wegen dieser Sache werden ganz andere Leute angeklagt werden als Sie», beruhigte Ljungberg Aalto. Er hatte mit keinem Wort angedeutet, dass wir uns kannten. Das war mir nur recht. Als er und Aalto endlich gegangen waren, nahm ich den Kaffee, den Koivu mir anbot, dankbar an, auch wenn es keine Milch dazu gab.

«Pulmas Handy war seit der Bombendrohung nicht mehr aktiv», merkte Puupponen an. «Wenn Aalto und Manner dahintergesteckt haben, waren sie klug genug, das Handy sofort verschwinden zu lassen.»

«Wie sollen sie an das Handy gekommen sein, wenn keiner der beiden Pulma ermordet oder den Mord in Auftrag gegeben hat?», fragte ich. «Ich glaube immer noch, dass die Bombendrohung von derselben Person ausging, die auch Jaakko Pulma ermordet hat. Aber wozu die Drohung? Um die Polizei in die Irre zu führen oder um Henna Angst zu machen?» Ich trank einen Schluck Kaffee und verzog das Gesicht. Er war noch stärker, als ich erwartet hatte.

«Laura liegt im Krankenhaus, und wir sind keinen Schritt vorangekommen.» Koivu schüttelte den Kopf und starrte nach draußen auf das Kiefernwäldchen, das vom schräg einfallenden Sonnenlicht mit einem Kupferglanz überzogen wurde. «Wird der Unfall von den Helsinkier Kollegen oder von der Zentralkripo untersucht?»

«Vermutlich von den Helsinkiern, da es sich ja eindeutig um einen Unfall handelt», meinte ich. «Gehen wir nach Hause und schlafen uns aus. Koivu, wie geht es Sennu?»

«Das Fieber ist ein bisschen gesunken. Aber ich mache mir Sorgen um Anu. Ich weiß nicht, wann sie zuletzt geschlafen hat. Als wenn sie keine Sekunde mit Sennu verpassen will, weil …»

«Die Ärzte können doch wohl sagen, ob sie im Sterben liegt oder nicht», schnaubte Jenna Ström. Puupponen sah sie eine Weile an, nahm sie dann am Arm und sagte, er werde sie zum Bier einladen. Ich blickte den beiden entgeistert nach. Auf dem Heimweg lauschte ich dem Tschilpen der Blaumeisen und dem Flöten der Amseln. Wie lange würden wir uns noch an dem Wäldchen erfreuen dürfen, das dafür sorgte, dass es in unserem Wohngebiet Vogelstimmen, Eichhörnchen und Feldhasen gab? Der Flächennutzungsplan von Espoo wurde listigerweise Stück für Stück erstellt: Was machte es schon, wenn der Wald an einer Stelle einem Wohngebiet oder einem Industriegrundstück weichen musste, da es in anderen Teilen der Stadt noch genug Baumbestand gab. Wenn man diese Abknapserei lange genug fortsetzte, war der Anteil der Grünflächen bald minimal.

«Mutti! Wir hatten heute zum ersten Mal Training mit Janne Kivi!» Taneli stürzte mir entgegen, sobald ich das Haus betrat, und überschüttete mich mit seinen Neuigkeiten, als wäre er noch ein Grundschüler und kein angehender Teenager, der mir schon über den Kopf gewachsen war. «Ich bin probeweise mit verschiedenen Mädchen gelaufen, Janne meint, wir müssen sehen, bei wem die Bewegungsabläufe zusammenpassen.»

Ich ließ Taneli erzählen, während ich mir Auberginenauflauf aufwärmte und ein Glas Wein trank. Gegen halb neun schlief ich mit Venjamin auf dem Schoß auf dem Sofa ein. Gegen eins weckte mich mein schmerzender Ischiasnerv. Ich zog mir den Schlafanzug an, putzte mir die Zähne, vergewisserte mich, dass Iida nach Hause gekommen war, und kroch zu Antti ins Bett. Dort lag auch Jahnukainen. Er maunzte, als ich die Decke unter ihm wegzog und mich darunterlegte. Im Halbschlaf fiel mir Essis Aussage ein, sie habe gewusst, wo sich die Überwachungskameras im Haus der Pasanen-Pulmas befanden, deshalb habe sie ihnen ausweichen oder sich so drehen können, dass die Juwelen nicht zu sehen waren.

Im Traum lief ich wie in meiner Kindheit über den See Arpilampi, dessen Eis ebenso wie der Sand die Farbe von Rotwein hatte. Ich bemühte mich, Sakke Haukinen einzuholen, doch meine Skier rutschten fürchterlich, und außerdem versuchte meine Schwester Helena die ganze Zeit, mich mit dem Griffbrett einer Bassgitarre zu Fall zu bringen. Sie stand am Rand der Loipe und schmachtete Sakke mit den Augen an, und als er ins Ziel kam, reichte sie ihm ein Diamanthalsband, das er sich um den Kopf wickelte wie einen Kranz. Als ich um kurz vor neun endlich aufwachte, ging mir Helenas bewundernder Blick nicht aus dem Sinn. Wo hatte ich so einen Gesichtsausdruck kürzlich gesehen?

Ich trank zwei Tassen Kaffee, bevor ich mein Diensthandy einschaltete. Arvi Honkas Tochter teilte mir per SMS mit, sie sei ab elf Uhr in der Wohnung ihres Vaters. Sie hätte den an mich adressierten Brief gern zum Präsidium gebracht, doch sonntags war der Empfangsschalter dort nicht besetzt. Ich rief die Pasanens in Juva an und fragte, ob sie einen Scanner besaßen. Beim Umziehen im Gästezimmer hatte ich einen Computer gesehen, wusste aber nicht, ob man mit dem dazugehörigen Drucker auch scannen konnte. Die alten Pasanens meinten, da seien sie überfragt. Welche Möglichkeiten hatte ich noch? Markku Nulpponen meldete sich in der Mongolei und war sehr verwundert, als er meine Frage hörte.

«Keine Ahnung. Kann sein, dass alle Fotos in unserem verlassenen alten Haus liegen. Wahrscheinlich sind sie völlig verschimmelt.»

Ich verfluchte in Gedanken den Sonntag und dass die Polizei von Juva keinen Bereitschaftsdienst hatte.

«Sind Sie beim Schulfreunde-Portal registriert? Wissen Sie, ob Ihre Klassenfotos dort gespeichert sind?»

«Nein. Aber ich kann versuchen, mich an die Namen von Mitschülern zu erinnern. Die Polizei kann doch sicher herausfinden, wo sie wohnen?»

«Natürlich, wenn ausreichende Gründe für die Suche vorliegen. Zweifacher Mord dürfte genügen. Ich möchte Sie um noch einen Gefallen bitten. Sie können mir per SMS antworten.»

Ich fuhr den Computer hoch, und als Antti sah, welche Seite ich aufrief, sah er mich verwundert an.

«Meinst du wirklich, dass wir eine Eheberatung brauchen?»

Ich stand auf und küsste ihn hingebungsvoll. «Nein, diese Eheberatung hat unsere Beziehung allein durch ihre Existenz gerettet. Oder vielmehr durch ihre drohende Schließung. Bald ist der Fall abgeschlossen, dann kann ich wieder mehr Zeit zu Hause verbringen. Vor den Sommerferien feiere ich alle Überstunden ab, am Ende habt ihr mich noch satt!»

Ich löste mich von Antti, der mich immer noch verdutzt ansah, und überprüfte noch etwas. Da Sonntag war, dauerte es lange, bis ich die Informationen erhielt. Doch schließlich bestätigte sich meine Hypothese. Ich rief Puupponen an und bat ihn, so bald wie möglich nach Hakalehto zu kommen. Dann zog ich mich an, ging rasch zum Präsidium und loggte mich in das Melderegister ein. Gerade als ich die gesuchte Person gefunden hatte, erhielt ich eine SMS von Markku Nulpponen, die meine Vermutung bestätigte. Ich führte noch zwei Telefonate, holte mir einen Dienstwagen und fuhr nach Tapiola. Puupponen erwartete mich bereits vor dem Haus, in dem Arvi Honka gewohnt hatte.

«Glaubst du, Arvi Honka wurde auch ermordet?», fragte er verwundert.

«Wohl nicht in dem Sinn, dass dafür jemand gerichtlich belangt werden könnte. Schauen wir erst einmal, was in dem Brief steht.» Ich betrat das Treppenhaus, in dem es nach Fisch und Safran roch. Im zweiten Stock wurde offenbar Bouillabaisse gekocht.

Honkas Tochter war so zart gebaut wie ihr Vater, doch ihre Haut glich nach dem Winter im Süden braunem Seidenpapier. Ich gab ihr die Hand und streifte dann dünne Gummihandschuhe über. Der Brief erwartete mich auf dem Wohnzimmertisch. Dort stand zwischen den Kerzen nun statt des Fotos von Siiri Honka ein Bild des Ehepaares; die vielen Blumen und das Alter der beiden ließen vermuten, dass es bei ihrer diamantenen Hochzeit aufgenommen worden war.

«Ich habe gehört, Vater soll kurz vor seinem Tod in einen Mordfall verwickelt gewesen sein. Er wird doch nicht ... er ist doch nicht auf seine alten Tage durchgedreht und hat jemanden ...?» Viena Liikanen musste sich am Türrahmen festhalten, ihre Stimme zitterte.

«Vaters Lieblingsspruch aus der Bibel war ‹Wer das Schwert nimmt, der soll durchs Schwert umkommen›. Viele seiner Waffenbrüder haben im Krieg den Verstand verloren. Nun sehen Sie schon nach, was in dem Brief steht! Ich habe ein furchtbar schlechtes Gewissen, weil Väinö und ich so weit weggezogen sind. Sicher, ich habe Vater zweimal wöchentlich angerufen, aber am Telefon kann man ja nicht alles heraushören.»

Ich bemühte mich, den Umschlag vorsichtig zu öffnen; ein Papiermesser wäre jetzt praktisch gewesen. Die Handschrift, in der mein Name auf dem dünnen Kuvert stand, war schön wie eine Kalligraphie. Der Umschlag war mit einem Jahre alten Aufkleber des Veteranenverbandes verschlossen. Ich holte einen Stift aus der Tasche und schlitzte ihn damit auf. Der Brief war auf den Sonntag vor Arvi Honkas Tod datiert.

Sehr geehrte Kommissarin Kallio,

ich bin ein alter Mann und deshalb bisweilen vergesslich. Daher war mir nicht sofort bewusst, was ich am Nachmittag des Todes von Herrn Jaakko Pulma in der Kirche gesehen habe. Erst als ich heute im Gottesdienst war, begriff ich, was ich zuvor nicht begriffen hatte. Ich habe gründlich darüber nachgedacht und bin zu dem Ergebnis gelangt, dass es Sache der Polizei ist, die betreffende Person zu fragen, warum sie in der Kirche war, obwohl sie offenbar behauptet hat, nicht dort gewesen zu sein. Als wahrheitsliebender und gottesfürchtiger Mensch ist es meine Pflicht, Ihnen diesen Umstand zur Kenntnis zu bringen.
Bitte setzen Sie sich mit mir in Verbindung, wenn Sie diesen Brief erhalten haben. Meiner Ansicht nach ist dies eine Angelegenheit für die Polizei.

Mit freundlichen Grüßen, Ihr
Arvi Honka

Ich reichte den Brief an Puupponen weiter, der ebenfalls Handschuhe trug. Er las ihn und nickte. Viena Liikanens Blick flehte um Auskunft über den Inhalt, doch ich konnte ihr nur sagen, dass ihr Vater uns bei der Aufklärung des Verbrechens geholfen hatte.

«Wann wird Ihr Vater eingesegnet?»

«Am Samstag in zwei Wochen, natürlich in der Kirche von Tapiola. Vaters Bekannte, die Küsterin Tuomi, war uns bei der Vorbereitung eine große Hilfe. Später wird Vater eingeäschert, und die Urne wird neben unserer Mutter bestattet.» Vlena Liikanen wischte sich eine Träne aus dem Augenwinkel. Ich notierte mir auf dem Handy, Blumen zur Beerdigung zu schicken. Dann gingen wir zurück zum Wagen. Als ich gerade mein Tablet eingeschaltet hatte, meldete sich Markku Nulpponen.

«Sie hatten recht. Nachdem ich eine Weile gesucht habe, habe ich auf diesen Seiten eine Person gefunden, die ich aus meiner Kindheit kenne. Allerdings nennt Pulmu Lipsanen sich heute ganz anders, und sie hat sich außerdem gewaltig verändert. Als Kind war sie klein und spindeldürr. Sie ist aber schon lange vor Minnas Unfall aus Juva weggezogen. Wie kann sie etwas damit zu tun gehabt haben?»

«Das herauszufinden ist Sache der Polizei. Ich danke Ihnen. Offenbar hatten Sie völlig recht, Ihre Brüder trifft keine Schuld an Minna Pasanens Tod.»

Ich hörte sein Schlucken über viele tausend Kilometer hinweg. Wenigstens ein Mensch, der heute eine gute Nachricht erhielt. Ich loggte mich in das Personalregister der Polizei ein und fand meinen Verdacht bestätigt. Dann führte ich noch ein Telefongespräch, mehr brauchte es nicht. Puupponen saß mit geschlossenen Augen neben mir, den Kopf an die Nackenstütze gelehnt.

«Ist es mit Jenna gestern spät geworden?», fragte ich, während ich den Motor anließ.

«Nein. Wir haben bei mir zu Hause <Stern von Afrika>

gespielt und ein paar Bier getrunken. Ich habe ihr das ganze Spielgeld abgeknöpft und dabei versucht, ihr begreiflich zu machen, dass wir zwar von Berufs wegen unsere Nase in fremder Leute Angelegenheiten stecken, dass man das bei Kollegen aber nicht unbedingt tun sollte. Wahrscheinlich hat sie gar nicht kapiert, worauf ich hinauswollte. Aber immerhin durfte sie endlich ein Brettspiel spielen, danach quengelt sie ja schon seit dem letzten Sommer. ‹Stern von Afrika› ist zu zweit allerdings ziemlich langweilig. Wohin fahren wir eigentlich?»

Ich bog auf die Merituulentie ab und fuhr von dort durch den Tunnel unter dem Kaufhaus Stockmann zum Parkhaus Ainoa.

«Schon wieder in die Kirche?», seufzte Puupponen theatralisch. «Du bildest dir doch nicht ein, Gebete könnten Laura heilen? Oder Sennu Koivu?»

«Gute Gedanken schaden sicher beiden nicht. Aber diesmal geht es nicht um Gnade, sondern um Recht. Wir werden mit einer Person sprechen, die in ihrer Jugend Pulmu Lipsanen hieß. Sie müsste heute hier anzutreffen sein.»

Als wir den Vorraum betraten, sah ich, dass die Kirche fast leer war. Nur eine einzige Gestalt hockte an der Seite unter der Orgel, dicht am Altar. Sie kniete halb, die gefalteten Hände und den Kopf auf die Lehne der Vorderbank gestützt. An der Kleidung und den zotteligen Haaren erkannte ich Matti Ronkainen. Der hatte uns gerade noch gefehlt. Als ich vorsichtig näher heranging, hörte ich seinen Atem und roch Alkohol. Ronkainen schien mitten im Gebet eingeschlafen zu sein.

Jemand schlurfte die schmale metallene Wendeltreppe hinauf, die von der Chorempore nach oben führte. Ich sah schwarze Schuhe und eine blaue Hose. Aus der Froschperspektive wirkte die Gestalt unverhältnismäßig rund. Als sie mich und Puupponen bemerkte, erstarrte sie.

«Komm runter, Pulmu!» Das hohle Echo meiner Stimme in dem leeren Kirchenraum erschreckte mich selbst. Ich ging an der Orgel vorbei zur Chorgalerie. Ronkainen schreckte kurz hoch, änderte seine Position geringfügig und schlief dann weiter. Hinter dem Altar hingen noch die Nummern der Lieder, die vor kurzem im Gottesdienst gesungen worden waren. Im Gemeindesaal klirrten Kaffeetassen, fröhliches Stimmengewirr drang herüber. Vielleicht hatte der Predigttext passend zur Jahreszeit von der Hoffnung auf neues Leben gehandelt.

«Pulmu», wiederholte ich. «Ein schöner und seltener Name. Warum verwendest du ihn nicht mehr?» Ich überquerte die Brücke, die von der Empore zur Wendeltreppe führte, und ging hinauf, Puupponen folgte mir. Bisher war mir nicht bewusst gewesen, wie hoch die Kirche war und wie hart der Betonfußboden wirkte.

Pulmu Kaarina Tuomi, geborene Lipsanen, war oben angekommen und keuchte schwer. In der Hand hielt sie Gummihandschuhe und einen nassen Putzlappen, der nach Terpentin roch.

«Die Konfirmanden haben hier irgendwelche dummen Bilder an die Wände geschmiert. Angeblich ist die Putzkraft dafür nicht zuständig. Die Pastorin sagt, sie klärt, wer das war, und lässt die Schuldigen selber putzen, aber an einer Kirchenwand darf es doch nicht solche obszönen Bilder geben», schnaubte sie. Als ich in Höhe ihrer Augen an die graue Wand blickte, sah ich das unbeholfen gezeichnete Bild eines männlichen Geschlechtsorgans, gekrönt von einem Strahlenkranz.

«Wegen so etwas kann man Anzeige erstatten. Werden die Wände hier oft beschmiert?»

«Meistens respektieren die Bälger das Gotteshaus, aber seit der Mann dieser Abgeordneten gestorben ist, geht hier alles drunter und drüber.» Kaarina Tuomi begann, mit dem Tuch über die Schmiererei zu reiben. Aus ihrer Westentasche lugte eine kleine Flasche Terpentinersatz hervor.

«Bei so starken Giften sollte man einen Atemschutz verwenden», bemerkte Puupponen. «Du schädigst deine Atemwege, Pulmu.»

«Ich kenne keine Pulmu. Ich heiße Kaarina», antwortete die Küsterin und schrubbte weiter. «Wenn ihr wieder wegen Matti hier seid, spart euch die Mühe. Er soll ruhig schlafen. Ich wecke ihn rechtzeitig vor dem Abendgottesdienst. Er schläft seinen Rausch aus, seine Mutter und ihre Männer hatten den armen Kerl zum Saufen gezwungen. Sie finden es witzig, wenn er im Suff von Religion redet. Schade, dass Matti nicht gut lernen kann, er hätte sonst vielleicht sogar Pastor werden können. Ein Pastor für die Verzweifelten.»

Dem Stimmengewirr nach schienen die Menschen aus dem Gemeindesaal in den Vorraum zu strömen. Terpentinöl tropfte auf die Treppe, Tuomi hatte nicht am Putzmittel gespart.

«Hast du je davon geträumt, Pastorin zu werden? Frauen wurden doch zum Amt zugelassen, als du ungefähr zwanzig warst.»

«Ich tauge nicht zur Pastorin. Man kann Gott auch auf andere Weise dienen.» Tuomi goss noch mehr Terpentin auf ihren Putzlappen und bespritzte dabei auch ihre Hose. Puupponen machte eine hastige Bewegung, ich berührte seinen Arm, um ihn zur Ruhe zu mahnen.

Pulmu Kaarina Lipsanen hatte nach dem Abschluss der Gesamtschule eine Ausbildung zur Reinigungskraft gemacht. Seit sie volljährig war, verwendete sie anstelle ihres Taufnamens ihren zweiten Vornamen. An der Gemeindefachschule war sie bereits als Kaarina Lipsanen geführt worden.

Vor fünfzehn Jahren hatte sich auch ihr Nachname geändert, als sie den dreizehn Jahre älteren Busfahrer Tapio Tuomi geheiratet hatte. Gemeinsame Kinder hatten die beiden nicht; Tapio Tuomi hatte einen Sohn aus seiner ersten, sehr frühen Ehe.

«Hat Arvi Honka dir vor seinem Tod erzählt, dass er dich am Tag von Jaakko Pulmas Ermordung hier gesehen hat, obwohl du frei hattest? Das hat er nämlich der Polizei mitgeteilt. In einem Brief.»

Pulmu hörte auf zu schrubben und sah mich verächtlich an.

«Das hat Arvi behauptet? Er war manchmal ein bisschen durcheinander. Der arme Mann, gut, dass Gott ihn zu sich geholt hat, bevor er ganz schwachsinnig geworden ist. Jetzt ist Arvi bei seiner Siiri, da geht es ihm gut.»

«Ist das deine Rechtfertigung? Dass die Menschen, die du getötet hast, im Himmel glücklicher sind? Aber du spielst Gott und verstößt dabei gegen einige seiner Gebote. Mindestens gegen das erste und das fünfte.»

Pulmu Kaarina gab keine Antwort. Die Kirchentür ging, im Vorraum wurde es still. Matti Ronkainens Schnarchen hallte von den glatten Wänden der Kirche wider.

«Du hast in Juva gewohnt und warst ein paar Jahre lang Henna Pasanens Mitschülerin. Warum hast du das bei der Vernehmung nicht erwähnt?»

«Weil es keine Bedeutung hatte. Ich habe nichts mit Henna zu tun.»

«Wirklich nicht?»

«Habt ihr Henna danach gefragt? Habt ihr sie gefragt, wer die ältere Küsterin in der Kirche von Tapiola ist? Henna hat sich ja nicht mal an mich erinnert, als sie mir bei der Beerdigung ihrer Schwiegermutter begegnet ist. Sie ist hochnäsig an mir vorbeigerauscht, die ach so wichtige Frau Volksvertreterin. Hat mich nicht erkannt, obwohl ihre Stimme jahrelang in meinem Kopf geschrien hat. Mit Gottes Hilfe konnte ich sie endlich zum Schweigen bringen, für viele Jahre, aber dann kam sie zurück, als Henna nach Espoo zog und anfing, ausgerechnet in meine Kirche zu gehen. Das war das Zeichen, dass meine Rache noch nicht vollendet war!» Pulmu fuchtelte so heftig mit den Armen, dass die nachlässig verschlossene Terpentinölflasche aufging und die Flüssigkeit nicht nur auf ihre Hose, sondern auch nach unten auf die Kirchenbänke tropfte.

«Es ging also die ganze Zeit um Henna? Du wolltest Henna Schaden zufügen, nicht Minna?» Ich stieg immer höher, bald würde ich Pulmu am Bein zu fassen bekommen. Es war nicht vorherzusehen, was sie tun würde, wenn ich sie für verhaftet erklärte. Im schlimmsten Fall würde sie vom Treppenabsatz in die Tiefe springen. Sie bewegte sich zwar unbeholfener als Puupponen und ich, doch Verzweiflung konnte einem Menschen ungeahnte Kräfte verleihen.

«Um Henna, genau, um mich ging es ja nie! Ich war bloß ein völlig unbedeutendes Wesen, dessen Selbstbewusstsein sie in Grund und Boden gestampft hat. In der Grundschule sind wir in dieselbe Klasse gegangen. Damals hieß ich noch Pulmu. Pulmu Kaarina Lipsanen. Ich war klein und schüchtern und habe mich nicht getraut, in der Schule aufs Klo zu gehen, weil ich Angst hatte, jemand würde mittendrin die Tür aufreißen. Henna hat mich verspottet. Es gab damals eine Sorte Würfelzucker, die Pulmu hieß. Pulmu-Zucker, hat sie gesagt. Schmilzt du, wenn man dich in den Kaffee tut? Woraus sind die kleinen Mädchen gemacht, aus Zucker und Zimt. Aber Pulmu ist gar nicht zuckersüß, sie ist bloß Haut und Knochen, die Zuckermaus hat Löcher in den Zähnen, pass auf, bald fallen sie dir aus, weil du so einen süßen Namen hast.» Pulmu

Kaarina Tuomis Blick war erbittert und zugleich leer, doch die jahrelang aufgestauten Worte strömten aus ihr heraus, als säße sie im Beichtstuhl.

«Als ich Mutter erzählte, dass ich als Pulmu-Würfelzucker verspottet wurde, lachte sie nur und sagte, ich solle mir nichts daraus machen, das sei doch nur ein Witz. Und irgendwie habe ich gedacht, dass es meine eigene Schuld ist. Ich verdiene es, ausgelacht zu werden. Henna hat auch andere beschimpft, die Nulpponen-Jungs zum Beispiel, aber die hatten kaum Angst vor ihr. Für das Klassenfoto musste ich mich neben sie setzen. Da hat sie gesagt, vom Pulmu-Würfelzucker kriegt sie klebrige Finger. Auch die anderen haben mich alle aufgezogen, weil ich auf dem Foto Henna anschaue, statt in die Kamera zu blicken. Ich sah mich selbst mit Hennas Augen. Ich war wertlos.»

Pulmu Kaarina hatte aufgehört zu putzen. Die Zeichnung war verblasst, ihre Umrisse waren verschmiert, der Strahlenkranz glich einem Bündel dürrer Zweige.

«So war sie, die Henna, immer schon. Eine Mobberin. Als sie zum ersten Mal für das Parlament kandidierte, wollte ich im Internet darüber schreiben, aber ich hatte Angst, aufgespürt zu werden. Nach Minnas Tod habe ich der Polizei einen anonymen Brief geschickt, in dem ich gesagt habe, dass Henna die Mörderin war. Ich hatte aus den Fünf-Freunde-Büchern gelernt, wie man Fingerabdrücke vermeidet, und die Buchstaben habe ich aus zwei verschiedenen Zeitungen ausgeschnitten, der von Savo und der von Varkaus. Wir sind ja von Juva nach Varkaus umgezogen. Das war der glücklichste Tag meines Lebens, oder jedenfalls der glücklichste bis dahin. In Varkaus gab es keine Henna Pasanen, und niemand hat sich über meinen Namen lustig gemacht. Das kam mir ganz seltsam vor, aber mir wurde trotzdem schlecht, wenn ich Zuckerstücke sah. Hennas spöttische Stimme klang mir immer in den Ohren. Wenn ich in der Zeitung las, dass sie wieder beim Skilaufen gewonnen hatte, wurde mir speiübel. Henna war bei allem erfolgreich. Meine Kusinen und Vettern wohnten noch in Juva, aber ich ließ mir immer etwas einfallen, Bauchweh oder Zahnschmerzen, damit ich nicht mitfahren musste, und Mutter hat sich zum Glück oft mit meiner Tante zerstritten, sodass sie keinen Kontakt hatten.»

«Warum hast du den anonymen Brief geschrieben?» Ich sprach mit sanfter Stimme: Ich war auf Pulmu Kaarinas Seite, verständnisvoll wie eine Pastorin bei der Beichte.

«Damit die Polizei erfährt, dass Minnas Tod Hennas Schuld war. Und wenn die Polizei Henna abholte, würden es alle erfahren. Aber die haben ja nichts unternommen. Ihr tut natürlich auch nichts, ihr glaubt nur Henna.»

«Wie hat Henna denn Minnas Tod verschuldet?»

Ich spürte Puupponens Atem in meinem Nacken, er schwieg und rührte sich nicht, war aber bereit, beim kleinsten Zeichen von mir einzugreifen.

«Weil sie nicht still sein konnte! An Ostern fünfundachtzig hat meine Cousine Sari in Juva geheiratet, und ich durfte nicht zu Hause bleiben, obwohl ich alles daransetzte. Mutter hat nur gesagt, ich soll Aspirin gegen das Bauchweh nehmen und den Mund halten. Ich war damals fünfzehn und hatte noch nicht mal regelmäßig meine Tage, damit konnte ich mich auch nicht herausreden. Am Tag der Hochzeit bin ich Henna im Dorf begegnet, sie hatte in der Apotheke ein Grippemittel für Minna gekauft. Damals hat sie mich noch erkannt. Pulmu-Zucker, du bist ja überhaupt nicht gewachsen! Du hast bestimmt auch noch keinen Busen, lachte sie. Und da war ich wieder ein Nichts, dem jeder an den Kopf werfen durfte, was er wollte. Mutter glaubte, ich hätte in der Kirche vor Rührung geweint, dabei war es aus Traurigkeit. Die Hochzeitsfeier fand im Elternhaus der Braut statt, da gab es ein großes Zimmer mit viel Platz zum Tanzen. Von da war es nicht weit zur Trainingsloipe der Pasanens. Skilaufen konnte ich auch. An dem Abend schien noch spät die Sonne. Ich habe die Schnur über die Loipe gespannt und gehofft, dass Henna stürzt und sich auf die Zunge beißt und nie mehr spöttisch reden kann. Niemand hat mich gesehen. Außer Gott natürlich. Aber er hat mich verstanden. *Er wird Otterngift saugen, und die Zunge der Schlange wird ihn töten.* Henna hatte die Zunge einer Schlange.»

Puupponen und ich konnten Pulmu Kaarinas Worte bezeugen, dennoch würde sie ihre Aussage in einer offiziellen Vernehmung wiederholen müssen. Dann musste auch geklärt werden, woher sie die Schnur bekommen und von wem sie sich die Skier geliehen hatte. Da Pulmu Kaarina zugab, mit Vorbedacht gehandelt zu haben, war die Tat als Mord zu werten.

Das Lächeln, das plötzlich auf Pulmu Kaarinas Gesicht trat, war viel schrecklicher als die verbitterte Miene, die sie bisher gezeigt hatte. «Und Henna konnte nichts gegen mich unternehmen. Aber die Grippe, die in Juva umging, war ansteckend. Ich wurde krank, als wir nach Varkaus zurückkehrten. Damals gab es die heutigen Medien ja noch nicht. Von Minnas Tod erfuhr ich erst Anfang Mai. Ich konnte nicht glauben, dass ich das getan hatte. Mutter sagte, dass man Henna verdächtigte. Henna war an allem schuld. Die böse Henna, die andere verhöhnte und ihre Schwester beneidete. Es wäre Henna ganz recht geschehen, wenn sie für den Tod ihrer Schwester ins Gefängnis gekommen wäre. Zumindest würde sie leiden. Sie würde für den Rest ihres Lebens unter Verdacht stehen. Mich hat man nie gefragt, wo ich in der einen Stunde während der Hochzeitsfeier war. Ich hatte wohl einen Schutzengel. Ich dachte, Gott hat es so gewollt.»

«Hast du nie daran gezweifelt, dass deine Tat wirklich von Gott gewollt war?» Ich hatte mich näher und näher an Pulmu Kaarina herangeschoben, bald würde ich ihr nahe genug sein, um sie zu packen und in Sicherheit zu bringen. Doch ich kam zu spät.

Natürlich hatte eine Küsterin ein Feuerzeug bei sich, es gehörte ja zu ihren Aufgaben, sich um die Kerzen zu kümmern. Sie hielt die Flamme an das Bild, an dem sie herumgerieben hatte, und schaute zu, wie es Feuer fing.

«Im Höllenfeuer werden die Sünden ausgelöscht», stellte sie so sachlich fest, als spräche sie über das Wetter. «Wenn doch die Bombe in Hennas Haus Wirklichkeit gewesen wäre. Ich habe zu Gott gebetet, er solle meine Worte Wahrheit werden lassen. Aber wenigstens hat diese Frau sich fürchten müssen, so wie ich mich früher vor ihr gefürchtet habe.»

«Gib mir das Feuerzeug. Die Flammen könnten auf deine Kleidung überspringen», sagte ich beschwörend, als versuchte ich, einer Dreijährigen die Streichhölzer abzuschwatzen, die ihr in die Hände gefallen sind. Pulmu Kaarina reagierte darauf, indem sie den Putzlappen anzündete. Er loderte auf wie eine Fackel, und sie warf ihn vor meine Füße. Ich musste zurückweichen. Die Tropfen aus der Terpentinflasche bildeten einen Feuerkreis um Pulmu Kaarina.

«Ich hol den Feuerlöscher!» Puupponen stürmte die Treppe hinunter, und ich hätte es ihm gleichtun sollen. Stattdessen warf ich meine Tasche nach unten, zog meinen Mantel aus und versuchte, die Flammen mit ihm zu ersticken.

«Henna sagt immer das eine und tut das andere. Sie geht zur Kirche, aber im Stadtrat setzt sie sich dafür ein, dass der Familientherapie keine Mittel mehr bewilligt werden. Solchen wie Matti gibt sie keine Wohnung, nicht mal ein bisschen Geld für Essen, obwohl er ganz höflich darum bittet. Sie sagt, in der Kirche darf nicht gebettelt werden! *Es wird ihn ein Feuer verzehren, das keiner angezündet hat, und wer übrig geblieben ist in seiner Hütte, dem wird's schlimm ergehen!*»

Das Feuer erfasste Pulmu Kaarinas Hosenbein, doch sie schien es nicht zu bemerken. Ich musste ein Stück weiter nach unten gehen, die Hitze wurde bereits unangenehm. Mein Mantel hatte zum Glück noch kein Feuer gefangen. Matti Ronkainen war aufgewacht und starrte zu den Flammen hinauf. Er rief etwas, doch ich konnte die Worte nicht verstehen.

«Tapio will sich von mir scheiden lassen. Er hat irgendwo auf dem Land eine andere. Ich habe ihn gebeten, es noch einmal zu versuchen und mit mir zur Familientherapie zu gehen, aber er hat sich geweigert. Und Henna, die es überhaupt nicht verdient, hatte einen Mann.»

Pulmus Gesicht glänzte vor Schweiß, der Schein der Flammen zeichnete einen glühenden roten Rand um ihre Augen. «Ich hatte gehört, wie Kirsi sich am Telefon mit ihrem Bruder verabredete. Da habe ich beschlossen, herzukommen und Jaakko Pulma zu erzählen, was für eine falsche Schlange seine Frau in Wahrheit ist. Dann lässt er sich von Henna scheiden, das macht Schlagzeilen, und Henna wird in Fernsehsketchen verspottet. Ich habe eine Albe angezogen, damit er sah, dass ich der Engel der Wahrheit bin, und dann habe ich ihn auf die Kindertoilette gebeten, weil das der richtige Ort war, ihm zu sagen, was Henna mir als Kind angetan hat. Aber er glaubte mir nicht. Ich hatte im Flur einen neuen Teppich verlegt, und das Teppichmesser steckte noch in meiner Tasche …»

Pulmu Kaarina schrie gellend auf, als sie endlich begriff, dass sie in Flammen stand. Ich hörte Puupponens Schritte auf der Treppe, packte meinen Mantel und stürmte auf Pulmu Kaarina zu, schlug mit dem Mantel auf ihre Beine ein und trat den brennenden Putzlappen beiseite, ohne mich darum zu scheren, dass er in den Kirchenraum flog. Gerade als ich Pulmu Kaarina zu Boden geworfen und meinen Mantel um ihre brennenden Beine gewickelt hatte, wurde die Sprinkleranlage ausgelöst und der Feueralarm heulte auf.

«Wenn die Bombe doch wahr gewesen wäre!», schrie Pulmu. «Ich habe inbrünstig gebetet, dass Gott seinen Willen geschehen und einen Blitz in Hennas Haus einschlagen lässt, aber es ist nicht passiert! Wenigstens hatte sie Angst, so wie ich jeden Tag Angst vor ihr haben musste. Warum kann dieses Feuer nicht auf sie übergehen?»

Matti Ronkainen war aufgestanden. Er taumelte zum Taufbecken und tauchte das Gesicht ins Wasser. Als er den Kopf hob, hörte ich ihn jubelnd von dürstenden Seelen und erquickendem Wasser sprechen. Pulmu heulte, ich presste den Mantel immer fester um ihre Beine. Im nächsten Moment schob Puupponen mich beiseite und richtete den Strahl des Feuerlöschers auf die Flammen. Der Gestank von versengtem Fleisch und Wollstoff mischte sich mit dem Terpentingeruch, doch ich achtete nicht darauf, als ich Pulmu in den Polizeigriff nahm und erklärte, sie sei festgenommen.

26

Ich löste das Foto von Jaakko Pulmas Leiche von der Pinnwand. Unsere Einheit hatte den Bericht über die Vorermittlung im Mordfall Pulma an die Staatsanwaltschaft weitergeleitet. Ich spürte keine Erleichterung, keine Wehmut und erst recht keinen Triumph. Pulmu Kaarina Tuomi war körperlich nicht allzu schwer verletzt, sie hatte nur Brandwunden zweiten Grades an den Beinen und am Bauch, doch ihre Psyche würde noch lange beschädigt sein. Ihr Ehemann Tapio Tuomi hatte bei der Vernehmung von seinen Scheidungsplänen erzählt – er hatte eine Neue im Nordosten der Provinz Häme, wo er als Busfahrer häufig Touren fuhr. Vielleicht war gerade das der Tropfen gewesen, der bei Pulmu das Fass zum Überlaufen gebracht hatte.

«Ein Mensch kann doch auch einfach nur böse sein», hatte Koivu gestöhnt, als wir von Pulmus letzter Befragung zurückkamen. Sie saß in Untersuchungshaft und wartete auf den Termin für die Feststellung ihrer Schuldfähigkeit. «Ist der Mensch nicht letztlich immer selbst für seine Taten verantwortlich? Auch wenn seine Psyche zerbrochen ist, kann er immer noch selbst entscheiden. Oder nicht?», fragte er, wohl wissend, dass ich keine Antworten hatte. Dennoch hörte ich mir seine Überlegungen geduldig an. Koivus Glaube an die Gerechtigkeit war seit Sennus Erkrankung brüchig wie das Eis im Frühjahr. Wir hatten für den Abschluss der Ermittlungen die letzten Reste unserer Sachkenntnis und Kraft mobilisiert. Nur das Wissen, dass Laura Kokko wahrscheinlich wieder ganz gesund werden würde, hatte uns ein wenig Schwung gegeben.

Bei dem Stein, der in der Nackenhaut der Katze Diana gefunden worden war, handelte es sich tatsächlich um einen Diamanten. Der Ring, den er früher geschmückt hatte, war traditionell von der ältesten Tochter der Familie auf die älteste Tochter der nächsten Generation übergegangen. Er galt als eines der wertvollsten Stücke des Familienschmucks, seine letzte Trägerin war im Konzentrationslager Majdanek ermordet worden. Das hatte ich Kirsi Pulma-Haukinen verschwiegen, doch die Medien hatten ordentlich gebohrt, und die Geschichte von dem Fluch, der auf den Steinen der Zygmunds lag, interessierte das Publikum. Eine Boulevardzeitung hatte einen ausführlichen Artikel über die Geschichte der Steine veröffentlicht. Die Reihe der Unglücke und seltsamen Todesfälle, die dort geschildert wurde, legte den Schluss nahe, dass es für Außenstehende tatsächlich klüger war, die Finger von den Juwelen zu lassen.

Die Medien hatten auch ihre von religiösem Wahn getriebene Mörderin bekommen, obwohl wir uns bemüht hatten, die Öffentlichkeit möglichst zurückhaltend zu informieren. In gewisser Weise hatte Pulmu ihr Ziel erreicht: Henna Pasanen-Pulmas Privatleben war von der Presse in allen Einzelheiten breitgetreten worden; sie war für längere Zeit krankgeschrieben und ins Ausland gereist, an einen Ort, wo sie von niemandem erkannt wurde.

«Henna ist entsetzt», erklärte Toni Rask den Medien stellvertretend für seine Chefin. «Sie erinnert sich kaum an diese Zuckergeschichte und ist völlig konsterniert darüber, dass Pulmu sie derart falsch verstanden hat. Zucker ist doch süß, Henna hat es nur gut gemeint. Das angebliche Mobbing war von Anfang an nur ein Produkt von Pulmus paranoider Phantasie.»

Eine gewitzte Reporterin konterte mit der Frage, ob das Bagatellisieren von Mobbing nicht auch eine Form des Mobbens sei. Toni Rasks Traum, nach der nächsten Wahl selbst ins Parlament einziehen zu können, wurde durch den Wutanfall, den er während der Livesendung im Fernsehen bekam, zunichtegemacht. Bis zur übernächsten Wahl war die Sache vermutlich vergessen.

Essi Manner hatte sich am Montag nach Pulmu Kaarina Tuomis Verhaftung der Polizei gestellt. Sie hatte vorgehabt, sich mit dem Geld ins Ausland abzusetzen, doch da es ihr nicht gelungen war, Topas mit ins Flugzeug zu nehmen, war ihr Plan gescheitert. Essi behauptete, sie habe testen wollen, ob Perttu sich wirklich etwas aus ihr machte. Puupponen und ich hatten mit ihr geschimpft wie Eltern, die von den dummen Streichen ihres halbwüchsigen Kindes die Nase gestrichen voll haben; für den Rest war die Justiz zuständig. Wenn das Gericht die Anklage gegen Henri Aalto wegen Erpressung akzeptierte, würde Essi mit einer kurzen Bewährungsstrafe davonkommen.

«Kannst du dir vorstellen, dass Perttu dieses Mädchen verteidigt?», hatte Kirsi Pulma-Haukinen sich ereifert, als ich ihr im Zoogeschäft über den Weg lief. Wir wollten beide einen Zwanzig-Kilo-Sack Katzenstreu kaufen, den es dort im Sonderangebot gab.

«Ich erinnere mich, irgendwo gelesen zu haben, dass dein Arbeitgeber hauptsächlich in Gnade macht. Vielleicht hält Perttu sich an diesen Grundsatz.»

«Perttus Gnade sitzt zwischen seinen Beinen», fauchte Kirsi und errötete gleich darauf über ihre Bemerkung. «Zum Glück hat Fräulein Manner sich nicht erdreistet, zu Jaakkos Beerdigung zu kommen. Und letzten Endes war das alles ja gar nicht ihre Schuld. Also muss ich ihr wohl verzeihen. Aber bei Kaarina liegt die Sache ganz anders. Ich fand sie ja immer schon ein bisschen merkwürdig, aber so etwas hätte ich ihr nicht zugetraut!»

Pulmu Kaarina Tuomi hatte die Albe und ihre Schuhüberzieher in einen Bauschuttcontainer bei der Metrobaustelle geworfen. Sie waren schließlich auf einer Müllhalde vor der Stadt gefunden worden. Der Polizeichef schüttelte den Kopf, als er erfuhr, was die Suche gekostet hatte. Andererseits war er erleichtert, weil der Mord am Ehemann der Abgeordneten in wenig mehr als einer Woche aufgeklärt worden war. Das machte sich gut in der Statistik und würde das Sicherheitsgefühl der Bürger erhöhen.

Jaakko Pulmas Handy hatte Pulmu Kaarina von einer Brücke ins Meer geworfen. Es war Pulma aus der Tasche gerutscht, als die Messerstiche ihn getroffen hatten. Pulmu erklärte, sie habe die Leiche fotografiert, damit Henna sah, was man ihrem Mann angetan hatte. Pulmu hatte jedoch bald begriffen, dass der Besitz des Handys riskant war, und deshalb beschlossen, es verschwinden zu lassen. Mit der Bombendrohung hatte sie die Einschüchterung fortsetzen wollen.

«Henna soll begreifen, dass der Schrecken nie aufhört. Wenn man einen Menschen einmal dazu gebracht hat, sich zu fürchten, kann man ihn immer wieder zerbrechen. Ich Dummkopf hatte mir eingebildet, die Zuckergeschichte wäre Vergangenheit und Tapio würde mich lieben und alles wäre gut, aber dann ist Henna in mein Leben zurückgekehrt und hat mir alles genommen», erklärte sie mit einem Blick, dem ich nur ungern begegnete.

Pulmu Kaarina glaubte an das, was sie sagte. Vielleicht war das ihre einzige Möglichkeit, mit ihrer Schuld umzugehen. Wie würde es ihr ergehen, wenn sie eines Tages erkannte, wer in Wahrheit für ihre Taten verantwortlich war? Die Morde waren ihr radikaler Versuch gewesen, das zu kontrollieren, was in ihrem Leben geschah. Da ihr Gott nicht ausreichend für sie eingetreten war, hatte sie ihm das Beschlussrecht abgenommen.

Und Henna Pasanen-Pulma? Wäre sie fähig, zu begreifen, dass Pulmu und nur Pulmu den Tod von Minna und Jaakko verursacht hatte, oder würde sie sich selbst als auslösende Kraft sehen? Würde Pulmus Ekel vor Zuckerwürfeln auf sie übergehen, sodass es ihr jedes Mal kalt über den Rücken lief, wenn sie eine Zuckerdose sah? An sich war das nicht mein Problem, ich klärte nur Verbrechen auf. Ich brachte die Wahrheit vor die Richter, doch gegen das Chaos, das ein tödliches Verbrechen im Leben eines jeden hinterließ, der damit in Berührung kam, konnte ich nichts ausrichten.

Ein letztes Mal betrachtete ich Jaakko Pulmas blutbesudelte Leiche, bevor ich das Foto in die Archivmappe legte. Über die Vorgänge in der Kindertoilette hatten wir nur Pulmu Kaarina Tuomis Aussage. Den rechtsmedizinischen und kriminaltechnischen Untersuchungen nach konnte es sein, dass sie der Wahrheit entsprach. Niemand konnte sagen, was Pulma gedacht hatte, als das Teppichmesser ihn wieder und wieder traf und er verblutete. Obwohl ich es nicht wollte, grübelte ich in den hellen Frühlingsnächten darüber nach, während ich mich im Bett herumwälzte und Schafe zählte. Selbst nach langen Joggingrunden oder harter Plackerei im Fitness-Center fand ich keinen Schlaf. Wenn nicht Pulma mir im Kopf herumspukte, tummelten sich dort die Opfer anderer Morde, die ich untersucht hatte, etwa die Künstlerin, die vom Bergwerksturm in Arpikylä gestürzt war, oder der an Nikotinvergiftung gestorbene Sportfunktionär. Wenn vor meinem inneren Auge die Sechzehnjährige erschien, die mit ihren eigenen Schlittschuhen erschlagen worden war, stand ich auf und nahm Melatonin. Ich wusste, dass das Aufrühren der Vergangenheit destruktiv war und an meiner Arbeitsfähigkeit zehrte. Allerdings war mir nicht klar, wozu ich diese nach Ablauf des Monats Juni noch brauchen würde.

Puupponen hatte beschlossen, zur Fortbildung an die Polizeifachhochschule in Tampere zu gehen. Der Kurs, der auf Einsätze bei Eupol vorbereitete, würde nur von September bis November dauern, aber in dieser Zeit würde er fast das volle Gehalt beziehen. Ich hatte den Verdacht, dass es nicht nur das gute Mensa-Essen war, das ihn nach Tampere zog, aber ich fragte nicht nach, obwohl sein Glück auch mich ein wenig fröhlicher gestimmt hätte.

Koivu wurde im Lauf des Frühsommers immer schweigsamer. Sennus Zustand besserte sich nicht, und die Ärzte wussten sich keinen Reim darauf zu machen. Meine Familie ging mit Koivus Söhnen Juuso und Jaakko ins Kino und auf Ausflüge, damit Anu und Pekka hin und wieder Zeit zu zweit verbringen konnten. Oft waren diese Momente der Zweisamkeit von resigniertem Schweigen erfüllt – vor ihren Söhnen wollten die beiden ihren Schmerz nicht zeigen. Wir hatten versprochen, mit den Jungen und Taneli im Sommer segeln zu gehen. Iida konnte nicht mitkommen, denn sie würde fast die ganzen Ferien über in einer Baumschule arbeiten.

«Irgendwer muss ja Geld ins Haus bringen, wenn Mutti bald arbeitslos ist», sagte sie mit ihrem üblichen schiefen Grinsen und lachte, als ich ihr durch die Haare wuschelte. In ihrem Alter hatte ich mir eingebildet, stark zu sein und die Welt verändern zu können. In dem Beruf, in dem ich schließlich gelandet war, brachte ich Menschen hinter Gitter, obwohl ich beileibe nicht immer wusste, wer die größte Schuld trug. Manchmal beneidete ich Antti: Die Mathematik war ihrem Wesen nach klar und eindeutig, bot aber auch die Möglichkeit, neue Theorien zu entdecken. In meinen Gleichungen war zwei plus zwei manchmal vier und manchmal minus fünf. Bisweilen gab es überhaupt keine Lösung.

An einem Abend Ende Mai war ich auf dem Rückweg vom Mädchenclub an der Otsolahdentie, wo ich einen Vortrag über die strafrechtliche Verantwortung Minderjähriger gehalten hatte. Als ich die Menninkäisentie überquerte, klingelte mein Privathandy. Es war Koivu. Ich wollte mich eigentlich nicht melden. Da er meine private Nummer gewählt hatte, ging es nicht um Dienstliches. Mit zitternden Fingern drückte ich auf die Taste mit dem grünen Hörer.

«Pekka hier.» Koivus Stimme klang belegt. «Wir sind in der Klinik. Wir haben gerade mit Sennus Ärztin gesprochen. Alle wundern sich. Keine Behandlung schlägt an. Ich lass mich jetzt krankschreiben. Ich kann nicht mehr.»

«Pekka ...» Meine Stimme versagte, ich fand keine tröstenden Worte, sosehr ich auch danach suchte.

«Die Ärzte wissen nicht, wie das passieren kann. Aber es passiert. Sennu liegt im Sterben, und es gibt keine Erklärung dafür. Sie haben Experten in den USA und der Schweiz konsultiert. Die können auch nicht helfen.»

Koivu unterbrach die Verbindung. Als ich zurückrief, meldete er sich nicht. Ich hinterließ ihm die Nachricht, ich sei immer für ihn da. Dabei kam ich mir dumm vor: Meine Worte konnten Koivu und seiner Familie ihre Trauer nicht nehmen.

An der Kreuzung hüpfte eine Bachstelze bei Rot über die Straße, die schräg einfallenden Sonnenstrahlen blendeten mich, als wollten sie mich verhöhnen. Ich ging zu der Tür, die mir in den letzten Monaten vertraut geworden war. Sie war offen, aus dem Gemeindesaal klang leise Cellomusik. Ich betrat die Kirche, warf eine Münze in die Metalldose und zündete eine Kerze an. Dann stolperte ich zur nächsten Bank und ließ meinen Tränen freien Lauf.

Weitere Titel von Leena Lehtolainen

Du dachtest, du hättest vergessen

Ich war nie bei dir

Jul-Morde
(mit Arne Dahl u. a.)

Maria Kallio ermittelt

Alle singen im Chor

Auf die feine Art

Weiß wie die Unschuld

Die Todesspirale

Der Wind über den Klippen

Wie man sie zum Schweigen bringt

Im schwarzen See

Wer sich nicht fügen will

Auf der falschen Spur

Sag mir, wo die Mädchen sind

Zeit zu sterben

Wer ohne Schande ist

Das Echo deiner Taten

Die Leibwächterin

Die Leibwächterin

Der Löwe der Gerechtigkeit

Das Nest des Teufels

Das für dieses Buch verwendete Papier ist FSC®-zertifiziert.